D1843882

Fantasy

Herausgegeben von Friedel Wahren

Von **Robert N. Charrette** erschienen in der Reihe
HEYNE SCIENCE FICTION & FANTASY:

Im BATTLETECH®-ZYKLUS:

Wölfe an der Grenze · 06/4794
Ein Erbe für den Drachen · 06/4829
Wolfsrudel · 06/5058

Im SHADOWRUN™-ZYKLUS:

Laß ab von Drachen · 06/4845
Wähl deine Feinde mit Bedacht · 06/4846
Such deine eigene Wahrheit · 06/4847
Trau keinem Elfen · 06/4985
Gerade noch ein Patt · 06/5483

SCHATTENKRIEG-TRILOGIE:

1. *Prinz des Dunkels* · 06/9090
2. *König des Unheils* · 06/9091 (in Vorb.)
3. *Ritter des Zwielichts* · 06/9092 (in Vorb.)

DIE CHRONIKEN VON AELWYN:

1. *Der Turm der Zeit* · 06/9113 (in Vorb.)
2. *Das Schlangenauge* · 06/9114 (in Vorb.)
3. *Der magische Pakt* · 06/9115 (in Vorb.)

ROBERT N. CHARRETTE

PRINZ DES DUNKELS

Erster Roman der Schattenkrieg-Trilogie

Deutsche Erstausgabe

WILHELM HEYNE VERLAG
MÜNCHEN

HEYNE SCIENCE FICTION & FANTASY
Band 06/9090

Titel der Originalausgabe
A PRINCE AMONG MEN
Übersetzung aus dem amerikanischen Englisch
von Christian Jentzsch
Das Umschlagbild malte Romas Kukalis/Agentur Schlück

Umwelthinweis:
Dieses Buch wurde auf chlor- und
säurefreiem Papier gedruckt

Deutsche Erstausgabe 7/2000
Redaktion: Joern Rauser

Erstveröffentlichung bei Warner Books, Inc., New York

http://www.heyne.de
Printed in Germany 2000
Umschlaggestaltung: Nele Schütz Design, München
Technische Betreuung: M. Spinola
Satz: Schaber Satz- und Datentechnik, Wels
Druck und Bindung: Ebner Ulm

ISBN 3-453-17221-3

Inhalt

Für ERJ,
eins für deinen Schatz

Prolog

Der Himmel hing voller schwerer grauer Wolken, eine flockige Decke, die für ein verfrühtes Hereinbrechen der Dämmerung am Spätnachmittag sorgte. Al Churdy beobachtete den Kampf dieser Wolken um die Vorherrschaft am Himmel bereits seit dem Mittag. Bei seiner Abfahrt war der Himmel noch klar gewesen, aber das lag Stunden und Hunderte von Kilometern zurück. Er erwog, die Scheinwerfer des Toyotas einzuschalten. Die Tönung der Windschutzscheibe ließ die Wolken dunkler und damit noch mehr nach Regen aussehen. Oder schlimmer noch, nach Schnee.

Schnee würde alles verderben. Noch mehr Regen war vielleicht gar nicht so schlecht. Nach allem, was bereits heruntergekommen war, würde es matschig werden. Matsch konnte er verkraften. Die Reinigung des Motorrads würde anschließend eine ziemliche Sauerei werden, aber die Maschine brächte ihn ans Ziel. Wie schon so oft. Aschenbahnfahrer wie er lernten rasch, sich auf matschigem Untergrund zurechtzufinden. Das lag in der Natur der Sache. Keine asphaltierten Pisten für Leute wie *ihn*. Ja, Matsch konnte er verkraften.

Hingegen würde Buzz Tadasuke Matsch hassen – und das konnte Al erst recht verkraften. Der Gedanke daran, daß Tadasuke und seine schnittige Mitsutomo Serpent mit einer dicken, klebrig-zähen Matschschicht bedeckt sein würden, zauberte ein Lächeln auf Als Gesicht. Tadasukes Sponsoren konnten dem Japse zwar den neusten Eierwärmer unter den Hintern setzen und ihn wie einen Dressman herausputzen, aber sie konnten dem Matsch nicht befehlen, sich von ihm fernzuhalten. Der alte Buzz würde sich ebenso schmutzig machen wie die unteren Klassen. Al stellte sich vor, wie er eine Hundertachtziggradkehre vor Tadasukes Box vollführte und dessen gesamtes Team mit dickem, braunem, klebrigem Matsch bespritzte. Sein Grinsen wurde breiter.

»Das wäre sogar noch besser, als sie meinen Staub fressen zu lassen«, sagte er laut.

Wie als Antwort darauf brauste ein kleiner roter Sportwagen mit einem Nummernschild aus Connecticut mit ungefähr hundertsechzig an ihm vorbei. Al schüttelte den Kopf. Der Bursche fuhr zu schnell. In diesen Bergen konnte man nicht so auf die Tube drükken, besonders jetzt nicht, da ein Unwetter bevorstand. Je höher die Straße führte, desto näher kam sie den Wolken – und das bedeutete, daß die Fahrbahn naß und glatt sein würde. Al wußte, wie man mit solchen Straßenverhältnissen zurechtkam, doch er bezweifelte, daß der Städter hinter dem Steuer des Sportwagens sich mit Bergstraßen auskannte.

Der Gedanke an das Wetter ließ ihn an das Motorrad denken, das auf der Ladefläche festgezurrt war. Bei seinem Aufbruch heute morgen war das Wetter noch prächtig gewesen. Da er der Welt sein wunderbares Spielzeug zeigen wollte, hatte er die Suzuki nicht abgedeckt. Jetzt warf er wieder einen Blick auf die Wolken. Sie waren inzwischen viel näher gekommen und verhüllten die Berggipfel. Er fuhr an den Straßenrand, holte die Plane heraus und wühlte herum, bis er genügend Elastikband gefunden hatte, um sie gründlich zu befestigen. Die Suzuki zu verstecken, war ein Verbrechen. Sie war einfach zu schön, für das Rennen auf Hochglanz poliert. Solche Maschinen wurden heutzutage nicht mehr gebaut. Er warf die Plane über die Maschine und zurrte sie fest. Sie würde noch früh genug schmutzig werden. Cross-Rennen bedeuteten ganz einfach Dreck. Aber wenn man nicht wenigstens sauber und glänzend startete, hatte man einfach keinen Stolz.

Und Stolz war alles, was ein Bursche ohne Sponsoren aus der Wirtschaft besaß.

Als er sich vergewissert hatte, daß die Plane ordentlich befestigt war, setzte er sich wieder hinter das Steuer. Er fuhr nicht gleich los, sondern wartete, bis der Laster, der die Steigung emporkeuchte, einen anständigen Vorsprung hatte. Er haßte es, wenn er nicht so beschleunigen konnte, wie er es wollte. Als er wieder auf die Straße zurückkehrte, dachte er an das morgige Rennen.

Tadasuke würde daran teilnehmen. Und auch alle anderen gesponsorten Werksfahrer. *Sie* hatten keinen Grund, das Rennen auszulassen. Schließlich hatten sie keine regulären Jobs und mußten sich nicht extra Urlaub nehmen, um ein Rennen fahren zu können. Sie mußten sich nicht auf die Hinterbeine stellen, um das Geld zusammenzukratzen, das man brauchte, um eine Rennmaschine in Schuß zu halten. Sie schieden niemals aufgrund von Ersatzteilemangel aus. Sie hatten es leicht. Vielleicht war es deshalb ein so gutes Gefühl, wenn man einen von ihnen schlug. Nicht, daß das oft vorkam. In der Garage frisierte Straßenmaschinen waren spezialgefertigten Rennmaschinen, hinter denen das gesamte technische Wissen des Herstellers stand, einfach nicht gewachsen.

Wenigstens fand dieses Rennen draußen unter freiem Himmel statt und nicht in einer Halle. Die Werksfahrer hatten draußen in der wirklichen Welt immer Mühe. Nicht, daß der Kurs wirklich anspruchsvoll sein würde. Wie auch? Mittlerweile war viel zuviel Land in den Staaten erschlossen und bebaut, insbesondere an der Ostküste und sogar in Maine. Bürogebäude, Kraftwerke für die WoGes, Einkaufsstraßen, Siedlungen, Industriegebiete, Geschäfteparks, überdachte Einkaufsgalerien und noch mehr Bürogebäude. Nieder mit den Bäumen und hoch mit dem Beton. Mieter brachten mehr Geld als Bauern. Eine verdammt idiotische Art zu leben, aber eben die Lebensart der Yankees. Sie schienen sich nicht wohl zu fühlen, wenn sie nicht überall, so weit das Auge reichte, etwas sahen, das sie gebaut hatten. Sie konnten einfach nichts so lassen, wie es war. Sie hatten ganze Berge ausgehöhlt, die ihnen überhaupt nichts getan hatten. Schwachköpfe. Er war richtig froh, kein Amerikaner zu sein.

Wenn man Kanadier war, hatte man mit alledem nichts zu tun. Zumindest war das früher so gewesen, bevor die Politiker in Ottawa den Verstand verloren und sich der NACC angeschlossen hatten. Wirtschaftliche Notwendigkeiten – am Arsch. Ein Jammer, daß nicht auch die übrigen Provinzen so vernünftig wie Quebec gewesen waren, und das wollte bei Gott einiges heißen.

Der bloße Gedanke daran brachte ihn schon auf die Palme. Er war in Toronto aufgewachsen, vor der Zeit der Städteverschmelzung, vor der Zeit des Sprawls, bevor die Grenze gefallen und Toronto mit dem Schandfleck namens Detroit zusammengewachsen war. Mehr als die Bilder in den Nachrichten hatte er von diesem Ereignis nie gesehen, und mehr hatte er auch nie sehen wollen. In Neufundland gefiel ihm das Leben viel besser. Dort draußen konnte man noch leben und atmen. Hätte es die Rennen nicht gegeben, hätte er die Insel nie verlassen, aber es gab die Rennen – und Rennen zu fahren, hieß zu leben.

Er hatte gerade eine besonders enge Kurve genommen und wieder hochgeschaltet, als er die Fußgängerin am Straßenrand sah.

Während er zu ihr aufschloß, konnte er erkennen, daß sie sich einen Rucksack über die Schulter geworfen hatte. Der Rucksack störte den Fall ihrer Haare, wenn er sich bewegte. Und was für Haare! Sie glänzten fast wie alte Bronze und hingen ihr bis zur Taille. Die Spitzen zuckten auf eine Art, die sofort die Aufmerksamkeit auf die Bewegungen ihrer Pobacken in dem verwaschenen Baumwollstoff ihrer Jeans lenkte. Nicht übel.

Er trat die Kupplung durch und schaltete herunter, da er nicht zu schnell an ihr vorbeifahren wollte. Er sah in den Rückspiegel. Die Straße hinter ihm war leer, so weit das Auge reichte. Niemand da, der sich beschweren konnte, während er sich die Braut genauer ansah.

Was tat sie hier draußen? Er hatte unterwegs keinen Wagen mit einer Panne gesehen. Sie schritt rasch und stetig aus, als müsse sie einen Termin einhalten. Vielleicht hatte sie Streit mit ihrem Freund bekommen, und er hatte sie hier draußen auf die Straße gesetzt. In diesem Fall würde sie keine besonders gute Laune haben. Andererseits mochte sie ein Interesse daran haben, ihrem Macker zu zeigen, daß sie ihn nicht brauchte. Vielleicht war das eine Gelegenheit.

Sie wandte den Kopf. Um nachzusehen, was hinter ihr anrollte? Sie hielt den Daumen heraus.

Aha. Al trat auf die Bremse und fuhr den Toyota an den Straßenrand. Vielleicht wurde die Fahrt doch nicht so schlimm. Kies knirschte unter den Reifen, als er anhielt. Im Seitenspiegel sah er, wie sie im Laufschritt zum Wagen aufschloß. An der Tür blieb sie stehen und schaute durch das Fenster.

Ihr Gesicht war oval, eine breite Stirn, die sich zu einem spitzen Kinn verjüngte, und ihre Züge wirkten scharf, irgendwie raubvogelhaft. Zu scharf für Als Geschmack. Sie hatte unter ihren verblüffend klaren grünen Augen dunkle Ringe, die Make-up oder Erschöpfung bedeuten konnten. Ihr Gesicht konnte nicht mit ihrem Körper mithalten. Es war ganz einfach zu reizlos für ihre Kurven und verdarb irgendwie den Eindruck. Trotzdem, nur ein richtiger Drecksack hätte sie jetzt einfach am Straßenrand stehen lassen. Er beugte sich zur Seite und öffnete die Beifahrertür. Als die Tür aufschwang, lächelte er sie an.

»Brauchst du 'ne Mitfahrgelegenheit?«

Ihre Pupillen weiteten sich, und die Spitze ihrer rosa Zunge erschien zwischen ihren Lippen. Sie hätte ein Reh sein können, das plötzlich von Scheinwerferlicht erfaßt wurde. Ihr Blick verließ ihn, huschte einmal durch die Fahrerkabine und dann zurück in die Richtung, aus der sie gekommen war. Sie nickte.

»Na, dann steig ein.«

Sie schwang sich mit einer Geschmeidigkeit auf den Sitz, die unter den richtigen Umständen alles mögliche versprach, und schloß die Tür. Sie klemmte sich den Rucksack zwischen die Füße, lehnte sich zurück und seufzte.

»Bist du schon lange gelaufen?«

Sie zuckte die Achseln.

Oooo-kay. Al legte den ersten Gang ein und zog wieder auf die Straße. Er fuhr eine Weile, um ihr Gelegenheit zu geben, sich einzugewöhnen, und abzuwarten, ob sie ein Gespräch anfinge. Zumindest ein Dankeschön war angebracht. Ihm fielen mehrere Möglichkeiten ein, wie eine Tramperin sich bei ihm fürs Mitnehmen bedanken konnte, aber sie schien mit ihren Gedanken ganz woanders zu sein. Sie hätte ebensogut auch gar nicht neben ihm sitzen können. Da es ihm albern vorkam, zu zweit im Wagen zu sitzen und nichts außer dem Motorengeräusch seines Toyotas zu hören, versuchte er es noch einmal.

»Nicht viel Verkehr heute.« Sie beobachtete den Seitenspiegel. Hatte sie irgendwas vergessen oder zurückgelassen? »Wird bald noch weniger sein.«

Sie warf ihm einen Seitenblick zu und wandte dann den Kopf, um einen Blick durch das Rückfenster zu werfen. Al schaute in den Spiegel. Da war nichts. Sie lehnte sich wieder zurück und schloß die Augen.

»Ich meinte das Unwetter. Wenn es erst angefangen hat, werden nicht mehr viele Leute hier entlang fahren. Ich schätze, du hast Glück gehabt, daß ich zufällig vorbeigekommen bin.«

Sie äußerte einen Laut, der Zustimmung, Dank oder auch etwas ganz anderes ausdrücken mochte.

»Ich heiße Al«, versuchte er es weiter.

Keine Antwort. Sie war offenbar der ganz freundliche Typ. Mit derartigen Manieren konnte sie nur aus dem Sprawl stammen. Vielleicht brachte ihn eine gezielte Frage weiter.

»Wie heißt du?«

»Nym.«

Komischer Name. Aber er paßte zu ihr. Sie war ein komisches Mädchen. Immerhin, jetzt, da sie sich ein wenig entspannt hatte, sah ihr Gesicht schon etwas weniger spitz aus. Sie war hübscher, als er zunächst gedacht hatte. Er führte seinen ersten Eindruck auf die Lichtverhältnisse zurück. Vielleicht konnte er doch noch auf ein warmes Bett in der Nacht hoffen.

Die Straße wand sich höher, während die Wolken immer tiefer sanken. Die Sicht wurde zunehmend schlechter, bis Al die Nebelscheinwerfer einschalten mußte. Ihr Licht schnitt zwei Kegel in das neblige Weiß. Die Milchsuppe wurde immer dicker, und Al fuhr langsamer. Es war nie eine gute Idee, schneller zu fahren, als die Sichtverhältnisse es zuließen.

Weitere Versuche, ein Gespräch anzufangen, waren nicht besonders erfolgreich, aber er hatte den Eindruck, daß sie sich langsam an ihn gewöhnte. Ihre Antworten blieben einsilbig, doch sie schien aufzumerken, als er anfing, ihr von seinen Rennen zu erzählen. Das war gut. Mädchen, die sich für Geschwindigkeit interessierten, gehörten oft selbst zur schnellen Truppe. Bedauerlicherweise wurde die Sicht noch schlechter, und bald verwandte er zuviel Zeit darauf, sich auf die Straße zu konzentrieren, und viel zu wenig darauf, das Eis zu brechen. Das war enttäuschend. Denn jedesmal, wenn er einen Blick auf sie warf, wurde ihm klarer, daß sein erster Eindruck von ihr völlig falsch gewesen war. Sie war viel hübscher, als er zuerst gedacht hatte.

»Können Sie nicht schneller fahren?«

Ihre Frage überrumpelte ihn. »Nur, wenn du fliegen lernen willst.«

Sie musterte ihn mit gerunzelter Stirn und leicht geöffneten Lippen. Ein Mundwinkel zuckte, und sie lachte leise. Es war ein kurzes, zögerndes Lachen, aber es weckte in ihm das Bedürfnis, sie wirklich laut und ungehemmt lachen hören zu wollen.

»Wir kommen schon zurecht«, sagte er.

Sie bedachte ihn noch einmal mit ihrem angedeuteten Lächeln, um sich dann wieder dem Starren durch die Windschutzscheibe zu widmen. Die Finger ihrer rechten Hand trommelten in einem unsteten Rhythmus.

»Seien Sie vorsichtig«, sagte sie.

»Hey, Baby. Kein Grund zur Sorge. Ich bin ein As auf der Straße.«

Kein Blick. Kein Lächeln. Sie schien nicht überzeugt zu sein. Zehn Minuten später bekam er Gelegenheit, sein Können unter Beweis zu stellen, als eine dunkle Gestalt über die Straße huschte. Al riß das Steuer herum und wich nach rechts aus. Was es auch war, es bewegte sich ebenfalls und lief ihnen direkt vor den

Kühler. Al lenkte in die andere Richtung und spürte, wie das Heck des Wagens ausbrach. *Verdammt!* Das Motorrad zerrte an seinen Befestigungen und brachte den Pick-up ins Schaukeln. Der Toyota drohte sich zu überschlagen. Er lenkte vorsichtig gegen und warf sich gegen die Tür, um dem Zug der Ladung entgegenzuwirken. Der Pick-up fügte sich widerwillig seiner Kontrolle. Er glich die Schleuderbewegungen vorsichtig aus, trat auf die Bremse und brachte den Wagen mit den Vorderrädern im Kies neben der falschen Straßenseite zum Stehen.

Jesus! Das war knapp.

»Was, zum Teufel, war das?«

»Haben Sie es getroffen?« Sie klang erwartungsvoll, als wolle sie, daß er bejahte.

»Das glaube ich nicht. Es hat sich nicht so angefühlt.« Bei einem so großen Tier hätten sie den Aufprall gespürt. »Was glaubst du, was es war? Für einen Waschbär war es zu groß.«

»Ich habe es nicht sonderlich gut gesehen. Ein Reh vielleicht?«

»Kein Reh.« Er hatte schon genug Rehe überfahren, um das mit Sicherheit auszuschließen. Es hatte nicht die richtige Form gehabt.

Sie zuckte die Achseln und schaute in den Seitenspiegel. »Fahren wir weiter.«

Er blickte ebenfalls in den Spiegel. Außer Nebel war dort draußen nichts zu sehen. Bis auf sie beide und den Pick-up schien es nichts Gegenständliches zu geben, und sie hätten das einzige sein können, was überhaupt existierte. Andererseits war das gar keine so üble Vorstellung. Er tastete sie mit Blicken ab. Sie war angespannt und erstarrt wie ein Kaninchen, das von einem Hund überrascht worden war. Die Straffheit ihrer Muskeln versprach Kraft. Bei jedem Atemzug bebten ihre Brüste ein wenig.

»Fahren wir weiter«, wiederholte sie.

Die Schärfe ihres Tonfalls drang zu ihm durch und veranlaßte ihn zur Aktivität. Er legte den ersten Gang ein und fuhr quer über die Straße, bis die Nebelscheinwerfer die seitliche Begrenzungslinie auf der richtigen Straßenseite erfaßten. Verdammt noch mal, wenn er nicht nur mit den Eiern dächte, wäre er niemals auf der Gegenfahrbahn stehengeblieben. In diesem Nebel…

Auf der Gegenfahrbahn fuhr etwas Großes in die andere Richtung an ihnen vorbei. Oder vielleicht waren sie auch einfach nur daran vorbeigefahren. Das ergab mehr Sinn, weil er keine Scheinwerferlichter gesehen hatte. Nur ein Idiot würde in dieser Milchsuppe ohne Licht fahren. Ein Idiot, der sie hätte rammen können, wenn sie noch länger auf der falschen Straßenseite gestanden und sich Gedanken um irgendein Vieh gemacht hätten, das sie eben nicht überfahren hatten. Jeder halbwegs vernünftige Mensch würde den Nebel aussitzen. Das dunkle Ding mußte ein Laster gewesen sein, der an den Straßenrand gefahren war, um abzuwarten, bis der Nebel sich verzogen hatte. Eine andere Möglichkeit gab es nicht.

Oder?

Er stellte fest, daß er sehr häufig in den Rückspiegel schaute, während sie dahinkrochen. Das geisterhafte Abbild eines Straßenschildes schälte sich aus dem Nebel. Al las die Aufschrift laut vor: »Skowhegan. Eine Meile.«

»Skowhegan«, wiederholte sie.

»Ist vielleicht keine schlechte Idee, von der Straße herunterzukommen.« Ein warmes Bett schien echt gut.

»Von der Straße herunterzukommen.«

Ihre Stimme klang geistesabwesend, als höre sie gar nicht zu. Die Braut war wirklich ziemlich abgedreht. Ein Kerl mußte schon selbst etwas verrückt sein, um sich mit ihr einzulassen. Was sollte das jetzt wieder heißen? Ein Blick auf ihre Möpse half ihm auf die Sprünge. Die Art, wie ihre Haare über sie fielen, betonte nur ihre runde Festigkeit. Warum nicht? Eine Nacht war schließlich keine lebenslängliche Verpflichtung. Wie verrückt konnte sie sein?

Die Vibrationen eines Schlags breiteten sich von hinten nach vorn aus, begleitet von einem gedämpften Knall. Die linke hintere Seite sackte auf vertraute Weise ab. »Ach, Scheiße«, sagte er. Ein geplatzter Reifen. Das Ausweichmanöver hatte den Reifen vermutlich zuviel Gummi gekostet, dann mußte er über einen spitzen Stein oder Nagel gefahren sein, und peng. Zum Teufel mit diesem billigen Schrott aus Malaysia. Das hatte man davon, wenn man Geld sparen wollte. Al fuhr den angeschlagenen Pick-up an den Straßenrand. Er fuhr so weit rechts heran wie möglich. Es hatte keinen Sinn, es irgendeinem Penner leicht zu machen, den Pick-up zu rammen und sie alle über den Asphalt zu verteilen.

»Ich sehe mal nach«, sagte er, während er sich herüberbeugte und das Handschuhfach öffnete. Er erwischte die Taschenlampe, bevor sie auf ihren Schoß rollte. Nicht, daß er etwas dagegen gehabt hätte, etwas Langes und Hartes zwischen diese Beine zu schieben. Aber dies war nicht der rechte Ort dafür. Der Nebel machte den Toyota zu einer intimeren Umgebung als ein billiges Motelzimmer, aber er war längst nicht so bequem. Irgendwo dort draußen im Nebel ertönte ein Signalhorn – was Al verriet, daß zumindest noch ein Trucker auf der Bergstraße unterwegs war. Einer, der zu dämlich war oder zu viele Hallo-Wachs eingeworfen hatte, um noch klar denken zu können. Das plötzliche Auftauchen eines geparkten Pick-ups war vielleicht schon zuviel für drogenbeeinträchtigte Reflexe, und Al verspürte keinerlei Bedürfnis über den Berghang verschmiert zu werden. Später, versprach er sich. Sogar zu Fuß konnten sie es noch vor Mitternacht bis Skowhegan schaffen.

Der Nebel machte die Nacht dunkler, als sie hätte sein dürfen, auch feuchter. Al knöpfte sich die Jacke zu, um der klammen Kälte keinen leichten Angriffspunkt zu bieten. Dieses Wetter reichte aus, um jedermanns Enthusiasmus zu dämpfen. Kies knirschte unter seinen Stiefeln und knisterte laut in der Stille. Irgendwo tiefer am Berg ertönte wieder das traurige Tuten des Signalhorns.

Er richtete die Taschenlampe auf den Reifen. Tatsächlich, ein Platten. Er ging in die Hocke, um nachzusehen, wie schlimm der Plattfuß war, da er hoffte, den Reifen noch flicken zu können. Das zerfetzte Gummi vertrieb jeden Gedanken an eine Reparatur. Verdammte Pfuscharbeit. Ein anständiger Reifen hätte einfach nur die Luft verloren. Ein Riß in der Wandung wäre das äußerste gewesen. Aber nein, dieses Ding mußte sich natürlich auflösen. Es sah aus, als habe ein Hund ein Jahr lang darauf herumgekaut. Und die Felge hatte auch etwas abbekommen.

Er konnte den Pick-up hier stehen lassen und mit dem Motorrad nach Skowhegan fahren, aber dann würde er sie nicht mitnehmen können, weil auf dem Motorrad kein Platz für zwei war. Er mußte den Ersatzreifen aufziehen. Nicht gerade die Art körperliche Anstrengung, die ihm vorgeschwebt hatte. Dann fiel ihm wieder ein, in welchem Zustand der Ersatzreifen war. Damit würde er keine hundert Kilometer weit kommen. Er mußte einen neuen Reifen kaufen, und in Skowhegan würden die Geschäfte erst am nächsten Morgen öffnen. Und der Morgen war noch eine ganze Nacht weit weg. Aber Nym machte einen so abweisenden Eindruck, vielleicht wollte sie nicht bleiben. Und wenn er ihr anbot, ihr das Motelzimmer für die

Nacht zu bezahlen? Er konnte ihr sagen, daß er sich ein eigenes Zimmer nehmen würde. Geld spielt keine Rolle für den galanten Ritter der Straße. Natürlich spielte es eine Rolle, aber das brauchte sie nicht zu wissen. Ja, warum nicht? Sie würde seinem Vorschlag zustimmen, weil eine Übernachtung in einem Motelzimmer besser war, als eine Nacht wie diese draußen zu verbringen. Beim Abendessen blieb ihm genug Zeit, ihr das eigene Zimmer auszureden. Das warme Bett sah immer besser aus. Ein Zimmer konnte er sich leisten.

Er ging um den Wagen herum zur Beifahrertür.

Sie war nicht mehr da.

Toll. Einfach toll.

Vielleicht war sie nur ausgestiegen, um mal zu pinkeln? Er rief ihren Namen und lauschte, wie seine Stimme hohl durch den Nebel hallte.

Keine Antwort.

Jedenfalls nicht von ihr. Irgend etwas machte sich in dem Gebüsch auf der anderen Seite des Begrenzungszauns aus dem Staub, aber es war zu klein für einen Menschen. Al fuhr bei dem Geräusch zusammen und verfluchte sich dafür. Er leuchtete in die Richtung des Geräuschs, aber der Nebel fraß das Licht förmlich auf. Er sah nichts anderes als Nebel. Warum machte er sich überhaupt Sorgen? Es war nur ein Hase oder irgendwas.

Er verschwendete Zeit. Es hatte keinen Sinn, weiter in dem Pick-up zu warten. Hier draußen würde er heute nacht keine Hilfe bekommen. Nicht in diesem Nebel.

Er wandte sich der Ladefläche des Toyota zu, löste die Befestigungen der Plane und zog sie von der Suzuki herunter.

»Los, Baby, wenigstens liebst du mich noch«, sagte er laut, während er die hintere Klappe öffnete und die

Rampe herunterließ. Er schwang sich auf die Ladefläche und machte sich daran, die Halterungen der Suzuki zu lösen. Er füllte den Tank, bevor er die Rampe herunterfuhr und mit der Maschine zur Straße rollte. Er tätschelte das Motorrad. Wenigstens würde *er* nach Skowhegan fahren. Sie dagegen mußte laufen.

Ich hoffe, du verirrst dich, du undankbare Kuh.

Er legte seinen Helm auf den Tank und ging zum Toyota zurück, um seine Reisetasche zu holen. Morgen früh mußte er die Wäsche wechseln, besonders nach einer Motorradfahrt durch diese Milchsuppe. Als er die Tasche hinter dem Sitz hervorholte, packte ihn jemand am Kragen seiner Jacke und riß ihn zurück.

Er flog durch die Luft, landete hart auf dem Hintern und rutschte noch einen halben Meter – oder so. Er spürte, wie sich der Kies in und durch seine Jeans bohrte. *Scheiße!* Er sah sich nach seinem Angreifer um und fand ihn, eine ungeschlachte Silhouette vor dem schwachen Lichtschein in der Fahrerkabine seines Pick-ups.

Woher kam plötzlich dieser Gorilla? Und Gorilla schien eine durchaus zutreffende Beschreibung zu sein. Der Kerl war riesig. Eine dunkle Wollmütze ließ seinen Kopf noch spitzer aussehen, als er zweifellos war, und seine Arme schienen bis über die Knie herabzuhängen, obwohl Al das nicht mit Sicherheit sagen konnte, weil der Gorilla einen dicken Überzieher in der Art eines Wettermantels der Marine trug, der fast bis zum Boden reichte. Ein Seemann? Die mochten keine Burschen, die sich an ihre Bräute ranmachten. Der Kerl trat einen Schritt vor, und etwas klirrte unter dem Mantel. Waffen?

Womit habe ich das verdient?

Konnte das der Freund der komischen Braut sein?

Der Kerl trat noch einen Schritt vor und setzte einen Fuß in den kleinen Lichtkreis der Taschenlampe, die

Al fallengelassen hatte. Der Fuß war nackt und breit, die Zehen waren gespreizt und endeten in verdreckten Nägeln. Seemänner gingen schon seit über einem Jahrhundert nicht mehr barfuß. Wenn das der Freund war, war die Braut noch verrückter, als er gedacht hatte.

»Hör mal, Seemann, ich hab sie nur mitgenommen, okay? Es ist nichts passiert, okay?«

Der Kerl knurrte. Tatsächlich, er *knurrte*. Verrückt. Zu verrückt für Al. Er tastete nach dem Licht. Die Taschenlampe war schwer, ganz nützlich als Totschläger, und er brauchte etwas, um sich gegen diesen Affen zu wehren. Seine Hand schloß sich um den Griff. Nicht mehr gänzlich unbewaffnet, fühlte er sich wieder etwas mehr Herr der Lage und rappelte sich zu einer geduckten Kauerstellung auf. Er hielt die Lampe vor sich, deren Strahl ein einsames Leuchtfeuer bot, das sich nach wenigen Metern im Nebel verlor.

Schade, daß es keine von diesen Science-Fiction-Laserwaffen war. Du hättest nicht zurückkommen dürfen, Großer. Dennoch, die Lampe war Waffe genug. Al war schon in einigen Bars mit weniger zurechtgekommen. Er richtete das Licht in der Absicht auf den Gorilla, ihn niederzuschlagen, während der Kerl noch vom Licht geblendet war.

Der Gorilla wandte grollend den Kopf ab, aber nicht bevor Al sein Gesicht sah. Das war kein Seemann. Dieses Ding war nicht einmal ein Mensch.

Al stand völlig schockiert mit offenem Mund da.

Eine Pranke schlug zu und traf Als Arm, der sofort taub wurde. Die Taschenlampe entglitt seinen kraftlosen Fingern. Die Pranke schloß sich um seinen Arm und drückte mit knochenzermalmender Kraft zu. Eine zweite Pranke packte seine Schulter, und Al wurde hochgehoben. Als die Taschenlampe auf den Boden fiel, erlosch das Licht. Al folgte der Lampe einen Augenblick später. Er spürte, wie etwas brach, wie *vieles* brach. Schmerzen durchzuckten ihn, und falsche Sterne erleuchteten die Nacht.

Das Ding beugte sich über ihn und hob ihn wieder auf. Er hätte ein Kind sein können, so wenig Mühe hatte das Ungeheuer mit ihm. Es schüttelte ihn, und etwas, irgend etwas in ihm, stach durch seine Brust. Er hustete, während er wieder durch die Luft flog. Etwas Hartes traf seinen Rücken, und sein Gesicht knallte auf den rauhen Asphalt der Straße. Er roch verbranntes Gummi.

Scheiße, jetzt konnte er sich das Rennen endgültig abschminken.

Das Ungeheuer beugte sich grinsend über ihn und zeigte dabei gelbe Zähne. Wäre der stinkende Atem nicht gewesen, hätte es auch Buzz Tadasuke sein können, der sich da über ihn beugte. Aber es konnte nicht Buzz sein. Gesponsorte Werksfahrer hatten immer einen frischen Blumenatem. Al versuchte ihm ins Auge zu spucken, aber sein Mund war voll von etwas mit einem metallischen Geschmack. Wie Blut.

Kein Rennen morgen.

Kein Rennen. Kein Morgen.

Kein…

*

Das Ungeheuer beugte sich über die Leiche und stieß sie mit einem fleischigen, krallenbewehrten Finger an. Es grunzte zufrieden. Das Ungeheuer wälzte den Mann auf den Rücken, drehte den Kopf zur Seite und entblößte den Hals. Ein rascher Hieb mit den Krallen öffnete die Kehle. Blut quoll heraus. Vor sich hin summend, riß das Ungeheuer sich die Mütze vom Kopf, drückte die Wolle auf das Blut und knetete den Stoff, bis er gründlich durchtränkt war. Als die Kappe vollständig mit dem Blut des Mannes imprägniert war, hielt das Ungeheuer sie hoch und krächzte: »So sei es.«

Es erhob sich und setzte die Mütze auf. Einen Augenblick lang blieb es einfach stehen, drehte den Kopf hin und her und schnüffelte. Unentschlossen. Nym machte sich sehr klein. Das Ungeheuer schlurfte die Straße entlang. Nym wartete, bis es nicht mehr zu sehen war.

Dann wartete sie noch etwas länger.

Schließlich schob sie beide Arme durch die Schulterriemen ihres Rucksacks und ging zu dem Motorrad. Sie stieg auf und schaltete die Armaturenbeleuchtung ein. Die Maschine war startbereit. Sie setzte den Helm auf. Sie trat auf den Kickstarter, gab Gas und fuhr los.

Eine Stunde später, als sie den Nebel hinter sich gelassen hatte, schaltete sie den Scheinwerfer ein.

Teil 1

WIR KOMMEN ZUM SPRINGENDEN PUNKT

Kapitel 1

John tippte den Zugangscode ein und preßte seinen Daumen auf die Erkennungsplatte. Nichts geschah, also wischte er die Platte mit dem Ärmel ab und versuchte es noch einmal. Diesmal registrierte der Sensor seinen Daumenabdruck, und der Mechanismus gab sein übliches verärgertes Summen von sich, mit dem er Johns Eintrittsbefugnis anerkannte. Sicherheit konnte so lästig sein.

Er hätte den WoGe-Block 3 der Benjamin-Harrison-Siedlung auch durch den öffentlichen Eingang betreten und sich die Sicherheitsprozedur sparen können, aber dann hätte er das halbe Gebäude umrunden müssen, und dann wäre die Abkürzung über den Hügel und durch die Parkzone keine Abkürzung mehr gewesen. Er öffnete die Innentür, wartete seine übliche halbe Sekunde, ging hinein und durch die Eingangshalle zu den Fahrstühlen. Ein Blick auf den Postverteiler zeigte ihm, daß das Licht auf dem Briefkasten der Reddys aus war. Entweder hatte er heute keine Post bekommen, oder seine Mutter hatte den Briefkasten bereits geleert. Er hoffte auf letzteres. Er drückte auf den Rufknopf für den Aufzug und wünschte sich, die Kabine möge sofort kommen.

Ein leise puffendes Geräusch kündete von der Ankunft des Reinigungsroboters der Lobby. Das Wägelchen von der Größe eines Toasters fuhr aus seiner dunklen Nische und steuerte Johns lehmige Fußabdrücke an. Er gurgelte fröhlich vor sich hin, da er Seifenwasser ausspie und die Fliese wieder auf ihren ursprünglichen Hochglanz polierte. Der Bot näherte sich ihm Fußabdruck für Fußabdruck. Als er noch zwei entfernt war, umgab John sich absichtlich mit einer Mauer aus frischen Abdrücken. Er haßte die Art, wie das Ding jaulte und einem nicht von der Seite wich, wenn der Boden gesäubert war, es aber noch Lehm auf den Schuhen registrierte. John hoffte, der Aufzug käme, bevor der Bot seine improvisierte Verteidigungslinie beseitigt haben würde.

Seine Hoffnung erfüllte sich.

John entkam dem gestörten und mit an Sicherheit grenzender Wahrscheinlichkeit gefährlichen Bot mit einem erstaunlich agilen Sprung in die wartende Fahrstuhlkabine. Er landete geduckt und fuhr auf den Zehenspitzen eines Fußes herum. Seine Jacke breitete sich wie ein wirbelnder Umhang um ihn aus. Ohne innezuhalten, ließ er den ausgestreckten Zeigefinger vorschnellen, um damit den Knopf für seine Etage zu durchbohren. Er kam mit dem Gesicht zur transparenten Außenwand des Aufzugs zum Stillstand und neigte den Kopf, um den frenetischen Beifall seines Publikums für seine außerordentlichen athletischen Fähigkeiten entgegenzunehmen.

In diesem Augenblick begriff er, daß er tatsächlich Publikum hatte.

Mister Johnson räusperte sich ob seiner Vorstellung.

»Hallo, Mr. J.!« Jesus, warum mußte es ausgerechnet einer ihrer Nachbarn sein, der ihn beim Herumtollen erwischte? Warum konnte es nicht einer von den Milliarden Fremden sein, die mit ihnen in der WoGe wohnten? Und warum von allen Leuten ausgerechnet Mr. Johnson? Der Bursche war so alt, daß er sich vermutlich nicht einmal daran erinnern konnte, wie man jung *buchstabierte*, ganz zu schweigen davon, es zu *sein*. John hoffte, daß sein Gesicht nicht allzu rot war. Ein Klingelgeräusch in seinem Ohr, bei dem es sich um Gelächter oder auch entfernten Maschinenlärm handeln mochte, steigerte seine Verlegenheit und ließ ihn so sehr erglühen, daß er vermutlich Licht abstrahlte.

Mister Johnsons Mund zuckte, seine übliche mürrische Begrüßung.

»Netter Abend«, sagte John, was ein weiteres Zukken hervorrief. »Oder jedenfalls wird es noch einer.«

Draußen schalteten sich überall die Lichter der Stadt ein und schlossen sich den immer beleuchteten Reklametafeln und -schildern an. Im Osten zeigten sich die ersten Sterne am Himmel, wenn das Lichtermeer des Sprawls sie nicht einfach verschluckte. Wenigstens konnte man hier in Worcester noch Sterne sehen. Phil sagte, dort, woher er kam, könne man wirklich noch die Sterne sehen, aber John bezweifelte, daß er jemals nach Montana käme.

Andererseits, warum sollte er das überhaupt wollen? Abgesehen davon natürlich, die Sterne zu sehen. Phils Erzählungen von Zuhause ließen alles ziemlich langweilig erscheinen, wenn man einmal von der Wildwest-Geschichte und dem ganzen Indianerkram absah – aber das war keine *richtige* Geschichte. Keine Königreiche und Imperien, keine Armeen, deren Soldaten stolz in stählernen Rüstungen marschierten, keine Pyramiden, kein Parthenon, keine Musketiere, keine Legionäre und keine Kreuzzüge – nur erbärmlicher eiskalter Völkermord und dazu die Ausbeutung natürlicher Rohstoffe, eher peinlich denn erhebend. Und Rinder. Phil würde es nicht gefallen, wenn er die Rinder vergaß. Als wären Rinder irgend jemandem außer Phil wichtig. Jesus, man könnte meinen, er stamme aus Vermont.

Doch selbst Vermont konnte jemandem, der sein ganzes Leben in einer Stadt verbracht hatte, exotisch und weit entfernt vorkommen. Der Propaganda von

Mitsutomo Keiretsu zufolge ein ›sicherer Schutzhafen aus alter Zeit‹. John konnte auf seiner Fahrt im Aufzug alles unter sich ausgebreitet sehen: die Altstadt, den Worchester Polytech Campus, die Benjamin-Harrison-Siedlung, die Hügel im Südwesten, wo das alteingesessene Geld sich noch immer allem Wandel widersetzte, die modernisierte Handelszone und den Turnpike, der auf seinem verschlungenen Lauf zwischen Boston und dem Staat New York alles durchschnitt. Es mochte kein aufregender Wohnort sein, aber dafür gab es hier auch nicht die Probleme zum Beispiel des Boston-Warwick-Korridors oder des New Yorker Vorstadtsprawls. Vielleicht wäre es für diese Orte besser gewesen, wenn sie wie Worcester auch ein Mitsutomo Keiretsu gehabt hätten, das sich um sie kümmerte.

John hatte sich einige von den alten Nachrichtensendungen angeschaut und bemerkt, wie viele Leute sich aufgeregt hatten, als sie erfuhren, daß Mitsutomo und seine Partner den größten Teil des Landes und der Industrie in der Gegend aufgekauft hatten. Der größte Vorbehalt schien der zu sein, daß Mitsutomo es heimlich getan hatte. Aber der alte Disney-Konzern hatte dasselbe in Florida getan, als er sein Imperium aufgebaut hatte, und er hatte die gesamte Wirtschaft von Orlando überhaupt erst *gemacht*. Es war außerdem nicht so, daß Mitsutomo die Stadt in ein *Daimyo*-Lehen oder irgendwas verwandelte. Die Propaganda sagte, sie wollten aus Worcester eine echte amerikanische Stadt machen, und zur Abwechslung war die Propaganda einmal keine Lüge.

Mitsutomo hatte das Recht, stolz auf die Arbeit zu sein, die der Konzern bei der Sanierung dieser alten Stahlstadt geleistet hatte. Seine Vorstellung von ›typisch amerikanisch‹ schien vielleicht manchmal etwas absonderlich, aber was konnte man von

Ausländern erwarten? Wichtig war, daß er etwas unternahm, während die Regierung dasaß und Däumchen drehte. Der Konzern hatte verhindert, daß Worcester und ein Großteil des westlichen Massachusetts dasselbe Schicksal ereilte wie die meisten Städte der Ostküste und sich in einen verwahrlosten Slum-Sprawl verwandelte. Die Altstadt mochte dieser Tage ein wenig kitschig für den Mainstream sein, aber altmodisch bedeutete nicht notwendigerweise unmodern. Und was war überhaupt verkehrt an altmodisch?

Nichts, sagte eine dünne Stimme.

John konnte nur zustimmend nicken. Einige der besten Dinge im Leben waren altmodisch.

Er sprang aus dem Fahrstuhl, bevor die Türen sich gänzlich geöffnet hatten, und war schon um die Ecke, bevor der alte Mr. Johnson die Kabine verlassen hatte. Er nahm die Kurve, und dann war es ein Rennen durch den Flur. Er verlor, erreichte aber, bevor Mr. J um die Kurve bog, die Tür der Wohnung, die er sich mit seiner Mutter teilte. Er steckte seine Karte ins Schloß, schlug leicht auf die Platte und sprang unruhig von einem Fuß auf den anderen, während er »Mach schon, mach schon, mach schon« vor sich hin murmelte. Schließlich erkannte ihn die Tür, und er schoß in dem Augenblick hindurch, als Mr. J in den Korridor einbog.

In Sicherheit.

Natürlich, John. Keine Gefahr.

Und wenn? Tempo und Schnelligkeit. Schwung und Stil. Immer vorbereitet, niemals verloren.

Sinnlose Platitüden.

Er zuckte die Achseln.

Als er aus dem Foyer trat, fiel ihm wie immer zuerst die Videowand auf. *Happy Lifestyles* lief zeitversetzt. Gott behüte, daß Mom diesen Eckpfeiler der

Kultur je verpaßte. Woher hätte sie sonst wissen sollen, wie sie die Wohnung einzurichten hatte? Marianne Reddy würde nicht glücklich sein, wenn ihre Wohnung nicht so aussah, wie sie es sollte. Nichts anderes konnte sie zufriedenstellen.

Seine Mom saß auf der Couch und sog die jüngsten und korrektesten Konzern-Moderichtungen auf. Sie hatte ein halbes Dutzend Fenster geöffnet, in denen auf der Suche nach Übereinstimmungen mit den auf dem Hauptschirm gezeigten Möbeln Kataloge gewälzt wurden. In einem siebten Fenster lief ein innenarchitektonisches Programm, das ihre Wohnung einer Metamorphose unterzog, die sie an diejenige auf dem Hauptschirm anglich, und Mom war darin vertieft, Befehle in die Fernbedienung auf ihrem Schoß einzugeben.

Er ging in die Küche und förderte dort ein paar Cheez Snax™ zutage. Auf dem Weg zu seinem PC fragte er: »Irgendwelche Post?«

»Ja, mein Lieber.« Sie winkte zur Begrüßung, richtete ihre Aufmerksamkeit aber weiter auf das Programm. »Dein Stipendium ist heute bestätigt worden. Ist das nicht schön?«

»Wunderbar.«

»Ich habe mir schon Sorgen gemacht.«

»Ohne Grund. Du weißt, daß der Konzern dafür aufkommt.« Mitsutomos Eltern-Entschädigungsprogramme deckten die Ausbildungskosten für Konzernangehörige ab. Kein Problem. »Ich meinte, ist Post für mich da?«

»In der Datei, Johnny.«

Es war möglich. Tatsächlich. Es war gerade genug Zeit vergangen, daß seine Bewerbung alle Schleifen durchlaufen haben konnte, die sie zu durchlaufen hatte. Gerade genug. Er setzte sich vor die Konsole und tippte sein Paßwort ein. Er rief seine Mailbox auf und dort die Eingänge. Es gab nur einen Eintrag. Die Telekomnummer leuchtete in einem tödlich enttäuschenden Grün, und die Absendeadresse verriet ihm, daß es eine Nachricht von Dr. Block war, der Person, die bei ihm am unbeliebtesten auf der ganzen Welt war.

Scheiße.

Seine Mutter sah auf, und er wußte, er hatte *das* laut gesagt.

»Also bitte, Johnny, es ist nur eine Kontrolluntersuchung.«

Block war Psychiater, kein Arzt. John war die Sondierungen des Seelenklempners leid. Der Bastard versuchte immer, John ein Bein zu stellen und ihn dazu zu bringen zuzugeben, daß er immer noch mit Faye redete. Jahre der Analyse hatten ihn jedoch kuriert, und zwar davon, Block mitzuteilen, daß Faye real war. Alles lief viel glatter, seit er Block davon überzeugt hatte, er, John, glaube, daß Faye auch nur ein unsichtbarer Kindheitsfreund sei, wie andere Kinder ihn auch besaßen. Block neigte zu der Ansicht, Faye sei eine psychologische Krücke, die Manifestation einer problematischen Reaktion auf den Tod von Johns Vater. Solch eine Antwort machte den Seelenklempner glücklich, und John war es lieber, wenn Block glücklich war. Dann ließ der Bastard ihn nämlich in Ruhe. »Ich muß Dr. Block nicht sehen.«

»Dr. Bloch will sich nur vergewissern, daß es dir gut geht.«

Wahrscheinlich wollte er eher dafür sorgen, daß seine Akte sauber blieb. Ungelöste Fälle machten sich nicht sonderlich gut, wenn eine Beförderung anstand. Aber Mom würde sich nur aufregen, wenn er dieses Thema zur Sprache brachte. Sie nahm Blocks Äußerungen für bare Münze, Entschuldigung, für BARE MÜNZE. Schließlich war er Psychiater. »Block will sich nur vergewissern, daß er auch weiterhin seine Schecks bekommt.«

»Johnny!«

»Ist schon gut, Mom. Ich gehe.«

Sofort sah sie erleichtert aus. Sie hatte noch nie an Faye geglaubt und war nach den Berichten des Seelenklempners, die besagten, Johns Fortschritte seien zufriedenstellend, immer nett zu ihm. Hätte sie doch nur die Wahrheit gekannt. Sie war so konzernangepaßt, und für ihn waren diese ganzen Fernsehsendungen und Wohnungseinrichtungen nur massenproduzierter Plastikmüll, also gerieten sie oft genug aneinander. Doch er wußte, daß sie es gut mit ihm meinte, daß sie ihn wirklich liebte. Sie mußte ihn lieben. Sonst hätte sie sich nie mit ihm abgegeben. Doch Liebe, sagte man, machte blind, obwohl sonst nicht dieser Zusammenhang gemeint war. Und in bezug auf Faye war sie tatsächlich blind. Richtig?

Richtig.

Andererseits mochte Liebe vielleicht blind machen, aber sie machte nicht notwendigerweise dumm. »Soll ich einen Termin für dich vereinbaren?«

»Das kann ich auch selbst.«

»Also wirklich, Johnny. Du weißt doch, daß du manchmal Dinge vergißt, die du tun sollst.«

Glaub das nur.

»Du rennst ins Museum oder machst deine Hausaufgaben, und irgendwann ruft Dr. Block an und fragt, was mit dir passiert ist. Das Versäumen psychologischer Untersuchungen würde sich nicht gut in deiner Akte machen.«

Aber überhaupt welche zu haben würde sich gut machen? Logischer Widerspruch. »Ich mache den Termin jetzt gleich, wenn du dabei zusehen willst.«

»Nun hör aber auf, Johnny. Du weißt, daß ich dir vertraue.«

Genau. Was der Grund dafür ist, warum du ständig bohrst. John seufzte. Wenn der Konzern für einen bezahlte, erwartete er, daß man *seinem* Bild davon entsprach, wie man sein sollte. Es war leichter, so zu tun, als mache man mit. Man mußte sich der Vorstellung des Konzerns von angemessenem Lebensstil anpassen, wenn man überhaupt eine Privatsphäre haben wollte, und John hatte schon vor langer Zeit herausgefunden, daß er seine Privatsphäre mochte. Er würde zu Block gehen. Vielleicht war dies das letzte Mal.

Spiel mit.

Ja, das war am besten. Er rief das Antwortmenü auf und wählte *Termin vereinbaren*. Er quetschte den Termin in die Freistunden zwischen seinem Seminar über Heldenliteratur und seinem Fechtunterricht. Ihm blieb gerade genug Zeit, um mit dem Zubringer ins medizinische Zentrum und zurück zu fahren, wenn die Straßenbahn pünktlich fuhr. Und wenn nicht, würde er die Verspätung bei seinem Fechtlehrer, dem Coach, schon entschuldigen. Ich war im medizinischen Zentrum, wissen Sie. Ein gesunder Geist in einem gesunden Körper, wissen Sie.

»Ich gehe am Dienstag.«

Seine Mom setzte ihr zufriedenstes Lächeln auf, widmete sich wieder ihren Einrichtungsplänen und ließ ihn sein Leben fortsetzen.

*

»Das hätte ich mir denken können.«

John schaute von seinem Lesegerät auf. Yael Haasmanns Stimme klang verärgert, aber er hatte ein albernes Grinsen auf dem Gesicht.

»Hey, Mom, ruf die Sicherheit. Wir haben einen Einbrecher.«

Nicht wirklich. Nur einen abscheulichen Unhold.

Freund, korrigierte John. Einen abscheulichen Freund.

Wie auch immer.

Jedenfalls kam keine Antwort aus dem anderen Zimmer. Yael steckte eine Hand unter seine Jacke und zog sie wieder hervor, den Daumen nach oben und den Zeigefinger ausgestreckt. Sein Gesicht verzog sich zu einer irren Fratze, als er den Zeigefinger auf John richtete. »Zu spät, Drohne. Sie hat mich eingelassen. Jetzt kann dich niemand mehr retten. Noch eine Bewegung, und du bist verdampft.«

John legte das Lesegerät weg, weigerte sich aber, die Hände zu heben. »Es heißt, ›jetzt gibt es keine Hoffnung mehr für dich‹.«

Die vorgebliche Strahlenpistole löste sich in Luft auf, als Yael die Achseln zuckte. »So oft, wie ich den Film schon gesehen habe, sollte man eigentlich meinen, daß ich den Text richtig hinbekomme. Ich meine, *Stellar Wars, the Final Generation*, ist doch schließlich der Film, der unsere Generation geprägt hat.«

»Arbeite weiter daran.« John wedelte mit der Hand. »Schaff dir irgendwo Platz.«

Yael nahm einen Stapel Berichte, Disketten und Magazine vom Schreibtischstuhl und deponierte ihn auf dem Fußende von Johns Bett. Der Stapel löste sich in einer Lawine auf, die Johns bestrumpfte Füße unter sich begrub. Mit dem stummen Gelöbnis, den ganzen Kram dorthin zu räumen, wohin er gehörte, zog er seine Füße darunter hervor und setzte sich gerade hin.

»Was führt dich in diesen Teil der Galaxis, Fremder?«

»Ich habe heute Zalingers Unterricht verpaßt.«

»Das ist mir auch aufgefallen. Hast du verschlafen?«

»Sozusagen.« Yael grinste verrucht. »Aber stell keine

Fragen mehr, weil ich auf keinen Fall den Ruf einer Dame beflecken werde.«

»Das ist ja was ganz Neues.«

»Ich bin nur praktisch. Ich bin immer diskret, wenn es nützlich ist.«

»Jedenfalls hast du einen neuen Spruch.«

»Gefällt er dir? Das dachte ich mir. Er hört sich wie einer an, den du dir ausdenken würdest. Natürlich nur, wenn du je Bedarf dafür hättest.«

»Wir reden über dein Liebesleben, nicht über meins. Kenne ich sie?«

»Nur in deinen Träumen.«

»Lassen wir meine Träume besser aus dem Spiel.«

»Okay. Aber ich muß wissen, was wir als Hausaufgabe lesen sollen.«

»Die nächsten drei Kapitel. Also, wer ist sie?«

»Das verrate ich nicht. Drei Kapitel! Weiß Zalinger denn nicht, daß wir auch noch ein Leben außerhalb seines Unterrichts haben?«

»Ich kann mir nicht vorstellen, daß er glaubt, daß es überhaupt ein Leben außerhalb seines Unterrichts gibt. Jedenfalls kein intelligentes. Ihr Name, Freund?«

»Wenn du sie kennenlernst. Falls du sie kennenlernst. Aber ich kann dir sagen, daß *sie* ganz genau weiß, daß es Leben außerhalb des Unterrichts gibt.«

»Darauf möchte ich wetten.«

»Und du würdest gewinnen.« Yael wackelte mit den Augenbrauen und grinste albern. »Hey, ich hab's gerade erfahren. Zephyr Scream werden im Studentenzentrum spielen. Wir können Dienstag abend nach dem Unterricht hingehen und uns das zweite Konzert ansehen. Und vielleicht, aber nur vielleicht, lernst du dann die schwer faßbare geheimnisvolle Frau kennen.«

»Wer ist Zephyr Scream?«

»Wer ist Zephyr Scream!« Yael schlug sich theatralisch mit der flachen Hand gegen die Stirn. »Sie haben recht, du *mußt* von einem anderen Stern sein. Nein, warte, ich weiß! Dein Hirn ist unter der Last allzu vieler Bücher verrottet. Aber keine Sorge, ich rette dich aus der intellektuellen Verzweiflung und teile mein geheimes Wissen über die finstersten Geheimnisse der Erde mit dir. Zephyr Scream sind nicht mehr und nicht weniger als die heißeste Buzzrockband diesseits von Boston. Wenn sie spielen, ist das so, als würde man sich mit dem Unendlichen vereinigen. Die gehen echt ab, Mann.«

»Beschallungsschock.« John tippte sich mit einem langen schlanken Finger an die Stirn. »Schaltet alle höheren Funktionen des Gehirns aus.«

»Wenigstens ist das Musik.« Yael warf einen demonstrativen Blick auf Johns handsigniertes Poster von Bard Taliesin und hielt sich die Nase zu. »Die machen nicht dieses abtörnende Retrozeug, das du dir anhörst. Diese Truppe lebt. Sie ist total angesagt.«

»Letzten Monat hast du noch gesagt, diese kreischenden Neomonowaver wären total angesagt.«

»Ja. Stimmt genau. Aber das war letzten Monat. Die Welt dreht sich weiter, und zwar ständig. Sie ist nicht erstarrt wie diese Bücher von dir.« Yael trat nach einer eselsohrigen Ausgabe von *Die Zwei Türme*, so daß das Buch unter den Schreibtisch flog. Es stieß mit einem Stapel von Blättern und Disketten zusammen, der prompt einstürzte und es unter sich begrub. Die Lawine stieß gegen ein Tischbein, und die Erschütterung brachte den Wachturm einer Burg aus Legosteinen ins Wanken. Der Spielzeugturm wackelte und wäre beinahe umgefallen, bevor er sich wieder beruhigte und auf der Tischplatte stehen blieb. John schüttelte den Kopf. Etwas fester noch, dann wäre er vom Tisch gefallen und ein für allemal hinüber gewesen, und niemand hätte es verhindern können. Das alte Plastik war zu spröde, um den Fall zu überleben.

Barbar.

Nicht wirklich. Nur ein Ignorant, was die feineren Dinge des Lebens betraf. Bücher, auch solche aus zweiter Hand, waren nicht mehr billig. Und der Wachturm – so etwas wurde ganz einfach nicht mehr hergestellt. Wenigstens gehörte er nicht zum Robin-Hood-Bausatz. *Der* war wirklich unersetzlich. Dennoch, Freund hin oder her, er konnte nicht einfach so über den Vorfall hinweggehen.

»Paß auf die Sachen auf«, sagte John mit einem warnenden Unterton. »Es sind schon Leute für weniger gestorben.«

Yael fuhr zusammen, als habe John eine echte Drohung ausgesprochen. »Hey, immer mit der Ruhe, Freund. Ist ja nichts passiert.«

Was nicht sein Verdienst ist.

John kicherte. Nein, *sein* Verdienst war es nicht.

»Dieser Turm ist aus der Erinnerung nachgebaut. Die Steine stammen aus der Erstauflage des Earl's-Keep-Bausatzes von 1995. Meine Mom hat ihn mir vor zwei Jahren gekauft. Sie hat dafür monatelang die Flohmärkte und Second-Hand-Läden abgeklappert.«

»Hey, es tut mir leid. Okay?« Yaels Entschuldigung klang nur halbwegs aufrichtig. »Hör mal, ich… äh… muß gehen. Danke für die Hausaufgaben. Wir sehen uns im Unterricht.«

»Ja. Bis dann.«

John hörte seine Mutter ›Auf Wiedersehen‹ sagen, als Yael die Wohnung verließ. Er hätte höflich sein und Yael zur Tür begleiten müssen, aber ihm war nicht danach, höflich zu sein. Es war nicht leicht, mit Yael auszukommen, und diese letzte Störung hätte John beinahe eines seiner Lieblingsstücke gekostet. Der Bursche hätte wenigstens vorher anrufen können. John holte *Die Zwei Türme* unter dem Schreibtisch hervor. Yael hatte keinen Respekt vor wichtigen Dingen. John ließ die Hausaufgabe in seinem Lesegerät Hausaufgabe sein, machte es sich wieder auf dem Bett gemütlich und schlug das Buch auf.

Die Orks arbeiteten sich immer näher an Frodo heran.

Kapitel 2

Charley Gordon saß auf dem Geländer und beobachtete das Team von der Spurensicherung bei der Arbeit. Die Leiche war in keinem sonderlich guten Zustand gewesen, als Charley sie gefunden hatte. Was keine große Überraschung war. Es handelte sich um ein Gewaltverbrechen, und das Opfer hatte eine Menge Blut verloren. Hier oben in den Bergen gab es immer noch wilde Tiere, die der Blutgeruch angelockt haben würde. Aasfresser, sagte er sich. Er zitterte ein wenig und schob es auf die morgendliche Kühle. Was die wilden Tiere angerichtet hatten, war nicht schlimmer als das, was Ratten anstellten, nahm er an. Aber mit solchen Dingen rechnete man in der Stadt. Hier draußen war angeblich alles sauberer und netter.

Manuel Salazar war ein guter Partner. Er brachte einen zweiten Becher Kaffee mit, als er kam und sich neben Charley setzte. Das Lederetui mit Mannys Polizeimarke steckte in der Brusttasche seines Parkas. Der Parka war Zivilkleidung, aber die Marke bürgte für Mannys Recht, hier zu sein, auch wenn man die Uniform unter der Jacke nicht bemerkte. Charley hatte weder Marke noch Uniform, da er nicht offiziell hier war, zumindest nicht im üblichen Sinn. Er war als Zeuge hier, da er die Leiche gefunden hatte. Eigentlich hatte er Urlaub. Eigentlich hatte er diese ganze Scheiße mit dem Sprawl hinter sich lassen wollen.

Er trank einen Schluck aus dem dampfenden Becher. Der Kaffee war nicht so heiß, wie er aussah. Der größte

Teil des Dampfs war auf die Kälte draußen zurückzuführen. Bald würde der Kaffee zu kalt sein, um ihn noch zu trinken. Was vielleicht gar nicht so schlecht war. Diese Brühe schmeckte fast so schlimm wie Sergeant Kowalskis Bereitschaftsraum-Säure.

»Der Ranger sagt, daß es um diese Jahreszeit keine Bären gibt«, sagte Manny.

»Das war kein Bär.«

»Sagt das die Spurensicherung?«

»Nein.«

»Woher weißt du es dann?«

Der arme Manny. Nichts war wirklich, bis irgendeine Autorität es ihm bestätigte. »Der Ranger hat recht, was die Jahreszeit betrifft. Außerdem tötet ein Bär anders.«

»Jetzt hör aber auf, Charley. Das arme Schwein ist praktisch totgeschlagen, aufgeschlitzt und dann halb aufgefressen worden.«

Das stimmte. Was immer das auch zu bedeuten hatte. »Bären verlassen den Tatort nicht auf einem Motorrad.«

Manny war keineswegs beeindruckt. »Jeder Landstreicher hätte das tun können. Er kommt zufällig vorbei und sieht das Ding. Ein herrenloses Motorrad. Niemand in der Nähe, der sich beschweren kann. Oder ihn sieht. Besonders nicht die Leiche. Der Landstreicher schnappt sich einfach das Motorrad und fährt los.«

»Die Leiche hat noch geblutet, als das Motorrad gefahren ist.«

»Woher weißt du das? Hast du mit der Spurensicherung geredet, ohne mir was davon zu sagen?«

Charley trank einen Schluck abgekühlte kaffeefarbene Brühe. »Ich hab nachgesehen.«

Manny brummte etwas in seinen Becher. Wie üblich, wenn er Dampf ablassen wollte, auf Spanisch. Wie üblich tat Charley so, als verstehe er die Sprache nicht. Charley wartete, bis Manny die Puste ausging.

»Ich bin froh, daß du gekommen bist.«

»Hey, wir sind Partner. Ich konnte dich doch nicht der Gnade der Einheimischen überlassen. Diese Landeier haben keinen Respekt vor richtigen Cops.«

»Sie machen ihre Sache ganz gut.« Nachdem Lieutenant Cullen, der Einheimische, der die Untersuchung leitete, seine kleine Ansprache beendet hatte – »Sie sind nicht im Dienst, wir aber schon, und Sie sind hier ohnehin nicht zuständig« –, hatten sie sich ganz anständig verhalten. Er hatte Cullen sogar geglaubt, als der Bursche sagte, Charley hier warten zu lassen, sei nicht seine Idee gewesen, obwohl ihm der Lieutenant nicht verraten wollte, auf wen oder was Charley warten sollte. Charley verstand diese Art von Hinhaltetaktik. Im Gossamer-Fall letztes Jahr hatte er mit einem Zeugen ebenso verfahren müssen. »Ein Glück, daß das nicht auf Konzernterritorium passiert ist.«

Manny nickte wissend. Wenn man es mit privaten Konzernen und dem ganzen Schwachsinn von wegen Konzernvertraulichkeit zu tun hatte, war jede Untersuchung eine Strafe. Morde wie der an Gossamer waren die schlimmsten. Die hiesigen Cops hatten Glück, daß sie sich nicht mit derartigem Scheiß herumschlagen mußten.

Manny half Charley, die Jungens von der Spurensicherung zu beobachten, und trank dabei seinen Kaffee. Sein Gesicht verzerrte sich langsam zu der Grimasse, die bedeutete, daß er angestrengt über etwas nachdachte. Charley wartete. Manny würde reden, wenn er so weit war.

»Was ist denn nun so wichtig an diesem Churdy?«

»Keine Ahnung.«

»Du hast noch keine Anhaltspunkte?«

»Nein.«

»Dann war es ja vielleicht doch ein Bär.«

Manny war hartnäckig, das mußte man ihm lassen. Captain Milton nannte es hohlköpfig, aber Captain Milton hielt auch nicht viel von Manny. Charley hielt nicht viel von Captain Milton. »Wie ich schon sagte, kein Bär.«

»Vielleicht ist er von diesem Barrington-Drecksack erwischt worden. Der Hurensohn schlitzt seine Opfer auch auf.«

»Der Schlitzer hat ein ganz bestimmtes Tatmuster. In diesem Fall stimmt das Timing nicht.«

Manny grunzte. Diese Antwort gefiel ihm auch nicht. »Ein Trittbrettfahrer?«

»Hier draußen? Soll das ein Witz sein?«

»Ja, du hast recht.« Er sah enttäuscht aus. »Trotzdem. Irgendwas Besonderes muß doch an dieser Sache dran sein, wenn sie wollen, daß du hier wartest und mit irgend jemandem sprichst, wer immer das auch sein mag.«

»Also haben sie es dir auch nicht gesagt?«

»Lieutenant Cullen sagt, ich muß warten, wenn ich es wissen will. ›Die Zuständigkeit‹, sagt er. Zuständigkeit, am Arsch. Dem Scheißkerl gefällt es einfach, im Vorteil zu sein.«

Charley nickte. Er hatte angenommen, der Mangel an Informationen sei darauf zurückzuführen, daß er Zeuge war. »Erzähl nie etwas einem Zivilisten« war gewöhnlich die sicherste Grundregel, und in diesem Fall galt Charley als Zivilist. Aber wenn die hiesigen Cops Manny auch nichts sagten, waren sie möglicherweise von oben zum Schweigen verpflichtet worden. Oder vielleicht konnte es dieser Lieutenant auch einfach nicht haben, wenn er Außenseiter im Nacken hatte.

Flugzeuglärm ließ den Lieutenant aufschauen. Charley warf einen kurzen Blick, aber nicht mehr. Manny gaffte. Sogar die Jungens vom Labor schauten von ihrer Arbeit auf. Einer von ihnen fluchte und beeilte sich, die Leiche mit einer Plane abzudecken.

»Sind sie das?« fragte Manny.

»Gut geraten.«

Eine Boeing Swingjet tauchte hinter dem Berg auf und flog auf sie zu. Die Triebwerke an den Enden der Stummelflügel sahen ominös aus, fast wie Raketenwerfer an einem Kampfhubschrauber. Charley war anderer Meinung, aber der Vergleich drängte sich unwillkürlich auf. Er fühlte sich besser, als die Nase des Flugzeugs von ihm wegschwenkte und sich für die Landung auf die Straße ausrichtete. Das Flugzeug hatte keine Kennzeichen, aber die Schnittigkeit der Maschine kündete von Geld oder Verbindungen oder beidem. Vielleicht gab es in diesem Fall doch Verbindungen zu irgendeinem Konzern. Charleys Magen fühlte sich unangenehm verkrampft an. Die Triebwerke wirbelten Staubwolken auf und wehten ihm heiße, ölige Luft entgegen, als die Swingjet landete.

Bevor die Triebwerke abgeschaltet wurden, schwang die Tür bereits zu einer Rampe herunter. Kaum war die Treppe ausgeklappt, als auch schon ein Quartett hart aussehender Burschen im Anzug herunterstürmte. Fesche Jungens in maßgeschneiderten Anzügen. Waffen waren keine an ihnen zu erkennen, aber Charley zweifelte nicht daran, daß sie welche bei sich trugen. Der erste ging schnurstracks zu Cullen, während die anderen rings um das Flugzeug ausschwärmten.

Ein paar Typen, die wie Techniker aussahen – in gottverdammten weißen Kitteln, um Himmels willen – eilten die Rampe herunter. Ihre Ausrüstung erschwerte ihnen den Weg über die schmale Treppe. Der letzte Bursche aus der Swingjet hatte ein wenig Mühe, sich durch die schmale Luke zu quetschen, obwohl er sich nicht bücken mußte wie die anderen, um sich nicht den Kopf an der oberen Einfassung zu stoßen. Der Bursche war nicht sonderlich groß, aber verdammt breit, fast so breit wie hoch, was Charley an einen seiner ehemaligen Ausbildungsoffiziere erinnerte. Dieser Bursche sah dem alten Jonesy ziemlich ähnlich, wenn man Jonesy um ein paar Fuß verkleinerte und seine Hautfarbe um ein gutes Dutzend Schattierungen heller machte.

Der Knirps hatte zweifellos das Kommando. Charley hörte, wie einer der Techies ihn Mr. Sörli nannte. Sehr ehrerbietig. Sörli zeigte auf die abgedeckte Leiche, und die Techies rasten los. Die Einheimischen zogen die Plane weg und machten dann den Weißkitteln Platz. Die neuen Jungs öffneten ihre Taschen und taten genau das, was die Spurensicherung bereits erledigt hatte.

Wiederholung, wie lieb ich dich. Diese Burschen mußten Bundesbullen sein.

»'n Haufen Leute für 'ne Bärenjagd«, bemerkte Manny.

Manny wollte die Bärentheorie einfach noch nicht zu den Akten legen.

»Das sind Bundesbullen. Mir ist noch kein Bundesbulle begegnet, der sich um einen Bären kümmert.«

»Bundesbullen?« Mannys Miene verdüsterte sich, um sich gleich darauf wieder etwas aufzuhellen. »Soviel dazu, daß es kein Tatmuster gibt. Das *muß* irgendein Serienmord sein. Ein Autobahnmörder oder irgendwas. Ich wette, der Täter hat schon Leute in einem halben Dutzend Staaten aufgeschlitzt. Du hast aber auch ein Glück, Charley. Ich wette, so nah waren sie dem Kerl noch nie. Du wirst noch so berühmt wie Billy Kent in Philly, Charley, mein Junge.«

Charley empfand eine jähe Zuneigung zur Bärentheorie.

Die Weißkittel machten sich gewissenhaft an ihre

Aufgabe, während der erste Pinkel mit Lieutenant Cullen redete. Sörli stand mit verschränkten Armen bei der Swingjet und beobachtete seine Leute bei der Arbeit. Zwei seiner Pinkel hatten sich hinter ihm aufgebaut wie die Massai-Leibwächter eines Profi-Linebackers.

Schließlich zeigte Cullen auf Manny und Charley, und der Pinkel wandte sich in ihre Richtung. Bei ihnen angekommen, sprach er Manny an.

»Officer Gordon?«

»Das bin ich«, sagte Charley. Das Zucken der Verärgerung im Gesicht des Pinkels, als dieser sich Charley zuwandte, erwärmte dessen Herz.

»Kommen Sie bitte mit«, sagte der Pinkel steif.

Warum, zum Teufel, denn nicht? Ein paar Fragen, und er konnte schon irgendwohin unterwegs sein, wo es warm war. Charley ging mit. Der Pinkel führte ihn zu dem Knirps. Als sie im Schatten der Tragfläche der Swingjet angekommen waren, trat der Pinkel beiseite, so daß Charley dem Knirps – nun, nicht gerade von Angesicht zu Angesicht, aber doch – gegenüberstand.

Sörlis Hände steckten in seinen Taschen, und er nahm keine heraus, um Charley einen Händedruck anzubieten. »Gordon?«

»Das bin ich.«

»Sie haben die Leiche gefunden?« fragte der Pinkel auf der linken Seite.

»Ja.«

Der Bursche hielt ihm ein Lesegerät hin. »Würden Sie bitte Ihre Aussage noch einmal lesen?« Charley tat es. »Möchten Sie noch etwas hinzufügen?« Charley schüttelte den Kopf, während er das Lesegerät zurückgab. »Möchten Sie irgend etwas ändern?«

»Nein.«

»Dies ist eine ernsthafte Untersuchung, Officer Gordon. Ihre Vorgesetzten haben vollständige Kooperation zugesagt. Ich glaube nicht, daß Sie den Ernst der Lage begreifen.«

»Da haben Sie verdammt recht.«

»Ihre Leichtfertigkeit findet bei uns keinen Anklang, Officer Gordon.«

Ein Jammer. Das Land gehört euch nicht. Ich gehöre euch nicht. »Bei mir hat es keinen besonderen Anklang gefunden, als man mir sagte, daß ich hier in der Kälte warten müsse.«

»Wir wüßten Ihre Kooperation sehr zu schätzen.«

»Ich habe schon kooperiert, indem ich hier draußen gewartet habe, und Sie tun gerade so, als sei *ich* derjenige, der *Sie* hat warten lassen.«

»Dies ist eine ernsthafte Untersuchung, Officer. Wir haben kein Interesse, unsere Zeit zu verschwenden oder auch nur die irgendeines Bürgers, was das betrifft. Ich bin sicher, daß wir alle ziemlich glücklich sein werden, wenn wir uns wieder anderen Dingen widmen können.«

Je eher desto besser. »Hören Sie. Wenn Sie ganz bestimmte Fragen haben, stellen Sie sie einfach.«

Der Pinkel sah aus, als hätte er in eine Zitrone gebissen. Eine richtig große, gelb und sauer. Als er seine Frage stellte, klang sie mehr wie eine Feststellung. »Sie haben niemanden in der Nähe der Leiche gesehen und auch sonst nichts Ungewöhnliches.«

»Eine blutüberströmte Leiche auf einer Bergstraße ist nicht gewöhnlich. Wenigstens dann nicht, wenn es kein Reh ist.«

»Richtig. Ich wollte fragen, ob Sie irgend etwas Ungewöhnliches gesehen haben, das vielleicht mit dem Mord zu tun hat.«

»Nein.«

»Ihre Aussage war sehr klar, aber es fehlen jegliche Schlußfolgerungen und Mutmaßungen. Sie sind Polizeibeamter und werden sich Gedanken über das Verbrechen gemacht haben.«

Es wurden ständig mehr. »Ich habe die Leiche gefunden, aber ich bin nicht im Dienst.«

»Sie sind Polizeibeamter, oder nicht?«

»Ich habe Urlaub, und selbst wenn ich keinen hätte, wäre ich hier außerhalb meines Zuständigkeitsbereichs. Ich habe den Fund gemeldet, wie ein anständiger Bürger das tut, und wie ein anständiger Bürger überlasse ich die Untersuchung den hiesigen Beamten. Ich habe zu Hause mehr als genug zu tun.«

»Ah, ja. Sie haben mit der Untersuchung des Barrington-Falles zu tun, nicht wahr?«

»Am Rande.«

»Sie haben auch in diesem Fall eine der Leichen gefunden.«

»Ja.«

»Sehen Sie eine Verbindung zwischen den beiden Fällen?«

Abgesehen von Leichen? »Der Mörder ist nicht derselbe.«

»Sie sind sich dessen ganz sicher?«

Das hatte er zumindest geglaubt. Und jetzt? Vielleicht nicht mehr. »Ich habe keine Indizien. Die habt ihr Jungens doch gesammelt.«

»Richtig. Haben Sie irgendeine Vermutung in bezug auf...«

Sörli fiel ihm ins Wort. »Sind Sie mit dem Opfer verwandt oder bekannt?«

Kurz bevor Charley den Blick auf den Knirps richtete, bekam er noch den Ausdruck der Verärgerung mit, der über die Miene des Pinkels huschte. Dissonanzen in der Truppe? Sörli nahm es entweder nicht zur Kenntnis, oder es war ihm gleich. Er starrte Charley durchdringend an. Seine dunklen Augen funkelten kalt über seinen bärtigen Wangen.

Charley sah keinen Sinn in der Frage, aber er beantwortete sie trotzdem.

»Ich habe den Burschen noch nie zuvor gesehen.«

»Sind Sie sicher?« hakte der Pinkel nach.

»Ja.«

Sörlis stählerner Blick ruhte noch für einen Augenblick auf Charley. Dann schien er sich tief in sich zurückzuziehen und nachzudenken. Nach einer Weile murmelte er etwas. Es klang wie: »Diese Dinge stehen oft miteinander in Zusammenhang.«

In Zusammenhang, wie? »Was für Dinge?«

Sörli sah ihn an, eindeutig gereizt. Der Knirps hatte offenbar gar nicht bemerkt, daß er laut gedacht hatte. Interessant. Die Verärgerung in Sörlis Stimme ließ die Worte klingen, als rieben sich zwei Zementblöcke aneinander.

»Sie sind ein gewissenhafter Mann, Officer Gordon. Das ist eine Qualität, die ich sehr schätze. Außerdem hat man mir gesagt, Sie hätten sehr viel Glück und seien sehr neugierig. Haben Sie auch weiterhin viel Glück. Aber seien Sie nicht neugierig.«

»Warum nicht?«

»Wenn Sie Glück haben, werden Sie es nicht herausfinden.«

Der Knirps kehrte Charley den Rücken und stieg in die Swingjet. Mehere der Pinkel folgten ihm. Derjenige, der ihn bis dahin vernommen hatte, sagte: »Das wäre dann alles, Officer Gordon«, bevor er sich den anderen anschloß.

*

John war zur Abwechslung einmal froh, daß der Coach am Dienstag abend nicht da war. Mangelndes Konzerninteresse für Fechten war gleichbedeutend mit mangelnder finanzieller Förderung, und die Mannschaft mußte trainieren, wenn keines der anderen Teams die

Räumlichkeiten in der Schule für sich beanspruchte, was nicht sehr oft vorkam. Sie mußten ständig improvisieren, was bedeutete, daß sich Zeit und Ort für ihr Training ständig änderten. Die häufig wechselnden Termine bedeuteten, daß Coach Montoya, der auch noch andere, weniger ausgefallene Verpflichtungen hatte, das Training nicht immer leiten konnte. Insbesondere dann nicht, wenn die Mannschaft in abseits des Campus gelegenen Räumlichkeiten wie zum Beispiel der Sporthalle von WoGe 7 untergebracht wurde, wie dies heute der Fall war.

Daß der Coach nicht auftauchte, war dennoch ein Rätsel, aber John wußte nur allzu gut, warum er selbst sich verspätet hatte. Wegen seines Termins bei Dr. Block – er war kurz gewesen, allen herrschenden Mächten sei Dank – und der anschließenden Probleme, zur WoGe zu gelangen. Die Straßenbahn hatte sich eine halbe Stunde verspätet. Auf der anderen Seite des Raums waren Yael, Will Brenner und Philip Skyler bereits mit ihren Aufwärmübungen beschäftigt.

John wühlte auf der Suche nach dem Kasten mit den Sensorspitzen in seiner Sporttasche herum. Schließlich fand er sie in seiner Maske. Er holte beides heraus und legte die Maske weg, dann öffnete er den Kasten aus Hartplastik, holte eine der Spitzen aus der Schaumgummifütterung und steckte sie auf sein Florett.

Die Sensorspitzen waren die neuste Hi-Tech-Errungenschaft für Fechtausrüstung und hatten den größten Teil des Mannschaftsbudgets dieses Jahres verschlungen. Die Spitzen vereinten die Schutzabdeckung für die Metallspitze der Klinge mit einem chipgesteuerten Monitor. Ein Sensor registrierte den Druck eines Stoßes, während ein anderer die Bewegungsrichtung und den Neigungswinkel der Klinge überwachte. Diese Rückmeldungen ermöglichten es dem Chip, Treffer nach Qualität zu bewerten. Ein Auslöser am Griff des Floretts gestattete es einem Fechter, eine Angriffsabsicht einzugeben, und eine ständige Kommunikationsschleife zwischen den Spitzen zweier Kontrahenten gestand nur demjenigen Fechter das Angriffsrecht zu, der seine Angriffsabsicht zuerst bekundete. Die Tatsache, daß die Fechter jetzt nicht mehr auf dem Rücken verkabelt waren, hatte das Gesicht dieses Sports verändert. Die Planche, jener schmale Laufsteg aus Holz, war verschwunden, und Fechten als Sport näherte sich wieder dem freieren Stil altertümlicher Schwertkämpfe an. John streifte seinen Handschuh über und startete das Diagnoseprogramm des Chips. Augenblicke später verspürte er das beruhigende Summen in seiner Handfläche, das das Angriffsrecht signalisierte.

Yael und Phil lieferten sich bereits einen Sparringskampf, als John endlich seine Maske aufgesetzt hatte. Will, ganz der übliche Nachzügler, hatte Schwierigkeiten, die Halteriemen seiner Fechtmaske richtig zu binden. John ging zu ihm, um ihm zu helfen. Will war bereits in den oberen Klassen und länger als alle anderen Mitglied der Fechtmannschaft, aber er wirkte noch immer etwas unbeholfen. Er hielt sich nur aufgrund der Ligaregeln und des gravierenden Mangels an interessierten Sportlern in der Mannschaft.

Als Will so weit war, legten sie die Frequenzen fest, nahmen die Grundstellung ein und legten los. Nach der Enttäuschung seines psychologischen Sparrings mit Dr. Block fühlte sich die körperliche Aktivität gut an. John überfuhr Will in drei aufeinanderfolgenden Angriffen, bevor er sich etwas zurücknahm. Etwas ruhiger, streckte er sich, ließ die Klinge sinken und bot Will Angriffspunkte. Will nahm das Angebot an, aber John war dennoch zu schnell für ihn. Beim nächsten Ausfall öffnete John seine Deckung noch weiter.

Er fühlte sich gut, ritt auf der Welle eines Hochgefühls, nicht so sehr wegen der Leichtigkeit, mit der er die plumpen Angriffe Wills abwehrte, sondern weil er in guter Form war und die Waffe wahrhaftig beherrschte. Fechten war viel besser als Basketball. Nicht, daß er Basketball nicht mochte. Auf der High School hatte ihm Basketball großen Spaß gemacht, aber die ersten Erfahrungen in der Erstsemestermannschaft des Polytech hatten ihn gelehrt, wie groß der Unterschied zwischen High School und College war. Sogar in der Juniormannschaft war der Druck, der auf den Collegespielern lastete, allgegenwärtig. Und als wäre der Druck, die Playoffs zu erreichen, noch nicht genug Ablenkung gewesen, mußte man sich auch noch mit der zudringlichen Aufmerksamkeit der Sportgeschäftemacher aus der Konzernwelt herumschlagen. College-Basketball hatte eine eigene Mediengefolgschaft, und das bedeutete, daß jede Mannschaft, sogar die 'Tech-Juniormannschaft, eine Anhängerschaft besaß. Zumindest eine aus Medientypen. John hatte die Künstlichkeit der ganzen Sache mehr als abstoßend gefunden.

Die massive Förderung des Sports seitens der Konzerne hatte ihm Basketball gründlich vermiest. Alles wirkte rigide und kontrolliert. So sollte Sport in seinen Augen nicht sein. Also war er nach der Hälfte der Saison aus der Mannschaft ausgeschieden und hatte sich nach etwas anderem umgesehen, doch keine der anderen gesponsorten Mannschaften hatte ihn danach noch haben wollen. Er hatte das zweite Semester vollkommen ohne organisierte körperliche Aktivität verbracht und herausgefunden, daß ihm das noch weniger gefiel. Im Sommer hatte er es mit dem WoGe-Leichtathletikkurs versucht, aber der war voll von schreienden Kindern und alten Käuzen. Und als das Herbstsemester vor der Tür stand, hatte er einen Großteil seiner Freizeit damit verbracht, sich zu überlegen, mit welcher Sportart er leben konnte, anstatt etwas zu tun. Den Sommer hatte er in erster Linie deshalb überstanden, weil ihn die Arbeit als Führer im Waffenmuseum beschäftigt hatte. Es war keine sonderlich anstrengende Arbeit, aber sie füllte die Zeit aus. Zumindest die Zeit, die er im Museum verbrachte. Dann hatte Will, ein Mitglied einer Gruppe, die sich mit der Rekonstruktion des Mittelalters beschäftigte, das Museum besucht. Sie hatten sich über Schwerter unterhalten, und Will hatte zufällig den Fechtkurs am 'Tech erwähnt. John war sofort begeistert gewesen. Die Vorstellung, ein Schwert zu schwingen, rief Bilder in ihm wach, die sehr gut zu Johns Träumen von Rittern, Feen, Burgen und Maiden paßten. Was noch besser war, die Konzernmedien ignorierten Fechten größtenteils. Und das Beste: All seine Mannschaftskameraden waren von der Romantik der Fechtkunst ebenso fasziniert wie er selbst.

Im Laufe der Jahre hatte John ein paar Freunde gefunden, die seine Interessen teilten, aber er scheute noch immer vor organisierten Gruppen zurück, sogar vor jenen, die sich auf eben diese Interessen zu konzentrieren schienen. Er hatte von Freizeitgruppen wie der Gesellschaft für Kreativen Anachronismus gehört, doch es war ihm immer zu peinlich gewesen, sich ihnen anzuschließen. Für seinen Geschmack waren sie zu weltfremd. Wie die Dinge lagen, war John schon zu oft nonkonformen Verhaltens beschuldigt worden.

Johns Florettspitze traf das herzförmige Ziel auf Wills Jacke zum – wie vielten? – zehnten Mal? Der Griff von Johns Florett signalisierte die Abschaltung. Will gab den Kampf verloren.

»Du bist heute abend zu gut für mich, John. Ich brauche eine Pause.« Will zog sich die Maske von seinem verschwitzten Kopf. »Ich muß mir noch etwas

Energie für später aufheben. Hey, willst du nachher zum Treffen der Gesellschaft mitkommen?«

»Nicht schon wieder dieser GKA-Schwachsinn, Will.« Phil stand in der Nähe, die Maske unter einen Arm geklemmt, das Florett unter den anderen. Er hatte sein übliches mißbilligendes Stirnrunzeln aufgesetzt.

»Wer hat dich gefragt, Phil Reizbar?«

»Du jedenfalls nicht, mein Geschichte-trunkener Freund.« Phil trat zwischen Will und John und hob seine Klinge zu einem Gruß, der John galt. »Wir sind hier beim Fechttraining und nicht in einem Kostümpartyclub. Bist du fertig, Reddy?«

John trat zwei Schritte zurück, um Abstand zu gewinnen, und erwiderte den Gruß. Will entfernte sich kopfschüttelnd, da Phil seine Maske aufsetzte. Yael gesellte sich zu Will, und die beiden begannen ein Gespräch, aber John blieb keine Zeit mehr, darauf zu achten, weil Phil zum Angriff überging.

Johns Größe gab ihm beim Fechten einen fast ebenso großen Vorteil wie beim Basketball, denn seine Reichweite gestattete es ihm, aus viel größerer Entfernung zuzustoßen als die meisten seiner Gegner. Gegen den kleinen und kompakten Phil schien dieser Vorteil besonders groß, aber der kampfeslustige Phil beharrte immer darauf, daß es ihm nichts ausmache, daß ihn die Herausforderung reize. Phil baute auf sture Entschlossenheit und Geschick, und er arbeitete ständig an Methoden, Johns Florettspitze zu umgehen. Heute abend übte Phil sofort Druck auf John aus, was diesem nur die Möglichkeit ließ, sich entweder zurückfallen oder Phil in Reichweite kommen zu lassen. John wich zurück, wahrte die Distanz und ließ Phil angreifen. Wenn das Angriffsrecht wechselte, holte John sich dann den verlorenen Boden wieder zurück. Will rief eine Aufmunterung, und John antwortete: »Es ist immer leicht, wenn man gegen Leute kämpft, die nicht an einen herankommen.«

Unter seiner Maske schnaubte Phil als Antwort auf die Stichelei und setzte seine Angriffe mit neuerlichem Nachdruck fort. Wills Anfeuerungsrufe und Johns Spitzen schienen ihn anzustacheln. Seine Angriffe wurden heftiger und auch ein wenig wilder, doch John achtete auf seine Deckung, parierte und wich – wenn nötig – zurück. Seine Riposten und Gegenangriffe drangen durch Phils Deckung und trafen, und jeder Treffer entlockte Will einen Jubelruf, schien Phil aber nur in seiner Entschlossenheit zu bestärken. Johns Florett klingelte, als Phils Stöße und Hiebe härter und schneller kamen.

Beim nächsten Aufeinandertreffen überwand Phil Johns Deckung mit einem Manöver, mit dem John nicht gerechnet hatte. Ihre Florette klirrten, als Klinge über Klinge fuhr, bis Handschutz gegen Handschutz prallte. Phil riß sein Florett mit einem Kreischen von Metall auf Metall nach unten. Als der Druck seines Gegners von seiner Klinge wich, tänzelte John rückwärts, um sich auf einen Gegenangriff vorzubereiten. Er winkelte das Handgelenk an, um das Signal zu aktivieren, das den Wechsel des Angriffsrechts anzeigte, doch Phil ignorierte das Angriffsrecht und setzte seinen eigenen Angriff fort. Mit blitzender Klinge stürmte er auf John ein, der von dem Manöver völlig überrumpelt wurde. John wollte die Spitze von Phils Florett mit seiner eigenen Klinge ablenken, schätzte die Wucht von Phils Stoß jedoch völlig falsch ein.

Die Spitze von Phils Florett schoß John entgegen, und er wußte, diesmal würde er den Stoß nicht mehr rechtzeitig parieren können. Er versuchte sich in der Hoffnung wegzudrehen, die Spitze möge ihn verfehlen. Mitten in der Drehbewegung gab sein Knie nach, die Sehnen verloren darin plötzlich jegliche Spannung, als habe ihm jemand einen Schlag in die Kniekehle versetzt. Anstatt sich wegzudrehen, ging John zu Boden. Während er fiel, durchstieß die Spitze von Phils Florett Johns Fechtjacke und riß eine brennende Furche in die Haut seiner Schulter.

John keuchte vor Schock. Er war verwundet, wahrhaftig verwundet. Irgendwie war die Sensorspitze von Phils Klinge gefallen. Wäre John nicht gestürzt, hätte das Florett ihn durchbohrt. Er hätte getötet werden können.

Einen Augenblick später hatte Phil sich die Maske vom Kopf gerissen. »Alles in Ordnung, John?«

»Verdammt, Phil, du hättest ihn umbringen können!« schrie Will.

»Ich wußte nicht, daß die Spitze ab war«, protestierte Phil.

»Hast du denn das Abschaltsignal nicht bekommen?« fragte Yael. Er klang ruhiger als die beiden anderen.

Phil schüttelte den Kopf. Er zitterte. »Ich habe nichts gespürt.«

»Ich glaube, für heute hören wir besser auf«, sagte John zittrig.

»John.« Phil schaute besorgt drein. »Wirst du es dem Coach sagen?«

»Das werde ich wohl müssen.« Er zupfte an der zerrissenen Jacke. Die Blutflecken waren auf dem weißen Stoff kaum zu übersehen. »Ich glaube, er wird es bemerken.«

»Wirst du ihm sagen, daß ich es war? Es war ein Unfall.«

»Das weiß ich, Phil. Ist schon okay. Wirklich.« Phil sah nicht überzeugt aus. »Komm, hilf mir aus der Jacke, damit ich sie nicht noch mehr vollblute.«

Mit Yaels und Wills Hilfe zogen sie ihm die Jacke aus, ohne noch viel mehr Blut darauf zu verschmieren. Auch

Johns Arm wurde dabei nicht besonders malträtiert. Yael betrachtete die Wunde mit einem Stirnrunzeln. »Ich glaube, wir sollten dich besser verarzten, John.«

Die Jacke wurde in eine der Duschen geworfen, während Yael Johns Wunde mit einem Desinfektionsmittel säuberte. Als John schließlich verbunden war, machten alle einen viel ruhigeren Eindruck. Phil gab John die nasse Jacke. Der Riß war jetzt auffälliger als die Blutflecken, und John rollte die Jacke wortlos zusammen. Sie leisteten einen Schwur, niemandem von dem Vorfall zu erzählen, bis John sich überlegt hatte, was sie Coach Montoya sagen würden. Wenn es so weit war, würden die anderen Johns Geschichte bestätigen, wie sie auch ausfallen mochte. Nun, da der sichtbare Beweis des Unfalls verschwunden war, wendete sich das Gespräch absichtlich anderen Dingen zu. Abgesehen von einer gewissen Restnervosität in der Stimme und einer zögerlichen Redeweise war es so, als habe der Unfall niemals stattgefunden.

»Ich habe Kelley gestern gesehen«, sagte Yael.

»Kelley Donaghue?« John wußte, noch während er sie stellte, daß die Frage dumm war.

»Ja. Donaghue. Bist du noch hinter einer anderen Kelley her?«

»Ich bin nicht hinter ihr her.«

»So, wie du jedesmal keuchst, wenn sie vorbeigeht, hatte ich eigentlich angenommen, daß du ihr nachläufst«, stellte Phil fest.

»Die Hormone«, kommentierte Yael weise. »Die sind noch schlimmer für das Gehirn als Bücher.«

»Hast du schon versucht, dich mit ihr zu verabreden?« fragte Will.

»Ich wette, sie ist auf dem Zephyr-Konzert«, sagte Yael.

»Vielleicht gehe ich auch hin.« John haßte Buzzrock.

Aber wenn Kelley dort war, würde er vielleicht hingehen und es sich anhören.

»Muß echt die wahre Liebe sein, wenn du das in Erwägung ziehst«, sagte Phil.

»Beruhigt euch, Leute«, rief Will.

Phil warf ihm einen mürrischen Blick zu. »Solltest du nicht längst ganz woanders sein?«

Will warf einen Blick auf seine Armbanduhr. »Scheiße! Ich muß mich beeilen, wenn ich das Treffen nicht verpassen will. Bist du sicher, daß du nicht mitkommen willst, John?«

»Kelley Donaghue wird jedenfalls nicht dort sein«, stellte Yael fest.

»Vielleicht beim nächstenmal, Will.«

Will ließ höflicherweise unerwähnt, daß Johns Antwort jedesmal dieselbe war. John fragte sich, ob Will ihm glaubte. Phil hatte ebenfalls etwas anderes vor, so daß nur Yael und John zum Studentenzentrum gingen.

Das Konzert war eine toxische Lärmorgie, aber Kelley Donaghue war da. Sie schien überrascht zu sein, ihn zu sehen, aber nicht unangenehm. Johns Versuche, sich mit ihr in einer Lautstärke unterhalb von Schreien zu unterhalten, führten zu nichts. Selbst wenn er schrie, konnte er nicht die Hälfte von dem hören, was er selbst sagte. Von Kelleys Worten entging ihm noch mehr. Glücklicherweise schien Kelley über ihre Unfähigkeit, miteinander zu kommunizieren, ebenso verzweifelt wie John zu sein.

Die Truppe, mit der Kelley gekommen war, ging nach dem Konzert noch auf einen Mitternachtssnack ins Frilly Cow, aber John war pleite. Da er nicht damit gerechnet hatte, nach dem Training noch anderswohin zu gehen als nach Hause, hatte er kein Geld mitgenommen. Schlechte Manieren, zu schnorren oder mit nichts vor sich herumzusitzen. Da er befürchtete, daß er in ihrer Wertschätzung sinken könne, murmelte er eine Entschuldigung, die eine massive Hausaufgabe enthielt. Sie schien enttäuscht zu sein, und das war ermutigend. Immerhin ging John mit einem wahren Schatz aus der Begegnung hervor, einem Versprechen Kelleys, mit ihm auf ein anderes Konzert zu gehen. Auf ein leiseres. Auf dem ganzen Weg nach Hause zur WoGe pfiff er ›Jolly Drover Boy‹.

Kim Murphey gab ein paar Konzerte im Northsider Club.

War das eine gute Wahl?

Vielleicht. Kelley hatte tatsächlich gesagt, in einen ruhigeren Laden, und sie stand wirklich auf Musik. Sie studierte Musik als Hauptfach, da mußte sie doch viele verschiedene Stilrichtungen mögen, oder?

Vielleicht.

Vielleicht auch nicht. Vielleicht war sie wie alle anderen. Sobald seine potentiellen Freundinnen sein Zimmer sahen oder mit ihm auf ein Folkkonzert gingen, setzten sie sich wie eine Rakete von ihm ab und kehrten wieder zum Konzern-Einheitsbrei zurück.

Das war ihre Schuld. Sie hatten kein Verständnis. Und nicht nur für die Musik.

Bedeutet, kein Verständnis für mich. Tja, ganz angenehmer Gedanke. Aber wie konnte man das mit Sicherheit sagen?

Er wartete, bekam jedoch keine Antwort.

Na ja. Faye war nicht immer da.

Kapitel 3

Vielleicht waren es das entfernte Donnergrollen und die Aussicht auf ein Gewitter, was Helen so nervös machte, aber als sie die Frau auf dem Motorrad vorfahren sah, überlief es sie eiskalt. Sie sah eigentlich nicht nach Ärger aus. Nicht wie diese Biker-Schnallen. Keine Lederjacke, keine ausgeflippte Frisur, keine Hochglanzschminke. Diese Frau sah mit ihren langen Haaren, dem gammligen Rucksack, der Jeansjacke und der Jeanshose fast altmodisch aus. Und sie trug einen Helm. Die wilden Bräute trugen nie einen Helm.

Als sie ein wenig zur Seite trat, um die Frau besser sehen zu können, stieß Helen zum zwanzigstenmal an diesem Abend gegen das Schild, das unter der Theke lag. Warum hatte Sam sich nicht dazu aufgerafft, das verdammte Ding auch anzubringen? Es war ja schön und gut, daß er helle genug war, um sich ein Plakat auszudenken, das ihren Laden als ersten Supermarkt in Maine anpries. Sam war der Geschäftsführer. Es war seine Aufgabe, sich solche Sachen auszudenken. Er hatte das verdammte Ding sogar selbst angefertigt, anstatt ihr oder einem der anderen Angestellten diese Aufgabe zu übertragen – aber er hatte seine Arbeit nicht beendet. Ein Schild nützte überhaupt nichts, wenn niemand es sah. Die Aushilfe stolperte jetzt schon fast eine Woche regelmäßig über das verdammte Ding.

Helen beobachtete, wie die Frau den Helm auf den Benzintank des Motorrads legte. Dämliche Aktion.

Aber vielleicht kam sie damit durch. Schließlich war heute erst Dienstag. Am Wochenende wäre der Parkplatz voll und der Helm verschwunden gewesen, bevor die Frau den Laden betreten hätte.

Ihre Züge wirkten scharf und mochten früher, als sie noch jünger war, einmal hübsch gewesen sein. Sie schien müde und ziemlich erschöpft. Als sie durch die Tür kam, sah sie sich um, als müsse sie sich erst einmal orientieren.

Als hätte sich dieser Laden von Millionen anderer kleiner Supermärkte unterschieden.

Die Frau ging nach hinten und den Gang entlang, der zur Mikrowelle und zur Kaffeebar führte. Als sie die Theke passierte, tat Helen so, als sei sie mit einer Arbeit beschäftigt. Ihre kleine Scharade würde niemanden täuschen, der schon mal in einem Laden gearbeitet hatte, aber die meisten Leute hatten keine Ahnung, wie wenig es dort zu tun gab. Die Frau sah sie nicht einmal an. Helen beobachtete sie weiterhin verstohlen. Sie wirkte nicht gefährlich, aber sie hatte irgend etwas an sich. Es war besser, sie im Auge zu behalten. Bei jemandem, der ein Motorrad fuhr, konnte man nie sicher sein.

Bis José endlich aus dem Lager auftauchte, hatte die Frau ihren Kaffee bekommen und einen Burrito in die Mikrowelle gelegt. José bemerkte sie und warf einen Blick auf sie, einen eingehenden Blick. Das war völlig normal für ihn. Der Bursche würde alles mit den richtigen Genitalien bespringen. Fast alles, fügte sie hinzu. Wie Helen war auch diese Frau zu alt für ihn.

Obwohl, bei genauerem Hinsehen, vielleicht war die Frau gar nicht so alt. Gründliche Erschöpfung ließ eine Person älter aussehen, als sie war. Die Art, wie die Frau an der Mikrowelle herumgefummelt hatte, zeigte, daß sie wirklich erledigt war.

José schlenderte in dem Gang an ihr vorbei und gab

dabei vor, etwas am Selbstbedienungstresen zu tun zu haben, anstatt zu Helen hinter die Theke zu kommen, was er eigentlich hätte tun sollen. Er hätte seine Absicht ebensogut gleich offen ausposaunen können. Sie sah ihn nicht einmal an, als er ihren Ellbogen anstieß, sondern wich ihm lediglich mit einem Schritt zur Seite aus. José schaute schließlich in Helens Richtung, und sie verzog das Gesicht zu einer finsteren Grimasse. Er grinste albern und gab das Anschleichen auf, um ihr die Rollen mit Kleingeld zu bringen, für die sie ihn nach hinten geschickt hatte.

Gerade in dem Augenblick, als José die Klappe hob, die den Durchgang hinter die Theke versperrte, flakkerte es draußen auf dem Parkplatz. Stromschwankungen? Nein, die Lichter im Laden hatten nicht geflackert. Sie hatte auch keinen Laster gehört. Wahrscheinlich nur ihre Einbildung. Sam sagte immer, sie habe eine ziemlich aufgeweckte Phantasie. Hätte er doch nur gewußt, wie ihre Phantasien in bezug auf *ihn* aussahen.

Sie mußte José auf die Schulter klopfen, um seine Aufmerksamkeit zumindest so lange zu fesseln, daß er ihr die Kleingeldrollen geben konnte. Der Junge nahm immer noch die Frau unter die Lupe.

»Vergiß es, José.«

»Aber sie ist so hübsch.«

Helen sah noch einmal hin. Das Plastikessen schien der Frau gut zu bekommen. Sie sah nicht annähernd so schlimm aus wie beim Betreten des Ladens. Ja, man konnte durchaus sagen, daß sie hübsch war, wenn man auf den eckigen Typ mit scharfen Zügen stand. José würde auf diesen Typ stehen. Er stand auf alle Typen. Der Junge murmelte etwas auf Spanisch vor sich hin, und Helen schüttelte nur den Kopf. Jung und unbesonnen. Sie jedenfalls hatte jetzt zu tun. Sie drückte auf die Leerbon-Taste, um die

Kasse für das Kleingeld zu öffnen, und im Laden wurde es dunkel.

Verdammt!

Das Gewitter mußte irgendwo eine Stromleitung erwischt haben. Sogar die Straßenlaternen waren erloschen. Ein Wagen fuhr vorbei, dessen Scheinwerfer den Parkplatz vorübergehend in helles Licht tauchten. Dort draußen stand nichts außer dem Motorrad der Frau. Der Helm war nicht mehr da.

Und das an einem Wochentag.

Da der Strom ausgefallen war, mußte Helen die Kasse sichern. Sie sagte José, er solle die Kasse schließen, und kam hinter der Theke vor. Es war am besten, die Türen abzuschließen, bis der Strom wieder da war.

Einer Eingebung folgend, ging sie nach draußen, um nachzusehen, wie umfassend der Stromausfall war. Komisch, daß kein Wind ging. Dann mußte irgendwo der Blitz eingeschlagen sein. Aber nur die nähere Umgebung war betroffen. Sie konnte die Lichter von Duffy's Tavern und von den meisten Häusern jenseits davon sehen. Die Straßenlaternen entlang der Route 4 brannten ebenfalls. Aber im Umkreis von einer Viertelmeile rings um den Laden war alles dunkel.

Erstaunlich, wie ruhig alles wurde, wenn es dunkel war.

Sie hörte ein Scharren am Müllcontainer und drehte sich so schnell um, daß sie gerade noch zwei Halbstarke sah, die sich hinter den Container duckten. Die Helmdiebe, kein Zweifel. Sie ging einen Schritt zurück in Richtung Tür, wohl wissend, daß es besser war, sie abzuschließen.

Plötzlich kam ihr schockartig zu Bewußtsein, daß die Halbstarken auf sie zu liefen und nicht vor ihr weg. Einer hielt etwas in der Hand, etwas, das glitzerte.

Der Helm?

Scheiße, der Bengel hatte ein Messer!

Sie wich weiter zurück und tastete nach der Tür, die sie hinter sich geschlossen hatte. Anstatt Metall berührte ihre Hand Leder. Warmes, glattes Leder. Sie fuhr herum und sah einen hochgewachsenen Mann zwischen sich und der Tür stehen.

»Helfen Sie mir, Mister.«

»Du bist nicht sie«, sagte er. Er klang enttäuscht.

Ein jäher Schmerz entlockte ihr einen Schrei, da Feuer durch ihren Rücken schoß. Ihre tastenden Hände griffen nach dem Mann, doch er wich vor ihnen zurück. Ihre Knie schlugen auf den Beton. Ihr Rückgrat schien zu brennen. Die Halbstarken hatten ihr in den Rücken gestochen.

Warum stand der Kerl einfach nur da?

Zum Teufel mit ihm!

Helen wuchtete sich hoch. Einer der Halbstarken zerrte an ihr. Der kleine Bastard trug eine Maske. Sein Kumpel machte ebenfalls an ihr herum, und seine Nägel kratzten wie Krallen. Gott, wollten die beiden sie etwa vergewaltigen, während sie verblutete?

Sie trat einen von den kleinen Wichsern, und er taumelte zurück. Dem anderen schlug sie ins Gesicht, so daß er ebenfalls davonstolperte. Ihre Kraft überraschte sie. Woher nahm sie die nur? Ihr Rücken fühlte sich mittlerweile eiskalt an.

Ihre Knie gaben wieder nach, so daß sie erneut zu Boden sank. Sie reckte einen Arm zum Türgriff empor, aber einer der beiden Punks hielt ihn fest. Sie spürte seinen stinkenden Atem auf ihrer Wange und wie sich seine Nägel in ihre Haut bohrten. Er drehte ihr schmerzhaft den Arm auf den Rücken. Ihre Knie verließen den Beton. Sie ruderte hilflos, als er sie aufhob. Der Halbstarke lachte, während er sie hoch über den Kopf hob.

Was, zum Teufel, hatte der Bursche eingeworfen?

Sein Partner plapperte irgendwas in einem Gossendialekt, und beide lachten. Der aufgedrehte Punk grunzte und warf sie gegen das Ladenfenster.

Sie prallte dagegen, hart, und durchschlug die Scheibe. Der Aufprall war schlimmer als der in der Nacht, als ihr Ex-Freund Billy sie gegen die Wand geworfen hatte. Sie rasierte das Videoregal, und Cassetten flogen in alle Richtungen. Sie hörte ein entferntes Geräusch, als werde ein Steak auf die Theke geklatscht, und dann lag sie auf dem Boden und schnappte nach Luft.

Viel schlimmer als das, was Billy ihr angetan hatte.

Überall waren Glassplitter. Sie spürte, wie sie in ihre Haut schnitten und ihre Kleidung zerfetzten. Ein scharfkantiger Regen aus noch mehr Scherben ging auf sie nieder.

»Madre de Dios!«

Josés Tonfall lag in der Grauzone zwischen Überraschung und Furcht.

Irgendwas flog durch das zerschmetterte Fenster herein, etwas von der Größe eines der Punks. Sie mußten aufgedreht sein, echt aufgedreht, um so springen zu können. José, der im Schock wie angewurzelt dastand, wurde beinahe umgeworfen. Der andere gesellte sich auch noch dazu. Die drei gingen in einem Gewirr rudernder Gliedmaßen zu Boden.

Helens Beine ließen sich nicht mehr bewegen, und ihr rechter Arm lag verdreht unter ihr. Sie war schwer verletzt, lag wahrscheinlich im Sterben. Ihre Brust stand in Flammen und ließ ihr keine Luft für einen Schrei. Etwas Warmes, Klebriges lief über ihren Oberschenkel. Sie fing an zu weinen. Zu mehr war sie nicht fähig.

Der Kampflärm hinter der Theke verstummte, aber es war ihr egal. Sinnlos. Vollkommen sinnlos.

*

Nym wurde aktiv, kaum daß sie die Schatten draußen umherhuschen sah. Sie ging durch die Tür, durch die der männliche Ladenangestellte in den öffentlichen Teil des Ladens gekommen war. Sie fand sich in einem Lagerraum wieder. Rechts war ein weiterer Raum, durch ein Fenster von diesem getrennt. Durch das Fenster sah sie einen Mann hinter einem Schreibtisch sitzen. Durch die halb geöffnete Tür drangen laute, rhythmische Geräusche, beinahe Musik. Nur Baß, keine Melodie. Lärm. Der Lärm übertönte die Kampfgeräusche hinter ihr. Der Mann schaute von seinen Papieren auf, und seine Stirn runzelte sich, als er sie sah.

Sie ignorierte ihn. Die Hintertür war verriegelt. Sie öffnete den Riegel, stieß die Tür auf und trat dabei zur Seite. Nichts schoß herein, also lief sie hinaus. Sie hielt sich dicht an der Hausmauer, während sie sich zur Vorderseite tastete.

An der vorderen Ecke blieb sie stehen und sah sich vorsichtig um. Sie konnte niemanden sehen. Aus dem Laden drangen immer noch Kampfgeräusche.

Sie rannte zum Motorrad.

Der Helm war verschwunden, aber das war unwichtig. Sie sprang auf, trat auf den Kickstarter und drehte am Gas. Sie holperte hart über die Parkplatzbegrenzung, während sie die Maschine fast auf der Stelle wendete. Das Motorrad drohte ihrer Kontrolle zu entgleiten, aber sie kämpfte dagegen an und schaffte es gerade noch, dem Müllcontainer auszuweichen. Doch dann lagen alle Hindernisse hinter – und die Straße vor – ihr.

Etwas zischte an ihr vorbei, und hinter ihr erblühte eine feurige Blume. Ein Blick zeigte ihr, daß der Laden von einem sich ausdehnenden Feuerball verschlungen wurde. Die hochgewachsene Silhouette eines Mannes schob sich zwischen sie und das Feuer. Sie gab Gas und beugte sich tief vornüber, um ein möglichst kleines Ziel zu bieten. Die Haare flatterten hinter ihr im Wind, und sie holte alles aus der Maschine heraus, was in ihr steckte.

Die Luft knisterte.

Sie war noch immer zu nahe. Und es gab keinen Schutz.

Sie nahm so viel Gas weg, wie sie sich eben traute, und fuhr um einen geparkten Wagen herum, so daß er zwischen ihr und dem Laden stand. Einen Augenblick später ging der Wagen in Flammen auf. Eine Hitzewelle fauchte über sie hinweg.

Sie gab Vollgas. Jetzt zählte nur noch Entfernung.

Etwas anderes ging hinter ihr in Flammen auf, aber schon etwas entfernter.

Sie ließ alles hinter sich.

*

Umweltforschung hatte eine Ewigkeit gedauert. Sharon, Johns Partnerin in dem Seminar, war eine richtige Wissenschaftlerin und immer auf zwei oder drei Dezimalstellen mehr bedacht, als John es für nötig hielt. Sie waren als letzte fertig geworden. Bis John aufgeräumt hatte und aus dem Labor heraus war, leerte sich der Campus bereits. Studenten eilten allein oder zu zweit zurück zu den Wohnheimen oder den WoGes. John ließ sich Zeit und schlenderte gemächlich dahin. Eine Gruppe lärmender Burschenschaftler aus einem der Sportlerwohnheime, die offenbar schon seit einiger Zeit das Wochenende feierten, drängte sich vorbei. Er ließ ihre Rempeleien geduldig über sich ergehen. Er war der letzte, der sich beklagen konnte. Schließlich erwartete ihn heute abend seine eigene Feier.

Richtig?

...

Gut, dann nicht. Offenbar war dies eine Situation, in

der Faye auf einen Kommentar keinen Wert legte. Faye schien die ganze Woche sehr besorgt um ihn gewesen zu sein, auch schon vor dem Fechtunfall mit Phil. Doch auf seine Fragen hinsichtlich ihrer Gereiztheit hatte sie nicht geantwortet, was ziemlich ungewöhnlich war. Sonst hielt sie mit ihren Gefühlen nicht hinter dem Berg. Wahrscheinlich war sie nur stinkig, weil John heute eine Verabredung hatte.

Es gefiel ihm nicht, wenn sie sich so verhielt, und er hatte gehofft, sich mit ihr aussprechen zu können. Aber sie hatte sich rar gemacht, und so hatten sie kaum miteinander geredet. Auch wenn sie da war, war sie längst nicht so mitteilsam wie sonst, also wußte er nicht, ob seine Annahmen richtig oder falsch waren.

Sie würde darüber hinwegkommen.

Er hatte gerade den Eindruck gewonnen, daß sie in der Nähe war, als ihm aufging, daß die Burschenschaftler stehengeblieben waren und nicht weit vor ihm den Gehweg versperrten. Sie johlten und grölten und feuerten einen aus ihren Reihen an, einen ungeschlachten Sportstudenten namens Winston, an den John sich aus seiner Zeit bei der Erstsemester-Basketballmannschaft erinnerte. Winston hatte zu viele Muskeln und zu wenig Verstand und schikanierte gerne Schwächere. Er und John waren überhaupt nicht miteinander ausgekommen. Winston schubste gerade einen viel kleineren Burschen herum und schrie ihm genuschelte Beleidigungen ins Gesicht. Manche Dinge änderten sich nie.

Winstons Opfer war viel kleiner als er, ein schmächtiger Junge, der eine Brille trug. Eine Brille! Nur Intelligenzbestien trugen noch eine Brille. Der Bursche kam ihm seltsam bekannt vor, aber John konnte sich nicht mehr an seinen Namen erinnern. Er fiel ihm wieder ein, als er die schrille Stimme des Burschen in lautem Protest aufjaulen hörte, da Winston ihm seine Brille abnahm. Diese Intelligenzbestie war einer von den Erstsemestlern, die sofort einen Platz in Johns Globalstudien-Seminar bekommen hatten, obwohl man das Seminar eigentlich erst im zweiten Jahr belegen konnte. Er hieß Trahn.

Sportstudenten und Intelligenzbestien, eine natürliche Antipathie, in die man sich besser nicht einmischte. John bahnte sich behutsam einen Weg durch die Reihen der anderen Burschenschaftler. Da sie sich ganz auf Winstons Schikane einer niederen Lebensform konzentrierten, ließen sie ihn passieren. John empfand Mitleid mit dem Burschen und hoffte, daß ihm nicht zu übel mitgespielt wurde. Er selbst hatte sich in der Vergangenheit oft genug ähnlicher Aufmerksamkeiten erfreut. John ließ die Traube der Sportstudenten und Sympathisanten hinter sich und strebte in nördlicher Richtung. Es war nicht sein Problem.

Kaum eine edelmütige Reaktion. Würde D'Artagnon wegschauen?

John spürte, wie seine Wangen heiß wurden. Ich bin nicht D'Artagnon.

Nein. Nur John Reddy.

Richtig. John Reddy, nicht D'Artagnon. John Reddy, der heute abend eine Verabredung hat. John schritt etwas schneller aus. Je schneller er nichts mehr von der Schikane mitbekam, desto eher konnte er den Vorfall vergessen.

Soviel zum Edelmut, John Unready.

Ein paar hundert Meter voraus bog eine Gruppe von Frauen in die Gasse ein. Es waren etwa ein Dutzend, mehr als doppelt so viele wie die Burschenschaftler. Die Mädchen würden sehen, was los war, und klugerweise eilig weitergehen. Ihnen würde nichts geschehen.

John sah Kelley in der sich nähernden Gruppe. Wenn die Mädchen sahen, was vorging, würden sie wissen, daß er es ebenfalls gesehen hatte. Was würde Kelley von ihm denken, wenn er jemanden, der Hilfe brauchte, einfach im Stich ließ? Mit ein paar raschen Schritten näherte er sich wieder den Burschenschaftlern.

»Hey, Winston. Das ist aber nicht sehr sportlich von dir.«

Winston hielt Trahn noch immer an dessen Hemd, während er sich zu John umdrehte. Seine Augen verengten sich zu Schlitzen. »Wenn das nicht das lange Elend ist. Verpiß dich, oder du bist der nächste.«

Winston wandte sich wieder an Trahn und verpaßte ihm eine Ohrfeige. John drängte sich an einem der Sportstudenten vorbei und hielt Winstons erhobenen Arm fest. »Ein Bursche wie der hier ist keine große Herausforderung für jemand mit deinen offensichtlichen Fähigkeiten.«

»Willst du dieselbe Behandlung?«

»Nein.«

»Dann verzieh dich.«

Sie starrten einander an. Winston war offensichtlich angetrunken. John konnte den Alkohol in seinem Atem riechen. Hinter seinen Schweinsäuglein war nicht mehr viel Urteilsvermögen übrig. Aus den Augenwinkeln konnte John erkennen, daß sich die Menge der Umstehenden rasch vergrößerte. War Kelley auch darunter? Er wollte sich nicht umdrehen, um nachzusehen. Es schauten zu viele Leute zu. Es war unwahrscheinlich, daß ein Fiesling wie Winston jetzt noch einen Rückzieher machte.

Trotzdem, John wollte ihm eine Chance geben. Er ließ Winstons Arm los und lächelte beschwichtigend. »Du hast deinen Spaß gehabt. Laß ihn jetzt in Ruhe, dann beschwert sich niemand. Hab ich recht, Trahn?«

»Das ist nicht deine Angelegenheit«, knurrte Winston. »Hab ich recht, Trahn?«

»Ich habe es aber zu meiner gemacht.« Johns Lächeln erlosch.

»Dann hast du dir damit eine Menge Ärger eingehandelt.«

Winston ließ Trahn los und schlug nach John. Er wich zurück und stieß gegen einen der Sportstudenten, der ihn zurück zu Winston schubste. Winstons zweiter Haken traf John in den Magen, so daß er sich vor Schmerzen krümmte.

Winston lachte. »Ich brauche deine Hilfe nicht, Vinny. Dieses lange Elend ist wie ein Schatten, ohne jede Substanz.«

Johns Haken traf Winston ebenfalls in den Magen, doch der Sportstudent krümmte sich nicht. Er schnaufte lediglich, mehr vor Überraschung denn vor Schmerzen. Der Bursche war gebaut wie eine Mauer. Aber der Angriff verschaffte John die Zeit, sich Winstons Reichweite zu entziehen.

Er wich Winstons nächstem Schwinger tänzelnd aus und schlug zurück. Johns große Reichweite gestattete ihm, Treffer zu landen und gleichzeitig außerhalb von Winstons Spielraum zu bleiben. Er nutzte diesen Vorteil aus und beharkte ihn, während Winston versuchte, näher an ihn heranzukommen. Doch Winston ließ sich davon nicht lange beirren. Er zog den Kopf ein und stürmte vorwärts, offenbar bereit, ein paar Schläge einzustecken, wenn er John dafür zu fassen bekam. Der Bursche war ebenso stur wie Phil. Und wie Phil hatte auch er Erfolg mit seiner Taktik. Er stürmte an Johns Fäusten vorbei und warf sich auf ihn. Beide gingen zu Boden, und John fiel auf die Schulter, die Phil angeritzt hatte.

Es tat weh.

Erregung packte ihn. Unter Aufbietung aller Kräfte befreite er sich von Winstons klammernden Armen und sprang auf. Winston kam ebenfalls hoch und stürmte wieder vorwärts. John war jetzt auf diese Taktik vorbereitet. Er wich zur Seite aus und traf Winston mit der Faust seitlich am Kopf. Der Sturkopf versuchte noch einmal dasselbe. John gab ihm seine Fäuste zu schmecken.

Er fühlte sich ein wenig schwindlig. Dies war anders als der Kampf gegen Phil. Keine Waffen, nur Haut und Knochen. Und Blut. John traf Winston so hart an der rechten Schläfe, daß die Haut aufplatzte. Winston verbrachte jetzt mehr Zeit mit dem Versuch, Johns Hiebe zu parieren. Johns Fingerknöchel waren wund, aber er schlug weiter zu, weil Winston nach wie vor auf ihn losging. John bediente ihn mit Freuden. Winstons Deckung wurde nachlässiger, und John traf immer wieder. Seine eigenen Angriffe waren jetzt weniger koordiniert. John traf ihn auf die Nase und hörte sie knirschen. Winston taumelte zurück.

»Also, du harter Bursche. Wie schmeckt dir die Kehrseite?«

Jemand in der Menge lachte.

Winston warf sich vorwärts und überrumpelte John mit dem Manöver. Der Kopf des Sportstudenten traf John unter dem Kinn, so daß seine Zähne aufeinanderknallten. Er schmeckte Blut. Sein eigenes.

Im Nahkampf versuchte Winston, John förmlich zu zerquetschen. John hämmerte auf Winstons Schultern ein, doch ohne Erfolg. Johns Blickfeld färbte sich grau, als Winston noch fester zudrückte. Als ihn das Schwindelgefühl zu überwältigen drohte, hieb John mit beiden Fäusten gegen Winstons Ohren. Der Sportstudent heulte auf und ließ los. John ließ ein Trommelfeuer von Faustschlägen auf Winstons ungeschützten Leib niedergehen.

»Versuch ruhig, mir weh zu tun.«

John schlug ihn wieder. Und wieder. Winston taumelte, doch John würde ihn nicht so einfach davonkommen lassen. Er schlug härter und schneller zu. Winston ging zu Boden.

Nein, nicht so einfach diesmal. Du wirst büßen, Winston.

John schlug auf Winston ein und nagelte dessen rudernde Arme unter seinen Knien fest. Winstons Kopf flog hin und her. Irgendwo schrie jemand irgendwas. Der Stimme nach war es Trahn. Sollte er schreien. Winston bekam, was er verdiente.

John hob die Faust, um noch einmal zuzuschlagen, aber der Schlag blieb aus. Jemand hielt seinen Arm fest. Er versuchte es mit der anderen Hand, doch die wurde ebenfalls festgehalten.

Zuerst sah John nur die Uniform.

Polizei.

Sein Blick fiel auf Winstons zerschlagenes Gesicht. Die Augen waren geschlossen, der Kiefer war schlaff. Johns Gedanken hörten auf, sich zu überschlagen, und fanden zu so etwas wie Normalität zurück. Scheiße! Jetzt war er wirklich in Schwierigkeiten.

Er sah zu dem Cop hoch.

Der gar kein Cop war. Mülltonnen-Harry war einer der Hausmeister des Campus, und sein Spitzname bezog sich ebenso auf seinen Geruch wie auf seine Arbeit. Er war ein unangenehmer alter Proll, neben dem Winston dünn und anämisch wirkte. Harrys Nase hatte zu oft mit irgendwelchen Fäusten Bekanntschaft gemacht, und seine Ohren hatten eine Schönheitsoperation über sich ergehen lassen müssen, die von einem blinden Schlachter vorgenommen worden war. Er hatte einen merkwürdigen Akzent, der so ausgeprägt war wie momentan Winstons Kopf – und war Gegenstand von mehr Campus-Witzen, als John sich erinnern konnte. Aber Mülltonnes Griff war ganz und gar nicht lustig. John glaubte zu spüren, wie sich die Knochen seines Handgelenks aneinander rieben.

Schließlich ging John auf, daß Mülltonnen-Harry etwas zu ihm sagte. Immer dasselbe, wieder und wieder, wie ein Mantra.

»Hör jetzt auf.«

Er hörte auf, sich gegen den Griff des Hausmeisters zu sträuben.

Wenigstens war Mülltonnen-Harry kein Cop. Doch die Erleichterung wich ebenso rasch wieder, wie sie gekommen war. Mülltonnes Job, eine zeitlich befristete Arbeitsbeschaffungsmaßnahme, verlangte wahrscheinlich von ihm, daß er alles meldete, was den Frieden auf dem Campus störte.

John sah sich um. Nur Trahn war noch da, und er starrte John mit weit aufgerissenen Augen an. Sogar Winstons Kumpel hatten ihn im Stich gelassen. Kelley war auch nicht zu sehen. War sie überhaupt dabei gewesen?

Winston lag auf dem Gehweg. Er blutete und atmete stoßweise. Hatte John ihn so zugerichtet? Er konnte sich nicht erinnern.

»Wo sind denn alle hin?«

»Niemand bekommt gern Ärger«, sagte Mülltonne.

Ärger. Ja, es würde Ärger geben, ganz gewiß. Winston war in keiner guten Verfassung.

Mülltonne zupfte an Johns Arm. »Geh und mach dich frisch.«

»Was ist mit ihm?«

Mülltonnen-Harry warf einen Blick auf den bewußtlosen Fiesling. »Ich kümmere mich um ihn. Mach dir keine Sorgen.«

Keine Sorgen? Ein Vorfall wie dieser würde ihn seinen neuen Job im Museum kosten. Schlimmer noch, er bedeutete weitere Sitzungen bei Dr. Block. Regelmäßige Sitzungen. Wahrscheinlich würde er ihn auch seinen Platz in der Fechtmannschaft kosten. Klar, warum sollte er sich Sorgen machen?

Und Kelley. Hatte Kelley alles mitbekommen?

Auf dem Weg war niemand zu sehen. Am Ende des Tages lag der Campus ruhig und verlassen da. Niemand war hier bei Winston – außer John, Mülltonne und Trahn. Und Mülltonne verscheuchte gerade Trahn, während er ihn ermahnte, nach Hause zu gehen und den Mund zu halten. John stand einfach nur da und ließ sich von Trahns vorwurfsvollem Blick aufspießen.

Was hatte er getan?

Mülltonne zupfte wieder an seinem Arm. »Geh und mach dich frisch.«

»Ich muß seinetwegen etwas unternehmen.«

»Du hast schon genug getan. Geh.«

Beschämt und verängstigt ging John. Er rannte nicht nach Hause, aber er hätte es gern getan.

Faye, was soll ich jetzt tun?

…

Faye?

Kapitel 4

Technisch gesehen war Mr. Sörli ein Zwerg, da seine Beine für einen Mann mit seiner Schulterbreite viel zu kurz waren. Doch er legte weder den unsteten Gang an den Tag, der für Leute mit Zwergenwuchs so charakteristisch war, noch wies er irgendeine andere der unter gewöhnlichen Zwergen verbreiteten Mißbildungen auf. Auf der anderen Seite war Sörli alles andere als gewöhnlich. Wäre er es gewesen, hätte er keine Sekunde von Pamela Martinez' Zeit in Anspruch nehmen dürfen.

Er kam herein und ging gleich zum Sessel – nur ein besonderer Sessel heute –, der vor ihrem Schreibtisch stand. Sein Schritt verriet Selbstvertrauen, und er achtete nicht auf das üppige Mobiliar. Die meisten Leute konnten sich nicht beherrschen und gafften die Kunst an den Wänden, die erlesenen Möbelstücke oder zumindest den flauschigen weichen Teppich auf dem Boden an. Dieses Büro war von einer Qualität, die die Mittel der meisten Leute überstieg, ein Gemach, wie es des Präsidenten der Nordamerikanischen Niederlassung von Mitsutomo Keiretsu würdig war. Sörli verschwendete darauf nicht mehr Aufmerksamkeit als ein Pendler auf einen U-Bahnhof. Die Gleichgültigkeit des Zwergs ihrem Büro gegenüber verdroß sie mehr als seine brüske Art.

Sie ließ ihn so lange dort sitzen, daß der Sessel ausreichend Daten über ihn sammeln und sie mit den korrespondierenden Daten vergleichen konnte. Während Sörli auf sie wartete, sah sie auf dem Monitor auf ihrem Schreibtisch, wie die Daten zu Resultaten verarbeitet wurden. Nach allem, was *er* wußte, mochte sie ebensogut das *Wall Street Journal* lesen.

Sörli wartete nicht, bis sie das Wort ergriff.

»Ich bin ziemlich beschäftigt.«

War das Verärgerung in seiner Stimme? Ja, der Monitor bestätigte es. Sie durchschaute ihn immer besser. Sie war hocherfreut. Das machte ihn etwas weniger mysteriös. Weniger erfreut war sie über die Tatsache, daß er die Unverschämtheit besaß anzudeuten, seine Zeit sei kostbarer als ihre. *Er* stand schließlich auf *ihrer* Gehaltsliste. Außerdem wußte sie, daß er beschäftigt war. Sie hatte den Bericht ihres Wachhunds gelesen. Während sie vorgab, den Monitor auszuschalten, sagte sie: »Sie haben sich nach Ihrer Rückkehr aus Maine nicht bei mir gemeldet.«

Er zuckte die Achseln. »Es gab nichts Schlüssiges zu berichten.«

»Wir haben auf Ihren Wunsch hin Mittel bereitgestellt. Also erwarte ich einen Bericht. Von Ihnen.«

»Nun gut.« Sörli holte tief Luft. »Al Churdy wurde von einem Wesen aus der Anderswelt umgebracht, wahrscheinlich von einem Mitglied des Rote-Kappen-Kults.«

Die Anderswelt. Sie hörte bereits seit Jahren davon, und immer noch lief es ihr bei ihrer bloßen Erwähnung kalt über den Rücken.

Obwohl der Monitor anzeigte, daß er die Wahrheit sagte, fragte sie: »Können Sie dieses Eindringen verifizieren?«

»Wahrscheinlich nicht zu Ihrer Zufriedenheit, Ms. Martinez. Andererseits wird der Beweis, den Sie verlangen, erst dann zu bekommen sein, wenn es bereits zu spät ist.«

Das war seine Standardantwort. Als Sörli vor ihr zum erstenmal die Anderswelt erwähnte, hatte sie geglaubt, er scherze. Allein die Vorstellung, daß eine andere Dimension mit der normalen Welt koexistierte, war verrückt genug, obwohl sie einigen der abstruseren Philosophen unter den Physikern zufolge durchaus nicht unberechtigt war. Aber zu behaupten, daß diese andere Dimension eine war, in der Magie funktionierte und das Chaos herrschte! Das war eine irrsinnige Vorstellung, der Stoff, aus dem Sensationsjournalismus und ›authentische‹ Videodokumentationen waren. Sörlis Hypothese von einer Anderswelt erklärte andererseits viele der absonderlichen Dinge, die auf der ganzen Welt geschahen. Wenn man seine Grundvoraussetzungen akzeptierte. Doch die zu akzeptieren, war ziemlich viel verlangt.

»Churdy war ein Motorradrennfahrer. Welche Verbindung kann er mit der Anderswelt gehabt haben?«

»Es ist uns noch nicht gelungen, überhaupt eine Verbindung nachzuweisen. Das läßt nur den unausweichlichen Schluß zu, daß die Verbindung bei seiner Beifahrerin liegt. Es ist sehr wahrscheinlich, daß diese Beifahrerin das eigentliche Ziel des Angriffs war.«

»Beifahrerin?«

»Eine noch unidentifizierte Frau.«

»Im Polizeibericht wurde keine Frau erwähnt.«

Wenn Sörli ihre Erwähnung des Polizeiberichts überraschte, zeigte er es nicht, weder auf seiner Miene noch für den Monitor erkennbar. Er sagte nur: »Gut.«

Selbstvertrauen oder übermäßiges Selbstvertrauen? Oder schlicht Wahnsinn?

»Ich bin nicht dorthin gelangt, wo ich heute bin, weil ich eine Närrin bin.« In der Tat. Sie hatte jede Gelegenheit ausgenutzt und sich eine hohe Position erarbeitet. Sie hatte sich in der Konzernwelt mit Ellbogen, Klauen und Zähnen in ihre jetzige Stellung bei Mitsutomo hochgearbeitet, und Männer und Frauen, die sie für eine Närrin hielten, hatten früher oder später – zu deren Bedauern – ihren Irrtum einsehen müssen. »Sie haben die Mittel Mitsutomos benutzt, und Sie bringen mir keine Resultate. Ich muß diese Ausgaben verantworten. Was soll ich meinen Vorgesetzten sagen?«

»Die Wahrheit.«

»Daß wir von Goblins und Elfen angegriffen werden?«

»Das sind Ihre Worte.«

»Dann nennen Sie mir andere Worte. Etwas, das diese angebliche Bedrohung glaubhafter macht.«

»Namen sind unwichtig.« An dieser Stelle schlug der Monitor ein wenig aus. »Nennen Sie sie, wie Sie wollen, das wird ihre Natur nicht ändern. Aber leugnen Sie ihre Existenz nicht ab.«

»Bringen Sie mir einen Beweis.«

»Bald.«

Dasselbe Versprechen hatte er gemacht, als er sie zum erstenmal um Hilfe im Kampf gegen das Eindringen der Wesen aus der Anderswelt bat. Natürlich hatte sie ihm nicht geglaubt, sondern erwartet, daß hinter seinen Märchen-Gefahren Ungeheuer aus der wirklichen Welt steckten. Sie hatte in der Annahme mitgespielt, daß sich die von ihm gesammelten Informationen letzten Endes als nützlich erweisen würden. Sie war noch nie der Ansicht gewesen, daß das Sammeln von Informationen eine Verschwendung von Mitteln war. In einer derart weitverzweigten Organisation wie Mitsutomo Keiretsu gab es viele Ansatzpunkte, um Informationen sinnvoll anwenden zu können.

Sörlis Untersuchungen hatten ihr einiges von dem beschert, was sie wissen wollte, aber sie hatten auch Situationen heraufbeschworen, die weniger verständlich waren. Es sei denn, man akzeptierte seine Anderswelt-Hypothese. Aber es gab nie etwas Konkretes, Unwiderlegbares. Beweise, unumstößliche Beweise, blieben Mangelware, und jeden Tag fand sie sich mehr in seine komplizierten Pläne eingebunden. Er nahm sie immer weiter mit auf den Weg, den er beschritt. Mittlerweile konnte sie nicht mehr abstreiten, daß *irgend etwas* vorging. Was dieses Etwas auch war, Sörli hatte seinen ganz besonderen Draht dazu. Sie kam einem Akzeptieren seiner Erklärung mit jedem Tag näher.

Vielleicht war sie es, die verrückt war?

Nein. Das war eine unakzeptable Erklärung. Es ging tatsächlich irgend etwas Reales vor, und Sörli wußte mehr darüber, als er verriet.

»Erzählen Sie mir von dieser Frau.«

Er zuckte die Achseln. »Die Mächte der Anderswelt haben Agenten hier. Diese Agenten arbeiten auf das Ziel hin, eine volle Konvergenz der Welten herbeizuführen.«

Der Monitor legte nahe, daß er Informationen zurückhielt, aber die Wahrscheinlichkeit war nicht hoch genug, um ihn darauf festnageln zu können. »Wollen Sie damit sagen, daß sie so etwas wie eine Elfe ist?«

»Meine Informationen in bezug auf ihre Herkunft sind derzeit unzureichend. Ich bin jedoch der Ansicht, daß wir darauf vorbereitet sein müssen zu handeln. Es ist ziemlich wahrscheinlich, daß sie eine Agentin der Anderswelt ist. In diesem Fall muß sie aufgehalten werden.«

»Schlagen Sie vor, was ich glaube?«

Er lächelte sie an. Er hätte eine Katze sein mögen, die eine Maus in der Falle betrachtete. Sie dachte wieder über seinen Geisteszustand nach. Wenn er einen Mord vorschlug, hatten seine Wahnvorstellungen vielleicht eine zu gefährliche Wendung genommen. Tatsächlich entdeckte sie einen Fehler in seiner Logik.

»Sie sagten, Sie hielten diese Frau für das Ziel des Angriffs. Wenn sie eine Agentin ist, die für die Interessen der Anderswelt arbeitet, ergibt ein Angriff auf sie keinen Sinn. Warum sollten die Mächte der Anderswelt, wenn sie eine Konvergenz herbeiführen wollen, versuchen, ihre eigene Agentin zu töten?«

Wie immer hatte er eine Antwort. »Es gibt mehrere Fraktionen auf der anderen Seite, und sie arbeiten nicht immer im Einklang miteinander. Das ist ein glücklicher Umstand, ein Faktor zu unseren Gunsten.«

»Warum überlassen wir sie dann nicht dieser anderen Fraktion?«

»Ebensogut könnten Sie Ihren eigenen Job irgendeinem Proll als AB-Maßnahme zur Verfügung stellen. Oberste Priorität hat für uns die Verhinderung der Konvergenz.« Er erhob sich von seinem Sessel und stützte sich auf ihren Schreibtisch. »Das Eindringen von Magie in diese Welt wäre eine Katastrophe. Sie können sich das daraus resultierende Chaos nicht einmal in Ansätzen vorstellen. Nicht nur Regierungen würden stürzen.«

Zur Abwechslung befand Sörli sich einmal im Irrtum. Sie hatte sich schon *oft* das Chaos auf einer Welt vorgestellt, die plötzlich magisch wurde. Tatsächlich hatte sie die Aufgabe, jenes Alptraumszenario unerträglicher Instabilität zu entwerfen so gut erfüllt, daß es sie um den Schlaf brachte. Magie gehörte nicht in diese Welt. Nicht in *ihre* Welt. *Ihre* Welt war rational. Gefährlich vielleicht, aber berechenbar. Sie wußte, wie man in ihr überleben konnte. Sie hatte sich im Aufruhr der Welt eine Insel der Stabilität erschaffen, und sie hatte nicht die Absicht, sich diese harterkämpfte Stabilität entreißen zu lassen.

Magie war die unbekannteste aller Unbekannten, mehr als fähig, jegliche Stabilität zu zerstören, alles, was sie für sich geschaffen hatte. In einer durch Magie verwirrten Welt würden die Konzerne, und damit auch sie, die Kontrolle verlieren. Unakzeptabel! Sie konnte – würde – das nicht zulassen. Sie mußte etwas unternehmen. Aber was konnte sie tun? Sie haßte sich für ihr Schwanken. Sie war der Ansicht gewesen, sie sei längst über eine derartige Unentschlossenheit hinaus. Ihre Unsicherheit erinnerte sie allzu sehr daran, wer sie einmal gewesen war.

Die Androhung des Chaos erinnerte sie an noch etwas. Vergangene Dinge, Dinge, die sie hinter sich gelassen oder begraben hatte, Dinge, von denen sie sich geschworen hatte, daß sie nie wieder einen Einfluß auf ihr Leben haben würden. Sie hatte das Chaos schon einmal aus ihrem Leben verbannt, und sie würde nie wieder dorthin zurückkehren. Nie wieder!

Dennoch verlangte Sörli sehr viel auf Treu und Glauben – aber konnte sie es sich leisten, ihm nicht zu glauben? Was er ihr gesagt und gezeigt hatte, war so nebulös. Warum war er nicht in der Lage, sie mit mehr als nur Andeutungen und Interpretationsvorschlägen zu versorgen? Sie wollte solide, wahrhaftige Beweise, die Sörli ihr bisher noch nicht hatte liefern können oder wollen. Ohne einen Beweis war jedes Handeln mit einem Risiko verbunden. Sie ging nicht gerne Risiken ein, aber sie hatte auch Zeiten überlebt, als ihre einzige Chance, die Kontrolle zu behalten, darin bestanden hatte, alles auf eine Karte zu setzen, und sie schien sich wieder einer solchen Zeit zu nähern. Doch wenn sie die Sache falsch anging, würde es einen Skandal geben, und einen Skandal würde sie nur schwerlich überleben.

Die Angst vor dem Chaos verfolgte sie. Wenn es tatsächlich eine Anderswelt gab, und wenn Sörlis mysteriöse Frau tatsächlich daran arbeitete, eine Konvergenz mit der Welt herbeizuführen, wie Pamela sie kannte, mußte diese Frau aufgehalten werden. Pamela hatte es in der Vergangenheit noch nie an Entschlossenheit gemangelt. Sie hatte immer den Mumm gehabt, das zu tun, was getan werden mußte. Warum zögerte sie also? War es nur ratsame Vorsicht, oder war es mehr als das? Hatte sie Angst davor, in eine peinliche Situation zu geraten, wenn Sörli sie zu ungerechtfertigten Aktionen drängte? Oder hatte sie Angst davor, daß Sörlis Befürchtungen nur allzu angebracht sein mochten und sie das Heraufziehen des Chaos vielleicht gar nicht verhindern konnte? Sie mußte mehr darüber wissen, was *tatsächlich* vorging.

»Ich will, daß Sie mehr über diese Frau herausfinden, bevor Sie etwas unternehmen.«

»Vielleicht können wir uns den Luxus nicht leisten, dies in aller Ruhe auszudiskutieren.«

»*Ich* kann mir jedenfalls den Luxus nicht leisten, einen Fehler zu machen.« Sie fixierte ihn mit durchdringendem Blick. »Und für Sie gilt dasselbe.«

»Der größte Fehler wäre der, dieser Frau zu gestatten, weiterhin aktiv zu sein.«

»Überzeugen Sie mich.«

Sörli verzog das Gesicht und sagte: »Wenn ich Sie immer noch nicht von der Gefahr überzeugt habe, sind wir verloren.« Er zeigte auf ihren Monitor. »Ihre Hilfsmittel sagen Ihnen, daß ich nicht lüge. Glauben Sie ihnen, wenn Sie mir schon nicht glauben. Wir nähern uns dem Scheitelpunkt. Wir müssen handeln.«

»Überzeugen Sie mich.«

Sörli richtete sich auf. Ohne ein weiteres Wort drehte er sich um und verließ den Raum. Als die Tür sich hinter ihm geschlossen hatte, schaltete Pamela die Sprechanlage an.

»Verbinden Sie mich mit McAlister.«

Sie mußte das eine oder andere Wort mit ihrem Wachhund wechseln.

*

Sich nach seinem Kampf mit Winston wieder präsentabel zu machen, dauerte seine Zeit. John erwog, Kelley anzurufen und die Verabredung abzusagen, doch Faye überzeugte ihn vom Gegenteil. Als er sich gesäubert und hergerichtet hatte, war er eine halbe Stunde zu spät dran. Das Outfit, das er sich aus den Sachen in seinem Kleiderschrank zusammenstellte, wählte er im Hinblick darauf aus, wie gut es seine Schrammen verbarg. Die einzige Möglichkeit, seine zerschundenen Hände zu verbergen, bestand darin, Handschuhe zu tragen. Er hoffte, Kelley würde sie für einen modischen Touch halten.

Er traf mit einer Stunde Verspätung vor ihrem Wohnheim ein. Zu seiner Erleichterung drückte sie auf den Türöffner, anstatt ihm einfach nur über die Sprechanlage mitzuteilen, er solle sich zum Teufel scheren. Sie kam sofort hinunter in die Eingangshalle, blieb aber auf dem ganzen Weg zum Northsider Club reserviert. Sie hatten das erste Konzert verpaßt, und Kim Murphey war bereits im zweiten, als sie eintrafen. Doch die Musik stimmte Kelley sehr bald milde, und am Ende des dritten und letzten Auftritts unterhielt sie sich völlig unbeschwert mit ihm. Keiner von beiden erwähnte die Schlägerei vom frühen Abend, was John zu der Hoffnung Anlaß gab, daß sie sie entweder gar nicht miterlebt oder ihn nicht erkannt hatte.

Er wünschte sich, daß der Abend ewig dauerte, um den Zeitpunkt, wann er sich mit den Konsequenzen der Schlägerei auseinandersetzen mußte, ewig hinauszuschieben. Er schlug vor, auf einen Snack ins Frilly Cow zu gehen, und sie war einverstanden. Nachdem sie in einer Nische Platz genommen und ihre Bestellung aufgegeben hatten, schnitt er ein Thema an, das ihm sicher erschien.

»Das Konzert scheint dir gefallen zu haben.«

»Ja. Es war gut. Ab und zu ist es schön, richtige Instrumente zu hören.«

»Richtige Instrumente?«

»Ja. Du weißt schon, nicht diesen synthetischen

Sound. Die Synthesizer haben sich um Lichtjahre weiterentwickelt, aber ein richtiges Instrument hat etwas an sich, was nicht einmal ein Individuator kopieren kann.«

»Vielleicht liegt es am Musiker.«

»Oder an der Gesellschaft.«

An der Gesellschaft? Hatte sie das wirklich gesagt?

Ihre Bestellung kam, was John davor bewahrte, sofort etwas Albernes zu sagen. Als die Colas und Burgers auf dem Tisch standen, nahm ihr Gespräch eine jähe Wendung zu anderen, sichereren Dingen wie Seminare und Hausaufgaben und Professoren. Schließlich kamen sie wieder auf Musik zu sprechen.

»Ja. Die Musik ist wirklich gut. Aber die Texte.« Sie verdrehte die Augen. »Die Texte sind immer so seltsam phantastisch.«

»Findest du? Die Geschichten, die sie erzählen, haben mich schon immer fasziniert. Hast du schon mal daran gedacht, daß hinter den Geschichten in den Liedern mehr stecken könnte als bloße Phantasie?«

»Was zum Beispiel?«

»Ich weiß nicht. Zum Beispiel, daß ein paar von den Geschichten vielleicht nicht bloß Geschichten sind. Daß sie eine Art verzerrte Zeitgeschichte sein könnten.«

»Zeitgeschichte? All diese Hexen und Geister und magischen Talismane und so?«

»Warum nicht?« Kelley zog eine Augenbraue hoch, also versuchte er es anders. »Ich meine, könnten solche Sachen nicht auch Symbole für andere Dinge sein?«

»Vermutlich.« Ihre Zustimmung kam sehr verzögert.

»Gehen wir einfach mal davon aus. Ganz hypothetisch. Müßte man sich dann nicht fragen, was hinter diesen Geschichten stecken könnte?«

Sie sah ihn zweifelnd an. Er sah förmlich, wie sie anfing, ihn für einen Idioten zu halten. Wenn er jetzt den

Mund hielt, würde sie es ganz sicher wissen. Seine einzige Hoffnung bestand darin, weiterzureden und das Gespräch auf ein Thema zu bringen, das sie annehmbarer fand. Aber wie? Wenn er das Thema einfach fallenließ, würden sich die Gedanken über seine Verrücktheit nur in ihrem Kopf festsetzen, also mußte er sich kontinuierlich auf sicheres Terrain vorarbeiten.

»Hör mir mal eine Minute zu. Gehen wir davon aus, daß sich tatsächlich eine wahre Geschichte hinter dem Lied verbirgt, dann muß man auch annehmen, daß die Ereignisse darin wahr und die Leute darin wirklich sind, richtig?« Sie nickte zweifelnd. »Gehen wir mal davon aus. Und wenn man dann noch berücksichtigt, daß es so etwas wie Magie in der wirklichen Welt nicht gibt...« Damit schien er zu punkten. Rede weiter, Junge. »Eine ganze Menge scheinbar magischer Effekte lassen sich durch Chemie und psychologische Manipulation, Halluzinationen und so weiter erklären. Zuerst glauben ein paar Leute an irgendwas, dann erzählen sie einander davon und schließlich meinen sie, daß es Wirklichkeit sei, und wenn sie irgendwas sehen, das mit etwas Phantasie dieses Etwas sein könnte, dann ist es das auch. So wird aus einem Krokodil ein Drache. Er ist eine Ausgeburt der Phantasie, aber er ist nicht völlig aus der Luft gegriffen, verstehst du?«

»Ich glaube schon.«

»Also. Mit den Leuten in den Geschichten verhält es sich genauso. Nimm jemanden wie Tam Lin. Er ist ein Lehensherr, ein Adeliger mit einer Menge Land, den schon eine ganze Weile niemand mehr gesehen hat. Er ist irgendwie verschwunden. In dem Lied heißt es, er sei ins Elfenland gezogen, aber wer weiß schon, wohin er wirklich ging? Vielleicht ist die Sache mit dem Elfenland nur erfunden, um die Tatsache zu verschleiern, daß er unterwegs war, um irgendwas Verbotenes zu tun. Vergiß nicht, früher haben die Leute an diesen Elfen-Quatsch *geglaubt*. Wer hätte da noch gefragt, was er *wirklich* getan hat? Der Witz ist, er kommt zurück und stellt fest, daß jemand, Fair Janet, sein Revier übernommen hat. Vielleicht war er so lange weg, daß er ganz legal für tot erklärt worden ist. Sein Problem: Er will sein Revier zurück, aber auf legalem Weg ist das nicht möglich. Ihr Problem: Sie ist schwanger und kann oder will den Vater nicht nennen. Vielleicht weiß sie es nicht. Jedenfalls braucht sie Schutz. Vielleicht vor dem Vater des Kindes, vielleicht aber auch vor ihrem eigenen Vater. Dieser Tam Lin heckt einen Plan aus. Durch eine Heirat hat er wieder einen Anspruch auf sein Revier, sie verliert es nicht – und die Kinder bekommen einen Vater. Die Sache mit den Elfen gibt allem nur einen phantastischen Anstrich.«

»Bei dir hört es sich an, als wäre es beinahe möglich.«

»Warum nur *beinahe*?«

»Und wer ist die Elfenkönigin?«

Er wünschte, er hätte es gewußt. Er wünschte auch, er hätte ihre Frage beantworten können.

Ein Schatten fiel zwischen ihnen auf den Tisch und erstickte ihre Unterhaltung. John schaute auf und sah die Umrisse eines hochgewachsenen Mannes vor der Beleuchtung des Cow. Das Licht war hell genug, um zu erkennen, daß er eine ernste Miene aufgesetzt hatte. Es war eine offiziell-geschäftsmäßige Miene. John kannte den Mann nicht, aber er hatte den Eindruck, ihn – oder zumindest die Organisation, die er vertrat – eigentlich kennen zu müssen.

Am Revers der langen Lederjacke, die der Fremde trug, war keine Anstecknadel befestigt, die etwas über seine Konzernzugehörigkeit ausgesagt hätte. Die Jacke war an den Schultern dunkel, als sei sie naß, aber es hatte nicht geregnet. In diesem Fall wären nämlich seine ordentlich frisierten weißblonden Haare naß gewesen.

Der Fremde wartete ein paar Augenblicke, bevor er etwas sagte.

»Entschuldigen Sie bitte. Ich suche einen gewissen John Reddy.«

Polizei war Johns erster Gedanke. *Winston* sein zweiter. Ging es um die Schlägerei? War Winston… gestorben? Der durchdringende Blick des Mannes ließ keinen Zweifel daran, daß er wußte, wer John Reddy war, also schien es keinen Sinn zu haben, es abzustreiten.

»Ich bin John.«

»Ich würde Ihnen gern ein paar Fragen stellen.«

»Sind Sie ein Cop?« fragte Kelley nervös. Der Seitenblick, den sie John zuwarf, ließ vermuten, daß sie die Schlägerei am frühen Abend zumindest teilweise mitbekommen hatte.

»Nicht direkt, Miss. Aber ich bin Teil einer laufenden Untersuchung.«

»Gehören Sie der Bundespolizei an?«

»Ich bin nicht befugt, darüber Auskunft zu geben.«

»O Mann.« Kelley sah verängstigt aus. »Hör mal, John. Ich gehe jetzt. Okay?« Sie schlüpfte in ihre Jacke und sah den Cop dabei beunruhigt an.

»Diese Angelegenheit betrifft Sie nicht, Miss«, sagte er, und Kelley wirkte sichtlich erleichtert.

Sie sah John mit einer Mischung aus Mitleid und Sympathie an. »Wir… äh… sehen uns dann irgendwann.«

Sie glitt aus der Nische, schob sich an dem Cop vorbei und floh geradezu aus dem Cow. Und das war das Ende der Geschichte. Vielen Dank, Mr. Bundespolizist. Andererseits haben Sie auch vielleicht nur beendet, was ich bereits begonnen hatte. Jedenfalls ist schon wieder eine Verabredung davongelaufen, wieder ein großer Sieg für John.

»Darf ich mich setzen?« fragte der Mann sinnloserweise, während er sich auf Kelleys freiem Platz niederließ. Er ließ kurz etwas aufblitzen, das nach Polizeimarke und Bundesausweis aussah, und sagte: »Ich heiße Bennett.«

Mr. Bennett war kein gewöhnlicher Bundespolizist, jedenfalls nahm John das an. Sollten diese Burschen nicht möglichst unauffällig aussehen? Abgesehen von seinem guten Aussehen, mit dem er in jeder Menge auffallen mußte, war dieser Bursche groß und schlank wie John, und John wußte aus persönlicher Erfahrung, daß man mit einer solchen Statur nicht leicht in einer Menge untertauchen konnte. Bennetts Augen waren so klar und grau wie Johns, aber sie vermittelten eine Härte, die John geängstigt hätte, hätten sie ihn aus einem Spiegel angestarrt.

»Hat man speziell Sie für das Gespräch mit mir ausgesucht?«

»Wie bitte?«

John wedelte mit der Hand. »Ihr Aussehen. Der blasse Vogelscheuchen-Effekt. Es gibt nicht so viele Leute mit unserem Erscheinungsbild. Ist das Zufall oder was?«

»Ich glaube nicht an Zufälle«, sagte Bennett gelassen. »Aber alle Fragen hinsichtlich des Aussehens sind trivial, John, wir müssen über eine sehr ernste Angelegenheit reden.«

Es mußte Winston sein. Hatte Mitsutomo ihn verstoßen. Wurde er in irgendein staatliches Rehabilitationsprogramm eingegliedert? »Hören Sie, Mr. Bennett, es tut mir wirklich leid. Es war irgendwie ein Unfall. Ich wollte ihm gar nichts tun.«

»Ihm nichts tun?«

»Winston.«

»Ach, der andere Student. Das ist nicht wichtig.« Bennett zog ein Foto aus der Tasche und warf es auf den Tisch. Das scheinbar dreidimensionale Bild zeigte eine Frau mit langen Haaren. »Haben Sie diese Person schon mal gesehen?«

John starrte verständnislos auf das Foto. Was war das? Bennett war nicht wegen Winston hier? Es ging um etwas ganz anderes. Was ging hier vor? Bennett mußte noch einmal fragen, ob John diese Frau je zuvor gesehen habe, bevor er einen Blick auf das Foto warf.

»Nein.«

»Sind Sie sicher?«

Die Eindringlichkeit in Bennetts Tonfall ließ John aufmerken. Der Bundesagent starrte ihn an. Das Eis in jenen grauen Augen weckte ein Gefühl starken Unbehagens in John. »Was hat sie getan?«

»Es geht nicht darum, was sie getan hat, sondern was sie vielleicht noch tun wird.« Bennett nahm das Foto wieder an sich und legte statt dessen eine Visitenkarte auf den Tisch. Als John sie aufnahm, sah er, daß nur eine Telefonnummer auf der Karte stand. »Ich würde es sehr begrüßen, wenn Sie mich anriefen, falls Sie diese Frau zufällig sehen sollten. Die Uhrzeit spielt keine Rolle.«

Zu wissen, daß Bennett nicht hinter ihm her war, rief ein seltsam befreiendes Gefühl in ihm wach. John wurde leichtsinniger und dreister. »Worum geht es überhaupt?«

»Ich fürchte, ich bin nicht befugt, darüber Auskunft zu geben.«

»›Ich bin nicht befugt‹ scheint Ihre Lieblingsredewendung zu sein. Worüber können Sie denn Auskunft geben?«

Bennett ignorierte die Frage. »John, es handelt sich um eine sehr ernste Angelegenheit. Ich würde es begrüßen, wenn Sie sie ernst nähmen. Diese Frau ist potentiell sehr gefährlich. Rufen Sie mich an, wenn Sie

sie sehen.« Er glitt aus der Nische. »Und versuchen Sie nichts auf eigene Faust.«

Bennett verließ das Frilly Cow und ließ John allein. Die Kellnerin, die sich nicht die Mühe gemacht hatte, an ihren Tisch zu kommen und Bennett nach seinen Wünschen zu fragen, hielt sich fern, als sei John durch Bennetts Anwesenheit kontaminiert worden. In Johns Kopf überschlugen sich die Fragen.

Wer war Bennett, und warum war er zu John gekommen?

Bennetts Aussehen konnte kein Zufall sein. John wußte, daß er irgendwo Verwandte väterlicherseits hatte, auch wenn seine Mutter nicht viel über sie sprach. Er hatte noch keinen einzigen kennengelernt. Wenn er seine Mutter nach ihnen fragte, sagte sie immer, es sei zu schmerzhaft für sie, Zeit mit ihnen zu verbringen. John hatte die Antwort akzeptiert. Manchmal war es besser gewesen, einen rätselhaften toten Vater zu haben. Man konnte sich immer angemessen heroische Vergangenheiten für einen vergessenen Vater ausdenken.

Also war Bennett vielleicht ein Verwandter.

Seine Mutter hatte einmal erwähnt, daß einer seiner Verwandten eine Art Cop sei. Zwar konnte er sich im Augenblick nicht daran erinnern, welcher Seite seiner Familie dieser Cop angehörte, aber er erinnerte sich an den Hinweis. Manchmal nannten die Leute auch Sonderermittler ›Cops‹, als seien sie gewöhnliche Polizisten. Außerdem hatte er gehört, daß Bundesagenten auch behaupteten, sie seien verdeckt ermittelnde Detektive, wenn sie mit der alten Ausflucht – ›Ich arbeite für die Regierung‹ – nicht durchkamen. Die Sonderermittler mußten Stillschweigen über ihren eigentlichen Job bewahren. Vielleicht war Bennett Johns Cousin, ein Sonderermittler mit einem geheimen Regierungsauftrag, der einen Verwandten aufgesucht hatte, weil er sonst niemandem vertrauen konnte. Nur John würde in der Lage sein, ihm dabei zu helfen, diese Frau zu finden und das Land vor irgendeiner drohenden Gefahr zu bewahren. Vielleicht war sie ein Maulwurf der Chinesisch-Asiatischen Allianz oder eine Connection für ein Latino-Kartell.

Das war aufregend.

Er fragte sich, wer die Frau wohl war und was sie getan hatte. Augenblick mal: Bennett hatte gesagt, es sei wichtiger, was sie vielleicht noch tun werde. John fragte sich, wer sie war und was sie wohl tun würde.

Das war besser als eine Verabredung.

Oder nicht?

Er schaute auf den leeren Stuhl vor sich.

Es war doch besser, oder nicht?

Kapitel 5

Das Schild besagte, daß das Schmidt-Institut ein Psychologisches Trauma-Zentrum sei, doch Holger Kun wußte es besser. Er erkannte eine Klapsmühle, wenn er in einer saß. Besser als die meisten Leute. Dieser Laden verursachte ihm einen Juckreiz im Nacken. Und in den Armbeugen. Er unterdrückte den Drang, sich zu kratzen. Kein gutes Benehmen. Es machte die Pfleger auf einen aufmerksam. Sie wußten Bescheid. Ja, sie wußten Bescheid.

Die Frau hinter dem Empfang beschrieb ihm den Weg zur Forschungsabteilung. Da er nicht das Bedürfnis hatte, sich zu verirren, hielt er sich präzise an ihre Anweisungen, obwohl das bedeutete, daß er fünf Minuten auf den Fahrstuhl warten mußte. Er hätte einen Teil seiner nervösen Energie dadurch verbrauchen können, daß er die Treppe nahm, aber sie hatte gesagt: »Fahren Sie mit dem Aufzug in die sechste Etage.« Klare Anweisungen. Er hielt sich daran.

Der Zutritt zur Forschungsabteilung war gesichert. Holger klingelte und wartete, bis der Pfleger auf der anderen Seite der ersten Tür das Schloß öffnete. Einmal drinnen, zeigte er dem Mann seinen Paß. Der Mund des Mannes zuckte, und er verbrachte eine völlig überzogene Zeitspanne damit, den Paß zu lesen. Schließlich nickte er und schloß die Außentüren unter Benutzung der Kontrollen auf seinem Pult. Die Innentüren öffneten sich erst, wenn die Außentüren wieder verschlossen waren. Das System war ganz ordentlich, obwohl es sich viel besser dafür eignete, Leute drinnen einzusperren, als Leute von draußen auszusperren. Andererseits sollte das System genau diesen Zweck erfüllen.

Als sich die Innentüren öffneten, traf ihn ein Schwall chemischen Gestanks. Darunter konnte er das Erbrochene und die Pisse und all die anderen üblen Gerüche wahrnehmen, die derartige Orte mit sich brachten.

»Die erste Abzweigung links, dann die letzte Tür auf der linken Seite«, sagte der Pfleger, kurz bevor die Innentüren sich hinter Holger schlossen.

Jene Türen würden sich erst wieder öffnen, wenn der Pfleger einen entsprechenden Befehl gab. Oder wenn Holger deswegen etwas unternahm. Aber dazu würde keine Notwendigkeit bestehen, nicht wahr?

Die Türen in dem Korridor waren alle mit Sicherheits- und Beobachtungsvorrichtungen versehen. Sie hatten massive Schlösser mit Tastenfeldern, Durchreichen und Gucklöcher, die die in die Wände eingebauten Monitore ergänzten. Holger vermied es, auf die Monitore zu schauen.

Die Zellen waren gut isoliert. Vom Geräusch der Klimaanlage abgesehen, hörte er nichts.

Er bog um die Ecke. Die Tür, die er suchte, wäre ihm auch ohne die Beschreibung des Pflegers aufgefallen. Es war die einzige, die offenstand.

Der Raum war größer, als er erwartet hatte, ein Teil davon hinter einer Ecke und daher nicht zu sehen. Mehrere Terminals standen verstreut herum, aber nur eines war besetzt. Die Frau, die dort saß, war mittleren Alters. Ihre kurzgeschnittenen und eng am Kopf liegenden Haare wirkten mehr grau als braun. Sie trug kein Make-up, um die Linien ihres Gesichts weicher zu gestalten. Nach allem, was er von ihr unter dem obligatorischen Laborkittel erkennen konnte, war sie wohlgeformt, wenn auch mager. Sie entsprach der Personalakte vollkommen.

Sie war sein neuer Boß.

Ja, aber es mußte ihm nicht gefallen. Seine Bitte um eine Versetzung in eine andere Abteilung hatte ihm nur einen internen Wechsel zu Spaes Team eingebracht. Dazu noch eine Degradierung, da *er* Spaes Team war. Die Ärztin stand mit den hohen Tieren auf genauso schlechtem Fuß wie er. Er wußte, warum er bei ihnen durchgefallen war, aber ihre Akte gab keinen Hinweis darauf, was sie getan hatte, so daß die Schweine sauer auf sie waren. Spae war einer der ersten Rekruten der Abteilung gewesen. Was hatte sie getan, daß sie in Ungnade gefallen war?

Er trat neben ihren Stuhl.

»Dr. Spae?«

Sie gab einen Laut von sich, ohne sich die Mühe zu machen, von der Konsole aufzuschauen, die sie studierte. Nach einem Augenblick kam er zu dem Schluß, daß der Laut wahrscheinlich eine Bestätigung dafür darstellen sollte, daß sie ihn gehört hatte. Von sich eingenommener Weißkittel.

»Ich bin Kun.«

Diesmal schaute sie auf. Sie schien ihn nicht wiederzuerkennen.

»Von der Abteilung.«

»Kun?« Begreifen dämmerte in ihren nicht zueinander passenden grünen und blauen Augen. »Ah, der neue Mann fürs Grobe. Setzen Sie sich. Ich muß jetzt arbeiten, um den Papierkram kümmern wir uns später.«

Holger suchte sich eine Stelle, wo er sowohl die Tür als auch den Teil des Raums im Auge behalten konnte, der sich um die Ecke befand, zog sich einen Stuhl zu der Stelle und setzte sich. Mit Weißkitteln konnte man nicht viel anfangen. Jedenfalls nicht, wenn man Befehl hatte, sie zu beschützen und ihnen zu helfen.

Ein Weißkittel kam aus dem anderen Teil des Raums

um die Ecke. Das Stethoskop um seinen Hals besagte: Doktor der Medizin und altmodisch obendrein. Das verärgerte Stirnrunzeln auf seiner bärtigen Miene war ebenfalls altmodisch.

»Was haben Sie hier zu suchen? Zeigen Sie Ihre Autorisierung.«

Holger starrte ihn nur an. Das gefiel ihnen nicht.

Der Doc plusterte sich im Gefühl seiner eigenen Wichtigkeit auf. Holger ließ ihn. Lange, bevor er Holger auf die Nerven gehen konnte, merkte Spae auf.

»Schon gut, Kevin. Er ist von der Abteilung.«

»Oh«, sagte Kevin.

Kluger Junge, der Doc.

Natürlich stellte sich heraus, daß der Doc gekommen war, um mit Spae zu sprechen. Über einen Patienten namens Lambe. Holger hörte aufmerksam zu. Lambe war der Schläfer, den sie untersuchen sollten. Aus der Unterhaltung zwischen Spae und diesem Kevin ging hervor, daß er fast so viel über die Abteilung wußte wie Holger. Jedenfalls mehr, als Holger wußte, als er um eine Versetzung in die neu gebildete Abteilung M gebeten hatte. Damals hatte er nur gewußt, daß alle Heißsporne in den Sonderabteilungen der Europäischen Gemeinschaft in diese Abteilung drängten. Sie war angeblich der schnellste Weg.

Der schnellste Weg in die Hölle.

Er unterdrückte seine Erinnerungen. Dies war nicht der rechte Zeitpunkt, sie hervorzukramen. Dieser Ort war dem, wo er die letzten zwei Jahre verbracht hatte, viel zu ähnlich. Konzentrier dich, befahl er sich. Konzentrier dich auf deinen aktuellen Auftrag. Es gibt nichts anderes.

Wie die Hölle.

Die Hölle war der Ort, wo man lebte, wenn man starb.

Man selbst und alle Freunde.

Freunde sterben.

Und fahren zur Hölle.

Wie der Teufel!

Gefällt Ihnen die Hölle, Mr. Kun? Bleiben Sie deswegen hier? Nein, Doktor. Ich hasse die Hölle. Sehr gut, Mr. Kun. Wir machen Fortschritte.

In bezug auf die Hölle?

Wie der Teufel!

Konzentrier dich! Der Auftrag! Nichts anderes!

Er stellte sich seine Befehle vor und tastete nach der Erinnerung, als sei sie ein Seil und er am Ertrinken. Er haßte Wasser. Er hielt auch nicht viel von seinen Befehlen.

Unterstellt: Dr. Elizabeth Spae, thaumaturgische Theoretikerin.

Holger Kun sollte ihr als Spezialist für Ressourcen und als Expedient behilflich sein.

Und als Mann fürs Grobe.

Der Teil stand nie in den Befehlen.

Andererseits stand eine ganze Menge nicht in schriftlichen Befehlen. Die Abteilung war eine verdeckt arbeitende Gruppe, was bedeutete, daß nur dann etwas schriftlich festgehalten wurde, wenn es sich nicht vermeiden ließ. Dokumente machten es schwieriger als üblich, sich abzusichern.

Die vermeintliche Aufgabe der Abteilung bestand darin, ungewöhnliche Phänomene zu untersuchen. Angeblich war sie wissenschaftlich orientiert. Und das war sie auch. Das und noch mehr. Die Weißkittel der Abteilung bemühten sich, sogenannte magische Effekte verstehen zu lernen. Die Aufgabe des Expedienten bestand darin, alles zu beschaffen, was sie nach eigener Auskunft für deren Anwendung – vorzugsweise exklusiver Anwendung – von der SAEG im besonderen und der Europäischen Gemeinschaft im allgemeinen brauchten.

All das, ohne jemanden wissen zu lassen, was sie taten.

Abgesehen von den üblichen Geheimhaltungsgründen war da noch die Frage der Glaubwürdigkeit. Wer würde einen Politiker wählen, der an Elfen glaubte? Hinzu kam die Frage der Macht, oder vielleicht war das auch nur die logische Konsequenz der Glaubwürdigkeitsfrage. Im Grunde lief es immer darauf hinaus. Die Bosse der SAEG wollten Macht in der EG, und die Bosse der EG wollten Macht in der Welt. Und wer würde mehr Macht haben als die Retter der Welt?

Holger hörte sich an, wie Spae und Kevin lautstark über die Aussagekraft einiger Tests debattierten, die der Doc durchgeführt hatte. Die technischen Einzelheiten überstiegen sein Begriffsvermögen, aber er erkannte eine Debatte, die aufgrund fundamentaler Meinungsverschiedenheiten zum Scheitern verurteilt war, wenn er eine hörte. Schöne Weltenretter.

Als der Wettstreit um die lauteste Stimme beendet und Kevin wieder gegangen war, wandte Spae sich an Holger.

»Wollen Sie den Anruf mithören?«

»Selbstverständlich.« Sie mußte der Abteilung ihre Schlußfolgerungen mitteilen. Seine Befehle sahen nicht vor, daß er ihre Gespräche mithörte, aber es war auch nicht seine Gewohnheit, ein Angebot abzulehnen. Je mehr er über ihre Arbeit wußte, desto sicherer konnte er sich fühlen.

Holger stellte eine Verbindung zu ihrer Konsole her, um das eingehende Signal zu kopieren, und rief ein Fenster auf, das ihr herausgehendes Signal zeigte. Als sie den Anruf tätigte, war er nicht im geringsten überrascht, als er sah, daß ihre Sicherheitseinstufung einige Stufen über der seinen lag. Die Maschinen folgten ihrem Begrüßungsprotokoll, aber die Sicherheitssysteme stuften Holgers Zweigverbindung nicht als Verletzung ein. Dafür war seine eigene Sicherheitseinstufung zu hoch. Als die Leitung gesichert war, erschien ein breitgesichtiger Mann mit gallischen Zügen auf dem Bildschirm. Holger war beeindruckt. Er hätte nicht gedacht, daß Spae derart mühelos Verbindung zu Magnus aufnehmen konnte.

»Dieser Ausflug ist reine Zeitverschwendung«, sagte sie ohne Vorrede.

»Ah, Dr. Spae. Wie geht es Ihnen?«

Holger glaubte, eine müde Belustigung aus Magnus' Stimme herauszuhören. Spae antwortete ihm in bissigem Tonfall.

»Ich bin müde. Und gereizt. Lambe ist kein Schläfer.«

Holger hatte damit keine Probleme, doch Magnus sah nicht erfreut aus.

»Sind Sie sicher? Dagastino hatte schon des öfteren recht.«

»Und ich auch. Sogar öfter als er, wie Sie sehr wohl wissen. Ich sage Ihnen, wir haben es hier nicht mit einem Schläfer zu tun.«

Magnus runzelte die Stirn. »Wir hatten Lambe zuerst. Ich würde ihn lieber nicht an die CIA verlieren.«

»Sie können ihn haben. Er ist ein ganz gewöhnlicher Feld-, Wald- und Wiesen-Irrer.«

»Aber Dr. Dagastinos einleitende Tests…«

»Sahen von der anderen Seite des großen Teichs gut aus, aber hier vor Ort ist die Wahrheit offensichtlich. Ich brauchte nicht lange, um festzustellen, daß Lambe keine erwähnenswerte Aura hat. Dagastino verfügte über nicht mehr als Lambes unzusammenhängendes Geschwafel für seine Tests. Er ist ein Irrer, reine Zeitverschwendung.«

»Trotzdem, wir müssen ganz sicher gehen, Doktor. Ich kann die Bedeutung dieses Auftrags nicht genug betonen. Jeder Schläfer ist bedeutsam. Sie sind der

Schlüssel für die Zukunft und vielleicht die einzige Hoffnung für die Menschheit.«

»Sparen Sie sich Ihre Motivationsreden. Sie ändern nichts an den Tatsachen.«

»Dr. Spae, als Spezialistin werden Sie verstehen…«

Spae schlug mit der Faust gegen ihre Tastatur, was dem System ein protestierendes Summen entlockte. »Ich verstehe, daß ich Phantomen nachjage, während die eigentliche Arbeit am Cornwall-Projekt geleistet wird.«

»Diese Leitung hat eine zu niedrige Sicherheitsstufe für eine Diskussion…«

»Jeder mit Zugang zu dieser Leitung weiß von dem Projekt. Ich will an Arthur arbeiten.«

Magnus' Tonfall änderte sich. Er sprach jetzt leise, aber bestimmt. »Diese Abteilung, der Sie angehören, besitzt ein Mandat, das die Untersuchung aller ungewöhnlichen Phänomene einschließt, die magischen Ursprungs sein könnten. Seit Ihrer Abreise haben wir mehrere Berichte über Vorfälle an der Ostküste Nordamerikas erhalten. Sie sind unser nächster Experte, Dr. Spae, und Sie werden diese Vorfälle untersuchen. Die Abteilung verläßt sich darauf, daß Sie diese notwendige und, wie ich hinzufügen muß, bedeutsame Arbeit erledigen.«

»Scheinbeschäftigung«, murmelte Spae.

»Wie war das, Doktor?«

Sie unterbrach die Verbindung. Holger begriff langsam, warum sie mit den hohen Tieren auf so schlechtem Fuß stand.

Kapitel 6

Ihre Schuhsohlen schabten in schnellem, stetem Rhythmus über den Beton des Gehsteigs. Das Motorrad war nicht mehr da, es war in ihrer ersten Nacht im Sprawl gestohlen worden. Normalerweise hätte ihr das nichts ausgemacht. Normalerweise bestand kein Grund zur Eile, aber jetzt signalisierten ihr die Sterne auf ihren festen Bahnen, daß ihr nur noch wenig Zeit blieb, und sie wußte, daß sie nicht so gut verborgen war wie üblich. Was die Sterne erlaubten, versuchten andere zu verhindern.

Sie erkannte ihre Umgebung nicht wieder, aber das war keine Überraschung. Es war lange her, seit sie zuletzt in Massachusetts war, und damals hatte sie sich in einer anderen Gegend aufgehalten. Die Schilder, die ›Tewksbury dies‹ oder ›Tewksbury das‹ verkündeten, ließen vermuten, daß die Gegend Tewksbury genannt wurde. Der Name kam ihr bekannt vor, aber sie konnte sich nicht an so große Menschenmengen erinnern. Auch nicht an die Anwesenheit von Wolkenkratzern, WoGes, Wohnblocks und Industriegebieten. Ebensowenig wie an den Verfall.

Je tiefer die Sonne sank, desto tiefer sank auch die Temperatur, und der Wind frischte auf. Sie raffte ihre Jacke zusammen. Nachts fiel das Gehen leichter, aber heute nacht würde der Wind eine Gefahr darstellen. Sie würde einen Platz zum Übernachten brauchen, um sich vor dem Wind zu schützen. Aber es war erst Abend, und ihr blieb noch genug Zeit, also ging sie weiter.

Tewksbury war einer der nördlichen Randbezirke des Nordost-Sprawls. Nur am Rand gelegen, aber dennoch ein unfreundlicher Ort. Der Sprawl war das Hauptschlachtfeld im Krieg zwischen den geordneten Kräften urbaner Profis und den chaotischen Horden urbaner Opfer und Räuber. Ein Sieg war noch nicht errungen worden, aber welche Seite letzten Endes auch gewinnen würde, das Land verlor dabei auf jeden Fall.

Es war kalt auf der Straße, und es wurde immer kälter.

In der abendlichen Stoßzeit waren Straßen und Gehsteige verstopft. Autos und Fußgänger bewegten sich in einem komplexen Tanz. Sie ging mit dem Strom und paßte sich seinen Rhythmen an. Sie wirkte nicht fehl am Platz, und das war gut. Aufzufallen barg Gefahren.

Eine große schwarze Limousine fuhr langsam auf der anderen Straßenseite an ihr vorbei. Sie war sauber und hatte noch alle Zierteile, wodurch sie inmitten der qualmenden Schrotthaufen und ramponierten Elektroautos ziemlich deplaziert wirkte. Der Wagen hätte ein großer Barsch sein können, der das Riff des Spawls im Gefolge von Schwärmen kleinerer automobiler Fische durchschwamm. Der Wagen verschwand aus ihrem Blickfeld und damit aus ihren Gedanken.

Die Leute ringsumher stellten eine Mischung verschiedener Kategorien dar: Arbeiter aller Art, obdachlose alte Männer und Frauen, Drogensüchtige und Dealer, Huren, Zuhälter und ihre Klientel, Straßenhändler und Gangmitglieder. Manche kannte sie aus anderen Städten und anderen Zeiten. Andere, wie der Mann und die Frau in identischen bunten Spandex-Trikots mit kahlrasiertem Kopf und funkelnder Rund-um-Sonnenbrille, boten einen derart absonderlichen Anblick, daß sie sich jeder Kategorisierung entzogen.

Sie spürte etwas hinter sich, das immer näher kam, und fand plötzlich, daß es an der Zeit war, die Schulterriemen ihres Rucksacks zu verstellen. Leute. Autos. Das kahle Pärchen schlenderte Arm in Arm an ihr vorbei. Sie hörte Musik aus ihren Brillen kommen. Die schwarze Limousine war jetzt auf ihrer Straßenseite und fuhr kaum schneller als Schrittempo. Der übrige Verkehr umschiffte sie unter Hupen sowie obszönen Gesten und Vorschlägen.

Sie hakte die Hände in die Haltegurte und ging weiter.

Die Limousine passierte sie und fuhr dann an den Randstein. Als sie auf Höhe der hinteren Stoßstange war, öffnete sich die hintere Tür. Sie blieb stehen, jederzeit zur Flucht bereit, und ein Mann rempelte sie von hinten an. Fluchend versetzte er ihr einen Stoß, der sie näher zur Limousine beförderte. Sie prallte zitternd gegen die Stoßstange, doch nichts sprang aus dem Wagen.

Statt dessen tauchte eine kräftige Hand mit dikken Fingern auf und ergriff die Armlehne der Tür. An den meisten Fingern funkelten Goldringe, und am Handgelenk baumelte ein schweres silbernes Armband. Ein Gesicht tauchte auf, dessen Augen hinter einer dunklen Brille verborgen waren. Volle Lippen unter einem Schnurrbart kräuselten sich zu einem Lächeln.

»Tut mir leid. Ich wollte dich nicht erschrecken. Eigentlich hatte ich genau das Gegenteil im Sinn. Ich hatte gehofft, wir könnten Freunde werden.«

Sie richtete sich auf und bewegte sich, so daß sie mehr vom Wageninneren erkennen konnte. Es war sauber, blitzsauber. In der Trennwand zwischen dem riesigen Fond und den Vordersitzen waren alle möglichen Spielereien untergebracht. Sie erkannte den Zapfhahn neben der Reihe mit den Karaffen, und der Videoschirm war als solcher ebenfalls mühelos zu erkennen, doch es gab andere Vorrichtungen aus blankem

Chrom und dunklem, glänzendem Plastik, die ihr ein völliges Rätsel waren.

Die Augen hinter der dunklen Brille waren ebenfalls ein Rätsel.

»Ich kenne Sie nicht«, sagte sie.

»Aber du könntest mich kennenlernen. Ich heiße John.«

»Nym.«

»Wir könnten viel Spaß zusammen haben, Nym.«

Etwas bewegte sich in der Limousine, und Nym erblickte einen weißen Knöchel. Sie veränderte ihre Stellung, um besser sehen zu können. John war nicht allein auf dem Rücksitz der Limousine. Er hatte eine Frau bei sich, die sich an ihn schmiegte und an ihm klebte wie weiches Wachs. Nach allem, was Nym von ihrem Gesicht sehen konnte, schien sie unter einer dünnen Schicht Straßenschmutz recht hübsch. Sie war eindeutig jung und gut gebaut. Ihre Kleidung war schäbig, und sie trug keine Schuhe, aber die etwas hellere Haut an den Füßen verriet, daß sie bis vor kurzem noch welche getragen hatte. An einem Handgelenk trug sie ein goldenes Armband. Gold und zerrissene, schmutzige Jeans ließen nur einen Schluß zu.

John sah, wohin Nym schaute, und zog seine eigenen Schlüsse. »Ich mache meinen Freundinnen Geschenke. Schöne Geschenke.«

»Ich muß dringend irgendwohin.«

Sein Lächeln wurde ein wenig dünner, aber er ließ nicht locker. »Mit dem Wagen kommst du schneller dorthin als zu Fuß. Und auch bequemer.«

Die Nacht würde bald hereinbrechen. »Sie bringen mich hin?«

Das Lächeln kehrte zurück und wurde breiter, so daß seine Zähne zu sehen waren. Einer von ihnen war aus Gold. »Ich bringe dich an Orte, an die du bisher nicht mal gedacht hast.«

»Okay.« Sie schnallte ihren Rucksack ab und stellte ihn in den Wagen, dann stieg sie selbst ein und schloß die Wagentür. »Fahren wir.«

Noch bevor Nym saß, schmiegte sich die andere Frau eng an John, knabberte an seinem Ohrläppchen und flüsterte leise, bedeutungslose Worte. Johns Reaktion auf die Aufmerksamkeiten des Freudenmädchens ließ keinen Zweifel daran, welche Sorte Spaß ihm gefiel. Mitten in einer Umarmung verließ eine seiner Hände die Frau und legte sich auf Nyms Knie. Sie schob sie weg.

John schnappte nach Luft. »Was ist los, Süße? Willst du nicht auch spielen?«

»Sie sagten, Sie würden mich dorthin bringen.«

»Und das werde ich auch.« Die Frau hörte nicht auf, ihn abzuschlecken. »Aber unterwegs können wir viel Spaß haben. Hier drinnen ist es schön und intim.« Als sei dies das Stichwort, glitten die Hände der anderen Frau zu seinem Gürtel und öffneten ihn. Ihre Finger machten sich an den Knöpfen darunter zu schaffen. »Laß dich von Cherie hier nicht abhalten. Es ist genug für alle da.«

Die Münze, die man als Bezahlung von ihr verlangte, war ihr nicht unbekannt.

John keuchte, als Cherie fand, was sie suchte. Ihr Kopf sank auf seinen Schoß. Sie fand rasch einen gleichmäßigen Rhythmus, und eine Hand hob sich, um sein Hemd zu öffnen. Dunkel lackierte Nägel zogen verworrene Muster über seinen Körper.

»Mach mit«, stöhnte John.

Nym starrte auf Cheries Hand. Die scharfen Nägel der Frau hinterließen helle Streifen auf Johns Haut. Hier und da bildeten sich winzige Blutstropfen. John bettelte um mehr. Cheries Nägel bohrten sich tiefer in seine Haut.

»Vielleicht brauchst du die Berührung einer Frau,

um in Fahrt zu kommen.« John strich über Cheries Haare und schob dann eine Hand unter ihr Kinn. Er seufzte widerstrebend, als sie ihn freigab.

Cherie hob den Kopf, die dunklen Augen nur halb geöffnet. Sie wandte sich in Nyms Richtung und sah sie anscheinend zum erstenmal an. Plötzlich waren ihre Augen weit aufgerissen, und eine Erkenntnis blitzte in ihnen auf. Cheries Gesicht verzerrte sich, und sie bleckte knurrend die strahlend weißen Zähne. Die Eckzähne waren lang und spitz. Sie zischte.

John wurde blaß und versuchte sich von seiner plötzlich verwandelten Geliebten zu entfernen. Cherie warf sich auf Nym, doch ihrer beider Gastgeber war ihr im Weg. Cherie ging mit den Fingernägeln auf ihn los und zerfetzte Kleidung und Haut. Nym bearbeitete die Kontrollen für die Wagentür. John schrie und gab sich alle Mühe, die Wildkatze abzuwehren, die ihn angriff. Ihre Auseinandersetzung war so heftig, daß ein Teil der Gewalttätigkeiten zu Nym durchdrangen, aber im großen und ganzen erwiesen sich die Abwehrversuche Johns, so unkoordiniert sie auch waren, als wirksame Schutzbarriere. Cheries Fingernägel drangen nur einmal zu Nym durch und kratzten sie, bevor der Türöffner endlich reagierte und die Tür sich öffnete. Glücklicherweise fuhr der Wagen nicht sonderlich schnell. Nym packte ihren Rucksack und sprang hinaus. Sie schlug auf den Asphalt und rollte sich ab.

Die Limousine fuhr weiter und schaukelte dabei hin und her, da die Heftigkeit der Auseinandersetzung darin zunahm. Die Leute ringsumher merkten auf und zeigten auf den Wagen. Einige lachten. Nym hörte das Geräusch splitternden Glases. Der Wagen änderte die Fahrtrichtung und steuerte die Gegenfahrbahn an, um gleich darauf in die andere Richtung zu schleudern und zu beschleunigen. Er holperte über den Randstein, und schreiende Fußgänger sprangen davon. Einer geriet unter die Räder, bevor der Wagen mit hoher Geschwindigkeit gegen eine Hausmauer prallte. Die Hupe ertönte, und der Wagen rief mit mechanischer Stimme: »Hilfe! Ich werde gestohlen!« Eine ruhigere Stimme forderte alle Fahrgäste auf, sich anzuschnallen. Nym konnte in der Lärmorgie Johns Stimme nicht mehr hören.

Aus dem Wrack drang nichts als Rauch, aber Nym wartete nicht ab, ob diese Situation sich änderte. Sie lief über die Straße und entfernte sich rasch vom Unfallort. Hinter ihr ertönte ein wildes, bestialisches Heulen.

Es war nicht der Wagen.

Sie lief schneller.

*

Die Montagsseminare dehnten sich wie Gummi. John rechnete ständig damit, daß jemand von der Verwaltung auftauchen und ihn mitnehmen würde, doch niemand kam. Allem Anschein nach hatte sich nichts verändert. John hatte etwas anderes erwartet.

Als schließlich Globalstudien begann, hatte er sich beinahe davon überzeugt, daß der Vorfall vom Freitag nur ein Traum war, doch Trahn blieb dem Seminar fern, und John wußte nicht, was er davon halten sollte. Wenn er den Vorfall vom Freitag tatsächlich nur geträumt hätte, hätte Trahn anwesend sein müssen. Das GS-Seminar dauerte länger als alle übrigen Seminare des Tages zusammen.

Yael fand ihn, während John die Sportanlagen nach einer Spur von Winston absuchte.

»Wo warst du am Samstag? Der Coach wird dir morgen beim Training den Kopf abreißen.«

Yael grinste fröhlich, während er halsabschneiderische Laute von sich gab und sich in übertriebenem

Bogen mit dem Finger über den Hals fuhr. John war nicht in der Stimmung dazu.

»Mir ist etwas dazwischen gekommen.«

Yaels Augenbrauen schossen in die Höhe. »Ich kann es kaum erwarten, davon zu hören.«

»Ich will nicht darüber reden.«

Yael folgte ihm aus der Anlage. »Der Coach wird das nicht als Antwort gelten lassen. Man fehlt nur dann bei einem Heimkampf, wenn man tot ist. Und für mich siehst du nicht tot aus, mein Freund. Nur beinahe tot.«

»Ich habe nicht viel Schlaf bekommen.«

Yael blieb wie angewurzelt stehen, packte Johns Arm und zwang ihn, ebenfalls stehenzubleiben. »Kelley! Du hattest Glück bei ihr!«

»Nein, hatte ich nicht«, schnauzte John und bereute es sofort. Diese Ausrede hätte Yael verstanden.

»Aber ist der Protest echt oder nur ein cleveres Ablenkungsmanöver?«

»Such's dir aus«, sagte John. Sollte er denken, was er wollte. Es war besser als die Wahrheit. »Hör mal, ich muß weiter. Ich hab noch einiges zu erledigen.«

Während er sich von Yael befreite, mußte er sich noch ein paar anzügliche Bemerkungen anhören, deren Höhepunkt eine bildete, die andeutete, er treffe sich gleich wieder mit Kelley. John wünschte, es wäre so gewesen. Am Wochenende hatte sie seine Anrufe unbeantwortet gelassen, und er hatte sie den ganzen Tag noch nicht gesehen, nur aus der Entfernung oder in einer größeren Gruppe.

Als er nach Hause kam, wartete Post auf ihn. Richtige Post. Seine Mom war nicht da, also hörte niemand seinen Freudenschrei, als er den Absender sah. Sie stammte vom Woodman Waffenmuseum. Richtige Post brauchte länger als die normale elektronische. Kein Wunder, daß es so lange gedauert hatte.

Aber angekommen war sie doch.

Er riß den Brief auf. Es war das Jobangebot, auf das er gehofft hatte. Nur jetzt, da er es in den Händen hielt, kam es ihm gar nicht mehr so wunderbar vor, und seine Aufregung legte sich ebenso rasch, wie sie gekommen war. Der Vorfall mit Winston würde diese Gelegenheit vermutlich zunichte machen. Sobald das Museum von der Schlägerei hörte, würde es das Angebot zurückziehen. Wie konnten die dortigen Verantwortlichen jemandem mit derartig gewalttätigen Neigungen vertrauen? Dabei würde es keine Rolle spielen, daß es sich bei dem Job nur um den Posten eines Nachtwächters handelte. Kriminelles Verhalten war kriminelles Verhalten. Außerdem würde man ihm wahrscheinlich mitteilen, daß seine Dienste als Museumsführer nicht länger benötigt würden. Es war schlecht für das Öffentlichkeitsbild, einen brutalen Schläger eingestellt zu haben, der leicht zu beeindrukkenden Kindern und Jugendlichen Vorträge hielt.

Er hätte den Brief beinahe in den Müll geworfen.

Doch das tat er nicht. Er und seine Mutter konnten das zusätzliche Einkommen gut gebrauchen. Das Konzernstipendium deckte Essen und Kleidung ab, aber es reichte einfach nicht für jene Extras, die das Leben erst angenehm machten. Seine Mutter versagte sich immer irgend etwas, um das Geld dann für ihn auszugeben. So sehr er sich auch wünschte, daß sie damit aufhörte, er wollte doch nicht auf die Dinge verzichten, die sie für ihn kaufte.

Der Job im Museum bot mehr als nur Geld. Sicher, sie würden ein zusätzliches Einkommen haben, und da Mitsutomo einer der Hauptsponsoren des Museums war, würde er auch in der Lage sein, sein Gehalt mühelos in Konzernwährung einzutauschen. Was aber noch wichtiger war, er würde in unmittelbarer Umgebung an vielen Dingen arbeiten, die ihm gefielen. Sicher, es war nur ein Prolljob, aber er wurde *im* Museum ausgeübt. Und er stand auf der Gehaltsliste des Museums. Möglicherweise lernte er die Kuratoren kennen und konnte ihnen zeigen, wieviel ihm an den Rüstungen und Rittern und all den anderen Sachen lag. Er konnte sie beeindrucken. Wenn sie ihn erst einmal persönlich kannten, würden sie erkennen, daß Potential in ihm steckte. Er konnte in seiner Freizeit mit dem Kuratorium zusammenarbeiten, und wenn sie erst einmal sahen, wie sehr ihm die Dinge am Herzen lagen, würde sich alles ändern. Vielleicht würde er ein paar Stunden damit verbringen, Sachen zu säubern, um dann an einem Exponat zu arbeiten. Er würde sich nach oben arbeiten. Jedenfalls würde ihm das viel besser gefallen, als in einem Büro vor einem Computer zu sitzen.

Er las den Brief noch einmal. Sie verlangten ein Orientierungsgespräch. In dem Brief hieß es: ›wann es ihm passe‹, aber der Kontext vermittelte äußerste Dringlichkeit. John glaubte den Grund dafür zu kennen. Jenny aus dem Andenkenladen hatte ihm erzählt, daß beim Wachpersonal des Museums eine große Fluktuation herrsche.

Vielleicht brauchten sie den Nachtwächter so dringend, daß sie ihn trotz der Sache mit Winston nahmen.

Mach dir keine allzu großen Hoffnungen.

Wer hat dich gefragt?

Es gibt sicherere Aufenthaltsorte.

Was willst du damit sagen?

Denk an andere Dinge. Dann ist die Enttäuschung nicht so groß.

Ich habe keine Angst. Was können sie schon tun, falls sie mich nicht haben wollen?

Mitsutomo könnte etwas heftiger reagieren.

Wegen Winston, meinst du.

Winston.

Das war ein Unfall! Ich habe die Beherrschung verloren, okay? Jeder verliert mal die Beherrschung. Ich entschuldige mich bei ihm, sobald ich ihn sehe. Was willst du überhaupt von mir?

...

Eine halbe Stunde lang kochte John vor Wut allein in seinem Zimmer, bis er sich dazu bringen konnte, ganz normal fortzufahren. Wenn sie wegen der Schlägerei etwas gegen ihn unternahmen, konnte er das auch nicht ändern. Warum sollte er ihnen dabei helfen, indem er sich selbst bestrafte? Er rief das Computersekretariat des Museums an und legte den Termin für das Orientierungsgespräch auf Dienstag abend, und zwar so, daß er sich mit seinem Fechttraining überschnitt. Ein Bewerbungsgespräch war eine Entschuldigung, die der Coach würde akzeptieren müssen. Wenn er einfach nicht zum Training ging, konnte er die unvermeidliche Konfrontation noch etwas länger hinausschieben. Und bis es dann so weit war, hatte er sich vielleicht eine Geschichte ausgedacht, die ihn nicht als mörderischen Irren hinstellte.

Kapitel 7

Sörli leierte seinen Bericht über den Brandanschlag in Blaisdell Corners herunter, und Pamela Martinez hörte pflichtbewußt zu. Schließlich bekam sie nur, was sie verlangt hatte.

Die Schilderungen der Augenzeugen waren verschwommen, aber an den drei Leichen und dem Sachschaden in Höhe von annähernd einer Million Dollar war nichts Undeutliches. Sörli schien mehr an einer Aussage des Besitzers der Dorfkneipe interessiert zu sein, der zufolge einer seiner Stammgäste, ein bekannter Säufer, behauptet hatte, eine einsame Motorradfahrerin gesehen zu haben, die vor einem Rudel feuriger Hunde geflohen sei. Er fand es ganz besonders bedeutungsvoll, daß man den fraglichen Säufer am Morgen nach dem Brandanschlag tot im Gebüsch gefunden hatte. Im vorläufigen Polizeibericht hieß es, der Mann sei an Unterkühlung gestorben.

»Natürlich war das nur die *scheinbare* Todesursache«, sagte Sörli.

»Natürlich.« Sie warf einen Blick auf den Monitor, um sich zu vergewissern, daß die Aufzeichnungsfunktion des Geräts in Betrieb war. Beim letztenmal war ihr Gespräch nicht gespeichert worden. »Und die tatsächliche Todesursache?«

»Er hat diejenigen gesehen, die hinter der Frau her waren. Sie sind noch nicht bereit, sich offen zu zeigen, also bringen sie alle zum Schweigen, die das Pech haben, Zeuge ihrer Gegenwart zu werden.«

»Natürlich.« Sörlis Besessenheit kannte keine Grenzen. »*Wir* wissen von ihnen. Warum versuchen sie nicht, uns zum Schweigen zu bringen?«

»Sie wissen nicht, daß wir von ihnen wissen.«

»Was macht Sie da so sicher?«

»Schlicht und einfach die Tatsache, daß sie noch keinen Versuch unternommen haben, uns zum Schweigen zu bringen.«

Immer hübsch im Kreis herum. »Sie haben Ihre Nachforschungen nicht zur Kenntnis genommen?«

»*Sie* waren bisher immer schon weg, wenn wir von ihren Aktivitäten erfuhren. Das ist einerseits ein Glück, andererseits aber auch höchst bedauerlich. Ein Glück deshalb, weil sie dadurch bisher noch nichts von unserer Opposition wissen, und bedauerlich deshalb, weil wir dadurch bisher noch nicht in der Lage waren, wirkungsvoll gegen sie vorzugehen. Das wird sich ändern.

Und zwar bald, glaube ich. Heute morgen habe ich von einem Vorfall erfahren, der sich letzte Nacht im Tewksbury-Distrikt ereignet hat.« Er berichtete von einem Autounfall, der zum Tod des Fahrers und seines Passagiers sowie zur Lähmung eines Fußgängers geführt hatte. Sie hatte bereits davon gehört. Der Fußgänger war ein Angehöriger Mitsutomos. Die einzige Neuigkeit, mit der er aufwarten konnte, waren Zeugenaussagen, in denen von einer Frau die Rede war, die vom Unfallort geflohen war. »Wir haben Leute auf die Sache angesetzt, aber ich erwarte nicht mehr als eine Bestätigung der Einzelheiten, die wir bereits kennen.«

»Und warum ist das so?«

Sörli runzelte die Stirn. »Mein Team kann diesen Vorfall nicht gezielt untersuchen.«

Das war ihr neu. »Warum nicht?«

»Einer der mit der Untersuchung betrauten Beamten ist Charles Gordon, der Mann, der Churdys Leiche gefunden hat. Wenn auch nur ein Mitglied meines Teams am Unfallort auftaucht, wird er uns zweifellos sofort erkennen und Verbindungen zwischen den beiden Vorfällen herstellen, wie sie im Augenblick besser unterbleiben sollten. Wir brauchen Handlungsfreiheit, wenn wir die Gefahr mit Erfolg bekämpfen sollen.«

»Sie meinen die Konvergenz?«

»Genau.« Lächelnd fügte er hinzu. »Ich wußte, es war richtig, mich an Sie zu wenden.«

Der lahme Versuch, ihr zu schmeicheln, überraschte sie. »Der springende Punkt?«

»Die jüngsten Vorfälle sind ein eindeutiger Beweis für die destruktive Natur der Anderswelt und den Mangel an Hochachtung, mit der sie unserer Welt begegnen.«

»Aber die Existenz der Anderswelt bleibt auch weiterhin unbewiesen.« Sie winkte ab, als er zu einem Protest ansetzte. »Die Medien bezeichnen den Vorfall in Blaisdell Corners als Terroristenanschlag, und zwar trotz fehlender Motive und Bekennerschreiben. Und bei dem Autounfall haben angeblich Drogen eine entscheidende Rolle gespielt.«

»Im ersten Fall haben sie recht, obwohl nicht so, wie sie denken. Für diesen Anschlag wird niemand die Verantwortung übernehmen. Was die Drogen betrifft, die einzigen, die in diesem Fall eine Rolle spielen, sind diejenigen, die die Medienschnüffler nehmen. *Sie* mögen blind für die heraufziehende Gefahr sein, aber *wir* dürfen uns nicht blenden lassen. All diese Vorfälle unterliegen einem bestimmten Schema.«

»Was für einem Schema?«

»Der Anwesenheit dieser Frau.«

»Die Hälfte der Bevölkerung ist weiblich, und wir wissen nicht, ob es sich in allen Fällen um dieselbe Frau handelt.«

»Vielleicht ist *Schema* ein zu starkes Wort«, räumte er

ein. »Sagen wir lieber, daß wir es mit einer Progression zu tun haben. Zuerst der Mord an Churdy in den Bergen, dann der Zwischenfall an der Grenze zwischen Maine und New Hampshire – und jetzt diese Geschichte in Tewksbury, einem Distrikt im Nordost-Sprawl. Wenn man die Schauplätze der Vorfälle miteinander verbindet, entsteht eine mehr oder weniger gerade Linie, die nach Südwesten führt.«

»Wenn es sich um eine Progression handelt, wohin führt sie dann?«

»Das ist unbekannt. Aber sie zielt mit Sicherheit darauf ab, die Konvergenz herbeizuführen.«

»Warum mit Sicherheit?«

»Andere Quellen bestätigen, daß diese Frau eine Agentin mit eben diesem Ziel ist. Es wäre dumm, die Möglichkeit außer acht zu lassen, daß sie im Mittelpunkt dieser Vorfälle steht. Wir können es uns nicht leisten, dumm zu sein, Ms. Martinez.«

Ich kann es jedenfalls nicht, kleiner Mann. »Wer sind diese ›anderen Quellen‹?«

Er reckte ihr das Kinn auf eine trotzige Art entgegen und sah ihr in die Augen. »Das werde ich nicht verraten.«

»Das werden Sie nicht? Ich könnte darauf bestehen.«

»Das wäre nicht sehr klug von Ihnen. Wir können uns keine Kluft in unseren Reihen leisten. Diese Frau muß aufgehalten werden, bevor sie ihr Ziel erreicht.«

»Ihre Anderswelt-Fraktion scheint dazu entschlossen zu sein.«

»Es ist nicht *meine* Fraktion«, schnauzte er. Die Heftigkeit ließ ebenso rasch wieder nach, wie sie sich aufgebaut hatte. Er fuhr fort: »Doch, ja, es hat den Anschein, als sei eine Fraktion entschlossen, sie aufzuhalten. Aber sie hat bisher bemerkenswert wenig Erfolg gehabt. Es ist möglich, daß diese Versuche lediglich eine List sind, um uns einzulullen und davon abzuhalten, selbst zu handeln.«

»Ich dachte, sie wüßten nichts von uns.«

»Ich könnte mich irren. Aber diese Aktionen könnten auch einen ganz anderen Sinn haben als den, eine bekannte oder bestimmte Partei zu verwirren. Die Herrscher der Anderswelt sind verschlagen und beschreiten seltsame Wege. Sie haben einen Hang dazu, Verwirrung zu stiften, auch wenn sie keinem erkennbaren Zweck dient.«

Einen Hang dazu, Verwirrung zu stiften, aha. Wie Sörli? Wenn diese Herrscher auch nur halb so viel Charisma hatten wie dieser Mann, waren sie gefährlich. Mittels Implikationen, Hinweisen, Andeutungen und spärlichster Indizien hatte er sie in seine Wahnvorstellung hineingezogen, wenn es denn eine war. Wie konnte eine derart starke Überzeugung wie Sörlis auf etwas anderes als Wirklichkeit beruhen?

Sörli mußte ziemlich beunruhigt sein, wenn er einen möglichen Fehler einräumte, auch wenn er dieses Eingeständnis umgehend einschränkte – und ihn beunruhigt zu sehen, machte sie ängstlich. »Was schlagen Sie vor?«

»Wir müssen ein Netz nach dieser Frau auswerfen. Wir müssen mit der Überwachung aller möglichen Agenten der Anderswelt entlang der Progression beginnen, und ich brauche Ihre Autorität, um die nötigen Ressourcen freizumachen. Außerdem müssen wir alle Vorbereitungen für ihre Ausschaltung treffen.«

»Sie meinen damit ihre Gefangennahme.«

Er starrte sie an und schwieg.

»Um sie zu verhören.«

Er schwieg weiterhin.

»Sie wollen sie umbringen«, beschuldigte sie ihn.

»Sie ist zu gefährlich, um anders mit ihr zu verfahren«, sagte er kategorisch.

»Mit einem privaten Mord will ich nichts zu tun haben.«

Er neigte den Kopf und bedachte sie mit einem nachsichtigen Lächeln, dann wurde seine Miene wieder ernst. »Diese Angelegenheit reicht bei weitem über private Belange hinaus. Das Schicksal des ganzen Planeten steht auf dem Spiel, und da wollen Sie alles mit einer einzigen Frau aufwiegen? Wollen Sie zulassen, daß sie den Ausschlag gibt und uns alle ins Chaos stürzt?«

»Ich will mehr wissen.«

»Wir haben wenig Zeit. Wir müssen handeln.«

»Das sagen Sie.«

»Ja, das sage ich.«

»Wo ist der Beweis, den Sie ständig versprechen?«

»Der Beweis, den Sie verlangen, wird erst dann zu bekommen sein...«

»Ja, ja, ich weiß. Wenn es bereits zu spät ist.«

»Wir haben es mit gefährlichen Gegnern zu tun.«

»Ich glaube Ihnen.« Wir haben auch gefährliche Freunde. »Ich verlange nicht von Ihnen, daß Sie Ihr Leben aufs Spiel setzen. Mitsutomo hat nichts dagegen, daß seine Angestellten Waffen zum Zweck der Selbstverteidigung tragen.«

»Eine vernünftige Einstellung.«

»Zum Zweck der *Selbstverteidigung*. Wenn Sie Mitsutomo in einen Mord verwickeln, werde ich Sie verstoßen. Und schauen Sie nicht so selbstgefällig. Ich kann dafür sorgen, daß Sie nie wieder für einen Konzern in der Nördlichen Hemisphäre arbeiten. Sie wissen, daß ich das kann.«

»Ich bin mir Ihres Einflusses durchaus bewußt, Ms. Martinez«, sagte er, schaute aber noch immer selbstgefällig drein.

»Vergessen Sie das nicht. Und jetzt legen Sie Ihre Fallen aus. Nehmen Sie diese Frau gefangen und bringen Sie sie zu mir.«

Er stand auf, wandte sich aber nicht sofort zum Gehen. Als sie ihn ansah, sagte er ruhig: »Sie könnte sich wehren.«

»Wenn Sie das tut, wenden Sie Gewalt an, aber keine tödliche. Ich will diese Agentin der Anderswelt verhören.«

»Sie könnte Verbündete haben, die sich uns in den Weg stellen.«

»Bis jetzt deutet nichts auf das Vorhandensein von ›Verbündeten‹ hin. Aber falls welche auftauchen sollten, stellen Sie sich *ihnen* in den Weg. Ich bin es leid, im Dunkeln herumzutappen. Ich will Informationen, die auf harten Fakten beruhen, und zwar bald. Haben Sie verstanden?«

»Ganz genau.«

»Und merken Sie sich folgendes: Ich will, daß dieses Unternehmen in aller Stille abläuft, und wir wissen beide, daß Sie sich damit bestens auskennen. Wenn die Dinge nicht so bleiben, sollten Sie einen sehr guten Grund vorzubringen haben.«

»Ich tue nichts ohne guten Grund.«

»Ihre guten Gründe vertragen sich nicht immer mit meinen. Diesmal sollten sie das besser.« Er nickte und ging zur Tür. Sie ließ ihn den halben Weg zurücklegen. »Wenn Sie eine Schießerei anfangen, bringen Sie mir besser den Kopf eines Goblins mit, den ich mir an die Wand hängen kann – denn wenn Sie das nicht tun, hänge ich *Ihren* auf.«

*

Am Donnerstag berichteten die Medien über den Verbleib des vermißten Winston. Seine schwer mißhandelte Leiche war auf der South Side nicht weit vom alten Bahnhof gefunden worden. Es war kein schöner Stadtteil, also war Winstons Tod nicht so schockierend, wie dies der Fall gewesen wäre, hätte man die Leiche mitten auf dem Polytech-Campus gefunden. Es lagen haufenweise ausgebrannte Injektionspistolen und leere Kapseln herum, also witterten die Medien natürlich einen Drogenfall: STUDENT BEI FEHLGESCHLAGENEM DROGENDEAL TOTGESCHLAGEN.

Auf dem Campus war das an diesem Morgen die große Neuigkeit. John ließ seine Seminare ausfallen und verbrachte den größten Teil des Vormittags im Studentenzentrum, wo beinahe ununterbrochen Live-Reportagen und Aufzeichnungen eines Nachrichtensenders über die Videowand flimmerten. In einer erzählte Winstons Zimmergefährte, den der Vorfall offensichtlich schwer erschüttert hatte, einem Reporter, Winston habe sich am Samstag merkwürdig benommen und ebenso merkwürdige Dinge gesagt. In einer anderen schwafelte ein Reporter mit ernster Miene etwas davon, ein namentlich nicht genannter Hausmeister der Universität habe gesagt, er habe Winston bei einem Streit mit einem anderen Studenten beobachtet. Angeblich sei der Streit in eine Schlägerei ausgeartet, und nachdem man die beiden getrennt habe, habe Winston Drohungen ausgestoßen. Der Hausmeister habe angeblich gesehen, wie Winston sich mit einem Mann in einem dunklen Regenmantel getroffen habe, und dann seien die beiden in einer Limousine neueren Baujahrs mit dem Kennzeichen eines anderen Staats davongefahren. Dem Reporter zufolge alles sehr mysteriös und ›ein Vorbote der späteren Tragödie‹.

John fragte sich, ob es sich bei dem ›namentlich nicht genannten Hausmeister‹ wohl um Mülltonnen-Harry handelte.

Von allen Studenten, die sich auf oder neben dem Bildschirm äußerten, hatte nur Winstons Zimmergefährte den toten Sportstudenten nach Freitag nachmittag gesehen. Einer aus Winstons Burschenschaft verschaffte sich ein Publikum, indem er persönlich seine in einem Interview gemachte Aussage wiederholte, Winston habe keine Drogen genommen. Auf dem Bildschirm im Hintergrund bestritt ein Sprecher der Universität, Drogenmißbrauch sei auf dem Campus weit verbreitet, und bestätigte die Aussage der Ratte von der Burschenschaft, aber viele Anwesende schluckten das nicht. Ein vorlauter Bursche in der Menge wies lautstark auf Winstons Ruf als eifriger Partygänger hin.

John saß zusammengesunken auf einem der Stühle und hielt sich aus der Diskussion heraus. Er starrte auf den Bildschirm und lauschte den Reportern, wobei er die wenigen Studenten ignorierte, die ihn ansprachen. Die meiste Zeit sah er Winston vor seinem geistigen Auge reglos auf dem Boden vor dem Dunstan Building liegen.

Ihm war ein wenig übel.

Die Berichte wiesen ein Loch auf, und dabei handelte es sich nicht nur um die Unterlassung jeglicher Erwähnung von Johns Schlägerei mit Winston am Freitag. Keiner der Berichte erwähnte, daß irgend etwas am Zustand der Leiche ungewöhnlich war, was John verwirrte. Wenn Winston an den Schlägen gestorben war, die John ihm verpaßt hatte – eine allzu wahrscheinliche Möglichkeit –, hätte sich die Leiche bereits in einem Zustand der Verwesung befinden müssen. Doch dem war nicht so. Also konnte John nicht der Mörder sein.

Richtig?

...

Wenn John nicht für Winstons Tod verantwortlich war, hatte der Sportstudent sein Leben nach ihrer Begegnung am Freitag fortgesetzt. Doch wenn Winston sein Leben tatsächlich fortgesetzt hatte, hätten sich einige der Schrammen und Prellungen bereits in einem

Zustand fortgeschrittener Heilung befinden müssen. Von Hinweisen auf ›systematische Mißhandlungen‹, wie die Medien wiederholte Schläge gern bezeichneten, war keine Rede. Allem Anschein nach war Winston Mittwoch nacht geschlagen und getötet worden.

Der Gerichtsmediziner hatte die Todeszeit auf ein Uhr morgens veranschlagt, keine ungewöhnliche Zeit für das Abwickeln von Drogendeals. Wer sonst wäre um diese Zeit in dieser Gegend gewesen?

Der Mörder zum Beispiel. Aber nicht John. John hatte zu Hause im Bett gelegen. Und geschlafen. Was Winston ebenfalls hätte tun sollen.

John hatte Winston zwar für ein Arschloch gehalten, aber nie erlebt, daß der Sportstudent mehr als Alkohol oder leichte Aufputschmittel zu sich genommen hatte. Nur legales Zeug. In der Basketballmannschaft zu spielen, hatte Winston zu viel bedeutet. Er hätte es niemals riskiert, das zu verlieren. Daß Winston sich angeblich auf der South Side herumgetrieben hatte, ergab keinen Sinn.

Hinter dieser Geschichte mußte noch mehr stekken. Wo hatte Winston die letzten fünf Tage gesteckt? Und war er in dieser Zeit tot oder lebendig gewesen? Normalerweise mochte John Rätsel. Doch normalerweise gehörte er selbst nicht dazu, war nicht einer der Verdächtigen. Verdächtigen? Eigentlich nicht. Er schien der einzige zu sein, der sich selbst in Verdacht hatte.

Sein Magen vollführte einen Überschlag, und er erwog, zur Toilette zu gehen. Er saß den Anfall aus, während er finster auf die Videowand starrte. Als er das Gefühl hatte, wieder einigermaßen sicher laufen zu können, ging er nach Hause. Er nahm die Abkürzungen, nicht um der Zeitersparnis willen, sondern weil ihm auf den Nebenwegen weniger Leute begegnen würden. Zu Hause angelangt, schloß er sich in seinem Zimmer ein. Er sagte sogar zu Faye, sie solle den Mund halten und verschwinden.

Rätsel, aber keine Rätsel, die er lösen konnte. Er war nur ein Student. Vielleicht ein Mörder. Er schlief nicht viel in jener Nacht, da ihn das Problem ins Grübeln brachte.

Er schleppte sich in einem Zustand der Benommenheit durch seine Freitagvormittagseminare und bemühte sich dabei, die bekannten Fakten zu einem Bild zusammenzusetzen, das einen Sinn ergab. Er verbrachte die tote Zeit zwischen den Seminaren damit, auf dem Campus umherzuwandern, ohne ein festes Ziel vor Augen zu haben. Das Spazierengehen schien ihn zu beruhigen und klarer denken zu lassen. Zögernd kam er zu dem Schluß, daß es physikalisch unmöglich war, daß er Winston totgeschlagen hatte. Tote liegen nicht fünf Tage herum, ohne zu verwesen. Die Prellungen und Quetschungen der tödlichen Schläge mußten jene, die John dem Sportstudenten verpaßt hatte, verdeckt und überlagert haben. Die Sache mit der South Side mußte sein, was sie zu sein schien. Winston mußte eine verborgene Seite haben, die seinen Freunden unbekannt war. Bei Serienmördern war das immer so. Warum nicht auch bei Opfern?

Da er sich schon besser fühlte, ging er in die Cafeteria des Studentenzentrums. Er ließ sich eine Cola und einen Teller des Tagesgerichts auf seine Karte schreiben. Die anonyme Sammlung brauner, grüner und gelber Dinge auf seinem Teller sah nicht nach Essen aus, aber ein Staatsgesetz schrieb vor, daß der Fraß nahrhaft sein mußte. Nach einem Tag ohne feste Nahrung war er so hungrig, daß es ihm sogar schmeckte. Als er schließlich die letzten Reste mit seiner Cola herunterspülte, hatte sich seine Laune erheblich gebessert.

Aufwachen, aufwachen, schlafende Schönheit. Du wirst verfolgt.

Was?

Von den zwei Männern drüben am Zeitungsstand.

John fand, daß sie so aussahen, als interessierten sie sich mehr für die Magazine als für ihn.

Aber sie sind schon den ganzen Morgen nicht weiter als einen Block von dir entfernt.

Tatsächlich?

Tatsächlich.

Als er sein Gedächtnis strapazierte, fiel ihm ein, daß er die beiden schon gesehen hatte. Zumindest einer von ihnen hatte sich den ganzen Morgen immer in seiner Nähe aufgehalten. Gewiß ein Zufall. Sie hatten etwas auf dem Campus zu tun und befanden sich nur zufällig an demselben Orten wie er. Und doch hatte ihre Anwesenheit etwas Unheilvolles an sich.

Seine Uhr piepste. In zehn Minuten mußte er im Labor sein, und er würde sich verspäten, wenn er sich nicht beeilte. Umweltforschung im Dunstan Building. Genau wie letzte Woche. Aber anders als letzte Woche würde Winston mit seinen Kumpanen nicht lärmend über den Gehweg jagen, wenn John aus dem Labor kam.

Er sagte sich, daß all das Vergangenheit war, und sammelte seine Sachen ein. Ihm fiel auf, daß die beiden Männer die Durchsicht der Magazine etwa zu dem Zeitpunkt beendeten, als er am Zeitungsstand vorbeiging. Sie kauften nichts.

Sie gingen am Eingang vorbei, als er das Dunstan Building betrat. Obwohl sie anscheinend ihren eigenen Angelegenheiten nachgegangen waren, wollten sie John im Labor nicht aus dem Kopf gehen. Nachdem er die ihm gestellte Aufgabe erledigt hatte, beschloß er, das Gebäude nicht auf dem üblichen Weg zu verlassen. Er nahm den Seiteneingang, den er an Regentagen benutzte, weil der Weg zur Straßenbahnhaltestelle kürzer war. Zuvor schaute er sich noch einmal gründlich um. Er sah niemanden.

Während er auf die Straßenbahn wartete, tauchten die beiden Männer wieder auf, nicht gemeinsam, sondern einer nach dem anderen. Keiner der beiden sprach ihn an, und keiner schenkte dem anderen Beachtung, aber sie folgten ihm in die Straßenbahn, als John einstieg. Um zu sehen, was geschehen würde, stieg John vor seiner üblichen Haltestelle aus. Die beiden Männer folgten ihm.

Die Männer mit den grimmigen Absichten bleiben dir auf den Fersen.

Das war offensichtlich.

Er ging die Straße entlang zur Stetsongalerie. In der Einkaufsgalerie hielten sich immer viele Leute auf. Schurken fingen keinen Ärger an, wenn viele Leute in der Nähe waren.

Was erwartete er von diesen Männern? Er wußte nicht einmal, wer sie waren. Warum nahm er an, daß es sich um Schurken handelte?

Kurz vor der Galerie gab er vor zu telefonieren, was ihm Gelegenheit gab, sie sich in aller Ruhe anzusehen. Es waren unauffällige Burschen: durchschnittliche Größe, durchschnittliche Statur, gewöhnlicher Haarschnitt, regelmäßige Züge und schlichter, konservativer Anzug. Einer war ein blonder Kaukasier, der andere ein Asiat. Der Anzug war das einzige, wodurch sie auf dem Campus auffielen. John konnte sich nicht erinnern, auch nur einen der beiden schon einmal gesehen zu haben.

Waren sie Cops? Männer von Mitsutomo, die ihn überprüften? Kollegen des mysteriösen Mr. Bennett? Spielte es eine Rolle, wer sie waren? Natürlich spielte es eine Rolle, insbesondere, wenn es um Winstons Tod ging. Die einzig halbwegs sichere Annahme schien die zu sein, daß sie keine Straßenräuber waren. Straßenräuber trugen keine maßgeschneiderten Anzüge.

Warum verfolgten sie ihn also? Die Antwort hing in erster Linie davon ab, wer sie waren. Mit dieser Frage wurde die andere automatisch mitbeantwortet. Wer sie auch waren und warum sie ihn auch beschatteten, ihm gefiel die Vorstellung nicht besonders, daß Fremde ihn verfolgten und jeden seiner Schritte beobachteten. Solange er nicht wußte, wer wie waren, konnte er nicht viel dagegen unternehmen. Vielleicht konnte er auch dann nichts dagegen tun, wenn er es wußte, aber Wissen war immer besser als Nichtwissen.

Es gab niemanden, den er hinsichtlich dieser Burschen fragen konnte, abgesehen von den Burschen selbst. Sie mitten auf der Straße anzusprechen, schien ihm unangemessen zu sein. Dies war eine typische Mantel-und-Degen-Situation. John hielt nach einem geeigneten Ort Ausschau. Als er sich dem Eingang der Einkaufsgalerie näherte, erinnerte er sich an eine Lieferanteneinfahrt hinter dem Lechmere's. Die kleine Gasse war eng und meist mit allen möglichen Abfällen vollgestopft, still, aber trotzdem so nah bei der überfüllten Bushaltestelle vor dem Eingang der Galerie, daß Hilferufe nicht ungehört verhallen würden.

Er ging am Eingang der Galerie vorbei und schaute in das spiegelnde Glas, um festzustellen, ob sie ihm noch immer folgten. Das taten sie. Der Weg an der Gebäudemauer entlang und unter dem Lechmere-Schild her kam ihm länger vor als sonst. Er buchstabierte den Namen des Geschäfts und flüsterte jeden Buchstaben, wenn er ihn passierte. Zwei Schritte hinter dem letzten ›e‹ und ein paar Meter vor der Einmündung der kleinen Gasse fing er an zu laufen. Drei schnelle Schritte ließen ihn in der Gasse verschwinden, doch anstatt geradeaus weiterzulaufen, beschrieb er einen Bogen, bis er vor der Hauswand stand.

Bleib ganz still stehen.

Okay.

Er lehnte sich gegen die Wand, verschränkte die Arme und bemühte sich um eine lässige Körperhaltung. Die Schatten würden ihn vor einer unmittelbaren Entdeckung bewahren. Die Burschen kamen um die Ecke und bewegten sich schneller als eben noch. Sie wurden wieder langsamer und blieben gleich hinter der Einmündung stehen. Sie schauten sich in der Gasse nach ihrem Jagdwild um. Nach ihm.

Er trat mit dem Absatz vor die Mauer, um ihre Aufmerksamkeit zu erregen. »Einen schönen Tag auch, Jungens. Was führt Herren wie Sie in diesen Teil der Stadt?«

Sie erschraken. Der Asiat griff reflexhaft unter seine Jacke, brach die Bewegung jedoch ab. Ihr Gesichtsausdruck war unbezahlbar. Überraschung, Zorn, Ernüchterung, Verlegenheit und eine ganz schwache, flüchtige Andeutung von Angst. Verärgerung zeichnete sich auf ihren Mienen ab und verdrängte alle anderen Empfindungen.

Wahrscheinlich richtete sie sich gegen sie selbst.

Verdientermaßen.

Sie müssen sich mehr Mühe geben, wenn sie uns überraschen wollen, nicht wahr?

Mit Sicherheit.

Der Blonde unterbrach Johns Zwiegespräch. »John Reddy?«

John empfand jetzt selbst Verärgerung. Noch mehr Fremde, die wußten, wer er war. Das gefiel ihm nicht. »Ja.«

»Ich bin Agent McAlister. Das ist Agent Surimato. FBI. Wir würden Ihnen gern ein paar Fragen stellen.«

Verdammt, der Bursche hatte sich schnell gefangen. Agent McAlister redete so, als stehe er in einem Büro und nicht in einer schäbigen Gasse. »Worüber?«

»Es besteht kein Grund zur Beunruhigung, Mr. Reddy. Wir sind nicht hinter Ihnen her.«

»Warum verfolgen Sie mich dann?«

Die zwei Agenten wechselten einen Blick. McAlister sagte: »Wir untersuchen eine ganze Reihe von Terroristenanschlägen. Man hat uns Grund zu der Annahme gegeben, Sie könnten möglicherweise Kontakt zu einem unserer Verdächtigen haben.«

»Ich bin kein Terrorist.«

»Selbstverständlich nicht, Mr. Reddy. Dessen sind wir uns bewußt. Aber Sie haben vielleicht Kontakt mit einem oder sogar mehreren dieser Leute gehabt, ohne ihre wahren Absichten zu kennen. Wir brauchen in dieser Angelegenheit Ihre Hilfe. Wären Sie bereit, sich ein paar Bilder anzusehen und uns zu sagen, ob sie die Leute darauf schon einmal gesehen haben?«

»Müssen wir deswegen in Ihr Büro gehen?«

McAlister lächelte. »Wenn Sie möchten. Wir können es aber auch hier machen. Es dürfte nicht lange dauern.«

»Zeigen Sie mir die Bilder.«

Agent Surimato griff in seine Jacke, diesmal auf der anderen Seite, und holte eine Handvoll Fotos im Format zehn mal fünfzehn heraus. Er hielt sie John hin, und John nahm sie.

Die Aufnahmen waren von unterschiedlicher Qualität, aber alle waren so zugeschnitten, daß sie nur den Kopf und die Schultern der betreffenden Person zeigten. Einige Bilder waren sehr körnig, ganz eindeutig Computervergrößerungen anderer Fotos. Auf halbem Weg durch den Stapel stieß er auf das Bild der Frau, deren Foto ihm Bennet gezeigt hatte. Es war aus einer anderen Perspektive aufgenommen, und sie sah jünger aus, aber John war sicher, daß es sich um dieselbe Frau handelte.

»Wissen Sie, Sie sollten Ihre Untersuchungen besser koordinieren. Ich habe bereits mit einem Kollegen von Ihnen gesprochen.«

Die Beamten wechselten wieder einen Blick, und ein Schatten der Besorgnis huschte über ihre Mienen. McAlister nickte unmerklich. Surimato sagte: »Können Sie diesen Kollegen beschreiben?«

»Etwas größer als ich, weiß, blond. Warum?«

»Sehr schlank?« fragte Surimato.

»Männlich?« fragte McAlister.

John bejahte beide Fragen mit einem Kopfnicken.

»Auf den Fotos haben Sie ihn nicht erkannt?«

John schüttelte den Kopf. »Nein.«

»Hat er sich namentlich vorgestellt? Ihnen eine Marke oder einen Dienstausweis gezeigt?«

»Er sagte, er heiße Bennett. Seine Marke konnte ich nicht besonders gut sehen. Wenn ich es recht bedenke, habe ich Ihre Marken auch noch nicht gesehen.«

»Entschuldigen Sie«, sagte McAlister.

Beide zückten ein Ledermäppchen, klappten es auf und gaben es John. Diesmal sah John genauer hin. Auf den Marken stand Federal Bureau of Investigation, und die Ausweiskarten sahen sehr echt aus. Die Fotos auf den Karten entsprachen dem Aussehen der beiden Beamten genau. Er gab sie ihnen zurück.

»Dieser Mr. Bennett ist kein Bundesagent«, sagte Surimato ernst.

»Wenn er der ist, für den wir ihn halten, ist er ein sehr gefährlicher Mann«, fügte McAlister hinzu.

»Und für wen halten Sie ihn?«

»Wir sind nicht befugt, das zu sagen«, sagte McAlister.

»Woher wußte ich nur, daß Sie das sagen würden?« John gab Surimato den Stapel Fotos zurück. »Ich habe in meinem ganzen Leben noch keinen von diesen Leuten gesehen.«

»Sind Sie sicher?« fragte McAlister.

»Ja. Ich bin sicher.«

McAlister zückte eine Visitenkarte. John konnte eine gedruckte Telefonnummer darauf erkennen. »Es ist sehr wichtig, daß Sie uns anrufen, wenn Sie einen von diesen Leuten sehen. Es wäre außerdem ratsam, uns anzurufen, sollte sich dieser Mr. Bennett noch einmal bei Ihnen melden. Seien Sie in seiner Gegenwart sehr vorsichtig und gehen Sie kein Risiko ein. Und was ganz wichtig ist, lassen Sie ihn nicht wissen, daß Sie mit uns gesprochen haben.«

»Haben Sie Angst vor Bennett?«

Die Beamten wechselten wieder einen Blick. McAlister lächelte John beruhigend an. »Wie ich schon sagte, dieser Mann könnte sehr gefährlich sein. Er könnte Sie in große Schwierigkeiten bringen.«

»Ich bin vorsichtig.«

»Braver Junge.« Surimato wandte sich zum Gehen, doch McAlister war noch nicht fertig. »Vergessen Sie nicht, diese Nummer anzurufen, wenn Sie einen von diesen Leuten sehen.«

»Ich werde die Nummer nicht verlieren.«

»Braver Junge.«

Natürlich habe ich nicht versprochen, sie auch zu benutzen, sagte sich John, während die Beamten die Gasse verließen.

Der Rat, vorsichtig zu sein, war ein guter Rat. Etwas Seltsames war im Gange, und mehr als eine Partei glaubte, daß John irgend etwas damit zu tun hatte. Faszinierend. Und ein wenig unheimlich. Er spürte, wie seine Besorgnis zurückkehrte.

Was, zum Teufel, geht hier vor?

...

Manche Leute sind nie da, wenn man sie braucht.

John ging zum Eingang der Galerie zurück. Die Bundesbeamten waren nirgendwo zu sehen. Er ging hinein. Der Lärm und die Leute waren wie eine tröstliche Decke. So gewöhnlich. Er ging in die Videospielhalle, steckte seine Karte in The Dragonknight und kaufte sich für eine Zeitlang ein sicheres Abenteuer.

*

Worcester sah netter aus als Tewksbury. Dieser Stadtteil war nicht so zugebaut, nicht so asphaltiert und einbetoniert. Es gab mehr Parks und mehr Gras. Die Straßen waren sauberer, die Leute nicht so ungepflegt. In vielerlei Hinsicht ähnelte Worcester mehr dem Massachusetts, an das sie sich erinnerte.

Der Fahrer setzte sie an der Stelle ab, wo die 190 von der 290 abzweigte. Er fuhr nach Norden weiter und entfernte sich damit von ihrem Ziel. Die einzige Bezahlung, die er nahm, war ein Lächeln.

Ja, Worcester war ein angenehmerer Ort.

Sie stieg über den Zaun, der den Highway von den lokalen Straßen trennte. Jenseits des Autobahnkreuzes konnte sie die Leichtmetallfabrikationsanlage von Mitsutomo sehen, die sich entlang der Basis und über die niedrigeren Ausläufer des Hügels ausbreitete. Gleich über der Fabrik zeichnete sich die Silhouette des antiken Stahl-Glas-Gebäudes des Woodman Waffenmuseums vor den glatten Flächen der WoGe-Einheiten auf der Hügelkuppe ab.

Die Straßen waren hier ein Gewirr aus unter- und übereinander liegenden Fahrbahnen, die in alle nur möglichen Richtungen führten. Sie folgte derjenigen, die zum Hügel zu führen schien.

Ihr blieb immer noch genug Zeit.

*

Dr. Spae bestand darauf, ein Kräuseln in der psychischen Aura der Umgebung entdeckt zu haben. Holger war lediglich ihr Mann fürs Grobe und kein Experte in solchen Dingen, also zählte seine Ansicht zur Begründung für diesen Eilausflug nicht. Niemand machte sich die Mühe, sich seine Meinung anzuhören, daß sie nur einer Laune folgte, Spae am allerwenigsten. Das bestätigte nur seine Auffassung, daß sie in der Tat keinen guten Grund hatte, sie in diese vornehme Konzerngegend zu schleifen.

»Sie sind ein Expedient«, sagte sie, nachdem sie beschlossen hatte, sich gezielt an einen der Orte angeblicher Aktivität zu begeben. »Also sorgen Sie für einen schnellen Transport.«

Das hatte er getan. Jetzt waren sie hier in der Innenstadt von Mitsutomoland. Auf allen Landkarten stand Worcester, Massachusetts, aber Karten hinkten immer hinter der Wirklichkeit her.

Die Flughafensicherheit war lasch gewesen. Sie hatten nicht gesehen, was sie hätten sehen sollen – was Holger nur recht war. Er war nicht aufgefordert worden, seine UN-Papiere zu zeigen, die immer gut für halbstündige Auseinandersetzungen waren, in denen die Einheimischen sich selbst bewiesen, daß sie innerhalb ihrer Zuständigkeitsbereiche noch das Sagen hatten. Die Tatsache, daß sie mühelos durch die Kontrollen gekommen waren, bedeutete, daß er und Dr. Spae unbeschriebene Blätter waren. Die Abteilung wußte unbeschriebene Blätter zu schätzen.

Die Abteilung wußte außerdem Resultate zu schätzen, die sie nicht zu erzielen schienen. Natürlich konnte er das nicht mit Sicherheit wissen, weil er nur der Mann fürs Grobe und Spae die Superexpertin war. Aber kreuz und quer durch die Stadt zu fahren, schien keine erfolgversprechende Methode zu sein, irgend etwas zu erreichen. Dennoch folgte er den undeutlichen Anweisungen Spaes, so gut er konnte. Sich in einer geraden Linie zu bewegen, war nicht leicht, wenn man durch das Labyrinth aus Einbahnstraßen und schmalen, einst für den Viehtrieb angelegten und mittlerweile asphaltierten Wegen fuhr, das das Herz des Verkehrsnetzes dieser Gegend bildete. Die Anlage der Stadt erinnerte ihn ein wenig an zu Hause, was eigentlich merkwürdig war. Er war immer der Ansicht gewesen, alle amerikanischen Städte hätten breite Autobahnen und ein rechtwinkliges, am Reißbrett geplantes Straßennetz.

An fremden Orten mußte man oft die Erwartungen korrigieren.

Der Morgen hatte sich in Wohlgefallen aufgelöst, und der Nachmittag war auf dem besten Weg, ihm zu folgen. Holger hatte aufgehört, sich dafür zu entschuldigen, daß sein Magen knurrte, aber Dr. Spae schien den Unterschied nicht zu bemerken. Die Sonne berührte fast die Hügelkuppen im Westen, als sie schließlich auf einen seiner Vorschläge einging: anzuhalten, um etwas zu essen.

»Von mir aus, ich habe ohnehin die Konzentration verloren«, sagte sie, während sie sich die Stirn massierte, als habe sie Kopfweh. Sie erhob Einspruch gegen das Restaurant, als er auf den Parkplatz fuhr. »Ich weiß nicht, ob wir genug Zeit haben, uns an einen Tisch zu setzen.«

»Warum nicht?«

»Ich weiß es nicht.«

Er steuerte den Mietwagen wieder auf die Park Avenue. Er haßte die Zusammenarbeit mit Spezialisten. Nur unbestimmte Gefühle und keine harten Fakten. »McDonald's?«

»Ich hasse den Laden.«

Gut. Er auch. Sie fuhren daran vorbei.

»Ich meine, wir sollten unter Leuten bleiben«, sagte sie.

Ihm wäre das Gegenteil lieber gewesen. »Ihre professionelle Meinung?«

Sie murmelte etwas, das wie ›Ja‹ klang.

Vor ihnen auf der rechten Seite befand sich eine Einkaufsgalerie. In Einkaufsgalerien gab es immer Schnellrestaurants. Fast so schnelle Abfertigung wie bei McDonald's, aber mehr Auswahl. Das Essen konnte besser oder schlechter sein, das wußte man immer erst, wenn man es probiert hatte, aber das Essen war nur ganz selten so schlecht wie das, was in gewissen Einrichtungen serviert wurde.

»Sollen wir es in der Galerie versuchen?«

Sie öffnete den Mund und schloß ihn dann wieder. Nach einem Augenblick sagte sie: »Ja.« Sie klang unsicher.

Einen Parkplatz zu finden, dauerte eine Weile. Es war Freitag, und der Verkehr war ziemlich stark. Spae würde mit Sicherheit unter Leuten sein. Holger fand die Schnellrestaurants auf dem Lageplan der Galerie gleich am Eingang und führte Spae hin. Mitten auf der Treppe blieb Spae plötzlich wie angewurzelt stehen. Den Verkehr aufzuhalten, erregte Aufmerksamkeit. Holger schob sie vorwärts und nahm sie dann auf die Seite, als sie in der unteren Ebene angelangt waren. Sie starrte auf die andere Seite des überfüllten Korridors.

»Sehen Sie dort«, sagte sie, wobei sie Anstalten machte, auf eine Stelle zu zeigen.

Er hielt ihre Hand fest und zog sie wieder nach unten. Schlechtes Geschäftsgebaren. Leute, auf die gezeigt wurde, bemerkten oft die Leute, die auf sie zeigten. »Sagen Sie es mir, Doktor. Sie brauchen nicht zu zeigen.«

»Dort drüben neben der Skulptur.«

Holger sah nichts Außergewöhnliches. Kein Feuerwerk, keine Kanonen schwingenden Straßenräuber, keine Ungeheuer. Nur eine Ansammlung von Galeriebesuchern, Jugendlichen, alten Leuten, Einkaufswilligen, Müßiggängern und Arbeitern. Ganz gewöhnliche alltägliche Leute. »Könnten Sie etwas konkreter werden?«

»Der Zwerg.«

Holger sah die Person, auf die sie sich ganz offensichtlich bezog: einen dunklen, bärtigen Mann, kaum größer als der Tisch des Stehcafés, an dem er stand. Er war so klein, daß man ihn mit Fug und Recht als Zwerg bezeichnen konnte, aber seine aggressive Körperhaltung ließ vermuten, daß niemand ihn so nennen würde, es sei denn, er gab die Erlaubnis dazu. Zwei andere Männer, ein Kaukasier und ein Asiat, teilten sich den Tisch mit ihm. Sie führten eine Unterhaltung, was vermuten ließ, daß sie sich kannten.

»Ich sehe ihn, Doktor. Was ist mit ihm?«

»Ihn hier zu sehen, verrät mir, daß wir am richtigen Ort sind.«

Diese Galerie? Sie mußte Worcester meinen. »Wie das?«

»Er ist auch früher schon aufgetaucht.«

»CIA?«

»Machen Sie sich nicht lächerlich.«

Er hatte nicht gedacht, daß er sich damit lächerlich machen würde. Sie sollten einer rivalisierenden Agentur zuvorkommen, und ihre Reaktion war nicht so stark gewesen, um darauf hinzudeuten, daß der Zwerg ein Feind war.

»Wer ist er dann?«

»Das weiß ich auch nicht. Er hat mehr als einmal den Namen Sörli benutzt. Paßt genau, wenn man auf mehrsprachige Wortspiele steht. Er ist ein mürrischer kleiner Bastard.«

»Dann werden wir unsere Bemühungen also koordinieren?«

»Nur über meine Leiche. Der Bastard bedeutet Ärger.«

»Ist er ein…« Die Therapie hatte nicht hundertprozentig angeschlagen. Holger konnte sich nicht überwinden, das Wort auszusprechen, also entschied er sich für den Euphemismus, der in der Abteilung so beliebt war. »Ist er ein Spezialist?«

Spae schnaubte verächtlich. »Er ist so sensibel wie ein Stein. In jeder Beziehung.«

Darüber war Holger froh. Schlimm genug, in einer Lage zu sein, in der man nicht wußte, was eigentlich vorging und wer die Beteiligten waren. Aber wenn dann noch einige von ihnen… *Zauberer* waren… Tja, das wäre zuviel des Guten gewesen.

Zu sehr wie früher.

»Lassen Sie uns hier verschwinden, bevor er uns sieht«, sagte Spae.

Holger kam dieser Aufforderung nur zu gern nach. Frische Luft und Sonnenlicht würden ihm jetzt guttun. Spae und ihre Suche konnten warten. Fragen über den Zwerg konnten warten.

Er mußte den Himmel sehen.

Kapitel 8

Freitag nacht schlief John besser. Nicht gut, nur besser. Er wachte immer wieder mit dem Gedanken auf, jemanden rufen gehört zu haben. Es war nicht Faye. Sie war nicht da. Er blieb in dem vergeblichen Versuch, verlorenen Schlaf nachzuholen lange im Bett, und stand erst auf, als seine Mutter ihn ans Telefon rief. Er wäre liegen geblieben, hätte sie nicht gesagt, es sei das Waffenmuseum.

Es war Mrs. Bartholomew, die Personalchefin. John durchlebte einen Augenblick der Angst, als sie ihn fragte, wie sein Orientierungsgespräch gelaufen sei. Er befürchtete, sie könne das Jobangebot zurückziehen. Doch es stellte sich heraus, daß einer der Wachmänner gerade gekündigt hatte und das Museum hinsichtlich des Arbeitsplans der Wachmannschaft in Schwulitäten war. Mrs. Bartholomew erzählte ihm, das Museum sitze Etat-technisch in der Klemme; und daß das Ausleihen eines Ersatzmanns von einer privaten Sicherheitsfirma Geld koste, das sich angesichts des Auftrags des Museums besser ausgeben lasse. Sie wollte wissen, ob er noch heute nacht anfangen könne. Er bejahte. Wer brauchte schon Schlaf? Sie fuhr mit einigen Einzelheiten fort, doch John hörte nicht sehr genau zu. Er war viel zu aufgeregt. Er mußte sie bitten zu wiederholen, was sie über Uniformen gesagt hatte.

Das Uniformgeschäft hatte keine Hemden mit Ärmeln, die lang genug für ihn waren, und die Hose mußte in der Taille enger gemacht werden. Während er darauf wartete, versuchte er es zu vermeiden, an das Winston-Problem zu denken. Es gelang ihm nicht ganz. Offensichtlich hatte das Museum von seiner Beteiligung an der Schlägerei nichts erfahren. Er nahm an, daß ihn das eigentlich nicht weiter zu überraschen brauchte, da offensichtlich auch sonst niemand davon erfahren hatte. Er hoffte, das Museum würde auch in Zukunft nichts erfahren, aber darauf konnte er sich nicht verlassen. Früher waren seine Temperamentsausbrüche immer offiziell registriert worden. Wahrscheinlich war es nur eine Frage der Zeit. Er beschloß, seine Zeit im Museum zu genießen, solange er konnte.

Er befolgte Mrs. Bartholomews Anweisungen und traf etwa eine Stunde, bevor das Museum schloß, dort ein. Er watete durch ein Meer von Schulkindern und zur Seitentür eines kleinen Raums, der als Eintrittskartenschalter fungierte. Er fungierte außerdem als Bereitschaftsraum für den Nachtwächter. John klopfte an die Tür, und Mrs. Hanson öffnete sie. Er unterhielt sich mit ihr, während er sich eintrug. Als ein später Besucher ihre Aufmerksamkeit beanspruchte, ging er in den Aufenthaltsraum für die Angestellten, um seine neue Uniform anzuziehen. Die Belegschaft des Andenkenladens kam herein, während er sich im Spiegel bewunderte – also mußte er sich Jennys vorlaute Bemerkungen darüber anhören, wie hübsch Männer in Uniform aussahen. Da das Museum jeden Augenblick schloß, konnte er sich unter dem Vorwand des Dienstbeginns loseisen.

Mrs. Bartholomew zeigte ihm persönlich die Wachstation und wie alle Kontrollen funktionierten. Als die letzten Angestellten das Museum verlassen hatten, schaltete sie das Sicherheitssystem ein und leistete ihm während der fünfzehn Minuten Gesellschaft, die das Programm für Diagnose und Einrichtung benötigte. Sie beobachteten, wie die Bewegungssensoren dem Hausmeister folgten, der gerade dabei war, die letzten hausmeisterlichen Pflichten des Tages zu erfüllen. Dann verfolgten sie den Punkt, der ihn darstellte, wie er über den auf dem Konsolenbildschirm dargestellten Lageplan des Museums wanderte. Mrs Bartholomew zeigte ihm, wie man die Personendaten für einen Punkt abrief. Der Computer wies den Punkt als Mr. Revirez, Hausmeister, aus und ordnete dieser Feststellung eine Wahrscheinlichkeit von siebenundneunzig Prozent zu. Drei Prozent seien der übliche Spielraum für einen Irrtum, sagte Mrs. Bartholomew. Der Punkt näherte sich der Wachstation, und John konnte nicht widerstehen, Mr. Revirez zu grüßen, bevor er zu sehen war. Revirez bedachte John mit einem flüchtigen und Mrs. Bartholomew mit einem erheblich freundlicheren »Gute Nacht«.

Er ging, und in den nächsten fünf Minuten meldeten die Bewegungssensoren gar nichts. Der Computer zeigte an, daß sich weder in den Ausstellungsräumen noch in den Räumen des Personals – mit Ausnahme der Wachstation – Leute aufhielten.

Jetzt, da nur noch sie beide im Gebäude waren, demonstrierte Mrs. Bartholomew, wie man das System auf die nächste Sicherheitsstufe schaltete. Einmal aktiviert, blieben ihr noch drei Minuten Zeit, das Gebäude zu verlassen, um keinen Alarm auszulösen. Die Kombox an Johns Gürtel bewahrte ihn vor demselben Schicksal. Die Box war eine Sendeeinheit und als solche Teil des Sicherheitssystems. Sie sendete den überall verteilten Sensoren des Systems ständig Signale. Das System ignorierte alle Daten im Umkreis eines halben Meters rings um ihn. Mrs. Bartholomew verabschiedete sich und wünschte ihm eine angenehme erste Nacht in seinem neuen Job. Er winkte ihr durchs Fenster zu, als sie durch die Eingangshalle ging, und lauschte, bis er hörte, wie die massiven Stahltüren hinter ihr zuschlugen. Auf der Konsole zeigten alle

Kontrollen grünes Licht. Das Woodman-Waffenmuseum war für die Nacht gesichert.

Die Stellung des Nachtwächters erforderte keine sonderliche Mühe. Den größten Teil der Arbeit erledigte die Elektronik. Eigentlich sogar die ganze Arbeit. Der Wachmann war mehr ein Zugeständnis an die Tradition, eine Art Ehre, die den Männern erwiesen wurde, die die Rüstungen getragen und die Waffen benutzt hatten, die das Museum mit großem Stolz ausstellte. Es war besser, so über den Job zu denken, als ihn sich als sinnlose Überflüssigkeit im Rahmen eines lückenlosen Sicherheitssystems vorzustellen.

Sinnlos oder nicht, John war froh, hier zu sein. Das Museum vermittelte ihm nachts ein ganz anderes Gefühl. Es war sogar anders als das, das sich einstellte, wenn es einfach nur geschlossen war. Er war schon drinnen gewesen, als es geschlossen hatte, und da hatten die Streitereien und Witzeleien des Personals das Museum mit einer Art gewöhnlichem Leben erfüllt. Nun, da sich außer ihm niemand mehr im Museum aufhielt, war es auf eine absolute Art und Weise still. Es gab nur noch John.

John und die Waffen.

Er konnte es nicht mehr ertragen, im Wachraum zu hocken. Er mußte hinaus und die große Ruhe persönlich erleben. Er wollte die hohlen Ritter in all ihrer Einsamkeit sehen.

Er nahm den hinteren Aufzug in die große Halle. Sein Universalschlüssel öffnete das Schloß der uralten Holztür, und er trat ein. Die Beleuchtung war auf niedrigste Stufe gestellt und damit angemessen für ein gemächliches Schlendern und eine eingehende Betrachtung der nüchternen, funkelnden Pracht polierten Stahls. Doch sie reichte nicht aus, um weit zu sehen. Ihm gefiel die Atmosphäre.

Er sah sich einer Dreiviertelrüstung aus dem siebzehnten Jahrhundert gegenüber. Das war eine Neuerwerbung, von der es hieß, sie habe einem von Oliver Cromwells Generälen gehört. Sie war ein schönes Stück, gehörte jedoch nicht zu der Art, die John bevorzugte. Er wandte sich nach rechts und strebte dem mittelalterlichen Flügel entgegen. Das Mittelalter, als Ritter noch Ritter waren.

Das Zentrum des Saals wurde von der Darstellung eines Turnierkampfs beherrscht: Zwei berittene Ritter in voller Turnierrüstung, die mit ihren Lanzen über eine niedrige Trennwand hinweg aufeinander zielten. Hinter ihnen griffen zwei englische Soldaten einen berittenen französischen Ritter aus dem Hundertjährigen Krieg an. Dahinter kämpften zwei mit Streitäxten bewaffnete Ritter des sechzehnten Jahrhunderts in der Enge eines winzigen Turnierplatzes. Die freistehenden Exponate waren nur die Glanzstücke. Die Nischen auf beiden Seiten waren mit weiteren Rüstungsteilen und Waffen gefüllt. Das Museum war mit einer ganzen Reihe gut erhaltener Stücke gesegnet und hatte eine ebenso hohe Anzahl von Nachbildungen in Auftrag gegeben. Alle waren sorgfältig beschriftet. Ihm gefielen die Nachbildungen besser, weil sie im allgemeinen auf interessantere Weise ausgestellt waren.

Heute nacht gehörten sie alle John.

Er lehnte sich auf den Zaun, der die Soldaten aus dem Hundertjährigen Krieg umgab, und bewunderte die schmale, sich nach oben verjüngende Form der Klinge des französischen Ritters. John erinnerte sich, daß der Kurator einmal gesagt hatte, das Schwert sei das einzig echte Stück in dem Exponat und als einziges Stück nicht beschriftet. Es sah jedenfalls echt genug aus, um Männer ohne Rüstung damit erschlagen und seine rautenförmige Spitze durch Lücken in der Rüstung eines gepanzerten Feindes stoßen zu können. John stellte sich vor, selbst in der Rüstung zu stecken. Er hatte den englischen Pfeilhagel überstanden, und sein Pferd, vor Wunden und Aufregung halb wahnsinnig, bäumte sich auf und fuhr zwischen die fliehenden Engländer. Sie fürchteten seinen guten Stahl aus Bordeaux, diese englischen Hunde. Wie es sich gehörte. John hob seine Klinge hoch über den Kopf, um einen weiteren Hieb zu landen.

Ein Geräusch, nur halb wahrgenommen, ließ ihn herumfahren und nach seiner Taschenlampe tasten. Er schaltete sie ein und ließ den Lichtstrahl über die Nischen wandern. Das Licht fiel auf Glasvitrinen, an den Wänden befestigte Waffen und Rüstungen, die hoch, stolz und reglos aufragten. Die Schatten in der Nachbildung der Werkstatt eines Waffenschmieds wurden verjagt, doch nichts regte sich zwischen den Ambossen, Werkzeugen, halb fertigen Waffen und Rüstungsteilen.

Er hörte das Geräusch erneut, ein leises, verstohlenes Schaben. Diesmal kam es von links aus der Abteilung, in der Exponate ausgestellt wurden, die dem Museum für einen befristeten Zeitraum leihweise zur Verfügung gestellt worden waren. Das Licht seiner Taschenlampe fiel auf das Schild am Eingang der Abteilung: ›Romano-Britische Krieger des Dunklen Zeitalters‹. Darin befanden sich viele seltene Stücke, von denen die meisten England noch nie zuvor verlassen hatten. Wäre John ein Dieb gewesen, hätte er es auf diese Stücke abgesehen. Von dort, wo er stand, hatte er keinen Einblick in die Abteilung selbst.

Er erwog, zur Wachstation zurückzukehren und die Polizei anzurufen, aber er würde ziemlich albern aussehen, wenn es ein falscher Alarm war. Seltsamen Geräuschen nachzugehen, gehörte zu seinem Job. Vorsichtig näherte er sich dem Eingang zur fraglichen Abteilung.

Was, wenn dort tatsächlich jemand war? Was würde

er dann unternehmen? Er konnte einen Dieb nicht mit der Waffe in Schach halten, weil er unbewaffnet war. Er versuchte sich einzureden, daß niemand da war, daß es sich um ein harmloses Zufallsgeräusch handelte. Vielleicht war es eine Ratte. In alten Gebäuden gab es immer Ratten. In alten Gebäuden gab es auch immer sonderbare Geräusche.

Als er im Eingang stand, ließ er den Strahl seiner Taschenlampe durch die Abteilung wandern. Der Raum war nicht so mit Exponaten überfrachtet wie der Rest des Museums.

Die Wände waren weiß, der Teppich cremefarben, ein starker Kontrast zu den dunklen holzgerahmten Vitrinen und den noch dunkleren Gegenständen darin. Die Vitrinen an den Wänden enthielten unbedeutendere Artefakte und interaktive Exponate, die die Geschichte jener Zeit abdeckten und die verschiedenen archäologischen Grabungen auflisteten, die zu der Ausstellung geführt hatten. Eines erzählte sogar die Legenden, die mit der Landschaft verbunden waren, aus der die Funde stammten. Aber die wichtigen Ausstellungsstücke befanden sich in einer großen Vitrine in der Mitte des Raums.

Diese Vitrine war so aufgebaut wie ein Hügelgrab für einen Krieger – Prinz oder König, der Qualität und Quantität der Grabbeigaben nach zu urteilen, die rings um ihn auf der Totenbahre lagen. Auf einem sorgfältig rekonstruierten Umhang aus handgewobenem Stoff, der reich bestickt war, lag eine Gestalt in einer Rüstung. Das Tuch allein war ein kleiner, wenn auch moderner Schatz. Doch die eigentlichen Schätze stellten die Rüstung und die Waffen dar. Die Einzelteile uralter Rüstungen, die man gefunden hatte, waren zusammengesetzt und fehlende Teile durch Nachbildungen aus Plastik ersetzt worden, um sie dann Kleiderpuppen anzulegen. Die Goldverzierungen der echten

Stücke funkelten gelblich-braun im Licht der Taschenlampe. Vier der gerüsteten Kleiderpuppen standen rings um die Totenbahre, eine in jeder Ecke der Vitrine, Krieger, die um ihren toten König trauerten.

Die fünf Gestalten trugen die besten Stücke dreier Grabfunde und die vollständigsten Kriegerrüstungen aus dem post-römischen Britannien, die man bisher gefunden hatte. Jede einzelne war vollständiger als der berühmte Sutton-Hoo-Fund, aus dem ein paar unbedeutendere Stücke in einer Vitrine an der Wand ausgestellt waren. Jeder einzelne Gegenstand war von unschätzbarem Wert. Gemeinsam war ihr Wert noch unschätzbarer, falls so eine Aussage überhaupt einen Sinn ergab.

Zu Johns Erleichterung schien nichts zu fehlen. Er sah keine Diebe, die Vitrinen aufbrachen oder sich Helme unter den Arm klemmten.

Das Geräusch mußte von einer Ratte verursacht worden sein. Jenny hatte ihm erzählt, daß das Museum seit kurzem von ihnen heimgesucht wurde. Obendrein sollten die Ratten auch noch schlau sein. Bisher waren alle aufgestellten Fallen leer geblieben – manchmal war der Mechanismus ausgelöst worden, aber getötet hatten die Fallen bisher nicht eine einzige Ratte. Der Kurator hatte gerade erst seine Zustimmung erteilt, Kammerjäger zu bestellen. Gewiß waren die Ratten schlau genug, Johns Licht auszuweichen.

Nachdem er sich überzeugt hatte, daß nichts fehlte, schaltete er die Taschenlampe aus und ging zur Tür des zentralen Treppenhauses zurück. Er entschied sich gegen den antiken Fahrstuhl und nahm die Treppe, die sich um den Schacht wand. Die Außenmauer des Gebäudes war hier aus Glas und bot einen Blick auf die Stadt und die Hügel dahinter. Das Tal funkelte in der klaren Nacht wie ein Himmel, an dem es vor Sternen nur so wimmelte. Am wirklichen Himmel mochten einst ebenso viele Lichter gestanden haben, bevor die Städte der Menschen der Nacht ihre natürliche Helligkeit gestohlen hatten, doch jetzt war davon nur wenig zu sehen. Dennoch, Worcester war nicht so übel wie manch ein anderer Ort. Er konnte sich nicht erinnern, bei seinem letzten Ausflug nach Boston auch nur einen einzigen Stern gesehen zu haben.

Mit dem Gedanken, daß einfachere Zeiten angenehmer gewesen sein mußten, erreichte er den Treppenabsatz und öffnete die Tür zu den Balkon-Exponaten. Hier waren die älteren Sachen ausgestellt. Er wandte sich nach rechts zu den ältesten. Grüne, halb verrostete griechische Helme kündeten vom Ruhm der von Göttern besessenen Helden, und ein breitrandiger Gladiatorenhelm hallte vom Gebrüll der Menge wider, die das Geschick des Thrakers bejubelte, der dieses üppig verzierte Stück getragen hatte. Er strich mit der Hand über die Vitrine, die die römische Pferderüstung aus Dura Europa enthielt. Er stellte sich vor, wie die eisernen Legionen über staubige Straßen marschiert waren, um den römischen Frieden zu bewahren.

Ein Geräusch aus der großen Halle unter ihm riß ihn aus seinen Vorstellungen. Zur Jagd entschlossen, eilte er durch die Reihen der Vitrinen. Er beugte sich über das Geländer und leuchtete mit seiner Taschenlampe auf den Boden. Das Licht warf seltsame Schatten, unheimlich gezackte Formen. Etwas huschte auf der Flucht vor seinem Licht davon und verschwand hinter dem Turnier-Exponat.

Eine Ratte. Es mußte eine Ratte sein.

Aber waren Ratten so groß? Er hatte nur einen flüchtigen Blick darauf werfen können, doch das Ding war ihm so groß wie eine Katze vorgekommen. Es war unheimlich, sich vorzustellen, daß Tiere ungesehen im Museum herumschlichen. Aus jedem Schatten konnte ihn ein wildes bepelztes Wesen mit kleinen Knopfaugen anstarren. Plötzlich fühlte er sich ziemlich unwohl. In den WoGes gab es keine Ratten. Die Reinigungsbots kümmerten sich um sie. Dieses alte Gemäuer eignete sich nicht für den Einsatz von Reinigungsbots. Historische Urkunden und so weiter.

Die Exponate machten keinen so freundlichen Eindruck mehr auf ihn. In den vielen Ecken und Winkeln konnten überall Ratten sein, die nur darauf warteten hervorzuspringen. Er ging zurück zur Wachstube, wo das Licht brannte. Als er die Tür öffnete, überraschte er etwas, das mit einem Satz vom Schreibtisch sprang. Bis er um den Schreibtisch herum war, um nachzusehen, worum es sich handelte, war es verschwunden. Ihm blieb nur, was die Ratte zurückgelassen hatte.

Überall auf dem Schreibtisch lagen Brotkrümel, Fetzen von Klarsichtfolie, Papierschnipsel und Reste von Putenbrust und Salatblättern. Seine Sandwichtüte existierte nicht mehr. Das Papier war zerrissen und sein Inhalt über den ganzen Schreibtisch verstreut worden. Die Dose Mineralwasser, deren Kühlsiegel angenagt war, lag auf dem Boden. Es schien im ganzen Museum keinen Ort zu geben, der vor den marodierenden Biestern sicher war.

Die kleinen Ungeheuer lautstark verfluchend, hob er die verbeulte Dose auf und warf sie in den Recycling-Container, um anschließend die Papier- und Essensreste auf dem Schreibtisch in einen Abfalleimer zu fegen. Die ganze Zeit wünschte er sich sehnlichst, der Kammerjäger möge Erfolg haben.

Die ganze Nacht ohne Kaloriennachschub durchzustehen, war nur schwer vorstellbar. Die Cafeteria hatte geschlossen, aber es gab Verkaufsautomaten im Personalraum, obwohl sie nicht viel anzubieten hatten, das für Menschen genießbar war. Er räumte die letzten Reste der zerfetzten Papiertüte und der Fürsorglichkeit seiner Mutter in den Abfalleimer. Diese Ratten hatten den Tod verdient. Schließlich war diese Spezies nicht vom Aussterben bedroht. Er dachte daran, durch das Museum zu streifen und sie selbst zu jagen. Er konnte an keine Armbrust herankommen, da alle in Vitrinen eingeschlossen waren, aber im Schrank mit der Ausrüstung für das Demonstrationsprogramm lagen auch ein paar Übungsschwerter. Er konnte die Ratten jagen und ihnen den Kopf abschlagen. Aber dann mußte er sich auch um die Entsorgung der Kadaver kümmern. Die verdammten Biester würden wahrscheinlich Ausstellungsstücke vollbluten, und dann bekam er Ärger mit dem Kurator. Er hakte den Plan als schlecht ab und verwarf ihn.

Zumindest hatten sie sein Lesegerät nicht angetastet. Er rief die Romane auf und wählte R. Norman Carters *Die Erben von Prester John*. Ihm blieb mehr als genug Zeit, den Roman zu Ende zu lesen, bevor um zwei Uhr seine Ablösung kam. Er machte es sich gemütlich.

Um elf Uhr beschwerte sich sein Magen so regelmäßig, daß er den Automaten im Personalraum einen Besuch abstattete. Er entschied sich für die Cheese Winks™, da sie vermutlich das Nahrhafteste waren und weil die Wahrscheinlichkeit, daß sie ein paar Jahrhunderte Lagerzeit in dem Gerät verdorben hatten, am geringsten war. Ab und zu hörte er ein paar Ratten auf ihren nächtlichen Wanderungen herumhuschen. Sie suchten Nahrung, und was sie auch essen mochten, sie sollten ihn nur nicht um sein Sandwich bringen. Die meisten von ihnen lebten wahrscheinlich von Abfällen und Resten aus der Cafeteria. Von Dingen wie Cheese Winks allein konnten sie jedenfalls nicht leben.

Durch diesen ausgezeichneten Imbiß gestärkt, kam er sich wegen seiner Reaktion auf die Ratten ein wenig albern vor. Warum sollte er sich von ihnen die Freude verderben lassen, die Waffen und Rüstungen ganz für sich allein zu haben? Es waren nur Tiere, die ihren tierischen Instinkten folgten, und ihre Stunde würde schlagen, wenn der Kammerjäger kam.

Vielleicht waren auch seine Tage gezählt, zumindest soweit es das Museum betraf. Vielleicht hatte er nie wieder Gelegenheit, ganz allein durch das Museum zu streifen. Würde er sich von ein paar Nagetieren, die sich bei genauerem Hinsehen so verhielten, als hätten sie mehr Angst vor ihm als er vor ihnen, davon abhalten lassen, seinen Spaß zu haben?

Nein. Auf keinen Fall. Er hatte ein größeres Recht auf die Exponate als sie. Er würde seinen privaten Rundgang fortsetzen.

Er erwog, die Beleuchtung einzuschalten, aber das würde bedeuten, daß die Ratten gewonnen – und ihm Angst eingejagt – hätten. Außerdem würde er Mrs. Bartholomew den Stromverbrauch erklären müssen. Beleuchtung hin oder her, er würde gehen. Er hatte die Taschenlampe, und eigentlich fand er sich im Dunkeln immer ganz gut zurecht. Er brauchte die Beleuchtung nicht.

In der Vorstellung, sich möglicherweise an die Ratten anzuschleichen, nahm er die Treppe. Bevor er den Absatz erreichte, hörte er sie umherhuschen. Kein Wunder, die Tür zum großen Saal war geöffnet. Hatte er sie nicht geschlossen? Er war sicher, sie geschlossen zu haben. Andererseits konnte er es gar nicht getan haben, weil Ratten nicht imstande waren, Türen zu öffnen.

Er stand an der Tür und lauschte. Aus dem Saal drang ein beständiges Tappen bepelzter Pfoten. Manchmal quiekten die Ratten, aber nicht oft. Entweder waren es sehr viele oder nur ein paar, die sehr emsig waren. Aber warum huschten sie zwischen den Exponaten herum? Rüstungen und Waffen waren gewiß nicht nach ihrem Geschmack, aber vielleicht waren die ledernen

Befestigungsriemen reizvoll für sie. Wahrscheinlich hatte der Kurator deswegen beschlossen, etwas gegen sie zu unternehmen. Deswegen oder aus Angst, eine könnte am Tag auftauchen und die Schulkinder – oder, was wahrscheinlicher war, einen Lehrer – erschrecken. Keine gute Reklame.

Vom Südende des Saals hallte ein scharfes Klopfen herüber, als sei etwas gegen Glas geschlagen. Eine der verdammten Ratten mußte gegen eine der Vitrinen gerannt sein. Er wußte, daß Vögel manchmal gegen Fensterscheiben flogen. Vielleicht galt etwas Ähnliches für Ratten. Er glaubte nicht, daß sie in die Vitrinen einbrechen konnten, und er hatte kein Klirren splitternden Glases gehört, aber er war der Ansicht, sich vergewissern zu müssen.

Keine der Vitrinen in den abseits stehenden Exponaten war beschädigt. John strebte der Sonderausstellung entgegen. In der Tür richtete er seine Taschenlampe darauf. Der Lichtstrahl wurde an unerwarteter Stelle reflektiert. Mit einem gewaltigen Schock erkannte er, daß er auf die offene Tür der mittleren Ausstellungsvitrine starrte. Die Reflexionen erschwerten es ihm, etwas zu erkennen, aber er glaubte, fünf stehende menschliche Gestalten in der Vitrine zu zählen. Es hätten nur vier sein dürfen.

Eine der Gestalten bewegte sich, und John richtete das Licht in der Erwartung darauf, einen dunkel gekleideten Dieb zu sehen. Statt dessen zeigte es ihm eine kleine, drahtige Frau in Jeans und einem zerlumpten T-Shirt. Sie stand mit dem Rücken zu ihm, wippte auf den Absätzen hin und her und schien ihn und das grelle Licht der Taschenlampe überhaupt nicht zur Kenntnis zu nehmen.

Hinter ihm bewegte sich etwas, und er fuhr unwillkürlich herum. Der Strahl seiner Taschenlampe fiel auf eine halbmeterhohe spindeldürre Gestalt. Das Ding duckte sich und blinzelte in das Licht. Er starrte es an, und seine mit einer Pfote abgeschirmten Schlitzaugen starrten zurück, während das Ding fauchte und dabei spitze, gelbliche Zähne bleckte.

»Achte nicht darauf«, sagte die Frau. »Sie versammeln sich immer dort, wo gewirkt wird.«

John wandte den Kopf bei ihren Worten und hörte dann, wie das Ding sich bewegte. Sofort schnellte sein Kopf wieder zurück, doch das Ding war bereits verschwunden. Winzige Füße trippelten in der Dunkelheit zu seiner Linken. Und zu seiner Rechten.

Es waren mehrere!

Waren sie gefährlich? Er hoffte nicht. Wenn er die ganze Nacht über diese Biester gehört hatte, dann waren es viele.

»Was, zum Teufel, sind das für Dinger?«

»Boggles. Sie sind harmlos. Wirklich.«

Eines der Dinger, die sie Boggles nannte, lugte um die Vitrine und starrte John an. Ein weiteres sprang von der Vitrine herunter auf den Boden. Die beiden grinsten ihn an. Bösartig. Wenn etwas so viele Zähne hatte, mußte es bösartig grinsen.

John zwang sich, den Blick von den Boggles abzuwenden und seine Kombox zu überprüfen. Dem schwarzen Kästchen zufolge funktionierte das Sicherheitssystem immer noch, obwohl es weder das Eindringen noch die Anwesenheit der Frau registriert hatte. Wie hatte sie das geschafft?

»Wer sind Sie? Wie sind Sie hier hereingekommen?«

»Seitwärts.«

»Es gibt keinen Seiteneingang.«

»Wie auch immer.« Sie legte die Finger auf die Lippen. »Jetzt sei still. Ich muß mich an die Arbeit machen.«

Arbeit? Was für eine Arbeit? Und warum fragte er sich selbst – und nicht sie?

John beobachtete sie dabei, wie sie in einem Rucksack herumwühlte und ein Glasgefäß herausholte. Sie schraubte den Deckel ab und schüttete etwas auf ihre Hand, dann stellte sie das Glas ab und verstreute das Zeug, wie ein Sumo-Ringer vor einem Kampf den Zeremonienreis in die Luft warf. Das Zeug funkelte wie Karnevalsglitzerstaub. Als sie sich im Licht der Taschenlampe umdrehte, bekam er endlich ihr Gesicht zu sehen. Es war ein Gesicht, das er bereits – zweimal – auf einem Foto gesehen hatte.

Dies war die Frau, die sowohl von Bennett als auch vom FBI gesucht wurde. John war verwirrt. Sie verhielt sich nicht wie ein Dieb, der auf frischer Tat ertappt worden war, und auch nicht wie jemand, der vor dem Gesetz floh. Was war sie nur? Wer sie auch war, eigentlich hätte sie nicht hier sein dürfen, und was sie auch tat, wahrscheinlich hätte sie es nicht tun dürfen. Aber was wollte er dagegen tun? Und warum blieb der Alarm stumm? Der Alarm hätte eigentlich ausgelöst werden *müssen*.

»Schalte bitte das Licht aus«, sagte sie. »Es lenkt ab.«

Er tat, was sie verlangte, und empfand Zufriedenheit darüber, ihr gefällig gewesen zu sein.

Was kümmerte es ihn, ihr gefällig zu sein?

Gewiß, sie war hübsch, sogar schön. Aber sie durfte gar nicht hier sein. Sie mochte der Ausstellung Gott weiß welchen Schaden zufügen. Warum unternahm er also ihretwegen nichts?

Eines der Boggles kam zu ihm gelaufen und setzte sich vor seine Füße. Es beobachtete die Frau. John starrte es verblüfft an.

Die Frau murmelte jetzt monoton vor sich hin. John verstand die Worte nicht. Jedenfalls sprach sie weder Englisch noch Japanisch. Es klang ein wenig wie Spanisch, aber nur ein wenig.

Sie wanderte in dem Exponat herum und berührte

dabei mehrere Ausstellungsstücke, wobei sie zu allen sang. Jeder Gegenstand, den sie berührte, leuchtete anschließend in einem blauen Licht.

John blinzelte. Er konnte nur daran denken, daß sie sich vor dem Anfassen der Ausstellungsstücke weiße Baumwollhandschuhe hätte überstreifen müssen. Er verspürte einen Druck im Kopf, als befinde er sich in einem rasch aufwärts fahrenden Aufzug. Kühle Luft wehte über seine Haut. War das Reif, was sich dort auf dem Glas der Vitrine bildete?

Zu dem Boggle vor seinen Füßen gesellten sich zwei weitere. Sie schnatterten einen Augenblick miteinander und verstummten dann.

Der hellblaue Schein, der die Artefakte umgab, verstärkte sich, bis das gesamte Exponat von azurblauem Licht erfüllt war. Jeder Gegenstand, den die Frau berührt hatte, leuchtete jetzt. Der Gürtel des toten Königs, die Beinschiene eines der Trauernden sowie Rüstung und Helm eines anderen erstrahlten alle in dem Licht, aber die Krone in den gefalteten Händen des Königs leuchtete am stärksten von allen.

Es war eine unglaubliche Show. Wie in einer virtuellen Simulation, die Effekte jedoch waren noch besser. Realer. Aber schließlich war das hier auch kein Simulator, sondern real. Oder nicht? Wenn es real war, und all seine Sinne sagten ihm, daß es so war, wirkte diese Frau Magie. Echte Magie.

Johns Kehle schien wie ausgedörrt.

Echte Magie.

Das Licht wurde heller und erfüllte den ganzen Saal. Ein noch stärkeres Licht von beinahe schmerzhafter Intensität erschien als stecknadelkopfgroßer Punkt über der Bahre. Der Punkt wuchs zu einer Kugel von der Größe eines Basketballs, während Licht in allen Farben des Regenbogens über ihre Oberfläche huschte. In einem Blitz, der John dazu zwang, die Augen zu schließen, dehnte die Kugel sich noch weiter aus. Als er wieder sehen konnte, war die Lichtkugel nicht mehr so hell, aber ihr Durchmesser war so groß, daß John hineingepaßt hätte.

Die Frau kicherte. »Große oder kleine, verzichte auf keine.«

Eine Gestalt erschien innerhalb des flackernden Lichts, unscharf zunächst, dann immer schärfer, als werde eine Kameralinse fokussiert. Die Gestalt war humanoid. Ihre Füße berührten fast die Bahre, und das Dach der Vitrine durchschnitt ihre Brust.

Als sich die Auflösung des Bildes vergrößerte, konnte John erkennen, daß es sich bei der Gestalt um einen nackten Mann handelte. Er hatte breite Schultern und einen kräftigen Körper, und seine Haut war mit weißen Narben übersät. Die Haare fielen ihm auf die Schultern, und er trug einen Vollbart. Sowohl Haupt- als auch Barthaare waren aschblond und mit Grau durchwirkt. Die Augen waren geschlossen, die Miene war sorgenvoll.

Der Mann hing innerhalb der Wolke aus Licht und schwebte in der Luft. Der Haltung nach hätte er auf einem Bett liegen können, wenn man davon absah, daß er sich in der Senkrechten befand. Die Pose war seltsam und in gewisser Hinsicht viel beunruhigender als die Tatsache, daß nichts zu sehen war, was als Stütze hätte dienen können.

Die Frau wandte sich dem Mann zu und sprach ihn an. John konnte ihre Worte immer noch nicht verstehen, aber ihr Tonfall war flehentlich. Ihre Gesten wirkten so, als würde sie ein kleines Kind rufen.

Der Mann schwebte in der leuchtenden Kugel und trieb ein wenig näher, um sich dann wieder etwas zu entfernen. Die Frau sprach schneller. Funken sprangen lautlos von dem schwebenden Mann auf die Metallverstrebungen der Vitrine und die Nachbildungen der

Waffen darin über. Einer traf die vergessene Taschenlampe in Johns Hand, und er ließ sie fallen.

Die Frau stand gelassen in diesem elektrischen Minigewitter. Aus ihren Worten wurde ein Singsang, und der Mann schwebte aus der Vitrine heraus. Langsam senkte er sich auf den Boden. Er sah jetzt stofflicher aus. Irgendwie realer.

Die Frau streckte eine Hand zu ihm aus.

»Kommt, Herr«, sagte sie. »Wacht auf. Es ist an der Zeit.«

Kapitel 9

Der Mann sank zusammen, kaum daß seine nackten Füße den Steinboden berührten, und drohte auf die Bodenfliesen zu fallen. Seine offensichtliche Hilflosigkeit und Notlage durchbrachen die Furcht und Scheu, die John gelähmt hatte. Er eilte vorwärts und fing den Mann auf, bevor sein Kopf auf die Steinfliesen schlagen konnte. Der schlaffe Körper war totes Gewicht, zu schwer für John, und brachte ihn aus dem Gleichgewicht. Beide landeten auf dem Boden.

Der Mann lag zuckend da, die Augen fest zusammengekniffen. Die Arme schlossen sich um seinen Kopf, und er zog die Beine an und fing an, vor sich hin zu murmeln. John verstand nicht, was er sagte. Es klang nach einer fremden Sprache, irgendeiner germanischen. Welche Sprache es auch war, durch die kurzen Sätze und den stotternden Vortrag klangen die Worte abgehackt. John konnte es zwar nicht mit Sicherheit sagen, aber er hatte den Verdacht, daß der Mann lallte. Er schien unter Schock zu stehen.

John kniete sich neben ihn und zog vorsichtig seine Hände vom Kopf weg. Er hielt die schwach rudernden Arme fest und drehte den Mann so herum, daß er den Kopf an Johns Oberschenkel lehnen konnte. Das schien ihn zu entspannen. Jedenfalls hörte er auf, sich zu wehren. Das Gemurmel verstummte ebenfalls.

John dachte darüber nach, wo er wohl etwas finden würde, womit er den Mann warmhalten konnte, als die Frau ihn zusammenfahren ließ, indem sie ihm die Hand auf die Schulter legte und ihn ansprach.

»Achte gut auf diesen Mann.«

John faßte sich so weit, um etwas sagen zu können. »Aber...«

»Artus braucht deine Hilfe.«

John war völlig verwirrt. Wer war Artus? »Wovon reden Sie eigentlich?«

»Artus hat sehr lange geschlafen, doch die Zeit ist gekommen. Er wird gebraucht.« Sie kicherte. »Sie alle. Große und kleine, verzichte auf keine.«

Diese Frau – diese Zauberin – war verrückt. Andererseits, vielleicht war nicht *sie* verrückt. »Ich verstehe wirklich nicht, was hier vorgeht.«

Sie lächelte traurig und legte ihm die Hand auf die Wange. »Welch beneidenswerte Unschuld.«

»Wer sind Sie?«

»Nym.« Sie lächelte ihn glückstrahlend an, als erklärte das alles.

Klar. Versuch's noch mal. »Wer ist er?«

»Artus.«

Nym blickte ihn erwartungsvoll an. Sollte er diesen Burschen kennen? John hatte nicht unbedingt die Angewohnheit, mit nackten Männern in geschlossenen Museen herumzuhängen. ›Hüte dich vor sonderbaren Männern‹, hatte seine Mutter immer zu ihm gesagt, als er noch klein war. Ging es noch sonderbarer, als aus dem Nichts zu erscheinen, weil man von einer abgedrehten Zauberin mit einem Zauber beschworen wurde?

Oder stimmte das überhaupt? Was, wenn dieser Bursche gar kein *Mensch* war? Der Kopf, der an seinen Oberschenkeln lehnte, kam ihm viel wärmer vor, als er es hätte sein dürfen. Was, wenn sie etwas anderes beschworen und dieses Etwas nur die *Gestalt* eines Menschen angenommen hatte? Was, wenn...

Worüber zerbrach er sich eigentlich den Kopf? Das konnte alles nicht wirklich sein. Es mußte irgendein

Trick sein, aber er konnte sich niemanden vorstellen, der sowohl die Mittel als auch das Motiv gehabt hätte, so eine Schau abzuziehen.

Nym runzelte die Stirn, da ihm seine Reaktion offensichtlich mißfiel, dann hellte sich ihre Miene auf. »Ach so, entschuldige«, sagte sie. »Manchmal ist es etwas verwirrend. Es sind so viele, weißt du. Und mit der Zeit werden die Dinge etwas verschwommen. Du wirst ihn wahrscheinlich unter dem Namen Arthur kennen.«

»Arthur?« Nein. Das konnte nicht sein. *»Arthur?«*

Sie nickte.

Sein Blick flog zu der Vitrine hinter ihr. Sie enthielt ein paar Artefakte aus Gold und Silber, einen Caxton-Druck von Malorys *Morte D'Artur*, Fotokopien mehrerer Manuskriptillustrationen, eine Original-Filmrolle von Disneys *Das Zauberschwert* und einen Text mit der Überschrift ›Die Sage von Britannien: Arthur, Mythos oder Wirklichkeit?‹ Der Bildschirm, auf dem sonst ein Ausschnitt aus Sandlers *Vermächtnis der Tafelrunde* lief, war dunkel. Jahrhunderte von Legenden über den wartenden König.

»Wie in *König* Arthur?«

Sie nickte wieder.

»*Der* König Arthur?«

Sie lächelte strahlend. »Der nicht mehr schläft.« Sie bückte sich und küßte den Mann auf die Stirn. »Erhebt Euch, o König. Der Kampf muß ausgetragen werden.«

Der Mann stöhnte. Sie nickte zufrieden und begann damit, ihre Sachen in den Rucksack zu packen.

»Das kann nicht sein«, sagte John.

»Warst du dabei?« fragte sie.

»Wobei?«

»Das dachte ich mir. Du bist noch ziemlich jung. Wie kannst du dann so reden? Man braucht Wissen jenseits des Erlernten und Weisheit jenseits des Begreifens, um sagen zu können, was sein kann und was nicht.« Sie bückte sich und flüsterte ihm ins Ohr: »Die Sterne haben zu mir geflüstert. Sie haben mir verraten, daß die Schlafenszeit vorbei ist. Die Zeit der Not steht bevor.«

»Ich…« Er kam zu dem Schluß, daß es besser war, seine Zweifel hinsichtlich ihrer Geschichte für sich zu behalten. Diese Frau, wer sie auch war – was sie auch war –, schien nicht ganz richtig zu sein. Es würde am besten sein, ihr ihren Willen zu lassen, bis er jemanden fand, der vielleicht irgendeine Ahnung hatte, was eigentlich vorging. Er beschloß, einen Versuch zu starten, sie zu bewegen, ihm dabei zu helfen, den Burschen in die Wachstube zu transportieren. Dort konnte er dann die Polizei rufen. Bei der Polizei gab es ganz sicher jemanden, der aus alledem schlau wurde. In der Hoffnung, die Inspiration für die richtigen Worte zu finden, begann er: »Ich…«

»Ja, du. Du hast ganz gewiß einen Platz in dieser Sache. Ich hatte dich nicht vorausgesehen, aber *irgend etwas* wird sicherlich dabei herauskommen. Du bist hier, und er ist hier, und…« Sie neigte den Kopf, als lausche sie. Die Augen verengten sich zu Schlitzen, und ihre Miene verhärtete sich. John hoffte, daß dies nicht die Vorankündigung eines Ausbruchs von Gewalt war. Sie schulterte ihren Rucksack, dann bückte sie sich wieder und flüsterte: »Und *er* ist auch hier.«

Ihre Hand streifte Johns Taille und bewegte die Kombox. Im großen Saal ging das Licht an. Wie hatte sie das jetzt wieder gemacht? Ein Lichtstrahl fiel durch die Tür in die immer noch ziemlich dunkle Ausstellungsvitrine. Arthur – wenn er denn Arthur war – stöhnte wieder und hob eine Hand, um seine immer noch geschlossenen Augen abzuschirmen.

Das Licht trübte sich etwas, als ein Mann in die Tür trat. Die Beleuchtung in seinem Rücken und der dunkle Trenchcoat, den er trug, machten eine schlanke Säule aus seiner Gestalt, und silberne Haare leuchteten in einem Kranz rings um seinen Kopf. Er trat einen Schritt vor, und sein Gesicht kam ins Licht. Es war Bennett.

Für einen Augenblick war John überglücklich. Bennett kannte Nym. Er würde wissen, was vorging. Dann fiel ihm wieder ein, daß die FBI-Agenten gesagt hatten, Bennett sei ein Hochstapler. Die Agenten hatten nicht gesagt, was Bennett in Wirklichkeit war, nur daß er gefährlich sei.

Ein paar Boggles huschten an Bennett vorbei. Ihre Anwesenheit schien ihn nicht zu überraschen. Das Licht hinter ihm verdunkelte sich für einen Augenblick, als sich etwas dort draußen bewegte. Was es auch war, es geriet nicht in Johns Blickfeld, aber er spürte, daß es dort draußen lauerte. Bennett schien es nicht zu stören, aber Nym starrte beunruhigt über seine Schulter.

Wie bei Nym hatte Bennetts Eindringen in das Museum keinen Alarm ausgelöst. John überprüfte seine Kombox. Die Kontrollampen leuchteten noch immer grün und zeigten fälschlicherweise an, daß die Gebäudesicherheit nach wie vor intakt war. Das war nicht richtig. Konnte es nicht sein, oder? Er mußte all das träumen. Das Gewicht des Kopfes in seinem Schoß war real, und als Bennett das Wort ergriff, klang seine Stimme ebenso real wie vor einer Woche im Frilly Cow.

»Wie ich sehe, habe ich die Show verpaßt.«

Offenbar elektrisiert von Bennetts Stimme, wälzte Arthur sich aus Johns Schoß und mühte sich aufzustehen. Seine Muskeln zitterten, und seine Arme gaben bei seinem ersten Versuch nach. John half ihm beim zweiten, und der Mann kam auf die Knie. Seine mittlerweile geöffneten Augen fixierten Bennett. John hätte es nicht gefallen, Gegenstand dieses giftigen Blicks zu sein.

Arthur sagte etwas in seiner gutturalen Sprache. Das Stottern war verschwunden und seine Stimme klang kräftiger, beinahe zwingend in ihrer Macht.

»Ich habe schon kräftigere Welpen gesehen, Mann«, antwortete Bennett ihm auf Englisch.

»Was kann man von einem Tag erwarten, der mit Aufstehen beginnt?« sagte Nym.

Bennett überging sie. »Wirklich, John, du hättest es mir sagen sollen, als du damit begonnen hast, dich in so schlechte Gesellschaft zu begeben.«

»Sie sind kein Bundesagent«, beschuldigte John ihn.

»Wer sagt das?«

»Ein paar echte Bundesagenten.«

»Bist du sicher, daß *sie* Bundesagenten waren?«

»Ich habe ihre Marken gesehen. Wer sind Sie in Wirklichkeit?«

»Eine Person, die sehr besorgt deswegen ist, was diese Frau hier zu tun versucht.« Er kam einen Schritt näher, und obwohl die Hände in seinen Taschen blieben, zuckte Nym zurück.

»Trau ihm nicht«, sagte sie zu John.

»Sie ist eine Lügnerin, John«, sagte Bennett. »Eine pathologische.«

»Das bin ich nicht«, protestierte Nym.

»Weißt du, was sie getan hat, John?« Er hielt inne, mehr um des Effekts willen, als darum, John eine Antwortmöglichkeit zu geben. »Sie hat einen Mörder beschworen. Einen Jäger. Einen Verursacher von Kriegen. Du warst dabei. Du hast die Anker gesehen, die sie für ihre Beschwörung benutzt hat. Waffen. Die Werkzeuge eines Mörders. Der Mann, um den du dich so fürsorglich gekümmert hast, ist sehr gefährlich. Ein Dämon in Menschengestalt. Er wird dich täuschen und dazu bringen, alles zu verraten, was dir lieb und teuer ist. Das hat er auch schon früher mit anderen getan.«

»Du bist derjenige, der täuscht und betrügt«, stellte Nym fest.

»Willst du etwa abstreiten, was ich John über diesen Mann erzählt habe?«

Nym biß sich auf die Lippe.

»Ihr Schweigen ist Antwort genug, John. Dieser Mann ist alles, was ich dir über ihn gesagt habe, und noch mehr. Er sollte getötet werden wie der tollwütige Hund, der er ist.«

»Er wird gebraucht«, protestierte Nym.

»Nicht von mir«, sagte Bennett. Ein Boggle zupfte an seinem Hosenbein. Er trat das Ding weg, und es floh winselnd in die Dunkelheit. Eine Melodie, leise und unwiderstehlich lieblich, lag in der Luft. Bennet neigte den Kopf und lauschte lächelnd. »Ah. Andererseits hat seine Erweckung gewisse Vorteile, und dafür danke ich dir.«

Nym funkelte ihn an. »Ich habe das nicht für dich getan.«

»Natürlich nicht, Frau. Aber aus welchen Motiven auch immer, das Ergebnis scheint nicht besonders zufriedenstellend zu sein. Dein Streiter sieht nicht so aus, als würde er irgend jemandem von Nutzen sein können.«

Nym richtete sich hoch auf, reckte das Kinn in die Höhe und sagte: »Er ist noch nicht richtig wach.«

»Immer noch nicht? Er verkraftet wohl den Übergang nicht so gut. Oder liegt es an einem Fehler in deinem Zauber? Ein Jammer. Mir wäre es lieber, wenn er das hier bei vollem Bewußtsein miterleben könnte.«

Bennett zog die rechte Hand aus der Tasche seines Trenchcoats. Er beschrieb eine knappe Geste, und sofort leuchtete eine grüne Kugel aus knisternder

Energie um seine Hand auf. Die Boggles liefen auseinander.

»Nein«, protestierte Nym und trat zwischen Bennett und Arthur.

Arthur murmelte etwas. Er streckte die Hand aus und versuchte sie zurückzuhalten, doch sie schüttelte seine Hand ab.

»Laßt mich«, flüsterte sie ihm über die Schulter zu. »Geht weit fort.«

»Du kannst ihn nicht vor mir schützen«, sagte Bennett.

»Kann ich das nicht?«

»Überschätze deine Fähigkeiten nicht. Ich weiß, daß du dich im Augenblick ziemlich stark fühlen mußt, vielleicht sogar ein wenig überschwenglich, aber das ist ein falsches Selbstvertrauen.

Geh zur Seite, John.«

Mit trockenem Mund fragte John Bennett: »Was werden Sie jetzt tun?«

»Etwas, das schon vor langer Zeit hätte getan werden sollen. Jetzt geh beiseite.«

John zögerte.

»Dann eben nicht«, sagte Bennett. Seine Hand zuckte vorwärts, und die Energie floß förmlich von seinen Fingern. Die Kugel aus leuchtend grünem Feuer schwebte Nym, Arthur und John entgegen.

Nym hob beide Hände, die Innenseiten nach außen gewandt, und kreuzte die Arme. Das Feuer verschwand – Zentimeter vor ihren Händen. John konnte nur mit weit aufgerissenen Augen gaffen.

»Nicht schlecht«, sagte Bennett.

»Ich habe geübt«, erwiderte sie bescheiden.

»Aber nicht genug. Wenn du darauf bestehst, dich einzumischen, muß ich mich erst um dich kümmern, bevor ich mich um ihn kümmere.«

»Ich bestehe darauf.«

Nym ließ die Hände herabsausen, und eine schimmernde Wand tauchte zwischen ihr und Bennett auf. Bennett gestikulierte erneut und schleuderte ihnen einen weiteren, größeren Feuerball entgegen. Die Kugel zerbarst an Nyms Schild. John spürte die Hitze. Das reichte ihm. Er packte Arthurs Arm.

»Wir müssen hier raus.«

Bennetts Hände beschrieben komplizierte Muster. Nyms ebenfalls. Lichter blitzten, da Energien zwischen ihnen hin und her zuckten. John standen die Haare zu Berge, und er spürte immer wieder Hitzewellen über sich hinwegbranden.

Im hinteren Teil dieses Flügels gab es einen Lastenaufzug. Er war für die Bequemlichkeit der Präparatoren eingerichtet worden und bot eine Möglichkeit, den Flügel auf anderem Weg zu verlassen als durch die Tür, die Bennett versperrte. Johns Kombox würde ihn entriegeln. Er zog an Arthurs Arm.

»Kommen Sie.«

Der Mann wehrte sich. Im Schein der aufflammenden Energien sah John, wie sich die Miene des Mannes rasch veränderte. Sie verriet nackte Angst, aber auch andere Gefühle: Entschlossenheit, Wut und Verzweiflung. Unter Johns Hand zitterte er im Ansturm der Gefühle. Arthur wollte ganz eindeutig mehr tun, als nur dastehen und dem Duell der Zauberer zuschauen. Die Furcht schien am stärksten zu sein.

John verstand das völlig. Dieser Magiekram war unheimlich, richtig unheimlich, wenn er sich nicht in einem Buch oder Film abspielte. Seine Eingeweide fühlten sich an, als rühre irgend etwas darin herum. Er hoffte, daß dies lediglich die Auswirkungen seiner Angst waren und nicht die heimtückischen Folgen irgendeines Zaubers mit dem Ziel, sein Innerstes nach außen zu kehren. Im Augenblick wollte John nur weg.

»Wenn Sie keine Zauber wirken können, läßt sich hier nichts ausrichten. Kommen Sie.«

Arthur ließ sich von John hinter die Vitrine zerren, so daß sich etwas zwischen ihnen und den Zauberern befand, bevor er wieder stehen blieb. Er starrte auf die kämpfenden Magier.

»Sicher, die Show ist toll«, plapperte John. »Aber wir sind irgendwie unterlegen. Kommen Sie.«

John zog an Arthurs Arm, doch er sträubte sich wiederum. Schöner Welpe. Es war, als versuche er eine Statue zu bewegen.

Vielleicht hatte er einen Grund zu bleiben. Vielleicht konnte er tatsächlich etwas tun. John mußte ihn danach fragen. »Können Sie Magie wirken?«

»Nein.«

Und mit diesem Wort gab Arthur Johns beharrlichem Zerren nach und ließ sich von ihm führen. John ging mit ihm um die Ecke, bevor er seinen Arm losließ und vorauseilte, um den Rufknopf für den Fahrstuhl zu drücken. Wie durch ein Wunder war die Kabine bereits in ihrer Etage, und die Türen öffneten sich sofort. Sie hatten sich wieder hinter ihnen geschlossen, als John erst begriff, daß Arthur verständlich gesprochen hatte.

»Sie sprechen Englisch.«

»Sprechen.«

War das eine Antwort oder ein Befehl? »Dann können Sie mir vielleicht sagen, was hier vorgeht?«

»Langsam.«

Was bedeutete langsam? Jesus, erzähl mir nicht, daß König Arthur ein Idiot ist. Vielleicht hatte sein Gehirn Schaden genommen, weil er zu lange geschlafen hatte. Die Türen öffneten sich. Es war Zeit, sich wieder zu bewegen. Wenn John erst einmal jemanden hatte, der sich um alles kümmerte, würde sich alles klären. Er schoß aus dem Fahrstuhl.

»Kommen Sie. Kommen Sie. Wir rufen die Polizei.«

Nach einem Augenblick des Zögerns folgte Arthur ihm. John wartete nicht auf ihn, sondern rannte durch die Personalräume hinter dem Andenkenladen. Durch das Treppenhaus fiel sonderbar flackerndes Licht in die Eingangshalle, und eine Schar kreischender Boggles spritzte auseinander, als John angelaufen kam. Er wäre beinahe über eines der Dinger gestolpert, konnte sich aber gerade noch am Rahmen des Durchgangs zum Orientierungsflügel festhalten.

Fast da. Er schaute sich um und sah, daß Arthur hinter ihm her trottete. Der Bursche verhielt sich wie ein Tourist auf Besichtigungstour.

»Kommen Sie!«

Arthur beschleunigte seine Schritte. Zufrieden überwand John die letzten Meter, die ihn vom Eingang zur Wachstube trennten. Er stieß die Tür auf und warf sich auf den Stuhl vor der Sicherheitskonsole. Bevor er die Cops anrief, wollte er noch sehen, was oben los war. Es bestand noch immer eine geringe Chance, daß dies alles nur ein Traum war.

Verdammt gering.

John tippte die Befehle ein, die die Bilder der Kamera in dem entsprechenden Flügel auf den Bildschirm legten, während Arthur in der Wachstube auf und ab marschierte. Als die ersten Bilder auf dem Monitor erschienen, hörte John, wie er die Schranktür öffnete.

Das Bild war fast weiß, ein einziges Blitzen und Leuchten. John mußte den Kontrast ganz herunterdrehen, bevor er etwas erkennen konnte. Selbst dann war es schwierig, mit Sicherheit zu sagen, was in dem ganzen Feuerwerk vorging. Er überprüfte die Sensoren. Soweit sie betroffen waren, rührte sich dort oben nichts. Bizarr.

Arthur kehrte zu ihm zurück. In der rechten Hand

hielt der Bursche eines der Schwerter aus der Demonstrationssammlung. Nackt wie ein Neugeborenes, und das erste, was er sich greift, ist eine Waffe! Ich hoffe, er weiß, wie man mit dem Ding umgeht. Die Schneide der Klinge glitzerte kalt. Jesus, er hat sich das einzige scharfe aus der ganzen Sammlung ausgesucht. Vielleicht war es besser, wenn dieser Bursche *nicht* wußte, wie man mit einem Schwert umging.

Zeit, die Cops anzurufen.

Als er nach dem Telefon greifen wollte, erschien eine Textzeile auf dem Monitor und fing an zu blinken. »Fehlfunktion Station drei.«

Was nun? Station drei war der hintere Lieferanteneingang. Bevor John die Meldung bestätigen konnte, verschwand sie. Eigentlich hätte sie das nicht tun dürfen.

Die Bewegungssensoren registrierten etwas in der Nähe des Lieferanteneingangs, also rief John die Videokamera auf, die diesen Eingang abdeckte. Das magische Gefecht in der Ausstellungsgalerie verschwand vom Bildschirm und wich einer viel dunkleren Szenerie. Im Schutz der Nacht kauerten mehrere Gestalten an der Mauer des Museumsgebäudes. Eine von ihnen, die erheblich kleiner war als die anderen, stand mit einem dunklen Gegenstand in der Hand neben dem Kontrollkasten. Mehrere Drähte führten von diesem Gegenstand zum Kontrollkasten. Mehr sah John nicht, bevor der Bildschirm schwarz wurde.

John hörte ein entferntes Rumpeln, als sich die Tür zur Verladebucht öffnete. Sinnloserweise schaute er dorthin. Aus dem Augenwinkel sah er Arthur aufschauen, als suche er am Himmel nach einem Gewitter. John wandte sich wieder der Konsole zu und wechselte auf die Kamera in der Verladebucht. Männer mit Waffen stürmten herein. John erkannte zwei von ihnen: McAlister und Surimato. Warum, zum Teufel, kam das FBI und überfiel das Museum?

Das Kamerabild erlosch, dann blinkte plötzlich die gesamte Sicherheitskonsole. Kontrollampen, Monitor, Submonitor, alles. Als sie flackernd wieder zum Leben erwachten, sah alles normal aus, aber irgendwie glaubte John nicht daran, daß alles normal *war*. Er versuchte ein Diagnoseprogramm zu starten, aber die Konsole bestätigte seine Eingabe nicht.

Die Sache wurde langsam sehr merkwürdig.

Ein Schuß hallte durch das Gebäude.

Waren Bundesagenten nicht gehalten, zuerst eine Warnung abzugeben? Er hatte nichts dergleichen gehört. Er nahm das Telefon und stellte fest, daß die Leitung tot war.

Von oben hallten weitere Schüsse herunter, dann ertönte ein wummerndes Geräusch, wie John es noch nie gehört hatte. Jemand schrie gequält auf.

John begriff nicht, was los war, aber es war offensichtlich, daß das Museum im Augenblick kein gesunder Aufenthaltsort war. Nyms Rat zu verschwinden klang sehr gut. Sehr klug.

Er schob seinen Stuhl zurück, während ihm Arthurs Nacktheit ins Auge stach. Es war kalt draußen. Der Bursche würde erfrieren. John geriet kurz in Panik, dann fiel ihm wieder ein, daß sich dort, wo Arthur das Schwert gefunden hatte, auch Kleidung befand. Alberne Kostüme zwar, aber wärmer als die nackte Haut. John eilte zum Schrank und riß die ersten Sachen heraus, die er in die Finger bekam. Er warf Arthur das Bündel zu – der fing die weiche Masse, ohne sich mit dem Schwert ins Gehege zu kommen.

Vielleicht wußte er tatsächlich, wie man mit so einem Ding umging.

»Vorwärts«, rief John, während er aus der Wachstube rannte.

Dieser Arthur war jedenfalls nicht völlig ausgeflippt. Er folgte John zur Tür und schlüpfte dabei in eines der langen Gewänder, während John sich am Schloß zu schaffen machte. Der Lärm von oben machte John nervös, und er fummelte ergebnislos mit dem Schlüssel herum.

»Schnell«, sagte Arthur.

John schaute kurz zu ihm auf und sah ihn dastehen, das Schwert bereit, den Blick auf das Treppenhaus gerichtet. Etwas Schweres polterte die Stufen herunter. Entschlossen steckte John den Schlüssel ins Schloß und drehte ihn. Er zog an der Tür, doch die massive Stahltür wollte nicht nachgeben. Arthur griff mit seiner freien Hand zu, und gemeinsam gelang es ihnen, sie zu öffnen.

Kühle Luft wehte herein. Draußen war es tatsächlich kalt, aber sie liefen trotzdem in die Nacht hinaus. Darauf bedacht, Abstand zwischen sich und das Museum zu legen, drehte John sich nicht um. Er folgte der Randolph Road in Richtung der WoGes. Das einzige, was er hinter sich hörte, war das Klatschen von Arthurs nackten Füßen auf dem Asphalt.

Kapitel 10

Das Woodman-Waffenmuseum sah dunkel und still aus, als Holger den Motor abstellte und den Mietwagen den Hügel aus der Richtung der WoGes hinabrollen ließ. Die Straßen waren verlassen, was nicht weiter überraschend war. Es war halb zwei Uhr morgens, und dies war eine ruhige Stadt. Aber der Parkplatz war ebenfalls leer. Nicht einmal der Wagen des Nachtwächters stand dort.

Irgendwas stimmte nicht.

Er fuhr dort an den Straßenrand, wo die Randolph Road auf die Barber Avenue traf, anstatt auf den Parkplatz zu fahren, wie er es ursprünglich vorgehabt hatte. Das Museum stand schräg gegenüber auf der anderen Seite der Kreuzung. Er sah sich die Gegend genau an. Keine offensichtlichen Schäden, keine verdächtigen Aktivitäten. Ein Banner, das von der unmittelbar bevorstehenden Eröffnung einer Ausstellung Romano-britischer Stücke kündete, kräuselte sich im kalten Wind. Darunter stand eine der massiven Stahltüren des Haupteingangs offen und sprach eine widersinnige Einladung aus.

Dr. Spae machte Anstalten, ihre Tür zu öffnen, und Holger betätigte die Zentralverriegelung, bevor sie ihre Absicht in die Tat umsetzen konnte. Ihr Kopf fuhr zu ihm herum, bereit, seine Handlungsweise zu kritisieren, doch ihr Mund schloß sich wieder, als sie sah, wie er seine Glock zog. Beim Anblick der Waffe runzelte sie mißbilligend die Stirn.

Er nickte in Richtung Museum. »Die Tür steht offen, Doktor. Der Alarm muß ausgelöst worden sein.«

»Ich höre nichts.«

»Manche Alarmsirenen sind stumm. Höchstwahrscheinlich ist die hiesige Polizei bereits auf dem Weg hierher.«

»Ich kann keine Sirenen hören.«

»Das heißt nicht, daß die Polizei nicht reagiert.«

»Entriegeln Sie die Tür«, verlangte sie.

»Wir sollten ein wenig warten, Doktor.«

»Sie warten. Ich muß mich drinnen umsehen.«

»Ich halte das gegenwärtig nicht für ratsam.«

»Die Aktivität hat jetzt aufgehört. Die Spuren werden bald verblassen, und dann hat es keinen Sinn mehr hineinzugehen.«

»Die Einstellung der Aktivität bedeutet nicht, daß die dafür verantwortlichen Personen das Gebäude verlassen haben.«

»Sie behindern diese Untersuchung.«

»Ich versuche nur, Probleme zu vermeiden. Im Augenblick besteht vielleicht keine Gefahr, aber die Lage ist äußerst unklar. Wenn uns die hiesige Polizei im Museum antrifft, müssen wir mehr Erklärungen abgeben, als der Abteilung lieb sein kann.«

»Wir müssen eben wieder verschwinden, bevor die Polizei eintrifft.«

»Zu spät. Da ist sie schon«, sagte er zu ihr.

Ein Polizeiwagen hatte soeben die Route 12 verlassen und bog auf die Barber Avenue ab. Er fuhr an den Straßenrand und schaltete die Scheinwerfer aus. Zwar hatte Holger freien Blick auf den Streifenwagen, aber vom Museum aus würde die Stelle, wo der Fahrer angehalten hatte, wegen der Steigung des Hügels nicht einsehbar sein. Zwei Polizisten stiegen aus. Die Tatsache, daß ihre wachsamen Blicke hügelaufwärts auf das Museum gerichtet waren, bestätigte, daß sie hier waren, um Nachforschungen anzustellen, aber sie machten keine Anstalten, sich dem Museum zu nähern. Bisher zeigten sie keinerlei Interesse an Holgers und Spaes Wagen.

Spae verfluchte das Erscheinen der Cops und Holger, weil er die gute Gelegenheit hatte verstreichen lassen. Er nahm sich ihre Worte nicht zu Herzen. Er war für ihre Sicherheit verantwortlich. Ohne Rückendekkung in eine völlig unbekannte Situation zu stürmen, wäre schlicht und einfach dumm gewesen.

Worauf warteten die Cops? Auf Verstärkung? Das ließ vermuten, daß sie wußten, daß sie im Museum Ärger erwartete. Vielleicht ließen sie auch nur schlichte, vernünftige Vorsicht walten, obwohl er das von Amerikanern eigentlich nicht erwartet hätte.

Zwei weitere Wagen trafen ein. Ein Quartett von Neuankömmlingen gesellte sich zum Zwecke einer Konferenz zu den beiden Polizisten an der Straßenecke. Niemand unternahm etwas.

Also hatten die ersten beiden nicht einfach auf Verstärkung für eine simple Durchsuchung gewartet. Ein Streifenwagen wäre als Rückendeckung mehr als genug gewesen, um auf einen stummen Alarm zu reagieren. Zwei Wagen deuteten auf eine wesentlich schwierigere Lage hin, aber die Tatsache, daß nur gewöhnliche Streifenpolizisten anwesend waren, machte eine wirklich ernste Situation unwahrscheinlich.

»Doktor«, sagte Holger. Er hatte eine Idee. »Sind Sie mit mir einer Meinung, daß wir das Gebäude jetzt nicht mehr betreten können, ohne die Aufmerksamkeit der hiesigen Polizei zu erregen?«

»Dafür haben Sie ja gesorgt.«

»Ich halte es für möglich, daß wir sie überreden können, uns mit ins Gebäude zu nehmen.« Er halfterte wieder seine Glock. »*Falls* Sie sich an das halten, was ich sage.«

»Bringen Sie mich einfach nur in das Museum.«

Sie verließen den Mietwagen und machten sich auf

den abschüssigen Weg. Es war kälter als früher in der Nacht. Holger schloß seinen Mantel. Er sollte eine Zeitlang auch ohne die Glock auskommen. Ein Cop bemerkte sie und stieß einen seiner Kollegen an. Das Gespräch unter den Beamten verstummte, und sie drehten sich alle zu ihnen um.

»Überlassen Sie mir das Reden«, flüsterte Holger Spae zu. »Versuchen Sie, ihnen ihr Gesicht nicht allzu deutlich zu zeigen. Kuscheln Sie sich in Ihren Mantel, als sei Ihnen kalt.«

»Es *ist* kalt.«

»Genau deshalb werden sie sich nichts dabei denken.«

Er hoffte, daß sie mitspielen würde. Spezialisten wie sie legten nur selten gesunden Menschenverstand an den Tag.

Sie erreichten die Polizisten.

Er lüftete zur Begrüßung seinen Hut und nutzte die Gelegenheit, um ihn ein wenig tiefer zu ziehen, so daß ein größerer Teil seines Gesichts im Schatten lag. Dann sagte er: »Guten Abend, meine Herren.«

Augenbrauen hoben sich, und Blicke wurden zwischen den Polizisten gewechselt. Einer, dessen dicke Jacke die Streifen eines Sergeants aufwies, trat vor.

»Ziemlich kalt für einen Nachtspaziergang, nicht wahr, Leute?«

»Kälter, als mir lieb ist. Und auch später, Sergeant Willis.« Holger hatte den Namen vom Namensschild des Mannes abgelesen. Er streckte die Hand aus. »Ich bin Holger Kun von der EG-Kommission für Antiquitäten. Das ist Dr. Spae, einer unserer Spezialisten.«

Der Polizist war zwar verwirrt, reagierte aber auf die höfliche Geste und schüttelte Holger die Hand. Einer der anderen flüsterte seinem Partner zu: »Yamana hat keine Zeit verschwendet, was?«

»Ich bin sicher, Sie verstehen unsere Besorgnis«, sagte Holger zum Sergeant.

»Was hat Mr. Yamana Ihnen erzählt?«

Holger wußte nicht, wer Yamana war. »Tatsächlich sind wir von Ms. Satsumi verständigt worden. Sie war jedoch nicht sonderlich konkret. Was für ein Problem gibt es denn nun im Museum?«

Die Erwähnung des Museums schien der letzte Hinweis zu sein, den der Sergeant noch brauchte, um Holgers nichtssagende Äußerungen in einem Kontext zu sehen, der für den Polizisten einen Sinn ergab. In den Augen des Sergeants hatte Holger bewiesen, daß er in alle Vorkommnisse eingeweiht und daher ein legitimer Gesprächspartner war.

»Wir sind nicht ganz sicher, Mr. Kun. Wir haben ein Sicherheitssignal aus dem Museum bekommen. Das kommt ständig vor, aber als unsere diensthabende Überwachungsbeamtin den Nachtwächter anrufen wollte, um sich die Fehlfunktion bestätigen zu lassen, bekam sie keinen Anschluß. Das Signal des Sicherheitssystems kam jedoch nach wie vor durch, also handelt es sich wahrscheinlich nur um eine gestörte Telefonleitung. Die übliche Verfahrensweise schreibt uns vor, der Sache nachzugehen.«

»O je«, sagte Holger, wobei er so zu klingen versuchte, als habe er sich gerade etwas zusammengereimt. Die Augen des Sergeants verengten sich wunschgemäß. »Ich fürchte, die Dinge liegen ernster. Der Haupteingang steht offen.«

»Sie sind nicht hineingegangen?« fragte Willis.

»Nein. Natürlich nicht. Wir sahen Ihre Wagen hier stehen und dachten uns, Sie wüßten, was los ist.«

»Sehr klug von Ihnen. Im Museum könnten sich noch Delis aufhalten.« Willis klang erleichtert.

»Delis?« fragte Spae.

»Delinquenten, Madam. Kriminelle.«

Spae räusperte sich.

Der Sergeant bedachte sie mit einem knappen, höflich-starren Lächeln und wandte sich wieder an Holger. »Haben Sie jemanden in der Nähe des Museums gesehen?«

»Keine Menschenseele.«

Spae schnaubte leise.

»Dieses Wetter ist Gift für Ihre Erkältung«, sagte Holger, um ihren Ausrutscher zu kaschieren, aber sie drängte weiter.

»Vielleicht können wir jetzt hineingehen. Ich bin sicher, drinnen ist es wärmer.«

Sergeant Willis schüttelte den Kopf. »Das halte ich für keine so gute Idee. Wir müssen das Museum erst einmal überprüfen.«

Holger nickte zustimmend. »Ich verstehe Ihre Besorgnis, Sergeant. Vielleicht könnte Dr. Spae in einem ihrer Fahrzeuge warten, damit sie aus dem Wind herauskommt. Ich fürchte, wir haben unseren Wagen unmittelbar vor dem Gebäude geparkt. Dorthin zurückzukehren, ist vielleicht nicht die allerbeste Idee.«

»Ich will hinein«, protestierte Spae.

»Einer unserer Wagen wäre besser, Madam.«

»Wir teilen alle Ihre Besorgnis, Doktor. Der Sergeant hier ist nur um Ihre Sicherheit besorgt. Ebenso wie ich. Wir holen Sie herein, damit Sie nach Ihren kostbaren Antiquitäten sehen können, sobald dies gefahrlos möglich ist.«

»Ich halte es für besser, wenn Sie ebenfalls hier draußen warten, Mr. Kun«, sagte Willis.

»Warum, Sergeant? Ich *bin* ein von Interpol lizensierter Sicherheitstechniker.«

»Von Interpol, ja?«

Sergeant Willis wollte wohl noch mehr sagen, aber von der Route 12 fiel Scheinwerferlicht auf sie, und er drehte sich um und hielt nach der Quelle dafür Ausschau. Die Lichter verließen sie, als der Wagen um die nächste Kurve bog, dabei jedoch langsamer fuhr, als dies für einen unbeteiligten Wagen nötig war. Es handelte sich um das neueste Modell einer Luxuslimousine, einen Nissan Silhouette. Der Silhouette fuhr an ihnen vorbei und wurde noch langsamer, als er auf die Barber Avenue einbog. Der Wagen fuhr hinter einem der Polizeiwagen an den Straßenrand. Auf der Windschutzscheibe des Wagens war ein Parkaufkleber mit dem Mitsutomo-Logo befestigt. Holger erinnerte sich, in dem Reiseführer gelesen zu haben, daß Mitsutomo einer der Museumssponsoren war. Da Mitsutomo ein Interesse am Museum hatte, würde man dort selbstverständlich über etwaige Probleme beunruhigt sein. Einen Vertreter des Konzerns zu schicken, demonstrierte und unterstrich diese Besorgnis. Der Silhouette, der so teuer war, daß ihn sich niemand unterhalb des gehobenen Managements leisten konnte, ließ vermuten, daß Mitsutomos Besorgnis ziemlich ernster Natur war.

Der Fahrer stieg aus und eilte auf die andere Seite, um seinem Passagier die Tür zu öffnen. Der Mann, der zum Vorschein kam, war ein Japaner. Nicht weiter überraschend. Er trug einen dicken Mantel, der zu seiner ohnehin schon beträchtlichen Leibesfülle beitrug. Der Fahrer folgte ihm, als der Japaner zu der Gruppe stapfte. Er begrüßte Willis namentlich und fragte sofort, wer Holger und Spae seien. Der Sergeant erzählte ihm Holgers Märchen und stellte sie ihm vor: »Mr. Yamana ist der Sicherheitschef von Mitsutomo Metal Fabrications.«

Sicherheitschef? Um eine Fehlfunktion in der Kommunikation zu überprüfen?

Holger streckte wiederum die Hand aus. »Ich muß sagen, daß ich sehr überrascht bin, hier und heute eine derart hochgestellte Persönlichkeit wie Sie anzutreffen.«

»Ich erledige nur meinen Job, Mr. Kun«, entgegnete Yamana, als sie sich die Hände schüttelten. »Unserem Museum sind einige sehr wertvolle Artefakte leihweise zur Verfügung gestellt worden. Es wäre unverzeihlich, wenn Ihnen etwas zustieße, während sie in unserer Obhut sind.«

»Sie meinen, in der Obhut des Museums.«

Yamana neigte den Kopf. »Wie Sie meinen.«

»Warum ist kein Museumspersonal hier?« fragte Spae.

»Das Personal wird zum rechten Zeitpunkt informiert, Dr. Spae. Im Augenblick ist nur wichtig festzustellen, was vorgefallen ist.«

Spae nickte heftig. »Ich bin ganz Ihrer Ansicht. Wollen wir gehen?«

»Ich glaube, das ist eine Polizeiangelegenheit, Doktor.«

»Wir haben diese Diskussion bereits mit Sergeant Willis hier geführt«, sagte Holger. »Ich bin sicher, Sie können den Sergeant überzeugen.«

»Der Sergeant kennt seine Pflichten.«

»Mr. Yamana«, begann Holger ernst. »Ich habe ebenfalls Pflichten. Die Kommission für Antiquitäten wird nicht sehr glücklich sein, wenn man mich ausschließt.«

»Die Zeit vergeht«, warf Spae ein.

»Sie haben völlig recht, Doktor.« Yamanas Steifheit ließ vermuten, daß er verärgert war, aber sein Tonfall blieb ruhig und gemessen. »Wir haben nicht den Wunsch, ein Politikum aus dieser Angelegenheit zu machen, Mr. Kun. Wenn der Sergeant der Ansicht ist, daß Sie weder für sich selbst noch für seine Männer eine Gefahr sind, reicht mir das. Aber ich muß darauf bestehen, daß Dr. Spae für den Augenblick draußen bleibt.«

Der Sergeant fühlte sich sichtlich unbehaglich, da er sich durch ein paar Fragen quälte, die Holger beantwortete. Holger mußte seinen von Interpol ausgestellten Waffenschein zeigen, bevor der Mann Holger die Erlaubnis gab, sich dem Suchtrupp anzuschließen. Trotzdem bestand er darauf, daß Holger zusammen mit Mr. Yamana und dessen Fahrer am hinteren Ende des Trupps blieb. Sie ließen einen Beamten bei den Wagen und der immer noch protestierenden Spae und marschierten den Hügel empor zum Museum.

Die Cops organisierten ihr Eindringen mit annehmbarer Präzision. Zwei Beamte trennten sich von den anderen, um den Hintereingang und die Verladebucht in Augenschein zu nehmen, während der Rest sich zum Vordereingang begab. Holger lud seine Glock durch und war nicht überrascht, als er feststellte, daß Yamanas Fahrer ebenfalls bewaffnet war. Für einen einfachen Chauffeur bewegte sich der Mann viel zu geschmeidig.

Sie gingen zur Tür, überschritten jedoch nicht die Schwelle. Gleich in der Tür lag ein Haufen Kleider.

Holger schluckte, konnte sich aber gerade noch zurückhalten, einen Schritt zurückzuweichen. Yamana beäugte ihn mißtrauisch, während einer der Polizisten mit dem Fuß in dem Haufen herumstocherte. Nichts als Kleidungsstücke. Der Sergeant gab das Zeichen zum Vorrücken. Die Cops traten in die stille Eingangshalle.

Holger konnte nicht an dem Haufen vorbei, ohne sich zu überzeugen. Er untersuchte ihn vorsichtig. Es war eine absonderliche Mischung, Kostüme und keine richtigen Kleidungsstücke. Noch wichtiger, der Haufen enthielt genug Kleidungsstücke für zwei oder drei Personen unterschiedlicher Größe. Dieser Kleiderstapel konnte unmöglich einer Person gehören.

Holger empfand Erleichterung.

Er richtete sich auf, bereit, die Durchsuchung fortzusetzen, und wurde beinahe von Dr. Spae über den Haufen gerannt. Sie war außer Atem, schien jedoch nicht verängstigt zu sein. Bezeichnenderweise war sie allein.

»Sie dürften eigentlich nicht hier sein.«

»Geschenkt.«

»Wo ist der Polizist, der bei Ihnen war?«

»Er wird nachkommen, sobald er bemerkt, daß ich nicht mehr da bin. Was haben Sie gefunden?«

»Nicht viel.«

Sie runzelte die Stirn und faltete die Hände vor sich, holte tief Luft und atmete langsam aus. Ihre Augen verloren jeglichen Fokus. »Wir müssen nach oben.«

»Warum sagen Sie das, Doktor?« Yamana trat aus dem Schatten eines Durchgangs. Holger hatte nicht gewußt, daß er sich dort befand.

Spae, die sich der realen Welt ringsumher nur halb bewußt war, antwortete: »Sie sind dort oben.«

»Was meinen Sie, Doktor?«

»Die Exponate natürlich«, antwortete Holger in der Hoffnung, daß er recht hatte.

Eindeutig unzufrieden mit Holgers Antwort, war Yamana nichtsdestoweniger gezwungen, weitere Fragen auf später zu verschieben, da Sergeant Willis ihn rief. Holger folgte dem Sicherheitschef in den kleinen Raum ein Stück weit den Korridor entlang, wobei er Spae förmlich mitschleifte. Ein Blick verriet ihm, daß der Raum sowohl als Fahrkartenschalter als auch als Sicherheitsbüro diente. Willis zeigte Yamana gerade die Sicherheitseinrichtungen.

Die Monitorkonsole zeigte an, daß alles gesichert war – eine offenkundige Falschmeldung, wenn man bedachte, daß durch das Fenster zur Eingangshalle der geöffnete Haupteingang zu sehen war. Willis zufolge war der Zugang zum Sicherheitssystem gesperrt, aber alle regulären Computerfunktionen standen zur Verfügung. Offensichtlich hatte sich jemand am System zu schaffen gemacht.

Yamana befahl Holger und Spae, in der Wachstube zu bleiben, und ging mit den Polizisten, die das Erdgeschoß durchsuchten. Holger erhob keine Einwände. Als sie außer Sicht waren, rief er die Personalakten auf und sah sie durch. Zu mehr blieb ihm keine Zeit, da die Gruppe sich kurz darauf wieder in der Halle versammelte. Willis meldete, daß das gesamte Erdgeschoß leer sei und alles unberührt aussehe. Alle Fahrstuhlkabinen des Gebäudes befanden sich auf dieser Etage. Die Polizei benutzte ihre Notschlüssel, um sie dort zu blockieren, so daß die Möglichkeiten, sich zwischen den Stockwerken zu bewegen, stark eingeschränkt wurden.

Sie gingen die Treppe empor und fanden die erste Etage mit ihren Büros und Exponaten so leer und unangetastet vor wie das Erdgeschoß. Auf dem Weg in den zweiten Stock und zu den Hauptexponaten roch Holger verbranntes Fleisch. Einer der Cops machte eine Bemerkung darüber, wie lecker es rieche. Holger schwieg. Der Cop würde sich noch wundern.

Eine Gestalt lag am Kreuzungspunkt der beiden Arme des V-förmigen großen Saals. Die verkohlte Leiche lag in einer Lache einer halbgeronnenen dunklen Flüssigkeit. Ihre verzerrte Haltung ließ auf die Qualen schließen, unter denen das Opfer gestorben war. Sie sah aus wie ein typisches Brandopfer. Bedauerlicherweise gab es außer der Leiche nichts, was auf einen Brand hinwies.

Spontane Selbstentzündung? Unwahrscheinlich.

»Hier sind Energien benutzt worden«, flüsterte Spae.

Ohne Scheiß. Holger brauchte keine Spezialistin, um diesen Schluß zu ziehen.

In einer Ecke würgte der hungrige Cop seine letzte Mahlzeit hoch. Holger erwog, sich ihm anzuschließen, aber nicht wegen der Leiche. Er hatte schon schlimmer zugerichtete Opfer gesehen. Doch die Art und Weise, wie der Tod dieser Person herbeigeführt war, ließ seinen Magen rebellieren.

Eine verkohlte Leiche und keine weiteren Anzeichen für Feuer konnten nur eines bedeuten: Magie. Holger haßte Magie.

Der Südflügel enthielt das, was die Polizei suchte, eindeutige Anzeichen für einen Einbruch. Die Ausstellung war ein Chaos. Dort und an jenem Ende des großen Saals waren Rüstungen und Vitrinen in Unordnung, zerschmettert und verstreut. Kugeln hatten die Steinwände des großen Saals mit Löchern übersät, die Fensterattrappen mit Sprüngen überzogen und die moderneren Wandverkleidungen des Sonderausstellungssaals verstümmelt. Hier war ein kleiner Krieg ausgefochten worden, aber abgesehen von der verkohlten Leiche schienen die einzigen Opfer Kleiderpuppen, Artefakte, Rüstungen und das Gebäude selbst zu sein.

Spae wollte nicht weitergehen, um die Suche fortzusetzen. Willis ermahnte Holger und Spae, vor der Ankunft der Gerichtsmediziner nichts anzufassen, gestattete ihnen aber, im Sonderausstellungssaal zu bleiben. Er schien deswegen sogar erleichtert zu sein. Kaum waren Yamana und die Polizisten gegangen, um den Rest des Gebäudes zu durchsuchen, da sagte Spae in ehrfürchtigem Tonfall:

»Kun, hier ist mehr Restenergie, als ich je zuvor gespürt habe. Die bloße Anwesenheit hier stärkt mich bereits.«

Holger hielt Spaes Bemerkung für keine gute Nachricht. »Vielleicht können Sie diese Energie irgendwie nutzen, um unsere Tarnung aufrechtzuerhalten.«

»Wen interessiert unsere Tarnung?«

»Mich, Doktor. Und die Abteilung wird sie auch interessieren. Wir haben die Aufgabe zu verschleiern, was hier vorgefallen ist, bis wir mehr darüber wissen, was eigentlich vorgeht. Dazu werden wir besser in der Lage sein, wenn wir unsere Tarnung aufrechterhalten. Yamana wird uns bald fragen, ob irgend etwas aus der verdammten Ausstellung fehlt. *Ich* habe jedenfalls keine Ahnung. Wenn wir auffliegen, wird man uns den weiteren Zugang mit Sicherheit versagen.«

Sie schwieg einen Augenblick. »Es gibt einen Zauber, den ich ausprobieren könnte, aber bisher hatte ich noch nie viel Glück mit ihm. Ohne meine Hilfsmittel kann ich nicht viel versprechen.«

»Alles könnte helfen.«

»Also gut.«

Sie verbrachte vielleicht eine Minute im Zustand der Meditation und stimmte dann einen leisen Singsang auf Lateinisch an. Holger wartete: enttäuscht, unglücklich und mit einem Gefühl starken Unbehagens. Da er etwas suchte, um sich von Spaes Bemühungen abzulenken, ging er zur Tür. Von dort aus konnte er Spae falls nötig warnen, wenn Yamana oder die Polizisten kamen. Spae stellte ihren Singsang nach drei Minuten ein, blieb aber leicht schwankend stehen. Weitere drei Minuten vergingen, bis sie ihn ansprach.

»Es ist wunderbar. Ich habe Auren noch nie zuvor so klar gesehen.«

Holger wollte nichts davon hören. »Was haben Sie erfahren?«

Sie lächelte nachsichtig. »Ich glaube nicht, daß irgend etwas fehlt, aber der Aura mehrerer Artefakte haftet etwas Seltsames an. Eine Art Frische. So etwas habe ich noch nie zuvor erlebt.«

Sie plapperte noch mehrere Minuten lang über Auren und Energien, bevor er ihr bedeutete zu schweigen. Die Polizisten kehrten zurück, und zwar mit der Nachricht, daß sich außer ihnen niemand im Gebäude aufhielt.

»Die Leiche, das muß der Nachtwächter sein«, sagte einer der Cops.

»Wir brauchen das Labor, um das mit Sicherheit sagen zu können«, prophezeite Willis.

Holger bezweifelte die Aussage des Polizisten. Da er sich die Personalakten einschließlich der körperlichen Charakteristika des Burschen von der ersten Schicht angesehen hatte, wußte er, daß die Leiche mindestens zehn Zentimeter zu klein war. Das war eine viel größere Schrumpfung, als der Vorgang des Verbrennens bewirkt haben konnte.

Wo war also Mister John Reddy? Beim ersten Anzeichen von Magie geflohen, wenn er auch nur einen Funken Verstand hatte.

*

»Hi, Mom, ich bin wieder da.«

Marianne Reddy kam aus der Küche und war vorübergehend ganz verblüfft, daß John nicht allein war. »Wen hast du denn da bei dir?«

»Oh. Das ist König Arthur. Eine verrückte Zauberin hat ihn gerade aus dem Nichts beschworen, und da er neu in der Stadt ist, braucht er eine Bleibe. Ich habe ihm gesagt, du hättest nichts dagegen.«

»Überhaupt nichts«, sagte sie lächelnd. »Es freut mich immer, Freunde von dir kennenzulernen, und es ist ganz reizend, ausländische Gäste zu haben. Tragen die Männer in Ihrem Land Kleider, Mr. Arthur?«

Arthur funkelte sie an.

»Es ist eine Robe, Mom. Wir haben sie aus dem Museum gestohlen.«

Weder Arthurs finstere Miene noch Johns Eingeständnis eines Diebstahls hatten irgendwelche Auswirkungen auf ihre überschwengliche Stimmung. »Ich verstehe. Du meine Güte, was ist denn das in seiner Hand?«

»Das ist ein Schwert, Mom. Das haben wir auch aus dem Museum mitgenommen.«

»Wie nett.«

Irgendwo hinter John eröffnete jemand das Feuer. Kleine schwarze Löcher überzogen den Leib seiner Mutter. Ein Feuerball fauchte über Johns Schulter hinweg und hüllte sie in ein flammendes Inferno. Marianne Reddy lächelte unentwegt, und ihr Grinsen war ebenso erstarrt und albern wie Johns Phantasie. Die Szene löste sich auf, was John zwang, wieder in die kühle Dunkelheit der Gasse zurückzukehren, die der kommerziellen Meile von WoGe 3 als Anlieferungsrampe diente.

Keine gute Idee, John.

Jetzt tauchst du auf. Und nicht so laut, ja? Die Leute werden dich hören.

Geh nicht nach Hause, John. Dort ist es nicht sicher.

Wohin soll ich denn sonst gehen?

Irgendwohin. Sie wissen jetzt über dich Bescheid. Sie wissen jetzt, wo sie suchen müssen.

Vielleicht war es wirklich nicht so schlau, nach Hause zu gehen. Ziemlich viele Leute schienen ihn zu kennen, während er überhaupt keine Ahnung hatte, wer diese Leute waren. Bennett zum einen. Diese beiden Kerle, die behauptet hatten, vom FBI zu sein, zum anderen. Würden sie ihn bei sich zu Hause nicht zuallererst suchen?

Sein Verstand schaltete auf Wiederholung. Schreie und Schüsse. Umherhuschende Boggles. Magische Feuerbälle wie ein Krieg mit Feuerwerkskörpern. Ganz toll in einem Video oder Spiel, aber nichts, was man zu seiner Mutter nach Hause bringen wollte.

Die ›Bundesagenten‹ waren eindeutig zur Gewalt fähig. Bennett ebenfalls. Wer wußte schon, wozu diese verrückte Nym fähig war? Jedenfalls konnte sie mit Sicherheit Zauber wirken.

Sie ist noch immer da, John.

Ja? Woher weißt du das?

Vertrau mir.

Dann mußte sie Bennett besiegt haben. Und die Bundesagenten auch.

Es ist noch nichts entschieden, John. Geh nicht nach Hause.

So viel Magie und so viele Schüsse. Irgendwas muß doch passiert sein?

Es ist auch etwas passiert.

Was?

...

Also schön, dann sagst du's mir eben nicht. Ich glaube ohnehin nicht, daß du es weißt.

Ich weiß, daß du nicht nach Hause gehen darfst.

John betrachtete das Gebäude. Dies war Mitsutomo Keiretsus Benjamin-Harrison-WoGe-Block 3, sein Heim, so lange er zurückdenken konnte. Es war kein schönes Gebäude. Eigentlich war es geradezu häßlich, aber er war dort immer sicher gewesen. Warum sollte sich das ändern?

Schneller Rücklauf. Abspielen. Schüsse! Strahlendes Licht! Schattenhafte Absonderlichkeit, die sich in sein Blickfeld schlich. Ein nackter Mann mit einem Schwert.

Er wußte, warum er nicht nach Hause konnte. Wenn er nicht da war, hatten sie auch keinen Grund, da zu sein. Wenn er sein Zuhause mied, würden sie, wer ›sie‹ auch waren, seine Mutter vielleicht in Ruhe lassen.

Trotzdem, Mitsutomo Keiretsu war eine bedeutende Macht auf der Welt. Niemand, der bei Verstand war, würde sich Mitsutomo Keiretsu zum Feind machen wollen, indem er Gewalt in ein Gebäude des Konzerns trug. Vielleicht würde er dort trotz allem in Sicherheit sein. Andererseits war mindestens eine der Personen, die John in den letzten Stunden kennengelernt hatte, eben nicht bei Verstand. Sein Blick irrte zu Arthur, der mit dem Schwert in der Hand in der Dunkelheit kauerte. Vielleicht sogar zwei.

Er dachte an das, was er gesehen hatte. Oder zu sehen geglaubt hatte. Wenn er sich all das nur einbildete, war nur eine einzige verrückte Person in die Sache verwickelt. Er selbst. Dr. Block würde das gefallen. Es würde mehr Beschäftigung für ihn bedeuten.

Alle seine Sinne sagten, daß es real war. Seine Finger und Zehen fühlten sich wie Eiszapfen an, und der Beton der WoGe war kalt, rauh und kratzig unter seiner Wange, da er sich an die Wand gelehnt hatte. Der Lärm des Verkehrs auf der Route 190 summte in seinen Ohren. Alles real.

Der Mann neben ihm, der in seiner vergammelten alten Robe zitterte. Das Funkeln von Licht, das über die Schwertklinge zuckte, als der Mann sich bei seiner aufmerksamen Betrachtung der Umgebung umdrehte. Das Rascheln des Samts, wenn der Mann sich bewegte. Der Geruch seines Schweißes. Alles real.

»Sind Sie wirklich König Arthur?«

»Ich heiße Artus«, sagte er, ohne John anzusehen.

»Wie in den Büchern von Mary Stewart?«

Diesmal sah der Mann ihn an. Seine Mundwinkel waren zurückgezogen. »Nicht Ar-tur, Ar-tus«, sagte er in einem Tonfall, der gewöhnlich für kleine Kinder und komplette Idioten reserviert war.

»Klar. Artus.«

Das schien ihn zufriedenzustellen, und er richtete seine Aufmerksamkeit wieder auf die Nacht.

Artus, nicht Arthur. Also lief John nicht mit einem halbnackten schwertschwingenden König Arthur um die WoGe. Er lief mit einem halbnackten schwertschwingenden Burschen namens Artus herum, der vehement darauf bestand, nicht Arthur zu sein. Sich mit einem schwertschwingenden Rohling zu verstecken, hatte weitaus weniger, als dasselbe mit dem wiedererweckten König Arthur zu tun.

Ohne Warnung sprang Artus vor, das Schwert hoch erhoben, und schrie: »Stirb, Goblin!« John, dessen rechter Fuß auf einer Falte von Artus' Robe stand, verlor das Gleichgewicht. Er landete auf dem Hintern und schürfte sich dabei den Kopf an der Betonwand auf. Als er keine Sterne mehr sah und wieder auf den Füßen stand, wälzte Artus sich mit jemandem auf dem Boden. Licht funkelte rings um sie, Schneeflocken, die von einem Wirbelwind erfaßt wurden.

John taumelte auf sie zu. Das Schwert war nirgendwo zu sehen, und Artus hatte die Hände um den Hals des anderen gelegt. Er schien die Absicht zu haben, den Fremden zu erwürgen.

Bennett hatte gesagt, daß dieser Bursche ein Mörder war.

Das um sich schlagende Paar bewegte sich, und Licht von der Plaza fiel auf das Gesicht der Person, die Artus zu erwürgen versuchte. Es war Mülltonnen-Harry!

»Lassen Sie ihn los!« rief John. »Der Bursche ist nur ein Hausmeister!«

Artus hörte nicht auf ihn.

John warf sich auf Artus' Rücken, fuhr mit den Armen unter seinen Achselhöhlen hindurch und riß die Hände hoch. Er verschränkte die Finger im Nakken des Verrückten und drückte mit aller Kraft zu. Der Mann auf dem Boden wehrte sich und schlug um sich, bis es den beiden mit vereinten Kräften gelang, Artus' Griff zu brechen. Mülltonnen-Harry rappelte sich mühsam auf. Als Artus aufhörte, sich zu wehren, ließ John ihn los und erhob sich zittrig. Artus funkelte sie beide an.

Zufrieden, daß der Irrsinn des Mannes sich zumindest vorübergehend gelegt hatte, warf John einen

Blick über die Schulter. »Alles okay, Müll… äh… Harry?«

»Hab schon Schlimmeres erlebt.« Mülltonnen-Harry massierte sich die Kehle und funkelte Artus giftig an.

»Er hat versucht, mich umzubringen«, sagte Mülltonne.

»Ja«, gab Artus ihm recht. »Ihn umbringen. Ist ganz heimtückisch. Jetzt umbringen ist leichter.«

John trat zwischen sie. »Niemand bringt hier irgendwen um.«

»Dummkopf«, sagte Artus angewidert.

»Vielleicht«, sagte John. Völlig korrekt, dachte er. »Aber ich kann nicht hier stehen und zulassen, daß Sie diesen Mann kaltblütig ermorden.«

»Du kannst.«

»Nein! Hören Sie, ich bin diesem Burschen was schuldig.«

»Er dir geholfen?« Artus klang ungläubig.

»Ja. Und Sie werden ihn nicht umbringen.«

Artus starrte John fast eine Minute lang in die Augen. John spürte die Willenskraft des Mannes und ahnte, daß er seinem Blick nicht lange standhalten konnte. Doch irgend etwas ließ Artus stocken. Nach einem peinlichen Augenblick wandte Artus sich ab und fing an, den Schutt in der Gasse zu durchwühlen.

Wahrscheinlich suchte er das verdammte Schwert.

Mit Sicherheit. Aber er wird es nicht finden.

Braves Mädchen.

»Danke, John.« Auf Mülltonnes häßlichem Gesicht lag ein Ausdruck, bei dem es sich um Dankbarkeit handeln mußte. »Jetzt kann ich dir helfen.«

»Was bringt Sie auf den Gedanken, ich könnte Hilfe brauchen?«

Mülltonnes Gesicht legte sich in Falten. Er dachte angestrengt nach. Schließlich sagte er: »Im Museum hat es einen Todesfall gegeben.«

Johns Kehle wurde trocken. »Wer ist es?«

»Keine Ahnung. Aber ich weiß, daß das schlecht für dich ist.«

Geh nicht nach Hause, John.

Ein Polizeiwagen mit eingeschaltetem Blaulicht fuhr an der Gasseneinmündung vorbei. Harry drückte John an die Mauer. Der Wagen tauchte noch einmal auf, als er die Straße rings um die Plaza umrundete und vor dem Eingang des Wohntrakts anhielt. Mit dem Gestank von Mülltonnen-Harry in der Nase beobachtete John, wie die Beamten ausstiegen und das Gebäude betraten. Artus, der seine Suche nach dem Schwert eingestellt hatte, stand wie angewurzelt da und starrte das blinkende Blaulicht mit geweiteten Augen an.

»Sie suchen dich«, sagte Mülltonne zu John.

»Woher wissen Sie das? Das können Sie gar nicht wissen.« John empfand so etwas wie Panik. Er wollte glauben, daß das Eintreffen des Polizeiwagens reiner Zufall war, aber das konnte er nicht. Nicht nach allem, was im Museum vorgefallen war.

»Wir müssen gehen«, sagte Mülltonne. »Komm mit. Ich weiß einen Platz.«

Geh mit ihm, John.

John wehrte sich gegen den Zug an seinem Arm. »Was ist mit Artus?«

Mülltonne spie aus. »Wir brauchen ihn nicht. Komm mit. Wir müssen gehen.«

»Wir können Artus nicht zurücklassen.«

»Wir können.«

»Jetzt hören Sie sich an wie er.« John schüttelte Mülltonnes Hand ab und ging zu Artus. »Sie suchen uns.«

Ohne den Blick von dem Wagen abzuwenden, fragte Artus: »Gegen sie kämpfen?«

»Sind Sie verrückt?«

Artus schüttelte den Kopf.

Ja, klar. »Kommen Sie mit.«

Mülltonnen-Harry führte sie von der WoGe fort.

*

Das Summen ihrer Konsole weckte Pamela Martinez. Die Bürofenster zeigten ihr, daß der Himmel sich aufhellte. Wenigstens hatte sie ein paar Stunden Schlaf bekommen. Sie schaute nach, woher der Anruf kam. Gut. Sie hatte noch Zeit, ihr Make-up in Ordnung zu bringen und sich zu vergewissern, daß sie präsentabel aussah, bevor sie der Sicherheit die Freigabe erteilte. Es würde sich für sie nicht ziemen, so auszusehen, als habe sie auf ihrem Stuhl geschlafen, auch wenn genau dies der Fall war.

McAlisters nächtliche Botschaft war schlicht und einfach das Codewort gewesen, das anzeigte, daß Sörli eine Aktion gestartet hatte. Irgendwann hatte der merkwürdige kleine Mann seinen Stab von der bevorstehenden Aktion informiert, doch die Truppe war zu rasch danach aufgebrochen, zu rasch für McAlister, um mehr zu tun, als das vorher vereinbarte Codewort zu senden. Da sie nicht wußte, wie lange die Aktion dauern würde, war sie sofort in ihr Büro zurückgekehrt, um auf die Resultate zu warten.

Sie wollte präsent sein, wenn Sörli zurückkehrte.

Jetzt zeigte ihre Konsole an, daß Sörli versucht hatte, Verbindung mit ihr aufzunehmen, und informiert worden war, daß sie sich in ihrem Büro befand. Der Anruf kam vom Hubschrauberlandeplatz auf dem Dach von Gebäude Drei. Zeit genug, sich zurechtzumachen.

Sie war gekämmt und saß hinter ihrem Schreibtisch, als sich die Tür des äußeren Büros öffnete und den Blick auf eine Handvoll Männer mit engsitzenden Kapuzen und dunkler wattierter Kleidung freigab, die mit merkwürdigen Ausbuchtungen rätselhafter Bedeutung bestückt war. Ein Teil ihrer Ausrüstung, erkannte sie. Pamela wußte sehr genau, wie automatische Gewehre militärischer Herkunft aussahen. McAlister stand bei den anderen Männern, was das Ausbleiben neuer Informationen erklärte. Sörli mußte ihren Informanten die ganze Zeit über in seiner unmittelbaren Nähe behalten haben.

Sörli war genauso gekleidet wie seine Leute, aber er hatte die Kapuze abgestreift, die als zerknautschter Wulst um seinen Hals lag. Das Ende seines Barts steckte immer noch darin. Dunkle Ringe umgaben seine Augen wie die Maske eines Waschbären, und er sah noch grimmiger aus als sonst.

Er stapfte zu ihrem Schreibtisch und zog einen Beutel aus Metallfasern aus dem in seine Weste eingearbeiteten Harnisch. Ohne ein Wort drehte er den Beutel um und ließ einen Gegenstand auf den Schreibtisch fallen, der etwas größer als ein Softball war. Das Ding rollte darauf herum, bis es gegen ihren zweiten Monitor stieß und liegen blieb. Die Galle stieg in ihr hoch, als sie sah, daß es sich bei dem Gegenstand um einen abgetrennten Kopf handelte.

Kalte blinde Augen starrten sie aus der scheußlichen Parodie eines menschlichen Gesichts an. Aber es war nicht menschlich. Wenngleich er von der Größe her zum Körper eines Kindes gepaßt hätte, war es doch kein Kinderkopf. Die Haut wirkte runzlig und hatte eine seltsame graue Farbe. Der Mund war in halb geöffneter Stellung zu einem Grinsen erstarrt, das Zähne zeigte. Und was für Zähne! Gelbe Hauer, fleckig und schartig von unvorstellbaren Mahlzeiten.

»Was ist das?« Ihre Stimme klang selbst in ihren eigenen Ohren schwach, so daß sich zum Schock noch Verlegenheit gesellte.

»Sie haben einen Beweis verlangt.«

Er legte den Beutel auf ihren Schreibtisch, wandte

sich ab und ging zur Tür. Er war bereits halb hindurch, bevor sie ihre nächste Frage stammeln konnte.

»Was ist passiert?«

»Wir sind zu spät gekommen. Sie erhalten in Kürze meinen Bericht«, sagte er, ohne innezuhalten.

Die Tür schloß sich und sperrte sie mit seinem gräßlichen Geschenk ein.

Sie schaltete ihre Konsole aus, um sich vor jeglicher Störung zu schützen, und betrachtete den furchtbaren Goblinkopf in benommener Ehrfurcht. Draußen wurde das Licht heller, was es ihr gestattete, das entsetzliche fleischgewordene Antlitz der Magie eingehender zu betrachten. So sehr sie sich auch wünschte, es möge eine Fälschung sein, es war doch viel zu real, um irgendeine Maske mit dem Ziel zu sein, sie zu täuschen. Die Anwesenheit des Kopfes lähmte sie.

Als das morgendliche Sonnenlicht über ihren Schreibtisch kroch, setzte vor ihren Augen eine Verwandlung ein. Kaum fiel das Licht auf den Kopf, als er sich veränderte und sich seine natürliche – nein! unnatürliche – Gesichtsfarbe langsam kreideweiß färbte. Fettige Haare, pockennarbige Haut, dunkel gefleckte Zähne – alles – wurde einförmig stumpf und blaß. Der Kopf hätte ebensogut eine abstoßende Skulptur aus Asche sein können, frisch aus den Händen eines irrsinnigen Bildhauers, der zu viel Zeit bei den Post-Frouditen verbracht hatte.

Irgendwie sah der Kopf jetzt mit seinem neuen Erscheinungsbild sicherer aus, weniger bedrohlich. Sie streckte einen Finger aus, um ihn zu berühren. Ihr Finger streifte die Wange, und für einen kurzen Augenblick spürte sie ihn, real und stofflich, unter ihrer Haut, bevor er zu einem Haufen aus Asche und Staub zerfiel.

Ihr Tidibot kam unter ihrem Schreibtisch hervor und begann damit, den Staub aufzusaugen. Sein winziger

Motor jaulte protestierend ob der Ladung. Die kleine Maschine mußte den Vorgang ein paarmal wiederholen, um alles abzusaugen. Ihr Zweck bestand darin, Schreibtische sauberzuhalten. Für derartige Staubmengen war er nicht gebaut.

Pamela beobachtete den Kampf des Tidibots und wußte, daß ihr eigener gerade erst begonnen hatte.

Teil 2

NICHT VOM GLEICHEN STAND

Kapitel 11

Die Polizei rechnete damit, daß das Museumspersonal mindestens zwei Tage benötigen würde, um die Bestandsaufnahme des Schadens zu vervollständigen. Holger ließ diese Zeit nicht ungenutzt verstreichen. Er brachte sich und Spae in einem Hotel im Süden der Stadt unter und verbot Spae, irgend etwas zu tun, bevor er nicht alle Zimmer der Suite überprüft hatte. Nachdem er sich vergewissert hatte, daß sie sauber waren, ergriff er seine Gegenmaßnahmen. Als er davon überzeugt war, daß ihre Operationsbasis vor Observierung einigermaßen sicher war, zog er sich in sein Zimmer zurück. Die Sachen, die sie im Wohnzimmer aufbauen wollte, machten ihn nervös. Er ließ sie damit allein.

Als er sich schließlich in den Polizeicomputer von Worcester einloggte, hatte Holger alle erforderlichen Dokumente, um sich als Mitglied der EG-Kommission für Antiquitäten auszuweisen, darunter auch ein hochoffiziell aussehender diplomatischer Antrag, die örtliche Polizei möge mit ihm zusammenarbeiten, indem sie ihm den Zugang zu ihren Untersuchungsergebnissen gewähre. Er präsentierte der Sysop diese Anfrage, und nach einer minimalen Verzögerung gewährte sie ihm Zugang zu allen Dateien, die mit der Untersuchung zu tun hatten.

Das Inventar war da, also öffnete er es. Wie Spae bereits angedeutet hatte, waren zwar einige Artefakte aus der Romano-britischen Ausstellung beschädigt worden, aber keines fehlte. Holger war nicht sicher, wie er deswegen empfand. Es gefiel ihm nicht, daß Spaes mit magischen Mitteln erworbene Informationen sich als richtig erwiesen. Magie gehörte nicht in eine möglicherweise chaotische, aber zumindest rationale Welt. Gleichzeitig sollte er mit Spae zusammenarbeiten, und Partner sollten mit den jeweiligen Fähigkeiten des anderen vertraut sein. Sie hatte demonstriert, daß sie in einem Teilbereich ihres Spezialgebiets kompetent war. Doch wie sollte er Vertrauen in solch eine seltsame Fähigkeit haben?

Als fehlend ausgewiesen waren lediglich eine Robe und die Nachbildung eines Schwerts, das in das Demonstrationsprogramm des Museums gehörte. Ein Jammer, daß nichts Wichtiges fehlte. Die Natur solch eines Gegenstands hätte vielleicht Rückschlüsse auf das Wesen der Delinquenten erlaubt. Und gestohlene Gegenstände waren reale, physikalische Dinge, die man verfolgen und aufspüren konnte.

Holger wechselte auf Sergeant Willis' vorläufigen Bericht. Die fehlenden Gegenstände wurden nicht erwähnt. Holger fand sie jedoch als fehlend aufgeführt, als er sich frühere Berichte über kleine Diebstähle im Museum ansah. Merkwürdig. Der Nachtwächter – ein gewisser John Reddy, ein Universitätsstudent – war offiziell als vermißt gemeldet. Ein Streifenwagen, den man zu der WoGe geschickt hatte, wo er mit seiner Mutter wohnte, meldete, daß er in der Nacht des Vorfalls nicht nach Hause zurückgekehrt war. Mrs. Reddy war aufgefordert worden, die Polizei anzurufen, sollte sie etwas von ihm hören, aber bisher war noch kein derartiger Anruf eingegangen. Willis spekulicrte, daß die verkohlte Leiche Reddys sein mochte, wies aber darauf hin, daß eine anfängliche Untersuchung der Leiche zu keinem Ergebnis geführt habe, da bisher die Mittel für einen DNS-Vergleich noch nicht bewilligt worden seien. Willis nannte keinen Grund für den Tod des Wachmanns und die Schießerei im Austellungssaal. Die Polizei stand ganz offensichtlich vor einem Rätsel.

Das galt auch für Holger. Mittlerweile hätte die Polizei anhand eines simplen Datenvergleichs längst erkennen müssen, daß es sich bei der Leiche nicht um John Reddy handeln konnte. Warum hatten sie es dann offensichtlich nicht erkannt?

Holger loggte sich aus dem Polizeisystem aus und rief das Museum an. Sobald er sich mit seiner Kommissions-Identität ausgewiesen hatte, wurde er höflich und prompt bedient. Die Personalchefin persönlich schickte ihm die Dateien aller Personen, die am Tag des Vorfalls im Museum gearbeitet hatten. Holger war nur an einer interessiert. Er öffnete Reddys kleine Datei, rief die biografischen Daten auf und sah augenblicklich, daß etwas verändert worden war. Reddys Größe und Gewicht stimmten nicht mehr mit den Werten von vor zwei Tagen überein.

Jemand gab sich alle Mühe, den Anschein zu erwecken, daß es sich bei der Leiche um Reddy handelte.

*

Das Wäldchen hinter der Schule war nicht groß, aber es war alles, was Kari hatte. Dorthin ging sie immer, wenn sie allein sein und sich von allem entfernen wollte, was ihr nicht gefiel, und dann tat sie immer so, als sei die ganze Welt ein Wald und sie dessen Förster. Heute war einer dieser Tage, an denen sie den Frieden ihres sicheren Waldes wirklich brauchte. Sie ging zu ihrem Lieblingsplätzchen und versuchte dabei nicht an die vielen schrecklichen Dinge zu denken, die außerhalb ihres Waldes geschahen.

Kaum hatte sie es sich in der Senke neben dem umgestürzten Baum gemütlich gemacht, als ihr auch schon klar wurde, daß dies kein gewöhnlicher Tag in ihrem Wäldchen war. Es war nicht unbedingt so, daß etwas nicht stimmte, aber es war doch etwas anders als sonst. Vielleicht waren die Vögel zu still oder nicht still genug. Jedenfalls war etwas anders.

Sie saß ganz still da und lauschte. Sie glaubte, wenn sie sehr leise war, würde sie hören, was verändert war. Ihre Blicke strichen forschend über Büsche und Bäume.

Langsam regte sich in ihr der Verdacht, daß sie heute nicht allein in ihrem Wäldchen war.

Sie verspürte jenes Kribbeln, daß sich bei ihr immer einstellte, wenn Kevin Luckner sie anstarrte und dabei glaubte, sie wisse es nicht. Sie wandte den Kopf, aber nicht ganz herum. Sie wußte, wie man das machte. Das tat sie immer, wenn sie das Kribbeln verspürte. Dann wandte sie den Kopf gerade so weit, daß sie Kevin sehen konnte, wie er sie beobachtete, aber nicht so weit, daß er wußte, daß sie es bemerkt hatte.

Irgend jemand – oder etwas – war da. Nicht Kevin Luckner, doch sie wußte nicht, wer oder was es war. Sie drehte den Kopf noch ein wenig weiter, und ihr Beobachter wich ihrem Blick wachsam aus. Sie konnte lediglich eine weiße Gestalt zwischen den Bäumen erkennen.

Sie wußte, daß sie eigentlich hätte Angst haben müssen, aber sie hatte keine.

»Hallo?«

Der Beobachter antwortete ihr nicht. Aber er verschwand auch nicht. Sehr, sehr langsam drehte sie sich weiter um.

Es war ein Tier. Es sah aus wie ein Pony, gehörte aber keiner Rasse an, die sie je in ihren Videos gesehen hatte. Das lange, spiralförmig gewundene Horn auf seiner Stirn bemerkte sie erst, als das Tier hinter dem umgestürzten Baum hervorkam.

Es konnte kein Einhorn sein. Die gab es nur im Märchen.

Mit eleganten, beinahe zögernden Schritten kam das Tier, das kein Einhorn sein konnte, zu ihr und knickte in den Vorderhufen ein, bis es neben ihr kniete. Sie roch seine warme Ausdünstung, als es den Hals zu ihr ausstreckte. Sein Kopf war schwer, als es das Kinn auf ihren Schoß legte. Trotz der Jeans fühlte sich sein Atem heiß und feucht auf ihrem Oberschenkel an. Sie strich über seine Mähne und war erstaunt, wie weich und seidig sie sich anfühlte. Voller Angst, sie könne dadurch die Illusion durchbrechen, streckte sie die Hand aus und berührte das Horn des Tiers. Hart, rauh und sehr, sehr stofflich.

Es war wirklich!

Sie vergrub den Kopf in der Nackenhöhlung des Einhorns und weinte vor Freude.

*

»Ihrem Bericht mangelt es an Einzelheiten, Mr. Sörli.« Pamela Martinez wedelte mit dem Bericht vor seiner Nase herum. Sie war nicht zufrieden, und es machte ihr nichts aus, ihren Ärger zu zeigen. »Angesichts der Tatsache, daß Sie für seine Abfassung eine Woche Zeit hatten, hatte ich eigentlich etwas mehr erwartet.«

»Manche Dinge sollten nicht schriftlich niedergelegt werden«, erwiderte er verbindlich.

»Wie zum Beispiel die Tatsache, daß Sie für den Tod von William Tobias verantwortlich sind?«

»Sein Tod war sehr unglücklich.«

»Er war vor allem unnötig.«

»Unglücklich«, erwiderte Sörli mit Nachdruck. »Es gibt keinen Grund, die Wahrheit aufzuzeichnen, wo jeder sie lesen und von unseren Untersuchungen erfahren kann. Soll der Bericht ruhig zeigen, daß sein

Tod das Ergebnis eines Industrieunfalls war und die Leiche so stark verstümmelt wurde, daß eine Abschiedszeremonie bei geöffnetem Sarg unmöglich ist. Niemand wird derartige Aussagen bezweifeln. Nehmen Sie morgen an der Beerdigung teil?«

Sie ignorierte seine Frage. »Sie haben diese Lüge ohne meine Erlaubnis verbreitet.«

»Er ist ehrenhaft und im Dienst gestorben. Seine Familie hat die vollen Zuwendungen verdient. Ohne die Lüge würde Ihr großzügiger Mitsutomo-Konzern der Familie die Zuwendungen vorenthalten.«

Richtig, Angestellte, die bei der Verfolgung illegaler Aktivitäten den Tod fanden oder Verletzungen erlitten, wurden aus der Keiretsu-Familie ausgestoßen. Dennoch fügte sie hinzu: »Darum geht es nicht.«

Auch darauf hatte Sörli eine Antwort parat. »Ich habe in Übereinstimmung mit Ihrer Anweisung gehandelt, die wahren Hintergründe unserer Unternehmungen zu verschleiern.«

Zum Teufel mit ihm! Eine gewisse Logik konnte sie seiner Handlungsweise tatsächlich nicht absprechen, wenn auch nur im Hinblick darauf, die eigenen Spuren zu verwischen. Dennoch wollte sie sehen, wie er sich deswegen wand. Er hatte es verdient, sich zu winden. »Ein guter Mann ist gestorben, und Sie haben nichts erreicht.«

»Oh, nicht nichts.« Er verschränkte gelassen die Arme. »Sie haben zwar keinen Kopf an Ihrer Wand hängen, aber ich glaube, daß Sie jetzt keinen Zweifel mehr an der Existenz der Anderswelt haben. Das ist nicht nur wünschenswert, sondern notwendig. Die Einsätze haben sich erhöht, und unsere Aufgabe ist schwieriger geworden.«

»Ich bin nicht in der Stimmung für Ihre Rätsel.« Und auch nicht für seine Manipulationen. Aber er hatte recht, sie glaubte tatsächlich an die Anderswelt. Gott helfe ihr. Er wußte mehr über diese Materie als sie. Sie brauchte ihn immer noch, aber sie wollte verdammt sein, wenn sie ihn glauben ließ, er habe das Kommando. »Ich bin nicht zufrieden mit den Resultaten, die Sie vorzuweisen haben.«

»Ich auch nicht«, unterbrach er sie.

»Sie haben einen Angehörigen Mitsutomos mit diesen Ereignissen in Verbindung gebracht, aber Ihr Bericht enthält auch in dieser Beziehung nichts Substantielles. Noch mehr, was am besten nicht schriftlich niedergelegt wird?«

»Vorläufig nicht. Ich habe mich vergewissert, daß John Reddy vor dem Einbruch in das Museum mindestens einmal von einem Agenten der Anderswelt kontaktiert wurde, der unter dem Namen Bennett aktiv ist. Wahrscheinlich war seine Anwesenheit in jener Nacht im Museum arrangiert. Dieser Vorfall und sein anschließendes Verschwinden bestätigen seine Beteiligung. Wir hätten wachsamer sein müssen.«

»Wachsamer?«

»Sein Name stand auf einer unserer Listen mit den Namen möglicher Agenten. Zugegebenermaßen auf einer Liste mit Namen sehr niedriger Priorität. Mit seiner Einschleusung hat der Feind einen Erfolg gegen uns errungen.«

»Und wer ist dieser Feind?«

»Das ist nach wie vor eine offene Frage.«

»Ich will Antworten, keine Fragen.«

»Es gibt noch viel zu tun. Weitere Vorbereitungen müssen getroffen werden. Sie haben meine Anträge für die Bewilligung finanzieller Mittel vorliegen. Stimmen Sie ihnen zu.«

»Und Sie bringen mir die Antworten?«

»Ob sie Ihnen gefallen oder nicht.«

Die Anträge waren alle auf ihrem Monitor aufgelistet. Alle waren vernünftig in ihrer Formulierung, alle sahen legitim aus. Alle waren Euphemismen oder gezielte Lügen. Sie drückte auf die Ausführen-Taste und bewilligte damit die Ausgaben. »Erledigt. Jetzt gehen Sie und erledigen Sie Ihren Job.«

*

Verdammt! Er hatte gedacht, er hätte die Schraube angezogen.

Die Vibrationen von der Arbeit an den anderen mußten sie wieder gelockert haben. Carlos schüttelte den Kopf und machte sich noch einmal an die Arbeit. Sobald er die Batterie festgeschraubt hatte, konnte er unter dem Wagen hervorkommen und zu Abend essen. Ach, waren das noch Zeiten, als Autos noch richtige Motoren anstelle dieser Elektromotoren hatten.

Ein Stück die Straße entlang hörte er ein paar Kinder kichern. Wahrscheinlich lachten sie über ihn. Warum auch nicht? Alle in seiner neuen Wohngegend fanden Carlos ein wenig sonderbar, weil er sein eigener Mechaniker war, aber wo Carlos aufgewachsen war, hatte es in dieser Hinsicht keine Wahl gegeben. Er hatte sich daran gewöhnt. Tatsächlich machte es ihm meistens sogar Spaß.

Aber er hatte sich nicht an die Enge unter diesen Elektroautos gewöhnt. Seine Hand rutschte ab, und er schürfte sich die Knöchel an einer Strebe ab. Als er die Hand wegriß, stieß er sie sich erneut. Verdammt, verdammt, verdammt! Ungeachtet des Schmutzes und der Schmiere sog er an seinen verschrammten Knöcheln.

Gleich über seinem Kopf glitt die Schraube, an der er gearbeitet hatte aus dem Gewinde und fiel mit leisem Klirren neben seinem Kopf auf den Beton. Der Wagen über ihm schaukelte. Verdammte Kinder! Er öffnete den Mund, um sie anzuschreien und ihnen klarzumachen, daß sie verschwinden sollten, hielt aber mit geweiteten Augen inne, als er sah, wie sich die Batterie bewegte und aus ihrer Halterung glitt. Das konnte nicht sein! Er hatte die anderen Schrauben fest angezogen.

Die Kinder lachten immer noch, als die schwere Batterie vollends den Halt verlor und ihm auf den Kopf fiel. Die Schmerzen ließen ihn beinahe sofort in Ohnmacht fallen, doch er klammerte sich an die letzten Funken seines Bewußtseins.

Mit Sicherheit eine Gehirnerschütterung, wenn nicht mehr. Sein Blickfeld wurde grau und verengte sich zusehends. Er mußte unter dem Wagen hervorkriechen und Morena holen. Sie konnte einen Krankenwagen rufen. Er versuchte sich zu bewegen, konnte aber lediglich den Kopf auf die Seite drehen.

Ein Paar winzige nackte Beine lief zwischen den Vorder- und Hinterreifen hin und her. Magere Beine, die in breiten Füßen mit abgespreizten, stark verhornten Zehen endeten.

Halluzinationen. Die Schmerzen verursachten Halluzi…

*

Spaes Kreischen ließ Holger mit gezogener Glock durch das Wohnzimmer eilen. Auf alles vorbereitet, erreichte er die Wand neben der Tür, mußte jedoch feststellen, daß sie lediglich ihren Computerbildschirm anschrie. Er blieb in der Nähe der Tür, außerhalb des Aufnahmebereichs der Kamera, den er im Spiegel auf ihrem Monitor sehen konnte. Holger würde zu erkennen sein, wenn die Leute am anderen Ende das Bild analysieren ließen, aber vermutlich würden sie sich diese Mühe nicht machen, und selbst wenn sie es taten, spielte es wahrscheinlich keine Rolle. Schließlich war er Spaes Sicherheit. Dennoch hielt er es für ratsam, seine Anwesenheit nicht an die große Glocke zu hängen. Sie sprach mit Charles Magnus.

»Das ist zwei Wochen her, verdammt noch mal! Warum bin ich nicht informiert worden?« Spaes Stimme war die pure Empörung.

Magnus' Entgegnung klang übertrieben gelassen. »Wir debattieren immer noch über die Bedeutung der gesammelten Daten. Gewisse Personen wollten Ihnen gar nichts erzählen, aber ich hielt es für das Beste, Sie einzuweihen.«

»Gewisse Perso… Dagastino, möchte ich wetten.«

Von Magnus' Seite der Verbindung kam ein stotterndes Geräusch, und Holger wußte, daß Spae ihren Hauptwidersacher korrekt identifiziert hatte.

»Lassen wir persönliche Dinge aus dem Spiel und halten uns an die vor uns liegenden Aufgaben. Ihre Ansicht hinsichtlich der jüngsten Ereignisse könnte sehr wertvoll sein, aber wenn Sie sich nicht auf das Geschäftliche beschränken, wird man ihr gewiß nicht mit Wohlwollen begegnen.«

»Das Geschäftliche, ja? Also schön. Zum Geschäft. Haben Sie endlich erkannt, daß es eine Verbindung zwischen dem Vorfall hier und der Tatsache gibt, daß Ihnen das Cornwall-Projekt um die Ohren geflogen ist?«

»Das zeitliche Zusammentreffen ist recht vielsagend«, stimmte Magnus säuerlich zu. »Haben Sie etwas Neues erfahren?«

»Ich bin jetzt sicher, daß es eine wichtige Erweckung war. Es waren noch andere Kräfte involviert.«

»Das Team hier ist derselben Ansicht.«

Spae fuhr fort, ihre Verfahrensweisen und deren Ergebnisse im Detail zu schildern. Magnus nickte und murmelte ein paar Worte der Ermunterung, doch Holger sah, wie sein Blick zur Seite irrte, wo sich zweifellos einer oder mehrere Spezialisten zur Stichhaltigkeit von Spaes Verfahrensweisen äußerten. Und zweifellos gehörte auch der antagonistische Dr. Dagastino zu ihnen.

»Und die Identität des Schläfers?«

Spae schnaubte. »Das wissen Sie ebensogut wie ich.«

»Ich *weiß* nichts dergleichen, Doktor. Ich spekuliere lediglich, ebenso wie Sie. Bis wir den Schläfer befragen können, *wissen* wir überhaupt nichts.«

»Das ist Dagastino, der da aus Ihnen spricht. Er *wüßte* nicht mal seinen eigenen Namen, ohne seine Mutter unter Pentatell zu befragen.«

»Wir müssen über derartig kleinlichen Rivalitäten stehen, Doktor. Wenn dieser Schläfer tatsächlich Arthur ist, müssen wir ihn haben.«

»Wenn Sie so erpicht auf ihn sind, schicken Sie mir Unterstützung. Wenn ich nicht alles selbst machen müßte, käme ich viel schneller voran.«

»Offen gesagt, Doktor, angesichts der Größe der Energiefluktuation sind mehrere von uns der Ansicht, daß mehr als ein Schläfer erweckt worden sein kann. Es läßt sich nicht mit Sicherheit sagen, wer Ihr Schläfer ist, aber in Anbetracht Ihres Standorts scheint es unwahrscheinlich, daß er der ist, für den Sie ihn halten. Ohne hieb- und stichfeste Daten müssen wir Ihr Unternehmen in den USA auch weiterhin als nur eines von mehreren wichtigen Unternehmen betrachten. Unsere Mittel sind in unserem Bemühen, alternative Möglichkeiten abzudecken, weitestgehend erschöpft.«

Was bedeutete, daß keine Verstärkung kommen würde.

»Dagastino hat Sie dazu gebracht, ganz Wales und halb England abzusuchen, habe ich recht?«

Magnus ignorierte ihre Bemerkung. »Sie und Mr. Kun werden einstweilen allein weitermachen müssen. Natürlich haben Sie auch weiterhin die volle finanzielle und computertechnische Unterstützung der Abteilung.«

»Dessen bin ich mir ganz sicher.«

»Bringen Sie uns Ihren Schläfer, Doktor.«

»Genau.« Sie unterbrach die Verbindung. Ohne sich umzudrehen, sagte sie: »Wir waren dicht dran, Kun. So verdammt dicht. Und die anderen sind so weit weg, sie haben nicht die geringste Ahnung. Sehen sich nicht mal die Beweise an. Es liegt an uns, Kun. Wir müssen ihn ganz allein finden.«

»Ist es wirklich Arthur?«

»Wer sollte es sonst sein?«

»Warum dann hier? Wir sind hier in Amerika, nicht in England.«

»Ich weiß es nicht.« Sie schüttelte den Kopf, und in diesem Augenblick war ihr Gesicht frei von ihrer üblichen Arroganz. »Ich wünschte, ich wüßte es. Das würde mir vielleicht einen Anhaltspunkt geben, mit dem ich arbeiten könnte.«

»Vielleicht kann er es erklären.«

»Vielleicht, aber das bezweifle ich. Jedenfalls müssen wir ihn zuerst finden, bevor wir ihn fragen können.«

Er wollte nicht, aber er wußte, daß er ganz einfach fragen mußte. »Können Sie ihn magisch aufspüren?«

»Nein. Ich habe nichts von ihm, das ich benutzen könnte.«

»Aus dem Museum würde auch nichts helfen?«

Sie drehte sich mit einem dünnen Lächeln zu ihm um. »Sie wissen mehr über diese Dinge, als Sie zu erkennen geben. Normalerweise könnte man davon ausgehen, daß etwas in der Ausstellung als Schlüssel benutzt wurde, um den Schläfer zu rufen. Das Gesetz der Ansteckung und so weiter. Aber ich habe keine Resonanz zu einer bestimmten Person wahrgenommen.«

»Könnte die Resonanz blockiert worden sein? Sie

sagten, Sie hätten gespürt, daß mehr als nur eine Hand dort Energien geformt hat.«

»Vielleicht.« Sie dachte einen Augenblick nach. »Aber das glaube ich nicht. Ich hatte nicht das Gefühl, es mit einem Block zu tun zu haben. Vielleicht waren die Verbindungen einfach zu alt oder zu schwach für mich, um sie spüren.«

»Also können Sie ihn mit Magie nicht finden.«

»Nein.«

Gut. Sie würden es auf die altmodische Art versuchen müssen. Auf seine Art.

*

Charley Gordon haßte es, wenn sich mitten in der Nacht sein Pieper meldete. Er befahl, das Licht einzuschalten, und zuckte zusammen, als der Computer seinem Befehl geflissentlich nachkam und auf volle Beleuchtung schaltete. »Dunkler«, flehte er, um ihm dann aufzutragen, ihn mit der Person zu verbinden, die ihn sprechen wollte.

»Captain Milton«, informierte ihn die Maschine.

»Charley? Sind Sie das?«

»Ja, Captain.«

»Tut mir leid, daß ich Sie geweckt habe.«

Wetten, daß? Milton hörte sich nicht im geringsten reumütig an. Er klang, als genieße er es. »Was ist los?«

»Der Schlitzer hat wieder zugeschlagen.«

Wie bitte? »Zwei Tage zu früh. Sind Sie sicher, daß wir es nicht mit einem Trittbrettfahrer zu tun haben?«

»Ziemlich.«

»Ich komme sofort.«

»Comm Avenue. Im Park«, sagte der Captain, bevor er auflegte.

Charley verständigte Manny, während er sich anzog. Manny sagte, er werde Charley am Tatort treffen.

Zwei Tage zu früh? Es mußte ein Trittbrettfahrer sein. Der Barrington-Schlitzer fuhr wahrlich auf Timing ab.

Als er am Tatort eintraf und die Leichen sah, brauchte er nicht auf das Urteil der Jungens von der Gerichtsmedizin zu warten, um zu dem Schluß zu kommen, daß dies das Werk des echten Schlitzers war. Nur die Cops wußten, welche Körperteile der Schlitzer mitnahm. Charley fand eine Mülltonne und gab ihr sein Frühstück. Er hätte es besser wissen müssen und nichts essen dürfen.

»Diesmal haben wir einen Zeugen«, sagte Milton zu Charley, nachdem der aufgehört hatte zu kotzen. »Er sagt, er hätte den Mörder gesehen.«

Der Captain klang nicht so, als sei dies der Durchbruch in dem Fall, auf den sie alle gehofft hatten, und nachdem Charley den Zeugen vernommen hatte, wußte er auch, warum. Kein Bezirksstaatsanwalt der Welt würde als Täter eine zweieinhalb Meter große Echse mit Fledermausflügeln akzeptieren.

*

»Ich bin es leid, ständig gestört zu werden«, erklärte Sörli, als er sich auf den Stuhl setzte. »Können Sie sich keine bessere Methode ausdenken, Ihre unablässigen Fragen zu stellen, als ständig diese Pilgerfahrten zu Ihrem Büro von mir zu verlangen?«

Wie Pamela zur Kenntnis nahm, meldeten die Monitore in dem Stuhl, daß Sörli wahrhaftig erregt war und nicht nur eine Schau abzog. Gut. Vielleicht verplapperte er sich.

»Sie kommen, weil ich Sie rufe. Sie arbeiten für mich, wissen Sie noch? Ich will Antworten.«

»Sie haben Antworten«, schnauzte er. »Sie haben sogar Berichte. Wider mein besseres Wissen. Lesen Sie die. Sie enthalten Ihre Antworten. Die Übergriffe aus der Anderswelt haben um vierhundert Prozent zugenommen. Magie ist auf dem Vormarsch. Einstweilen manifestiert sie sich nur an abgelegenen und ursprünglichen Orten, aber wenn sich dieser Trend fortsetzt, werden bald Märchenwesen und Ungeheuer die Städte heimsuchen. Wir stehen vor einer Krise, die sich sehr rasch verschlimmern könnte.«

Zum Teufel mit ihm! Er hatte die Situation ins Gegenteil verkehrt und war in die Offensive gegangen, bevor sie halbwegs hatte loslegen können, und damit schürte er ihre Furcht bis zu einem Punkt, an dem sie ihn fragen mußte: »Was meinen Sie damit?«

»Der Zwischenfall im Woodman-Museum war nur der erste Teil einer zweigeteilten Veränderung des Gleichgewichts. Den ersten Teil kennen Sie, die Erwekkung eines Mannes, der in der Anderswelt lange Zeit in magischer Knechtschaft verbracht hat. Durch seine Befreiung steht den Agenten der Anderswelt jetzt mehr von der Energie zur Verfügung, die sie brauchen, um hier aktiv sein zu können. Die Auswirkungen können Sie den Berichten entnehmen, die Sie so beharrlich anfordern. Diese merkwürdigen Vorkommnisse sind nur ein Vorspiel. So gefährlich diese Übergriffe auch sind, der Mann selbst stellt eine noch viel größere Bedrohung dar.«

»Dieser Mann! Dieser Mann!« Verdammt, sie war erregt und verwirrt. »Seit seiner – wie haben Sie es genannt? – Erweckung ist ein Monat vergangen, und Sie haben immer noch nicht herausbekommen, wer er ist.«

»Das stimmt nicht.«

Bastard. Immer einen Trumpf in der Hinterhand. »Also schön. Und wer *ist* dieser ach so gefährliche Mann?«

»Er heißt Artus.«

»Das ist alles? Nicht einmal ein Familienname? Oder ist das ein Familienname?«

»Nur Artus. Er hat auch andere Namen bekommen, aber keiner wurde mit einer eindeutigen Präferenz benutzt. Früher war er einmal ein Krieger. Auch ein Herrscher. Manche hielten ihn für sehr geschickt in seinem Metier. Es sind sogar Lieder über ihn gesungen worden.«

»Woher wissen Sie das alles?«

»Aus vertraulichen Quellen.«

Reizte er sie absichtlich? »Sie arbeiten für mich, Sie kleiner Bastard. Sie werden mir mitteilen, woher Sie Ihre Informationen beziehen.«

»Im Augenblick arbeite ich für Sie, Ms. Martinez. Da Sie in letzter Zeit mit meiner Arbeit nicht ganz zufrieden zu sein scheinen, habe ich das Gefühl, darauf achten zu müssen, daß meine unabhängigen Aktivposten auch unabhängig bleiben.«

»Mit wem arbeiten Sie noch zusammen?«

»Sie tun mir unrecht. Sie sind der einzige, der mich bezahlt. Aber es ist nicht das Arbeitsverhältnis, was uns verbindet, es ist die Bedrohung durch die Anderswelt. Ich schlage vor, daß Sie über die Informationen nachdenken, die ich Ihnen beschaffe, anstatt sich über ihre Herkunft Gedanken zu machen. Wahrheit bleibt Wahrheit, auch wenn sie von einem gewohnheitsmäßigen Lügner ausgesprochen wird.«

Wie kam es, daß er immer gelassener wurde, je mehr ihr die Kontrolle entglitt? Sie konnte ihn nicht damit durchkommen lassen. Sie zwang sich dazu, sich zurückzulehnen und die Arme auf die Lehnen ihres Stuhls zu legen. Ruhig, sagte sie sich, während sie auf den Knopf drückte, der die Entspannungsroutine in ihrem Stuhl aktivierte. Sie wirkte beinahe sofort, und ihre Stimme klang wieder völlig normal, als sie sagte: »Das Problem mit gewohnheitsmäßigen Lügnern ist, daß man ihnen nie etwas glauben kann.«

»Halten Sie mich für einen gewohnheitsmäßigen Lügner, Ms. Martinez? Benutzen Sie deshalb diesen Stuhl?«

Unter dem Einfluß der Entspannungsroutine fuhr sie nicht zusammen. Ihre Stimme verriet lediglich Neugier. »Sie wissen von dem Stuhl?«

»In der Tat. Ich nehme keinen Anstoß daran, weil er eine vernünftige Vorsichtsmaßnahme darstellt. Es ist nur klug, Vorsichtsmaßnahmen zu treffen.«

»Ist es auch klug, Ihnen zu vertrauen?«

»Mich dürfen Sie das nicht fragen. Ich habe Ihnen noch nie etwas vorgemacht.«

»Noch nicht.«

»Es liegt nicht in meinem Interesse, so etwas zu tun. Wir haben einen gemeinsamen Feind, und wir brauchen einander. Ganz besonders jetzt.«

Eine Woge der Furcht drohte, sie aus ihrem entspannten Zustand zu reißen. Sie unterdrückte sie. Informationen. Sie brauchte Informationen, um die Situation wieder in den Griff zu bekommen. »Warum jetzt? Hat das etwas mit der Krise zu tun, die Sie erwähnt haben?«

»Ja. Mit dem zweiten Teil. In der Vergangenheit ist dieser Artus mit einem magischen Artefakt von beträchtlicher Macht assoziiert worden. Durch die enge Verbindung mit diesem Talisman ist er, sagen wir, abhängig von ihm geworden. Nun, da er frei ist, glaube ich, daß er diesen Talisman suchen wird. Sollte er das tun und ihn tatsächlich finden, wird es eine beträchtliche Zunahme der andersweltlichen Energie in unserer Welt geben. Diese Zunahme würde reichen, um eine radikale Veränderung des Gleichgewichts herbeizuführen. Die Gesellschaft würde auseinanderbrechen, und die Zivilisation, wie wir sie kennen, würde sich in einem neuen dunklen Zeitalter auflösen.«

»Also wollen Sie ihn finden und töten, bevor er seinen Talisman bekommt.«

»Nein. Letzten Endes würde das nichts ändern. Der Talisman ist der Schlüssel. Er muß zerstört werden.«

»Und was geschieht, wenn der Talisman zerstört ist?«

»Die Energien, die durch seinen Besitz verfügbar geworden wären, werden für immer gebunden sein. In diesem Fall hätten wir das Ausmaß der Störung begrenzt und sollten in der Lage sein, mit den gegenwärtigen Auswirkungen fertigzuwerden und den Schaden zu minimieren.«

»Und das ursprüngliche Gleichgewicht wiederherzustellen.«

»Möglicherweise. Ich kann nichts versprechen.«

»Kann ich Ihnen vertrauen, Sörli?«

»Wir arbeiten für dasselbe Ziel, Ms. Martinez. Ich will meine Welt ebensowenig wie Sie von den Wesen beherrscht sehen, die die Anderswelt kontrollieren.«

Wahrheit, sagte der Monitor. Grundsolide Wahrheit.

Pamela würde nicht zulassen, daß ihre Welt durch Magie zerstört wurde.

»Also schön, Mr. Sörli. Tun Sie, was Sie tun müssen. Zerstören Sie diesen Talisman.«

*

Astrid sah mit Erleichterung den matten Lichtpunkt der Notrufsäule. Ihr war klar, daß sie nicht mehr als eine Viertelmeile gelaufen war, aber in der Dunkelheit war es ihr wie eine Ewigkeit erschienen. Ihre hohen Absätze halfen auch nicht gerade. Der Kies am Straßenrand bot mehr Halt als der Schneematsch auf der Straße, war aber doch zu rutschig, um bequem darauf laufen zu können. Nicht zum erstenmal schalt sie sich, weil sie keine vernünftigen Stiefel angezogen hatte. Sie hatte die Wettervorhersage gehört. Sie hätte es besser wissen müssen.

Doch der Wagen hätte eigentlich keinen Plattfuß bekommen dürfen, und dann hätte sie auch nicht um halb zwölf nachts einen verlassenen Highway entlangtrotten müssen.

Neben der Notrufsäule erhob sich ein dunkler, schattenhafter Haufen. Ihr erster Gedanke, als sie ihn sah, war der, daß es sich um irgendeinen Penner oder Alki handeln mußte, der sich wegen der Kälte zusammengekauert hatte. Albernes Mädchen, sagte sie sich. Zuviel Stadtleben. Wahrscheinlich war es nur ein Haufen Müll, der vom Rand des Highways zusammengekehrt worden und hier für die Straßenreinigung zurückgelassen worden war, damit der Laster, der den Müll abtransportierte, ihn leichter fand.

Der Haufen bewegte sich, und sie glaubte, ihr erster Eindruck sei doch richtig gewesen. Dann sah sie die blassen, gekrümmten Finger auf dem Boden. Die Finger eines Toten. Der dunkle Haufen erhob sich und nahm die Gestalt eines ungeschlachten Sumo-Ringers an. Sie blieb wie angewurzelt stehen, plötzlich von einer Kälte erfüllt, die nicht allein auf den Wind zurückzuführen war.

Der Mörder hielt etwas in den Händen, etwas Weiches, Nachgiebiges, etwas, das tropfte. Eine dunkelrote Wachmütze. Der Mörder setzte die Mütze auf, was ihre Aufmerksamkeit auf sein Gesicht lenkte. Dieses Gesicht schien geradewegs aus einem Horrorvideo zu stammen. Er grinste sie heimtückisch an und zeigte dabei Zähne aus dem Alptraum eines Zahnarzts.

»Das ist eine gute Nacht. Zwei für Old Shaggs.«

Sie schrie, aber der Wind zerstob das Geräusch.

Sie fuhr herum und verlor sofort das Gleichgewicht,

als einer ihrer verdammten Absätze von einem Stein abglitt und abbrach. Einen Augenblick später lag sie auf dem Boden. Bevor sie sich aufraffen konnte, spürte sie etwas über sich aufragen. Die Hitze seines Körpers hüllte sie ebenso ein wie sein stinkender Atem. Der Geruch nach verwester organischer Materie und frischem Blut verstopfte ihre Nase.

Eine riesige Hand legte sich auf ihre Schulter und umschloß ihren halben Nacken. Spitze Nägel bohrten sich in ihre Haut. Sie schrie wieder und begann ihren aussichtslosen Kampf.

Der Bastard, der sie erwürgte, fing tatsächlich an zu lachen.

*

Holger sah das Ding, das beschlossen hatte, in der Gasse hinter WoGe 3 zu leben, jede Nacht während seiner Observierung. Er wußte nicht, was es war, aber er erkannte in ihm etwas von jenem anderen Ort, dem Ort, von dem die Ungeheuer kamen. Aus Gewohnheit merkte er sich seine Verhaltensweisen, die Art, wie es sich bewegte, sowie seine Jagdgründe und hatte es schon bald als Aasfresser eingestuft, der sich vom reichhaltigen Müll der WoGe ernährte. Doch er unternahm nichts dagegen. Nicht einmal, als es den Süchtigen tötete, der in sein Revier stolperte. Aasfresser töten auch lebende Beute, wenn dies gefahrlos möglich ist. Es war der Lauf der Natur. Er sah mit professionellem Interesse zu und nahm zur Kenntnis, daß der Lauf der Natur auch auf das Unnatürliche zutraf. Er mischte sich nicht ein. Es ging ihn nichts an.

Er wußte auch von den anderen Observierern, ging ihnen aber aus dem Weg, insbesondere, nachdem er eine vertraute Silhouette neben dem Wagen eines der Observierer hatte stehen sehen: Vadama. *Ihm* aus dem Weg zu gehen, war für gewöhnlich das Sicherste. Holger tat sein Bestes, um seine eigene Observierung unauffälliger zu gestalten.

Doch zwei Wochen der physikalischen und elektronischen Überwachung der WoGe hatten ihn keinen Schritt weitergebracht. Sogar die Beschattung von Marianne Reddy hatte ihn nicht zum vermißten John Reddy geführt. Holger war nicht wirklich überrascht. Der Bursche war nicht mal zu seiner eigenen Beerdigung aufgetaucht. Die Beschattung der Mutter war ein erfolgversprechender Ansatz gewesen. Da John nicht tot war, kam es Holger wahrscheinlich vor, daß er versuchen würde, mit seiner Mutter Kontakt aufzunehmen, sobald sich die Dinge beruhigt hatten. Er schien sich getäuscht zu haben.

Die Spur war kalt. Er überließ sie den Jungens von Mitsutomo.

Holger gab die Observierung der Mutter des Jungen auf und kehrte wieder zum Ausgangspunkt der Suche zurück, wobei er nach Dingen Ausschau hielt, die er vielleicht übersehen hatte, die irgendwie nicht zusammenpaßten. Er nahm sich noch einmal den Mord vor, der sich ein paar Tage vor Johns Verschwinden ereignet hatte. Das Opfer, ein gewisser Emilio Winston, war mehrere Tage lang vermißt gewesen, bevor er im Zusammenhang mit einem Drogendelikt tot aufgefunden worden war. Winston war Student an Johns Universität gewesen. Gab es eine Verbindung?

Holger hackte sich in das Computernetz der Universität.

Winston, das Opfer, hatte zusammen mit John in der Basketballmannschaft der Erstsemester gespielt. Das war eine Verbindung, aber welcher Art? Ein anderer Student, ein Erstsemster namens Trahn, war ungefähr zur selben Zeit wie Winston verschwunden. Holger ging ein paar Dateien durch und fand heraus, daß Trahns psychologisches Profil nicht dem des typischen

Ausreißers entsprach. Trahn hatte eines von Johns Seminaren besucht. Holger ließ ein paar Suchroutinen auf die Dateien los und wartete auf Ergebnisse. Die Expertensysteme machten ihrem Namen keine Ehre: sie fanden nichts.

Vielleicht lag es daran, daß John selbst verschwunden war, daß Holger die beiden anderen Vermißtenfälle mit ihm in Zusammenhang bringen wollte. Vielleicht griff er nur nach Strohhälmen. Jedenfalls machte er für sich persönlich noch einen Streifzug durch die Universitätsakten.

Er begann mit der Campus-Sicherheit, da sie beide Vermißtenfälle untersucht hatte. Trahn war zuletzt am Tag vor Winstons letztem Erscheinen gesehen worden. Nah dran, aber nicht nah genug. Ein Haufen Zeugen, darunter auch John, hatte Trahn in einem Umweltlabor gesehen, aber niemand mehr danach. Der Bursche war noch dort gewesen, nachdem die meisten bereits gegangen waren, aber John hatte ausgesagt, Trahn habe das Labor vor ihm verlassen. Also irgendwann, nachdem Trahn das Labor verlassen hatte! Und vor dem Abendessen, da sein Zimmergenosse ausgesagt hatte, Trahn sei nicht zu ihrer Verabredung zum Abendessen erschienen. Damit blieb ein Fenster von nur einer Stunde oder so.

Winstons Verschwinden war problematischer. Tatsächlich schien er den ganzen Tag nirgendwo aufgetaucht zu sein, bevor er als vermißt gemeldet worden war. Nur sein Zimmergenosse hatte ihn an jenem Tag gesehen. Merkwürdig, da sein psychologisches Profil ihn als geselligen Typ auswies. Andererseits wies ihn das Profil auch nicht als Drogenkonsumenten aus.

Warum war die Polizei dem nicht nachgegangen? Und selbst wenn sie dem nachgegangen wäre, was wäre dabei herausgekommen? Es schien keinerlei Verbindung zwischen den beiden Vermißtenfällen zu geben. Aber das zeitliche Zusammentreffen störte Holger immer noch. Das und die Tatsache, daß in beiden Fällen das Verschwinden nicht zu den Betroffenen paßte.

Er warf sein Netz weiter aus und benutzte eine der Tarnidentitäten der Abteilung, um eine allgemeine Anfrage an den Polizeicomputer zu richten. Als er die Liste der in der Zeit einen Monat vor und einen Monat nach dem Zwischenfall im Museum vermißten Personen durchging, fand er unter den Namen eine weitere Person mit Verbindungen zur Universität. Vier Tage nach dem Zwischenfall im Museum war ein gewisser Harold Black, ein Hausmeister der Universität, als vermißt gemeldet worden. Holger rief den Bericht auf. Black hatte sich am Freitag vor dem Zwischenfall von der Arbeit abgemeldet und war dann am darauffolgenden Montag nicht zur Arbeit erschienen. Zufall? Vielleicht. Der Untersuchungsbeamte hatte festgestellt, daß Black sich am Freitag zuvor krank gemeldet hatte und früher nach Hause gegangen war, um dann in den ersten drei Tagen der darauffolgenden Woche nicht zur Arbeit zu erscheinen. Niemand hatte den Burschen in dieser Zeitspanne gesehen. Und es war eine interessante Zeitspanne. Über Blacks Verbleib war exakt für jene Zeitspanne nichts bekannt, in der Winston den Unsichtbaren gespielt hatte.

Holger gab Black als weitere Zutat in seine Schüssel mit den Suchroutinen ein und rührte in der Erwartung, etwas Neues zu Tage zu fördern. Es stellte sich heraus, daß die Information, Winston habe sich am Tag vor seinem Verschwinden mit einigen unangenehm aussehenden Leuten getroffen, von Black stammte. Sehr interessant. Holger rief Blacks Akte auf. Die Person auf dem Bild war ihm unbekannt, und Holger war sicher, daß er sich an ein derart häßliches Gesicht erinnert haben würde. Er hatte den Burschen noch nie zuvor gesehen.

Die Akte war mehr als dünn. Sein Job war eine AB-Maßnahme, und er wurde erst seit gut einem Jahr von der Universität beschäftigt. Was die Zeit davor betraf, konnte der Universitätscomputer nicht mehr als die grundlegendsten Daten liefern. Holger überprüfte die Referenzen und stellte fest, daß sie gefälscht waren. An und für sich nicht ungewöhnlich, aber unter den gegebenen Umständen vielsagend.

Ohne mit einem Ergebnis zu rechnen, rief er die unter Blacks letzter bekannter Adresse angegebene Nummer an. Zu seiner Überraschung antwortete eine schroffe Stimme.

»Hallo?«

»Spreche ich mit Mr. Harold Black?« fragte Holger in seinem besten Telefonvertreter-Tonfall.

»Ja«, antwortete die Stimme argwöhnisch.

»Mr. Black, unser Computer hat Sie als Gewinner eines wunderbaren Preises ausgewählt. Wenn Sie diesen wunderbaren Preis in Empfang nehmen wollen, brauchen Sie lediglich einige Daten zu bestätigen. Wären Sie dazu bereit?«

»Ich will keinen Preis. Auf Wiederhören.«

Die Leitung war tot, aber Holgers Konsole bestätigte, daß die angewählte Nummer zu der Adresse in Blacks Akte gehörte. Es war eine Adresse aus dem Bezirk Providence des Nordost-Sprawls. Nach allem, was man so hörte, keine sonderlich nette Gegend – aber allem Anschein nach war Mr. Harold Black auch kein sonderlich netter Mensch.

Holger hatte ein paar Fragen für Mr. Harold Black.

*

Jessie wollte nicht aufwachen, tatsächlich fürchtete sie die bloße Vorstellung, aber das Klingeln des Weckers auf der anderen Seite des Zimmers schrillte beharrlich in ihren Ohren. Sie hatte dafür gesorgt, daß er auf der anderen Seite des Zimmers stand, bevor sie – wann? Sie blinzelte zum lärmenden Wecker hinüber – vor vier Stunden ins Bett gekrochen war. Hätte sie ihn in Reichweite ihres Bettes gelassen, hätte sie das verdammte Ding in Stücke gehauen.

Und damit auch ihre letzte Chance, den Abgabetermin doch noch einzuhalten.

In einer gigantischen Willensanstrengung schlug sie das Laken zurück, quälte sich aus dem Bett und durchquerte frierend und mit raschen Schritten das Zimmer.

Stille, gesegnete Stille.

Doch keine Erleichterung. Dafür mußte sie zuerst den Guß anfertigen. Greyshelda Prototypes würde sehr unzufrieden sein, wenn sie das Modell heute nicht lieferte, so unzufrieden, daß die Firma sich auf die Versäumnis-Klausel in ihrem Vertrag berufen würde. Sie wußte, daß das geschehen würde, weil die Firma das bisher jedesmal getan hatte. Aber diesmal konnte sie es sich nicht leisten. Sie brauchte jeden einzelnen Dollar, der ihrem Konto bereits gutgeschrieben worden war. Sie zog sich ihren Morgenmantel über. Wenn sie den Guß jetzt sofort ansetzte, würde das Modell – gerade eben – hart geworden sein, wenn sie bei Greyshelda eintraf.

Das Licht in ihrem Arbeitszimmer brannte noch. Sie konnte sich nicht erinnern, es angelassen zu haben, aber sie hatte auch nicht mehr sonderlich klar denken können, als sie letzte Nacht zusammengeklappt war. Zwei Tage ohne Schlaf brachten einen so weit. Die Tatsache, daß sie mit dem Kopf auf dem Arbeitstisch neben der Mahlzeit aufgewacht war, die sie sich gerade zubereitet hatte, war ein unmißverständlicher Hinweis gewesen, daß sie den Schlaf dringender als die Nahrung brauchte. Nun, da sie etwas vom ersteren bekommen hatte, klang letzteres mehr als reizvoll, auch wenn es das Zapper Instameal sein mußte, das sie sich vor ihrem Zusammenbruch aufgewärmt hatte.

Sie war verärgert, als sie sah, daß die Pappschale leer war. Die einzelnen Fächer waren so sauber, als seien sie ausgeleckt worden. Mit ihrer Ultraschallanlage, die Ungeziefer abhalten sollte, mußte wieder mal etwas nicht in Ordnung sein, wenn die Ratten eingedrungen waren. Dann fiel ihr Blick auf den pyramidenförmigen Stapel Erbsen neben der Pappschale. Ratten taten so etwas nicht.

Hinter den Erbsen befand sich etwas, bei dessen Anblick Jessie die Knie schwach wurden. Sie setzte sich, um nicht hinzufallen, und gaffte. Neben ihrem Teller stand die Gußform, offen, und neben der Gußform stand das fertige Modell, bereits gesäubert und poliert.

Auch so etwas taten Ratten nicht.

*

Pamela drehte ihren zweiten Monitor so, daß McAlister das Bild sehen konnte.

»Können Sie mir sagen, was das ist?«

Er warf einen flüchtigen Blick auf den Bildschirm. »Eines von Sörlis Spielzeugen.«

»Er hat es vor Ihrer Nase und mit dem Geld Mitsutomos gebaut, und Sie sagen mir, daß Sie nicht wissen, was es ist?«

»Keine Ahnung.« Sein Wissensmangel schien ihn nicht aus der Ruhe zu bringen. »Technik ist nicht meine Spezialität.«

»Können Sie es zu einer unserer Forschungsgruppen bringen?«

»Sicher, aber er wird es erfahren.« Der Monitor registrierte Aufregung in McAlister. »Das wird ihm nicht gefallen.«

»Es ist mir egal, ob es ihm gefällt oder nicht.«

»Er wird abspringen.«

Pamela war anderer Ansicht. »Er hat selbst gesagt, daß er sich das im Augenblick nicht leisten kann.«

»Es wird ihm nicht gefallen, daß man ihm sein Spielzeug wegnimmt.«

»Er hat keine Zeit für einen Wutanfall.«

»Sie kennen ihn nicht sehr gut.«

Wer kannte Sörli schon? McAlister hatte enger mit ihm zusammengearbeitet als jeder andere, den Pamela kannte. Hatte sie Sörli in dieser Angelegenheit richtig eingeschätzt?

*

Mike Powers schnalzte mit der Zunge, während er dem Sprecher zuhörte. Gott im Himmel, was war nur aus der Welt geworden? Früher hatte man diesen Müll nur auf den Tratschsendern zu hören bekommen. Drachenmenschen aus dem Weltall! Wer glaubte solchen Schwachsinn?

Er drückte auf die Fernbedienung und schaltete auf den Astrologiekanal um. Shelli Crystal klimperte und tänzelte sich gerade durch das Jungfrau-Horoskop, also brauchte er nicht mehr lange auf sein eigenes zu warten. Shelli erstellte die Horoskope nicht selbst, dafür hatte sie einen Stab, aber das machte Mike nichts aus, weil Shelli eine gute Schau abzog.

Irgend etwas schepperte auf dem Balkon. Da die Fenster abgedunkelt waren, konnte Mike nicht sehen, was es war, doch er ging davon aus, daß es sich um Ms. Colomos Katze handelte, die wieder einmal seine Blumentöpfe umwarf. Er wuchtete seine Körperfülle aus dem Sessel. Wenn er das verdammte Biest erwischte, würde er es vom Balkon werfen. Das würde Ms. Colomo eine Lehre sein, ihre Haustiere nie wieder in die gottgegebene Privatsphäre anderer Leute eindringen zu lassen.

Er öffnete die Tür und erblickte sofort den zerbrochenen Blumentopf. Aber er sah die Katze nicht. Er sah nur die spitzen langen Zähne in der Schnauze, die ihm entgegenschoß.

*

»Es ist niemand da«, sagte Spae, als sie vorfuhren.

Holger stellte den Motor ab. Dieser Wagen gefiel ihm nicht so wie der, den sie in Worcester gehabt hatten. Das erschien ihm angemessen: Im Sprawl gefiel es ihm auch nicht so gut wie in der Satellitenvorstadt – dabei hatte ihm Mitsutomos Version von Worcester überhaupt nicht gefallen.

»Warten Sie trotzdem hier«, sagte er zu ihr.

»Ich dachte, Sie bräuchten immer Rückendeckung.«

»Das hier ist nur eine Erkundung.«

»Ach so, das ist natürlich etwas anderes.«

Aber sie verschränkte die Arme vor der Brust und blieb, wo sie war.

Das Viertel war nicht ruhig, aber Holger sah und hörte nichts, was nicht hineinpaßte. Es sah aus, hörte sich an – und roch – wie in einer abgewrackten Gegend voller abgewrackter Häuser. Nichts, was er nicht schon gesehen hatte. Sein Trenchcoat war hier fehl am Platz. Er ließ ihn wie einen Cop aussehen. Was im Augenblick ganz nützlich war. Die Leute auf der Straße gingen ihm aus dem Weg und beobachteten ihn mit wachsamen Blicken.

Die Haustür des Gebäudes, das er suchte, war offen. Er betrat den Hausflur und hielt am Fuße der Treppe inne. Eine nackte Glühbirne auf halbem Weg hinauf in die nächste Etage war die einzige Lichtquelle, die die Dunkelheit des fensterlosen Flurs milderte. Er ging die knarrende Treppe hinauf in den zweiten Stock.

Zwei Teenager kauerten auf dem Treppenabsatz im zweiten Stock. Sie trugen Gang-Farben, warfen sich aber nicht in Positur und bedrohten Holger auch nicht, als er sie passierte. In Anbetracht der Aufmerksamkeit, die sie ihm zollten, hätte er ebensogut gar nicht existieren können. Holger sah die Spritze, die einer der beiden, ein Mädchen, in ihrer schmutzigen, schlaffen Hand hielt. Der jähe, durchdringende Geruch nach frischem Urin und die Lache, die sich unter ihrer Freundin ausbreitete, besagten, daß diese beiden Stücke urbanen Drecks echt waren.

Holger ließ die beiden hinter sich und ging durch den dunklen Flur. Blacks Wohnung war die vorletzte auf der linken Seite. Holger schob eine Plastikkarte in den Schlitz zwischen Tür und Rahmen und traf auf den Widerstand eines Riegels. Abgeschlossen. Er lauschte, hörte jedoch nichts von der anderen Seite. Einer der Junkies auf dem Treppenabsatz kicherte, als er an die Tür klopfte.

Keine Reaktion.

Nach einer Minute holte Holger seinen Schloßöffner aus einer der Innentaschen seines Trenchcoats. Er trat ein wenig zur Seite, steckte den Stab des Öffners ins Schlüsselloch und aktivierte das Enzym, das eine Ausdehnung des Plastikstabs bewirkte. Als das sich ausdehnende Plastik alle Lücken und Fugen der Schloßzylinder ausgefüllt hatte und sich nicht mehr ausdehnen konnte, wurde ein zweites Enzym ausgeschüttet, das den Vorgang der Ausdehnung beendete und das Plastik zu einem paßgenauen Schlüssel erhärtete. Holger drehte den Öffner und schloß die Tür auf. Die Hand fest um den Kolben seiner Glock geschlossen, trat er ein.

Das Zimmer war leer.

Der Müll ließ vermuten, daß hier mehr als eine Person gewohnt hatte, möglicherweise drei oder sogar vier. Nichts wies darauf hin, daß eine der Personen weiblich war. Zweifellos gab es hier Dinge, mit denen ein gutes Labor die Leute, die hier gewohnt hatten, mit denjenigen, die er fand – *wenn* er sie fand –, in Verbindung bringen konnte, aber im Augenblick war eine gründliche Durchsuchung der Wohnung reine Zeitverschwendung. Ein Haar war anonym, wenn man nicht andere Haare oder etwas anderes hatte, um die DNS-Muster miteinander vergleichen zu können.

Seine Suche führte zur Entdeckung eines bedeutsamen Gegenstands, der bestätigte, daß er auf der richtigen Spur war. An einem schwarzen Schadstoff an der Innenseite eines Mülleimers klebte ein bestickter Aufnäher. Als er ihn von der klebrigen Substanz löste und umdrehte, sah er das Bild eines kleinen Hundes in einer Rüstung darauf, ein Symbol des Woodman Waffenmuseums. Solche Aufnäher trug das Wachpersonal des Museums. Eine Untersuchung des Aufnähers ergab, daß er von einem Kleidungsstück abgetrennt worden war, wahrscheinlich von jemandem, der das betreffende Kleidungsstück auch weiterhin hatte tragen wollen. Jemand, der Worcester mit nichts anderem als den Kleidern am Leib verlassen hatte, würde dazu gezwungen sein, auch wenn er nichts sehnlicher wollte, als sich jeder sichtbaren Verbindung mit dem Museum zu entledigen. Jemand wie John Reddy vielleicht?

Ein Indiz, aber ein vielsagendes.

Er hörte vertraute Schritte im Flur. Er war nicht überrascht, als Spae ihn von der Tür aus ansprach.

»Ich sagte Ihnen doch, daß niemand hier ist.«

»Und Sie hatten recht, Doktor. Einstweilen bin ich hier fertig. Wir können gehen.«

Er hatte genug gesehen. Blacks Rückkehr hierher zeigte, daß er phantasielos und, offen gesagt, ziemlich dumm war. Aber der ehemalige Hausmeister der Universität war nicht so dumm, hier zu bleiben, nachdem er einen Hinweis darauf erhalten hatte – in Form von Holgers Anruf –, daß ihm jemand auf der Spur war. Black und seine Begleiter hatten die Wohnung verlassen, aber sie waren noch immer irgendwo dort draußen, wahrscheinlich untergetaucht. Daß sie überhaupt hierher gekommen waren, ließ darauf schließen, daß Black ihr Anführer oder zumindest ihr ortskundiger Führer war. Dagegen hatte Holger nichts einzuwenden, denn Black hatte sein Geschick beim Versteckspielen bereits gezeigt. Holger würde sie finden. Es war nur eine Frage der Zeit.

Zumindest waren er und Spae dem Mitsutomo-Team einen Schritt voraus. Diese Konzern-Schnecken suchten immer noch in Worcester.

Kapitel 12

Es war seit Wochen der erste wirklich sonnige Tag, und John konnte sich die Gelegenheit, in ihren warmen Strahlen zu baden, nicht entgehen lassen. Seine Ängste, erkannt zu werden, hatten sich schon vor langer Zeit gelegt, also kam es ihm nicht im geringsten gefährlich vor, sich auf der vorderen Veranda von MaxMix Manor zu sonnen. Das war jetzt seine Wohngegend – mehr oder weniger. Er kannte die Leute, die hier wohnten, und konnte jeden kommen sehen, wenn er die gewundene River Street entlangschaute.

Doch trotz alledem gehörte er nicht wirklich hierher.

Dennoch, der Tag war zu schön, um sich von alten Ängsten die Stimmung verderben zu lassen. Er setzte sich auf das Geländer und zog die Beine hoch. Die Balkonstrebe in seinem Rücken gestattete ihm, auf dem schmalen Sitz das Gleichgewicht zu halten. Die Sonne strahlte warm und beruhigend und schien sogar die Musik auszulöschen, die aus dem Haus der Ramirez ein Stück weiter die Straße entlang plärrte. Das richtige Frühlingswetter würde noch Wochen auf sich warten lassen, und es war gut, die Wärme zu spüren. Er fühlte sich so ruhig wie schon lange nicht mehr – abgeklärt.

Fühlten sich so Katzen, wenn sie sich in der Sonne räkelten?

Wie eine Katze verengte er die Augen zu Schlitzen und beobachtete die Straße, ohne es sich anmerken zu lassen. In der River Street gab es nicht viel Verkehr, nur ein paar Ortsansässige zu Fuß oder auf dem Fahrrad, die sich um ihre Angelegenheiten kümmerten. Nicht sonderlich viele Autos. Die Straße war voller Schlaglöcher. Schließlich *war* es ein übler Stadtteil.

Entspannt beobachtete John einfach nur die auf der Straße spielenden Kinder, wie sie zwischen den alten, mehrstöckigen Häusern herum und über Hinterhöfe, Gehwege und Straßen liefen, als sei alles ein großer Spielplatz. Ab und zu quälte sich ein Wagen die Straße entlang und wich Schlaglöchern und Kindern aus, wo es nötig war. Slick Dick tauchte auf dem Platz neben Rosamunds Frisiersalon auf und öffnete früh sein Geschäft. Slick mußte die Schönheit des Tages ebenfalls gerührt haben, denn John sah ihn tatsächlich Naturalien für den Schrott nehmen, den er verschob. Der Tag wurde beinahe ruiniert, als Mr. Talisanos knatternder, alter Stinker von einem Chevy vorbeirumpelte und dabei übelriechende blaue Abgaswolken absonderte. Mr. Talisano war ein guter Mechaniker, was der einzige Grund dafür war, daß dieser antike Schrotthaufen noch fuhr, aber er war nicht sehr sensibel. Benzinschlucker wie der Chevy waren einfach zu anti-grün.

Zwei schwarze Lederjacken bogen bei Pickett um die Ecke, ein Junge und ein Mädchen, die Arme umeinander gelegt. Er erkannte die Silhouette des Mannes sofort. Diese hochgewachsene dürre Vogelscheuche konnte nur Hector sein. Da der Bursche Hector war, mußte das Mädchen Carla sein, seine Braut. John brauchte nicht erst die Rückseite ihrer Jacken zu sehen, um zu wissen, daß sie das flammende Rapier der Downtown Dons als Emblem trugen. Das Pärchen war zwar mehrere Jahre jünger als John, aber die Embleme schienen älter und abgenutzter als das auf der Rückseite von Johns Jacke.

Hector löste sich von Carla und sprang die Treppenstufen herauf. Er wirbelte herum und trat Johns Füße vom Geländer. John wäre ihnen beinahe gefolgt, aber eben nur beinahe. Er hatte Hectors Angriff vorausgesehen und sich am Geländer festgehalten. Hector grinste John an, während dieser die Füße wieder auf das Geländer schwang. Als John wieder richtig saß, wurde Hectors Miene ernst.

»Paß auf die Sonne auf, okay, Compadre Jack? Sie läßt euch Weiße aussehen wie das Hauptgericht im Red Lobster. Glaub bloß nicht, daß du einfach krebskrank werden und dafür eine richtige Hautfarbe bekommen kannst.«

Das Leben mit den Dons war nicht dasselbe wie eines allein auf der Straße, und es ließ sich auch nicht mit dem Leben in einer Konzernfamilie vergleichen, aber es war eine Möglichkeit, sich durchzuschlagen. Wenn sich durchzuschlagen alles war, was man wollte. Drei Monate hatten John nicht dazu bewegen können, sich mit dem Gedanken anzufreunden, Hector als eine Art Familie zu betrachten, auch wenn er freundlicher war als viele der anderen Gangmitglieder. Noch hatte er sich in diesen Monaten an die körperlichen Freiheiten gewöhnt, die Hector sich herausnahm. Aber jene Monate hatten ihn gelehrt, wie das Spiel funktionierte.

»Ich mach's wie die Eidechsen, Compadre. Die Sonne ist warm.« Er streckte eine Hand aus und prüfte sie demonstrativ. »Die Mädchen mögen mich auch so, obwohl ich weiß bin.«

Carla kicherte.

Hector betrachtete sie von der Seite. »Mädchen sind manchmal ziemlich verdreht. Wer weiß schon, was sie wollen?«

Carla neigte den Kopf und bedachte Hector mit einem verruchten Lächeln. »Ich dachte, es *gefällt* dir verdreht.«

»Zur richtigen Zeit am richtigen Ort, Baby.« Er grinste. »Zur richtigen Zeit am richtigen Ort.«

Sie verschmolzen wieder miteinander. Als sie sich nach Luft schnappend voneinander lösten, wandte Hector sich an John.

»Sag mal, wo ist der Kriegshäuptling?«

»Warum? Braut sich Ärger zusammen?«

Hector zuckte die Achseln. »Wer weiß das schon? Jedenfalls nichts, womit die Dons nicht fertigwerden. Aber ich hab nicht den ganzen Tag Zeit.« Er kniff Carla, und sie kreischte. »Also, wo ist er?«

MaxMix Manor war einmal ein sehr schönes privates Wohnhaus mit einem riesigen Erkerfenster gewesen, das die Front der untersten beiden Etagen weit nach vorn ausdehnte. John deutete mit dem Kopf auf den ersten Stock, wo aus einem offenen Fenster Geräusche drangen, die sich wie eine Dokumentation über Hubschrauber anhörten.

»Bear ist wieder beim Facing«, sagte er, indem er das Slangwort im weitesten Sinne benutzte, wie es in dieser Gegend üblich war. Der Kriegshäuptling befand sich nicht in direktem Maschinenkontakt, sondern benutzte lediglich die Videoanlage. Er verfügte nicht einmal über eine virtuelle Rezeptoranlage, aber in dieser Gegend war jede Interaktion mit Technik automatisch ›Facing‹.

»Kommt einem irgendwie nicht richtig vor, weißt du?«

Nein, John wußte nicht. Artus tat, was er seit seiner Erweckung tat: er lernte. Lernte alles und jedes über die merkwürdige Welt, in der er sich wiedergefunden hatte. Daran war nichts falsch, aber in dieser Gegend wurde es als Zeitverschwendung betrachtet, etwas zu lernen, das nicht in direktem Zusammenhang mit dem Überleben stand. *Das* war es, was John irgendwie nicht richtig vorkam. Das Leben im Nordost-Sprawl und die Leute hier waren ganz anders als alles, was er kannte. Er fühlte sich ganz und gar nicht heimisch. Zu vieles war anders, und das machte ihn unglücklich.

Hector schaute zu dem Fenster hoch, und auf seiner Miene breitete sich ein Ausdruck der Unsicherheit aus. »Du bist schon länger mit ihm zusammen als ich, Compadre Jack. Wird er ausflippen, wenn die Sache nicht wichtig ist?«

»Das hängt davon ab, wie dämlich diese Nachricht ist.«

»Keine Ahnung, vielleicht sollte ich noch mal wiederkommen.«

»Er flippt garantiert aus, wenn es wichtig ist und du es ihm nicht sagst. Es läßt sich nur auf eine Art herausfinden.«

Hector schaute ihn zweifelnd an. Offenbar war es eine sehr ernste Angelegenheit, den Kriegshäuptling zu stören.

»Keine *Cojones*, kein Spaß«, spottete John. Die Tatsache, daß Hector ihn bei seiner Faulenzerei gestört hatte und nun zögerte, die Sache auch durchzuziehen, hatte ihn reizbar gemacht. »Er hat doch *Cojones*, oder nicht, Carla?«

»Mehr als du, *Blanco*«, fuhr Hector auf, bevor seine Braut antworten konnte. »Vielleicht schneide ich dir deine ab und stecke sie in meine Sammlung.«

»Und vielleicht verspeise ich deine zum Mittagessen.«

»Jederzeit, *Blanco*.«

»Das hat Chico auch gesagt.«

»Das hier ist keine dunkle Gasse, und du hast keine Verbündeten.«

»Du sagtest ›jederzeit‹. Aber das wird nicht jetzt sein, weil ich unter den Augen des Kriegshäuptlings keinen Kampf anfange. Ich kann warten. Ich habe auch früher schon gewartet.«

Es war demütigend gewesen und auch ein wenig dumm, aber so kam John sich die meiste Zeit in Gegenwart dieser Leute vor. Gedemütigt und ein wenig dumm. Wenn er sich daran nicht bald gewöhnte, würde es ihn in echte Schwierigkeiten bringen. Hectors finsterer Miene nach zu urteilen, hatte es das bereits getan. Und Hector war eines der freundlicheren Gangmitglieder. Sexuelle Anspielungen in Gegenwart der Braut des Burschen zu machen, war vielleicht nicht die klügste Idee gewesen, aber das wurde noch von seiner Erwähnung der Geschichte mit Chico in den Schatten gestellt. *Mehr* als nur ein wenig dumm. Aber der Kodex besagte, daß man niemals nachgab, es sei denn, man wollte in der Luft zerrissen werden.

Der einzige Ausweg war der, das Problem zu umgehen. Später war, nun ja, später.

»Willst du Bär sprechen oder nicht?«

»Ja«, antwortete Carla rasch.

Hector akzeptierte den Ausweg. Mit einem umständlichen Achselzucken korrigierte er den Sitz seiner Jacke und ließ die Anspannung aus seinen Schultern weichen.

»Compadre Bär ist der Mann, wegen dem wir gekommen sind.«

»Gehen wir.« John führte sie nach oben in Bärs Zimmer und klopfte zweimal, bevor er die Tür öffnete. Der Kriegshäuptling der Downtown Dons drehte sich auf seinem klapprigen alten Bürostuhl und erhob sich. Der Don der Dons war kein großer Mann, aber seine Schulterbreite beeindruckte. In schwarzer, silberbeschlagener Lederkleidung sah er wesentlich eindrucksvoller aus als in der schäbigen Samtrobe.

»Hector«, sagte Artus, den die Dons als Compadre Bär und ihren Kriegshäuptling, kannten.

Compadre Bär war ein ganz anderer Mann als ›Artus, nicht Ar-tur‹. Eine Menge hatte sich verändert, seit John und Artus Mülltonnen-Harrys Wohnung verlassen hatten und auf die Straße gegangen waren, und Artus war längst nicht mehr der verwirrte und verwirrende

Flüchtling, der John in jener Nacht der Magie im Museum gefolgt war. Gemeinsam mit Mülltonnen-Harry waren sie von heimatlosen Wanderern zu Mitgliedern dieser urbanen Gang aufgestiegen. Artus hatte sich sogar zum Anführer dieser Gang aufgeschwungen. Er lernte sehr schnell. Seine Beherrschung der Ausdrucksweise der Straße war dafür nur ein Beweis.

Hector begann auf eine für ihn ganz untypische zögernde Art. »Ich will dich nicht stören…«

»Du störst nicht, Compadre. Ich habe immer Zeit für einen Krieger.« Hector grinste angesichts des Kompliments. Dabei sah er sogar John an, als wolle er seinen Wert und seine Überlegenheit John gegenüber zementieren. John hatte noch an keinem Krieg der Gang teilgenommen. Bär ignorierte das Zwischenspiel. »Jack, biete der Dame einen Stuhl an.«

Während John tat, wie ihm geheißen, platzte Hector, der von seinem Empfang offensichtlich beeindruckt war, einfach mit seinen Gedanken heraus. »Du bist nicht wie Compadre Ferd.«

»Ferddy war ein Treter«, sagte Bär bewundernd, während er sich die Rippen an der Stelle rieb, wo der ehemalige Kriegshäuptling sie ihm bei ihrer ersten Begegnung gebrochen hatte. Das Vorzeigen der Narben gehörte hier zum guten Ton. Es war eine Form der Historie, eine Art, sich an das zu erinnern, was man erlebt hatte. Es diente außerdem dem Zweck zu zeigen, daß man dazugehörte und sich seinen Platz verdient hatte. Johns Narben waren nicht so vorzeigbar.

»Ja, ein echter Treter«, stimmte John zu. »Nur Fäuste, kein Verstand.«

»Aber Ferddy ist nicht mehr da«, erklärte Bär kategorisch. »Ich gehe die Dinge anders an als er.« Hector nickte, und Carla schaute ihn erwartungsvoll, ja fast hoffnungsvoll an. »Weshalb wolltet ihr mich sprechen?«

Carla und Hector wechselten einen Blick. Sie nickte beinahe unmerklich. Er holte tief Luft.

»Mülltonnen-Harry ist letzte Nacht nicht zu Louie gekommen.«

»Er geht nicht jede Nacht hin«, stellte John fest.

»Wenn Ledo singt, schon«, entgegnete Hector.

Bär strich sich mit den Fingern durch den Bart und dachte kurz nach, bevor er feststellte: »Ledo hat euch geschickt.«

Carla nickte. »Sie hat eine Schwäche für Streuner. Sie findet den alten Kauz süß – aber nicht, daß sie es ihn wissen lassen will. Gott helfe ihr, der alte Kauz stellt ihr ohnehin schon mehr als genug nach. Aber sie macht sich eben Sorgen, daß ihm irgendwas passiert sein könnte. Wir tun ihr nur einen Gefallen, weißt du?«

»Mitgefühl für andere ist nichts, dessen man sich schämen müßte.« Bär sprach niemandes Mitgefühl im besonderen an, aber John faßte es als Mißbilligung seiner Einstellung auf. Bär sah ihn jedoch nicht an. »Hat ihn heute irgend jemand gesehen?«

Mülltonnen-Harry verpaßte nur ganz selten eine Mahlzeit, und John begriff plötzlich, daß genau das heute der Fall war. »Er war heute morgen nicht in der Küche.«

Zu seiner Überraschung stellte er fest, daß er sich Sorgen um den Burschen machte. So seltsam es war – so seltsam Mülltonnen-Harry war –, Harry war Johns einzige Verbindung zu seinem früheren Leben. Nun ja, nicht die einzige. Faye war auch noch da. Hin und wieder. Eigentlich eher selten.

Seine Erinnerungen versetzten ihn in die Nacht zurück, in der sein altes Leben gestorben war. Er spürte wieder das Entsetzen, die Verwirrung und das Erstaunen über alles, was er gesehen hatte. Mülltonnen-Harry war aufgetaucht und hatte einen Ausweg aufgezeigt, und John hatte zugegriffen und war vor allen Problemen davongelaufen. In jener Nacht hatte er den ehemaligen Hausmeister als Gottesgeschenk betrachtet, als jemanden, der wußte, was zu tun war, was John sehr tröstlich gefunden hatte. Am nächsten Morgen hatte John erfahren, daß man ihn für tot hielt. Mülltonnen-Harry hatte ihm den Artikel im Videotext gezeigt.

Unter Schock hatte er sich Mülltonnes Plan angehört und zugestimmt. Mülltonnen-Harry hatte zu ihm gesagt, es gebe Leute, die wüßten, daß John in die Ereignisse im Museum verwickelt und gar nicht tot sei. Diesen Leuten müßten sie aus dem Weg gehen. John hatte zugehört. Und so hatte er sich am Bahnhof wiedergefunden, wo er sich immer wieder gesagt hatte, daß der alte Bursche Erfahrung habe und älter als John sei und daß er eine Vorstellung davon haben müsse, was eigentlich los war. Der einzige Punkt in Mülltonnes Plan, dem John widersprochen hatte, war der Vorschlag gewesen, Artus zurückzulassen. John hatte darauf bestanden, ihn mitzunehmen. Damals war nicht zu übersehen gewesen, daß der Bursche jemanden brauchte, der auf ihn aufpaßte. Mehr als offensichtlich wurde das, als es an der Zeit war, Artus in den Zug zu setzen. Artus war ziemlich passiv gewesen, bis er den Zug in den Bahnhof hatte einfahren sehen, doch ein Blick auf den Zug hatte gereicht, um ihn zitternd zurückweichen zu lassen. Nur Johns beständige Versicherungen, es sei ungefährlich, hatten ihn dazu bewegen können einzusteigen. Artus wirkte auf der ganzen Fahrt nach Boston fast katatonisch, aber es war leichter gewesen, ihn in den nächsten Zug zu bekommen, und am Ende der zweiten Fahrt war Artus schon wieder fast ganz der alte gewesen: so nervös und paranoid wie eh und je.

Erst, als sie sich ein paar Tage lang in Mülltonnen-Harrys Wohnung in Providence verkrochen hatten, hatte John begriffen, daß der alte Bursche ebensowenig wie Artus eine Ahnung hatte, was als nächstes zu tun war. Doch bevor Johns Vertrauen vollkommen untergraben worden war, hatte das Telefon geklingelt. Der Anruf hatte Mülltonnen-Harry aufgescheucht. Er hatte darauf bestanden, die Wohnung sofort zu verlassen. Sie hatten sich ohne Ziel auf den Weg gemacht. Da der Winter vor der Tür stand, war es… unangenehm mit der Aussicht auf Schlimmeres gewesen. Dann hatten sie ihre Begegnung mit den Downtown Dons gehabt, und ihr Leben hatte wiederum eine Wendung genommen. Wäre Artus nicht gewesen…

Sie hatten sich der Gang angeschlossen, und jetzt konnte sogar John erkennen, daß die Gang besser daran war als zuvor. Artus hatte die Dons neu aufgebaut und sein Gesetz und seine Rechtsprechung eingeführt. Sogar mit der Wohngegend der Gang ging es aufwärts. Zwar lebten die meisten ihrer Bewohner immer noch in der zwielichtigen Welt der Schatten, die vom Konzern-Mainstream und gleichgültigen Regierungsmonolithen geworfen wurden, aber es ging ihnen besser als zuvor. Doch obwohl sich das Leben in MaxMix Manor nicht mit dem Leben in einer WoGe vergleichen ließ, war es doch nicht so übel wie zuvor. Wäre Artus nicht gewesen…

Ja, wäre Artus nicht gewesen.

Ob seine Mutter immer noch in ihrer Wohnung in WoGe 3 wohnte?

»Jack.«

Bärs Stimme. Zeit war vergangen. Hector und Carla waren gegangen. Die Störung des Kriegshäuptlings war nicht gerade willkommen.

»Was?«

»Du denkst schon wieder daran zurückzukehren.«

Es war keine Frage. Es war auch keine falsche Vermutung. Als John Mülltonnen-Harry in die Nacht folgte, war ihm nicht klar gewesen, daß er damit sein gesamtes früheres Leben zurückließ. Wäre es ihm klar gewesen, wäre er Mülltonne wahrscheinlich nicht gefolgt.

»Ist es so offensichtlich?«

»Für einige schon.« John spürte Bärs Blick auf sich ruhen, aber der sagte nichts mehr, bis John aufsah und seinem Blick begegnete. »Du kannst nicht zurückkehren, und das weißt du auch.«

»Wer sagt, daß die Toten nicht auferstehen können, wenn man sich ansieht, was in der Welt vorgeht?«

»Du bist nicht tot.«

»Meine Mom weiß das nicht. Ich hätte sie nicht in dem Glauben lassen dürfen.«

»Was geschehen ist, ist geschehen. Du hast es damals für klug und richtig gehalten.«

»Ich war eben dumm.«

»Vielleicht auch nicht. Vielleicht ist es noch nicht sicher genug, sie wissen zu lassen, daß du noch lebst.«

»Was willst du damit sagen?« John empfand einen jähen Stich der Angst. Was hatte er übersehen?

»Mach dir keine unnötigen Sorgen. Ich wollte nur zur Vorsicht raten. Mülltonnen-Harrys Verschwinden hat vielleicht nichts zu bedeuten. Es könnte aber auch bedeuten, daß jemand, der ihn oder uns gesucht hat, fündig geworden ist. Wir sollten eine Weile sehr vorsichtig sein.«

»Ich bin es leid, mich ständig umzuschauen.«

»Selbst wenn du zurückgingst, würde das nicht aufhören. Willentlich oder nicht, du bist in bedeutsame Ereignisse verwickelt. Die Ereignisse oder ihre Verursacher werden dich wieder verwickeln. Willentlich oder nicht.«

»Ist das so etwas wie eine okkulte Weissagung?«

»Du weißt, daß ich damit nichts im Sinn habe. Ich spreche nur aus Erfahrung.«

»Wie weit reicht diese Erfahrung zurück?«

»Du gibst dich absichtlich schwierig. Ich versuche nur, etwas aufzuzeigen, das deine Chancen verbessern wird, etwas aus dem zu machen, was dir gegeben wurde. Dein altes Leben existiert nicht mehr, und du kannst es nicht zurückholen. Du mußt dich damit auseinandersetzen, was du tatsächlich hast, mit dem Hier und Jetzt. Sich zu weigern, aus den Geschehnissen ringsumher zu lernen, heißt, darum zu betteln, daß einem der eigene Kopf auf dem Silbertablett präsentiert wird. Die Schlange liegt auf der Lauer und wartet auf den Unachtsamen.«

»Spar dir die Redensarten. Das ist hier keiner der Vorträge, die du den Dons hältst.«

»Bei dir klingt es so, als seien Redensarten wertlos und langweilig. Das ist ein billiges Argument. In diesen Sprüchen steckt gesammelte Weisheit. Mühsam erworbene Weisheit. Etwas abzutun, nur weil es alt ist, heißt, Weisheit einfach wegzuwerfen. Das lernen die Dons gerade. Sie haben eine Menge gelernt, seit wir bei ihnen sind.«

»Und wir nicht?«

Bär lachte. »Ja, wir haben auch eine Menge gelernt. Aber ich glaube, Sie sind weiter gekommen als wir. Wir lernen nur die Äußerlichkeiten ihrer Lebensart hier. Hast du sie nicht beobachtet? Sie verändern sich *innerlich* und lernen, wie falsch es war, einem Schlangenfreund wie Ferd zu folgen. Sie erkennen langsam die innere Schwäche einer Herrschaft, die sich nur auf schlichte Macht gründet. Sie lernen wichtige Dinge. Du hilfst mir dabei, sie diese Dinge zu lehren.«

»Du brauchst mich nicht.«

»Nein, ich brauche dich nicht.«

Offen, aber nicht sehr beruhigend. John stellte zu seiner Überraschung fest, daß er sich wünschte, Bär hätte gesagt, er brauche ihn. Hatte der Eintritt dieses Mannes in Johns Leben dieses Leben nicht *zerstört*? »Du willst den Leuten unbedingt etwas beibringen? Warum verschwendest du dann hier deine Zeit? Die ganze *Welt* muß lernen, was du diesen Leuten hier beizubringen versuchst.«

Bär seufzte müde. »Manche Dinge ändern sich nie.«

»Was, wenn du schaffst, was du hier erreichen willst? Was für einen Unterschied macht schon eine gebildete Gang auf dieser Welt aus?«

»Einen so großen Unterschied, wie ihn ein Mensch bewirken kann. Habe ich bei diesen Leuten nicht etwas bewirkt?«

»Ja, wahrscheinlich.«

»Ich bin nur ein Mensch.«

»Und?«

»Nichts und. Ein Mensch *kann* etwas bewirken.«

John wollte es nicht hören. Er verschränkte die Arme. »Ein Mensch kann dich erschießen.«

»Und ein Mensch kann dich retten. Unter den richtigen Umständen.« Bär gab John Gelegenheit, darauf zu antworten. Doch als klar wurde, daß John nicht antworten würde, fuhr der Kriegshäuptling fort. »Als ich sagte, ich brauchte dich nicht, habe ich die Wahrheit gesagt. Aber es war eine einfache, unvollständige Wahrheit. Andere Leute hätten mich lehren können, was du mich gelehrt hast. Andere Leute könnten diese Arbeit fortsetzen. Gott weiß, daß ich immer noch vieles über diese Welt aus Plastik und Beton lernen muß. Vieles von der Art und Weise, wie die Leute hier leben, ist mir vertraut, aber es gibt noch viel mehr, was mir völlig fremd ist. Und Fremdartigkeit habe ich noch nie gemocht, Jack. Du hast mir mehr als jeder andere dabei geholfen, diese Fremdartigkeit zu überwinden, und dafür bin ich dir dankbar. Ich will etwas für dich tun.«

»Es gibt nichts, was du für mich tun kannst.« Das heißt, was du mir nicht bereits *an*getan hast.

»Ich könnte dich als *Comes* annehmen.«

»Als was?«

Bär runzelte die Stirn, da er nach Worten suchte, um sich verständlich zu machen. »Das Wort, das mir dabei einfällt, ist ›Mann‹, aber das erklärt es nicht richtig. Nicht so, wie es hier benutzt wird. Gefährte meines Hauses vielleicht?«

»Du meinst so etwas wie einen Knappen?« Eine unerklärliche Erregung durchfuhr ihn. König Arthurs Knappe? Selbst wenn dieser Bursche nicht Mallorys Arthur war, so war er doch eine Legende. Sein Knappe! John zügelte seine Begeisterung und drängte sie zurück. Dieser Bursche war der Kriegshäuptling einer Gang und kein König. Wer mußte oder wollte schon sein Knappe sein?

»Knappe?« sagte Bär. »Das Wort kenne ich nicht. Was bedeutet es?«

Ohne nachzudenken antwortete John: »Ein Knappe ist so etwas wie der Schüler eines Ritters, einer, der lernt, selbst ein Ritter zu sein. Aber es ist noch mehr als das. Sie haben eine Art Abkommen, so daß der Knappe Dinge für den Ritter tut, dorthin geht, wohin er geht, und bekämpft, wen er bekämpft. Der Ritter soll den Knappen lehren, wie man kämpft und wie man sich in der feinen Gesellschaft benimmt.«

Bär nickte und fuhr sich mit den Fingern durch den Bart.

»Die gegenseitigen Verpflichtungen klingen vertraut, aber die Sache mit der feinen Gesellschaft verstehe ich nicht. Die meisten Krieger, die ich kannte, hatten ihre eigene Gesellschaft. Obwohl sie auf ihre ganz eigene Art fein waren, nehme ich an.

Was das Kämpfen und die Ausbildung zum Kämpfer betrifft, scheinst du dich bereits auszukennen, und das meiste von dem, was ich weiß, ist ziemlich überholt. Es ist vielleicht nicht viel wert, doch ich kann dir beibringen, was ich weiß.

Aber das Verhalten. Das ist etwas anderes. Es gibt immer noch eine Art zu denken, eine Art, Leute zu behandeln, die auch heute noch brauchbar zu sein scheint. Auf diesen Gebieten habe ich einigen Erfolg gehabt. Ich werde dir beibringen, was ich darüber weiß, wenn du willst.

Und du hast gesagt, ein Knappe kämpft für seinen Ritter, aber du hast die Kehrseite der Medaille ausgelassen. Ein Herrscher muß sich auch um seine Leute kümmern. Das werde ich für dich tun, und zwar mit allen Mitteln, die mir zur Verfügung stehen. Kriegshäuptling der Dons zu sein, ist eine Stellung von nicht geringer lokaler Autorität. Weiterhin kann ich dir mein eigenes Dach anbieten und dich an meinem Wohlstand beteiligen. All diese Dinge kann ich für dich tun.«

Tolles Dach. Als Mitglied der Dons hatte John bereits einen Platz in MaxMix Manor sicher. Er schaute sich die schmuddeligen Wände und ramponierten Möbel an. Toller Wohlstand. Bär beobachtete ihn und lächelte.

»Die Lage wird sich verbessern«, sagte er.

»Es gibt eine Menge Leute, die mich hier nicht haben wollen. Ich schade deinem Ansehen bei den Dons. Warum machst du mir dieses Angebot?«

Bär schwieg einen Augenblick. »Ich handele nicht immer um des bloßen Vorteils willen.«

»Nicht?«

»Jack, du hast zu mir gestanden, als du es nicht mußtest. Ich bin fast wie ein Kind auf deine Welt gekommen. Hier im Sprawl sind wir in gewisser Hinsicht zusammen aufgewachsen. Und wir haben mit Sicherheit einiges zusammen erlebt. Ich habe damit begonnen, hier etwas aufzubauen, aber es liegt noch ein langer Weg vor mir, und ich brauche zuverlässige Leute in meiner Umgebung, Leute, auf die ich zählen kann. Du warst die ganze Zeit standhaft. Nun, da ich eine Position habe, will ich diese Standhaftigkeit belohnen. Ein *Comes* zu werden, galt früher als große Ehre.«

»Ja? Tja, ich fühle mich geehrt.«

Geduldig sagte Bär: »Du mußt dich nicht sofort entscheiden.«

»Das werde ich auch nicht. Laß mich darüber nachdenken.«

Kapitel 13

Mülltonnen-Harry schlich sich etwa eine Stunde nach Einbruch der Dunkelheit zu MaxMix Manor zurück. Es war ruhig in der Gegend gewesen, also war kein offizieller Posten aufgestellt, aber John hielt Wache. Er hatte Fayes Rat befolgt und sich einen Platz auf der Nordseite der Veranda ausgesucht, wo er die Hintertür ebenso im Auge behalten konnte wie die Front. Es war ein guter Beobachtungsposten. Die in der River Street gegenwärtig funktionierenden Straßenlaternen warfen Schatten, die die Stelle in Dunkelheit hüllten. Aus diesen Schatten konnte John ungesehen beobachten.

Mülltonne beobachtete mißtrauisch das abgedunkelte Haus und ging absichtlich am Vordereingang vorbei in Richtung Hintertür.

»Was gefällt dir nicht am Vordereingang, Mülltonne?«

Der häßliche kleine Mann schrak zusammen. »Scheiße, Jack! Mach so was nicht.«

»Du bist nervös heute nacht.« Aber nicht so nervös, daß er nach einer Waffe griff. So schlimm konnten die Dinge also nicht stehen.

»Teufel, jeder wäre nervös, wenn du so plötzlich aus dem Boden schießt. Wie ein – ach, schon gut. Ich wollte mit dir reden, Jack.«

»Darüber, wo du gewesen bist?«

»So ungefähr.« Mülltonnen-Harry zögerte, als wisse er nicht, was er sagen solle.

»Jack, bist du hier glücklich?«

Das hatte John nicht erwartet. Da ihn die Frage unvermutet traf, beantwortete er sie mit einer Gegenfrage. »Was ist denn das für eine Frage?«

»Sie hat nichts zu bedeuten. Ich frage nur so.«

Es war ziemlich merkwürdig, daß Mülltonnen-Harry sich über Johns Glück Gedanken machte. Während er sich fragte, wohin das wohl führen mochte, gab er ihm eine Antwort, die zwar nicht gelogen war, die John aber auch zu nichts verpflichtete. »Ich muß zugeben, daß ich mir nie vorgestellt habe, mein Leben damit zu verbringen, Unterführer eines Bandenbosses zu sein.«

»Ja, du warst für was Besseres bestimmt.« Mülltonnen-Harry sah sich um, offenbar um sich zu vergewissern, daß niemand in Hörweite war. Er entdeckte niemanden. »Ich habe Sachen gehört, Jack. Keine guten Sachen. Es braut sich Ärger zusammen.«

»Die Schakale?« Zwischen der Gang von der Eastside und den Dons bestand eine langjährige Feindschaft.

»Nicht direkt.«

»Sind die Cops wieder im Anmarsch?«

Sie hatten es vor einem Monat mit einer Razzia versucht, um die Mittellosen von der Straße zu holen. In einer Gegend, in der die Definition der Cops als ›mittellos‹ auf die meisten Anwohner zutraf, hatten sie sich damit nicht gerade beliebt gemacht.

»Es ist Art… ich meine Bär. Er wird uns alle in Schwierigkeiten bringen.«

Uns? »Tut er das jetzt gerade?«

»Genau. Aber das werden wir nicht zulassen.«

Wir? »Werden wir das nicht?«

»Wir können von hier verschwinden, bevor er uns mit in den Abgrund reißt.«

War das hier nicht schon Abgrund genug? Zu ›verschwinden‹ das hatte John erst hierher gebracht. »Davonlaufen ist leicht. Irgendwohin zu kommen, ist schwer. Wohin würden wir gehen?«

»Da ist dieser Bursche, Jack.« Als John eine Augenbraue hob, fügte Mülltonnen-Harry eifrig hinzu: »Er ist ein guter Kerl, Jack. Er kann uns helfen.«

»Warum sollte er?«

»Ich… äh… habe früher schon mal für ihn gearbeitet. Er… nun… er schuldet mir einen Gefallen. Ich würde ihn für dich einfordern, Jack. Ich will nicht, daß dir irgendwas Schlimmes zustößt.«

Warum war Mülltonne so besorgt um John? »Ich will auch nicht, daß mir irgendwas Schlimmes zustößt.«

»Dann wirst du mitkommen und mit ihm reden?«

»Wer hat irgendwas davon gesagt, mit irgend jemandem zu reden?«

»Habe ich nicht – ach, Scheiße. Ich sollte aber. Habe ich nicht?«

»Weißt du, Mülltonne, ich glaube, du hast gerade. Aber du hast mir immer noch nicht gesagt, wer dieser Bursche ist?«

»Er… tja… hat gesagt, das sollte ich auch nicht. Es könnte ihn hier in Schwierigkeiten bringen. Aber er ist ein guter Kerl. Ehrlich!«

»Ein geheimnisvoller Wohltäter, wie? Treffen wir uns mit ihm in einer Bar? Wird er einen Umhang mit Kapuze tragen? Sich mit offensichtlich verstellter Stimme mit mir unterhalten?« Harry schaute zunehmend verwirrt drein, als die Fragen auf ihn einprasselten, also hörte John auf zu spotten. »Ich nehme an, er will mich heute nacht sprechen?«

Harry nickte. »Das wäre gut.«

»Allein?«

»Ich werde dabei sein.«

»Wie tröstlich.«

»Dann kommst du mit?«

Die ganze Sache klang ziemlich verdächtig, aber John gefiel das Leben in den Abgründen des Sprawls nicht besonders. Falls ihm hier ein legitimer Ausweg angeboten wurde, war er ein Narr, wenn er das Angebot ausschlug. Und wenn es irgendein Versuch war, Bär oder den Dons zu schaden, würde John Gelegenheit bekommen, ihn zu durchschauen. Vielleicht wurde er noch ein Held. Wenn die Sache schiefging, war er vielleicht ein toter Held. Aber schließlich hatte er bereits einen Grabstein.

»Sicher, warum nicht?«

*

Das Kloster befand sich in der Division Street und lag in der neutralen Zone zwischen den Revieren der Dons, der Schakale und der Wilden. Früher war es einmal eine Kirche gewesen, der die Weihe entzogen worden war, nachdem der wirtschaftliche Niedergang ihre Gemeindemitglieder in die Armut getrieben und zum Umzug gezwungen hatte. In den letzten Zügen eines Versuchs, der ganzen Gegend neues Leben einzuhauchen, hatte ein wagemutiger Unternehmer die Kirche umgebaut und ein teures Restaurant daraus gemacht. Er hatte sein letztes Hemd verloren.

Der gegenwärtige Besitzer betrieb den Laden immer noch als Restaurant, und obwohl die Bar das Restaurantgeschäft bei weitem übertraf, hatte er noch genügend Ambitionen, um ein paar private Eßräume bestehen zu lassen. Diese Räume waren so aufgemacht, daß sie wie Mönchszellen aussahen, aber die Leute, die ihre Zeit in ihnen verbrachten, hätten sich in anderen Zellen heimischer gefühlt: Die Geschäfte eines Großteils der Kundschaft des Klosters waren nicht legal, geschweige denn heilig.

Die flackernde elektrische Fackel an der Wand vor der Zelle verbreitete nicht viel Licht, beleuchtete aber die lange Jacke, die am Haken neben der Tür hing. Ihr

Schnitt hatte etwas Vertrautes, doch John blieb nicht die Zeit, in seinem Gedächtnis zu kramen, weil Mülltonnen-Harry die Tür öffnete und ihn in den kleinen Raum führte. Ein Mann saß an dem Tisch, der die kleine Zelle beinahe ausfüllte. Elektrisches Kerzenlicht flackerte über seine silbernen Haare und ließ Schatten über sein feinknochiges Gesicht huschen.

Es war Bennett.

John blieb in der Tür stehen und ignorierte Mülltonnes Drängen. Mit einer Geste seiner langfingrigen Hand deutete Bennett lächelnd auf den leeren Stuhl ihm gegenüber.

John zögerte. Nun ja, falls Bennett etwas anderes plante als eine Unterhaltung, ließ sich das wohl ohnehin nicht mehr vermeiden. John ließ Mülltonne in der Tür stehen und setzte sich.

»Also sind Sie der geheimnisvolle Wohltäter.«

Bennett schwieg einen Augenblick, dann sagte er: »So könnte man mich bezeichnen.«

»Woher das plötzliche Interesse? Oder haben Sie erst kürzlich herausgefunden, wo wir uns aufhalten?«

»Eigentlich ist das Interesse nicht im geringsten plötzlich. Ich habe dieses Treffen arrangiert, weil ich der Ansicht bin, daß es höchste Zeit wird, sich über deine Zukunft zu unterhalten.«

»Wenn Sie mir jetzt etwas über eine Laufbahn bei den Bundesbullen erzählen wollen, vergessen Sie's. Ich weiß bereits, daß Sie ein Hochstapler sind.«

»Und bist du durch Intuition oder Schlußfolgerung zu dieser Erkenntnis gelangt? Oder hat es dir jemand gesagt?« Bennett lächelte entwaffnend. »Es spielt keine Rolle. Es stimmt, ich bin kein Bundesbeamter.«

»Warum haben Sie sich dann als solcher ausgegeben?«

»Das habe ich nicht. Ich habe lediglich ein paar allgemeine Feststellungen getroffen und dich deine

Schlüsse daraus ziehen lassen. Damals dachte ich noch, es sei am besten, wenn du mich für den Angehörigen einer Agentur hieltest, zu der du Vertrauen hast. Ich war nicht der Ansicht, daß du einem Fremden von der Straße vertrauen würdest. Ich hoffe, du verzeihst mir dieses kleine Täuschungsmanöver. Dahinter steckte eine gute Absicht. Jedenfalls wirst du mittlerweile bemerkt haben, daß die Frau, vor der ich dich gewarnt habe, sich als äußerst gefährlich erwiesen hat, zumindest für dein Leben und deinen Lebensstil.«

»Mein Leben ist nicht mehr das, was es einmal war«, räumte John ein.

»Und wird es auch nie wieder werden.« Bennetts freundliches Lächeln wich einer ernsten Miene. »Siehst du dir die Nachrichten an? Natürlich tust du das. Also hast du auch mitbekommen, daß dieser Tage über sehr viele merkwürdige Dinge, über geradezu unglaubliche Dinge berichtet wird. Die meisten Leute halten diese Berichte für erfunden oder übertrieben. Andere erklären sie durch Massenhysterie oder sehen darin die Manifestation einer gegen die Technik gerichteten Psychose. Manche mutmaßen, daß es sich um Fälschungen für irgendeine unbestimmte Medienkampagne handelt, oder warten mit anderen scheinbar plausiblen Erklärungen auf. Welche Erklärung sie auch für richtig halten, die meisten Leute glauben nicht, daß die Berichte, die sie sehen und hören, tatsächlich wahr sind. Aber das sind sie, John.

Doch dir brauche ich das nicht zu sagen. Du weißt, daß Magie wirklich existiert und auf dem Vormarsch ist. Du hast persönlich Erfahrung mit der Magie gesammelt.«

»Ich sah, wie Sie im Museum Zauber wirkten.«

Bennett zuckte die Achseln. »Das ist eine Sache von untergeordneter Bedeutung. Es geht hier um wesentlich mehr als nur um Zauberei. Hast du noch nicht bemerkt, daß eine andere Dimension in diese rein physikalische hier eindringt?«

Johns geweitete Augen und sein geöffneter Mund schienen Bennetts Frage zu beantworten.

»Es stimmt, John. Die Anderswelt, der Ort, an dem Magie existiert, ist nicht mehr so isoliert, wie sie es viele Jahrhunderte lang war. Sie ist wieder mit dieser Welt verbunden, in der du aufgewachsen bist.«

»Sie sind verrückt. So etwas gibt es nicht.«

»Doch, so etwas gibt es. Kannst du ohne Magie erklären, was du gesehen hast?«

»Natürlich«, sagte John. Aber glaubte er das tatsächlich?

»Dann nur zu.« Bennett lehnte sich zurück und ließ John viel zu lange schweigend dasitzen. »Das dachte ich mir.«

»Hören Sie, ich bin nur ein Student. Oder zumindest war ich einer. Ich bin kein Wissenschaftler, aber ich weiß, daß es eine vernünftige Erklärung für die gegenwärtigen Vorgänge geben muß. Es gibt für alles eine wissenschaftliche Erklärung.«

»Wie zum Beispiel auch für deine Freundin Faye?«

»Woher wissen Sie von ihr?«

»Dr. Block hat eine wissenschaftliche Erklärung für sie, eine Erklärung, die du nicht vernünftig findest, weil du es besser weißt. Du weißt, daß Faye wirklich existiert. Und du hast völlig recht. Sie ist wirklich, sehr wirklich sogar. Sie stammt aus der Anderswelt, John.«

»Ich habe Sie gefragt, woher Sie von ihr wissen.«

»Kein Grund, feindselig zu werden, John. Ich bin nicht dein Feind. Ich weiß eine ganze Menge über dich. Mehr, als du selbst weißt. Zum Beispiel weiß ich, daß du selbst in der Anderswelt geboren wurdest.«

»Auf keinen Fall!«

»Auf *jeden* Fall. Hattest du jemals das Gefühl, nicht

hierher zu gehören? Natürlich hattest du es, und zwar mit gutem Recht. Du wurdest in der Anderswelt geboren, John. Du bist, was die Leute von dieser Welt hier einen Elf nennen.«

»Sie sind verrückt. Elfen gibt es nur in Büchern.«

»Du scheinst nicht sehr viel für deine Abstammung übrig zu haben, John.«

»Ich bin ein Mensch. Und das sind Sie auch.«

Bennett lächelte nachsichtig und schüttelte den Kopf. Er hob die Hände, die Innenseiten nach außen gewandt und die Finger gespreizt. Er fuhr sich mit einer Hand über das Gesicht, dann drehte er das Handgelenk und hob die Hand in einer verschnörkelten Geste.

Und er sah nicht mehr so aus wie zuvor. Die Haare waren feiner und hatten einen weichen Silberton. Sein Schädel war schmaler und spitzknochiger. Die Augen wirkten leicht geschlitzt und länglicher, und die Pupillen hatten die blasse, unirdisch blaue Farbe von Eis. Die Ohren standen weiter ab und liefen, jawohl, in einer Spitze aus. John zweifelte nicht daran, daß dieser – Mensch? – immer noch Bennett war, aber er konnte unmöglich ein *Homo sapiens* sein.

»So sehe ich wirklich aus, John. Das andere Gesicht ist nur eine Illusion, die es mir gestattet, mich in dieser Dimension freier zu bewegen.«

Benommen hörte John sich sagen: »Ich sehe nicht so aus.«

»Du bist ein Wechselbalg, John. Ein elfisches Kind, das den Platz eines menschlichen Kindes eingenommen hat. Du siehst wie ein Mensch aus, weil du mit Zaubern belegt wurdest, als man dich in diese Dimension brachte. Die Zauber frisieren dein Aussehen, ohne es völlig zu verändern. Eine größere Wirkung ließ sich nicht erzielen, weil es in dieser Dimension so wenig Magie gab.« Bennett schnippte mit den Fingern und sah plötzlich wieder wie ein Mensch aus. »Du kannst leicht erkennen, wie ähnlich wir uns sehen, wenn ich als Mensch auftrete.«

John erinnerte sich, bei ihrer ersten Begegnung spekuliert zu haben, daß Bennett möglicherweise ein lange verschollener Cousin von ihm war. Stimmte das vielleicht sogar? »Wenn ich wirklich ein Elf bin, dessen Aussehen durch einen Zauber verändert wird, dann zeigen Sie es mir. Nehmen Sie den Zauber von mir.«

Bennett sah betrübt aus. »Ich würde dir liebend gern zeigen, wie du wirklich aussiehst. Ich würde selbst gern sehen, wie du in Wirklichkeit aussiehst, aber im Augenblick bleibt uns beiden dieses Vergnügen verwehrt. Die Zauber, die dein Aussehen anpassen, lassen sich bis zu deiner Rückkehr in die Anderswelt nicht aufheben. Sobald du in das Reich deiner Geburt zurückkehrst, wirst du dein wahres Aussehen annehmen. Dort kannst du dann auch noch andere Dinge annehmen, insbesondere das Leben, das deine wahre Bestimmung ist.«

»Meine wahre Bestimmung?«

Bennett beugte sich ein wenig vor, und seine Augen nagelten John mit ihrem durchdringenden Blick förmlich fest. »Du bist ein königlicher Prinz von Faery, John.«

John spürte, daß sein Mund wieder offenstand.

»Das ist mir alles viel zu verdreht.«

»Aber es stimmt, John.«

»Woher wissen Sie das?«

»Weil ich auch ein Prinz von Faery bin.« Bennett hielt inne. Zuerst glaubte John, die Pause habe nur den Zweck, ihn reagieren zu lassen, aber diesmal war Bennetts Zögern anderer Art. Als er weitersprach, kamen seine Worte sehr verzögert. »Und weil ich dein richtiger Vater bin.«

Johns Gedanken überschlugen sich. Elf? Prinz? Vater?

Ein Teil von ihm wollte es glauben. Wer wollte kein Prinz von Faery sein? Aber es war einfach zuviel. Er war in einer rationalen Welt aufgewachsen. Märchenprinzen gab es nur in Büchern und Videos. Es war einfach zu unglaublich.

Aber er hatte gesehen, wie ein Mann aus dem Nichts erschienen war, wie Zauberer mit Zaubersprüchen um sich geworfen hatten und wie Bennett sich vor seinen Augen verwandelte. Er hatte Magie gesehen. War eine Anderswelt so weit hergeholt? Und was war mit Faye? Wie Bennett gesagt hatte, er wußte, daß es sie wirklich gab. War es möglich, daß Bennett ihm auch über diese anderen Dinge die Wahrheit sagte?

Wenn ja, war nichts so, wie John es geglaubt hatte. Es machte ihn benommen. Aber jenseits der Fragen nach dem Wie und Was gab es noch die nach den Warums. Nicht die geringste davon lautete ›warum jetzt?‹ Wo war sein Vater in den ganzen Jahren zuvor gewesen? Ein paar Ausschnitte von *Stellar Wars* zogen an seinem geistigen Auge vorbei.

»Müßten Sie mir jetzt nicht sagen, daß ich meinen Gefühlen trauen soll oder so, weil ich dann sofort wüßte, daß Sie die Wahrheit sagen?«

»Gefühle können sehr mächtig sein, John, mächtiger als die Vernunft. Magie und magisches Denken ersetzen nicht die Vernunft, sondern stützen sie lediglich. Ich erwarte von dir, daß du deine Vernunft walten läßt und die Wahrheit als Wahrheit erkennst. Mir ist klar, daß es nicht leicht sein wird, sich an die Wahrheit zu gewöhnen, aber ich kann dir helfen, John. Ich kann dich anleiten, deine wahre Stellung im Leben zu begreifen.«

Mich anleiten, ja? »Wenn Sie wirklich mein Vater sind, wer war dann Zach Reddy? Und meine Mutter, ist sie wirklich meine Mutter?«

»Marianne Reddy hat dich aufgezogen, als seist du

ihr leiblicher Sohn, aber sie ist nicht deine biologische Mutter.«

»Wer dann?« schrie John.

»Ihr Name würde dir nichts bedeuten«, erwiderte Bennett gelassen. »Jedenfalls ist sie… nicht mehr unter uns. Aber ich bin hier.«

»Und wo, zum Teufel, waren Sie… warst du, während ich heranwuchs?«

»Dein Zorn ist verständlich. Ich saß in der Anderswelt fest.«

»Warum hast du nicht einfach Magie angewandt?«

»Die Brücke ist nicht immer geöffnet, John. Ich wäre für dich da gewesen, wenn ich gekonnt hätte. Ich war zwar während deiner Kindheit nicht für dich da, aber ich habe dich auch nicht völlig im Stich gelassen.«

»Wie meinst du das?«

»Ich befürchtete, daß ich von dir abgeschnitten sein würde, und sorgte für Beschützer. Das Wesen, das du Mülltonnen-Harry nennst, ist einer meiner Agenten. Als es immer wahrscheinlicher wurde, daß ich nicht in dieser Welt würde bleiben können, brachte ich ihn her, damit er über dich wachen und dich beschützen möge. Du hast zwar erst seit kurzem direkten Kontakt zu ihm, aber er war immer in deiner Nähe.«

Mülltonnen-Harry hatte die ganze Zeit stumm neben der Tür gestanden. Als John ihn jetzt ansah, nickte er zur Bestätigung.

»Er hat dich vor allen Schwierigkeiten bewahrt«, sagte Bennett, »und Probleme gelöst, wo er nur konnte.«

»Winston?« fragte John, der immer noch Harry ansah.

Mülltonne nickte wiederum.

Hatte der alte Bursche Winston umgebracht, nur um John vor allem Ärger zu bewahren? Oder hatte er nur die Leiche beseitigt? Probleme gelöst. Was für eine kalte Redewendung.

»Du kannst es dir nicht leisten, über die Vergangenheit nachzugrübeln«, sagte Bennett in einem Befehlston, der Johns Kopf herumrucken ließ. »Du bist ein Elf. Du wirst noch begreifen, daß Elfen eine sehr umfangreiche Vergangenheit haben. Für jemanden unserer Rasse kann der Zeitraum eines menschlichen Lebens nur ein Augenblick sein. Alles, was in deinem Leben unter den Menschen geschehen ist, gehört jetzt der Vergangenheit an. Du mußt an die Zukunft denken.

Und was für eine Zukunft du vor dir hast, John! All die merkwürdigen Dinge, die diese Welt jetzt erlebt, sind nur ein schwacher Vorgeschmack auf das, was noch kommen wird. Als königlicher Prinz des Elfenlandes kannst du dein Erbe erst dann vollständig annehmen, wenn die Magie so frei gedeihen kann, wie dies vor langer Zeit schon einmal der Fall war. Dann können du und ich unsere Beziehung erforschen und einander kennenlernen. Wir können die verlorenen Jahre nachholen, wenn wir unser rechtmäßiges Leben als elfische Prinzen führen.«

Bennett lächelte ihn herzlich an, und John stellte fest, daß er das Lächeln erwiderte.

Das Angebot war verlockend. Wie hätte es das auch nicht sein können? Ein Prinz in einem magischen Königreich zu sein. Wie ein König zu leben. War ein Elfenprinz zu sein nicht sogar noch besser, als ein Ritter zu sein?

Auch dann, wenn das bedeutete, einen Vater anzuerkennen, der einen im Stich gelassen hatte? Johns Lächeln erlosch.

»Du hast mich im Stich gelassen.«

»Das kann ich nicht abstreiten. Aber nicht freiwillig. Manchmal kann ein Prinz von Faery nicht die Entscheidungen treffen, die sein Herz gebietet. Nun haben sich die Umstände jedoch geändert, John. Jetzt können wir zusammen sein.«

»Wirst du mich nach Faery bringen?«

»Das kann ich tun. Aber es gibt ein Problem, das dich daran hindert, dein Erbe anzutreten.«

»Irgendein Haken ist immer dabei, oder?«

»Immer.« Bennett bedachte ihn mit einem Lächeln, wie man es einem Freund schenkt, den man gerade in ein Geheimnis eingeweiht hat. »Aber nichts, was ein cleverer Elf nicht überwinden könnte.«

»Ein cleverer Elf wie ich?«

»Genau wie du.«

John erinnerte sich an seine letzte Begegnung mit Bennett. »Dieses Problem hat nicht zufällig etwas mit Artus zu tun?«

»Wie ich schon sagte, clever.«

»Erzähl schon.«

»Hat Artus Caliburn schon erwähnt?«

John kannte den Namen. Er hatte davon gelesen. In den meisten Geschichten wurde ein anderer Name, Excalibur, für König Arthurs magisches Schwert benutzt. »Das Schwert?«

»Es hat diese Form angenommen. Hat er schon davon gesprochen?«

»Nein, das hat er nicht«, antwortete er, bevor ihm auffiel, daß Bennett etwas Seltsames gesagt hatte. »Wenn Caliburn kein Schwert ist, was ist es dann?«

»Ein Artefakt von bedeutender Macht«, erklärte Bennett kategorisch. »Es ist versteckt worden, und die Zauber, die es binden, erfordern eine große Energie, Energie, die ebenso sicher und vollkommen versteckt ist wie der Talisman selbst. Diese Magie muß freigesetzt werden, wenn du die Früchte deines Erbes genießen willst.«

»Du willst, daß ich Artus dabei helfe, Caliburn zu suchen?«

»Ich will, daß Caliburn freigesetzt wird. Daß es in

Artus' Besitz gelangt, ist jedoch kein erstrebenswertes Ziel.«

»Warum nicht?«

»Artus kämpft gegen Faery. Du wirst feststellen, daß er für Elfen wie uns wenig übrig hat.«

Wie uns. Warum klang das so richtig? John zwang seine Gedanken wieder in die jetzigen Bahnen und versuchte zu erraten, was Bennett von ihm wollte. »Also soll ich ihm dabei helfen, es zu suchen, und es ihm dann stehlen, wenn wir es gefunden haben.«

»Er hat es weggeworfen. Man kann es nicht stehlen nennen, wenn man sich etwas nimmt, was ein Mann wie Abfall wegwirft.«

John war nicht überzeugt. Arthur und Excalibur waren in den Legenden untrennbar miteinander verbunden. »Ich weiß nicht.«

»John, du wirst feststellen, falls dies bisher noch nicht der Fall war, daß dieser Artus nicht der legendäre König Arthur ist. Er ist weitaus weniger, als die Mythen aus ihm gemacht haben.«

»Du hast ihn einmal einen Mörder genannt.«

»Das ist er auch und außerdem noch vieles mehr. In ihm steckt wirklich nicht viel Gutes. Und er haßt Elfen. Frage ihn nach unserer Rasse. Dir wird nicht gefallen, was du dann hören wirst.«

»Ich hätte trotzdem das Gefühl, ihn zu verraten.«

»Verraten? Er würde dich *töten*, würde er deine Abstammung kennen.«

»Aber er...« John dachte an Bärs Angebot, ihn als Knappe anzunehmen. Irgendwie kam ihm die Vorstellung, der Knappe eines Mörders zu sein, nicht sehr erstrebenswert vor. Falls er tatsächlich ein Mörder war. »So ist er nicht.«

»Der Mann ist ein Meister in der Kunst der Anpassung und darin, die Leute das sehen zu lassen, was sie in ihm sehen wollen. Das ist der Eckpfeiler all seiner

Erfolge. Sag mir nicht, daß er dich ebenfalls geblendet hat.«

»Er war mir ein guter Freund.«

»Dann unterhalte dich mit deinem guten Freund Artus doch mal über Elfen. Dann wirst du sehen, wohin dein Weg führt.«

»Ich weiß nicht.«

»Denk darüber nach, John. Prüfe ihn. Wenn er der Mann ist, für den du ihn hältst, hast du nichts zu befürchten. Aber wenn er so ist, wie ich dir gesagt habe, hast du alles zu befürchten.«

Kapitel 14

Nach Johns Treffen mit Bennett ging es in der Gegend ziemlich hektisch zu, da Bärs Friedensverhandlungen in eine entscheidende Phase traten. Fast eine Woche verging, bevor John Gelegenheit fand, sich mit Bär unter vier Augen zu unterhalten. John saß ungeduldig die donnerstagabendliche Zusammenkunft des Rats aus, doch glücklicherweise bedurfte nichts sofortiger Aufmerksamkeit, und so endete die Zusammenkunft früher als üblich. Gewöhnlich hingen nach einer solchen Zusammenkunft noch eine Menge Leute in MaxMix Manor herum, aber John hatte einige ausgewählte Personen entsprechend instruiert. Viele Gangmitglieder, sogar einige, mit denen John überhaupt nicht gesprochen hatte, schienen noch etwas vorzuhaben. Das war John nur recht. Es bedeutete, daß er weniger Leute abwimmeln mußte. Wenig später waren er, Mülltonnen-Harry und Artus die einzigen Leute, die sich noch im großen Gemeinschaftsraum von MaxMix Manor aufhielten. Er hörte, wie sich die letzten im vorderen Zimmer verabschiedeten. Ein Kopfnicken seinerseits, und Mülltonnen-Harry stotterte sich durch den Vorwand seines eigenen Aufbruchs. Artus war in die Spätnachrichtensendung vertieft und nahm Mülltonnes Gemurmel kaum zur Kenntnis. John zog sich einen Stuhl heran und setzte sich neben Bär.

»Wie kommt es, daß du nie viel über die Vergangenheit und die Leute redest, die du in den alten Zeiten gekannt hast?«

»Sie sind vorbei.« Er zeigte mit dem Finger auf den Bildschirm und sagte: »Die Welt hat sich verändert. Es kommt mir ziemlich sinnlos vor, darüber zu reden.«

»Damals hat es Magie gegeben, nicht wahr?«

Bär sah ihn an, sein Blick erfüllt von einem wachsamen *Etwas*. »Zu viel.«

Bär hatte bei seiner Erwähnung der Anderswelt nicht einmal geblinzelt. Er wußte davon. Was wußte er sonst noch darüber? »Bist du jemals Elfen begegnet?«

»Bring mich nicht in Fahrt.«

»Nein, wirklich, ich bin neugierig. Weißt du, heutzutage stellen sich alle Leute die Elfen als halbnackte kosmische Anbeter von Bäumen vor oder so. Wie waren sie wirklich? Waren sie wirklich anders als die Menschen?«

»Sie sind tatsächlich anders. Elfen sind faule Nichtsnutze, die einem eher ein Messer in den Rücken stechen als guten Tag sagen würden.«

»Du nimmst kein Blatt vor den Mund!«

»Wenn du glaubst, ich sollte das tun, willst du gar nicht hören, was ich wirklich denke. Die meisten der geeigneten Worte sind ohnehin aus der Sprache verschwunden.«

»Also willst du damit sagen, daß du einigen begegnet bist?«

»Zu meinem Kummer. Aber eines will ich dir sagen, mein Junge. Solltest du einem begegnen, töte es, bevor es den Mund aufmacht. Es wäre besser für dich.«

»Ich soll ihn kaltblütig umbringen?«

»Ihr Blut ist auch kalt.«

»Ich glaube nicht, daß ich jemanden kaltblütig umbringen könnte.« Heißblütig vielleicht. Winstons Gesicht, zerschunden und ramponiert, tauchte vor seinem geistigen Auge auf. Bär zufolge waren Elfen kalt- und nicht heißblütig.

»Töten kann man lernen. Und im Hinblick auf diese

spitzohrigen Schlangenverehrer ist es etwas, das man auch lernen *sollte.*«

»Etwas, das *du* gelernt hast?«

Bär – nein, dieser Name paßte jetzt nicht zu ihm. Er war jetzt Artus, der Mann, der Mülltonnen-Harry mit einem Schwert angegriffen hatte. Artus starrte ihn an.

John mußte ihn einfach fragen. »Tötest du Elfen, sobald du sie siehst?«

»Warum? Hast du einen gesehen?«

»Ich…« Er fürchtete, wenn er Artus von Bennett erzählte, würde er ihm auch erzählen müssen, daß Bennett gesagt hatte, er sei Johns Vater. War Artus' Einstellung Wechselbälgern gegenüber anders als gegenüber gewöhnlichen Elfen? Wenn Artus wußte, daß John ein Elf war, würde er ihn dann hassen? Ach was, würde er ihn *töten*? John wollte es nicht herausfinden. Noch akzeptierte Artus John als Mensch. Und dabei wollte John es einstweilen auch belassen. »Wie sollte ich einen Elf erkennen?«

»Das ist eine gute Frage.« Bär schien sich ein wenig zu entspannen. »Sie sind Meister der Täuschung. Sie können ihr Aussehen verändern und deine Sinne blenden, so daß du dich wie ein Narr benimmst und es erst bemerkst, wenn du ihnen in die Falle gegangen bist.«

Das klang sehr persönlich. »Haben sie das mit dir gemacht?«

»Darüber will ich nicht reden«, sagte Bär mit Nachdruck.

Also redeten sie nicht darüber. Bär sah sich die Nachrichten an, und John saß da und beobachtete ihn dabei. Bennett hatte recht: Bär machte sich nichts aus Elfen. Sie als ›es‹ zu bezeichnen – wie kalt konnte man werden? Bär behandelte John nicht wie ein ›es‹. Würde sich das ändern, wenn John ihm von seiner elfischen Abstammung erzählte? Er wollte es nicht glauben, aber konnte er sich dessen sicher sein?

Draußen war ein Scheppern zu hören, dem ein gedämpfter Aufschrei folgte.

»Was war das?« fragte Bär angespannt. Er machte den Eindruck, als könne er jeden Augenblick in hektische Aktivität ausbrechen.

»Ich weiß nicht«, erwiderte John. Aber es hatte nicht normal geklungen.

In der anschließenden unheimlichen Stille stand Bär auf und ging zum Waffenschrank. Er schloß ihn auf und nahm etwas heraus, das metallisch glänzte. Kein Schwert, sondern ein Gewehr. Er warf es John zu. Es war eine Schrotflinte. Bär nahm noch eine für sich heraus und lud einmal durch, um eine Patrone in die Kammer zu befördern.

Die Vordertür flog krachend auf. Bär bewegte sich, um John aus der Schußlinie zum vorderen Zimmer zu bekommen, und richtete seine Waffe auf die Tür, aber es war nur Mülltonnen-Harry, außer Atem, schwitzend und aus einem Schnitt in der Wange blutend. Er warf die Tür hinter sich zu und den Riegel vor. Während er in den Gemeinschaftsraum stolperte, starrte er die Schrotflinten mit geweiteten Augen an.

»John, wir müssen hier raus!«

Schritte polterten über die Veranda. Auf der Rückseite hustete jemand.

»Es ist mindestens ein halbes Dutzend«, sagte Mülltonnen-Harry. »Schwer bewaffnet.«

Bär trat die Küchentür zu und kippte den Waffenschrank um, so daß er vor die Tür fiel. Metall krachte, als der Inhalt des Schranks durcheinandergewirbelt wurde und mehrere Gewehre herausfielen. Die Munitionsschublade fiel ebenfalls heraus, und Kartons mit Munition und einzelne Patronen lagen auf dem Boden. Als Bär sich bückte, um einen Karton aus dem Durcheinander aufzuheben, krachte etwas gegen die Tür, die er verbarrikadiert hatte. Die Barrikade hielt.

Etwas anderes traf die Tür zum vorderen Zimmer. Das Holz ächzte, aber der Riegel gab nicht nach. Bär befahl: »Nach oben.«

Sie liefen durch das vordere Zimmer und die Treppe hinauf. Bär versuchte, beide Türen gleichzeitig zu beobachten. Kratzgeräusche drangen aus dem Zimmer, das sie soeben verlassen hatten. Beunruhigt und voller Angst davor, was er zu sehen bekäme, schaute John sich um. Bär mußte seine Aufmerksamkeit auf die Vordertür gerichtet haben, weil er nicht sofort auf die Gestalt in Schwarz reagierte, die John durch den Gemeinschaftsraum laufen sah.

»Hinter dir!« rief John.

Bär fuhr herum und schoß, ohne zu zögern. Der Mündungsblitz war grell, der Knall ohrenbetäubend. Die schwarz gekleidete Gestalt wurde herumgerissen und fiel.

Jemand auf der vorderen Veranda hämmerte erfolglos gegen die verkratzten Perspex-Platten. Die Platten hielten. Der Knall, als das Schloß in einer Wolke aus Rauch und Splittern aus der Tür gesprengt wurde, war überraschend leise. Der Riegel hielt die Tür geschlossen. Das Hämmern gegen die Tür begann von neuem.

Carla erwartete sie mit geweiteten Augen am Ende der Treppe.

»Was ist passiert? Wo ist Hector?«

»Halt die Klappe und geh aus dem Weg«, befahl Mülltonnen-Harry.

Sie wiederholte ihre lautstark vorgebrachten Fragen, bis Bär Harrys Befehl wiederholte. John befürchtete, der verstört wirkende Bär würde sie erschießen, aber er nahm die Flinte lediglich in beide Hände, um sie vom Treppenabsatz zu scheuchen.

»Wer ist noch im Haus?« fragte Bär, während er die Treppe beobachtete. Doch er lauschte nur mit einem

Ohr auf die Antwort. Seine Aufmerksamkeit war auf das Erdgeschoß gerichtet.

»Heute sind fast alle draußen«, sagte John, während er daran dachte, wie er dazu beigetragen hatte.

»Shanta war in der Küche«, sagte Carla. »Hector war draußen im Hinterhof. Wo ist er? Ist alles in Ordnung mit ihm?«

»Gillie war auf der Veranda«, sagte Mülltonne. »Den haben sie schon erwischt.«

»Du sagtest, es sind sechs«, sagte Bär.

»Ja.« Mülltonnen-Harry atmete schwer. »Zwei Dreier-Teams. Es könnten auch noch mehr sein.«

»Verdammt! Zurück zu Gillies Zimmer«, sagte Bär in drängendem Tonfall. »Los!«

Dort gab es eine zweite Treppe. Jemand mochte ihnen auf diesem Weg folgen. Sie liefen. John konnte Schritte auf der Treppe hören. Bärs Schrotflinte krachte erneut, und jemand schrie. Dann hörte John hinter sich nur noch Bärs schwere Schritte.

Carla erreichte Gillies Zimmer als erste. Sie riß die Tür auf und zuckte dann im Rhythmus desselben lauten Hustens zurück, das John auf der Rückseite des Hauses gehört hatte. Sie zuckte weiter, da die Kugeln sie durchlöcherten. John, der sofort stehengeblieben war, prallte gegen Mülltonne. Carlas Blut bespritzte sie.

Bär stieß John grob beiseite und hechtete an der Tür vorbei, wobei er im Flug in den Raum schoß. Ein dumpfer Schlag war aus dem Zimmer zu hören. Bär wälzte sich zurück und gab noch einen Schuß ab.

Das Feuer wurde nicht mehr erwidert.

»Trennt euch. Versteckt euch. Versucht zu fliehen. Ich beschäftige sie hier im Haus.«

Er verschwand in Gillies Zimmer.

Mit erstaunlicher Flinkheit lief Mülltonnen-Harry zum Fenster am Ende des Flurs. Anders als die meisten Fenster im Erdgeschoß waren diejenigen in den oberen Etagen nicht verbarrikadiert. Ein Ächzen von der Treppe warnte sie, daß jemand nach oben kam. Es blieb keine Zeit, Harry zum Fenster zu folgen.

Hier rein.

Neben ihm war eine Tür, und John folgte Fayes Anweisung, ohne nachzudenken.

Es war das Zimmer von Carla und Hector. Absurderweise dachte er, daß Hector einen Anfall bekäme, wenn er ihn darin sah. Doch Hector hatte keinen Grund mehr zur Eifersucht.

John fand sich keuchend in einer Ecke des Zimmers wieder. Es war jetzt still, und er hatte Angst. Als er die rissige, spröde Tapete unter seinen Händen spürte, wurde ihm klar, daß er die Schrotflinte nicht mehr besaß, die Bär ihm zugeworfen hatte. Er konnte sich nicht erinnern, sie verloren zu haben. Er war unbewaffnet, während überall ringsumher Bewaffnete herumschlichen.

Die unverriegelte Tür erbebte leicht. Jemand war draußen im Flur.

John kam sich vor wie auf dem Präsentierteller. Sein Blick huschte zum Schrank, dem einzigen Ort, der Platz genug bot, um sich zu verstecken.

Beweg dich nicht, John. Tu so, als wärst du gar nicht hier.

Aber, Faye…

Still.

Das erste, was John sah, war die Mündung der Waffe, die wegen des aufgeschraubten Schalldämpfers gewaltig aussah. Die Waffe wurde von schwarz behandschuhten Händen gehalten, und diese Hände gehörten einem Mann, der ebenfalls vollkommen in Schwarz gekleidet war.

Er sah aus wie jemand aus einem Krimi, da er sich vorsichtig in das Zimmer tastete. Sein Rumpf war mit etwas Klobigem bekleidet, das an eine Fechtweste erinnerte. An verschiedenen Stellen hingen seltsam geformte Päckchen. Der Kopf steckte in einer schwarzen Kapuze, die das Gesicht sogar unterhalb der klobigen Brille auf seiner Nase bedeckte. Alles an ihm hatte die mattschwarze Farbe der Nacht. Kein Zentimeter Haut war zu sehen, die auf seine Menschlichkeit hingedeutet hätte.

John konnte Carlas verdrehte rechte Hand auf dem Boden vor der Tür liegen sehen. Sie hatten keine menschlichen Tugenden an den Tag gelegt. Vielleicht gab es Menschlichkeit nicht zu sehen.

Eine zweite Gestalt tauchte in der Tür auf, die ihrem Kameraden Deckung gab. Dieser Bursche war viel kleiner, wenngleich fast so breit in den Schultern wie hoch. Anders als sein Kollege sah er nicht wie der klassische Jäger aus, wenngleich er genauso gekleidet war. Und er hatte eine ebenso bösartig aussehende Waffe.

Der erste ging zum Schrank und öffnete vorsichtig die Tür. Er stocherte in den Kleidern darin herum und überzeugte sich davon, daß sich dort niemand verbarg. Er ging an John vorbei, und obwohl er den Kopf in seine Richtung wandte, schien er John nicht wahrzunehmen. Der Mann durchquerte das Zimmer und blieb plötzlich stehen, da sein Kopf zum Fenster herumfuhr.

»Das ist Black«, sagte der Schwarzgekleidete leise, indem er mit der Mündung seiner Waffe auf das Fenster deutete. John sah, daß Mülltonnen-Harry vom Haus weglief. Der Schwarzgekleidete hob die Waffe und zielte.

»Nix«, sagte die Gestalt in der Tür.

Die Waffe senkte sich.

»Zuerst müssen wir den Schläfer finden«, sagte der kleinere Mann. »Dann räumen wir die Schweinerei auf.«

Der andere nickte.

Der Kleinere neigte den Kopf und fragte: »Wer hat den Schläfer?«

Er bekam keine hörbare Antwort, aber er ging zurück auf den Flur und bedeutete dem anderen, ihm zu folgen.

Bärs Schrotflinte feuerte wieder, und John hörte, wie die beiden Männer in Gillies Zimmer stürmten. Danach war es im Haus lange Zeit still. John blieb, wo er war, zu verängstigt, um sich zu bewegen. Seine Gedanken überschlugen sich.

Der ›Schläfer‹ mußte Artus sein, aber wer, zum Teufel, waren diese Leute? John erinnerte sich an die bewaffneten Männer, die bei Bennetts magischem Duell mit Nym das Museum gestürmt hatten. Waren das dieselben Burschen? Wenn ja, hatten sie vermutlich damals die Absicht gehabt, Artus zu töten. Hatte Nym John und Artus nicht gesagt, sie sollten fliehen? Sie mußte gewußt haben, wer diese Leute waren.

Konnten das dieselben sein? Einer der Männer aus dem Museum hatte sich zuvor als Bundesagent ausgewiesen, und obwohl der Einbruch in ein Museum keine typische FBI-Aktion zu sein schien, hatten diese Burschen ihre Gesichter nicht verhüllt. Diese Männer in Schwarz erinnerten eher an Terroristen. Oder vielleicht an Geheimagenten. So sinnvoll, wie ihre Anwesenheit hier war, hätte es sich bei ihnen ebensogut auch um außerirdische Eroberer handeln können.

Warum waren sie mit dem Vorsatz zu töten hergekommen? Warum wollten sie Artus umbringen?

John hörte leise Schritte im Flur. Hatten sie ihren Schläfer erwischt und kamen nun zurück, um ›die Schweinerei aufzuräumen‹?

Der neue Jäger betrat den Raum auf eine ebenso vorsichtige und raubtierhafte Art wie die schwarzgekleideten Bewaffneten zuvor, aber er war anders gekleidet. Er trug einen langen Mantel – wie ein Gesetzloser im Alten Westen. Er trug auch eine Pistole wie ein solcher, aber keinen riesigen Sechsschüsser, sondern eine glatte, effektiv aussehende Automatik. Er trug eine Kapuze wie die anderen, aber seine Brille war anders, kaum mehr als eine Rundum-Sonnenbrille. Alles in allem sah er weniger soldatisch aus als die anderen, aber nicht weniger gefährlich.

Ihr Anführer? Der gekommen war, um das schmutzige Werk seiner Handlanger zu begutachten?

Der Mann im Mantel sah sich einmal im Zimmer um, bevor sein Blick auf John fiel.

»Reddy?« Seine Stimme war ein Flüstern.

Tut mir leid, John. Er ist anders als die anderen.

Ja. Im Gegensatz zu den anderen konnte dieser Bursche ihn sehen.

»Ganz ruhig, Reddy. Ich bin hier, um zu helfen.«

Es schien keinen Sinn mehr zu haben, so zu tun, als sei er unsichtbar. »Wer sind Sie?«

Bärs Schrotflinte knallte erneut.

»Bleiben Sie hier«, befahl der Fremde. Und war gleich darauf verschwunden.

John verließ widerwillig seine Ecke. Wenn er die Schrotflinte wiederfand, die er verloren hatte, konnte er Bär helfen.

Er fand sie tatsächlich. Sie lag im Flur in einer Lache von Carlas Blut. Er konnte sich nicht überwinden, sie anzufassen.

Von unten hörte er weitere Schüsse: Bärs Schrotflinte, die hustenden Waffen der Schwarzgekleideten und ein schärferes Knallen, das die kleine Automatik des Fremden verursachen mußte. Er hörte den Fremden etwas, das er ›Bravo Team‹ nannte, Befehle zurufen. Weitere Schüsse. Ein Lichtblitz erhellte die Wände des Treppenabsatzes, und stechender Rauch trieb die Treppe herauf. Bärs Schrotflinte knallte noch einmal, dann war alles ruhig.

John schlich sich zur Treppe. Immer noch Stille. Die Vordertür hing nach draußen, halb aus den Angeln gerissen, der Riegel lag zerbrochen auf dem Boden. Es waren weder Sirenen noch Schreie zu hören. Dies war der Sprawl. Die Polizei würde, wenn überhaupt, erst kommen, wenn alles längst vorbei war. Die Nachbarn waren schlau genug, den Kopf unten und sich aus allem heraus zu halten.

Zwei Männer betraten das vordere Zimmer aus dem Gemeinschaftsraum. Bär hatte sich die Schrotflinte auf die Schulter gelegt. Der andere Mann trug einen langen Mantel, aber jetzt hatte er seine Brille abgenommen und die Kapuze zurückgezogen. Er hatte sandfarbene Haare und sah aus, als sei er besser hinter einem Schreibtisch aufgehoben als hier, wo er Bär dabei half, die Leiche umzudrehen, die am Fuß der Treppe lag.

»Wer sind Sie, mein Freund?« fragte Bär gerade.

»Ich heiße Holger Kun. Freut mich, Sie kennenzulernen, Sir.«

»Und mich freut es, daß man mich noch kennenlernen kann. Heute scheinen eine ganze Menge Leute meine Bekanntschaft machen zu wollen, aber nicht alle sind so höflich wie Sie, Mr. Kun.« Bär trat die Leiche. »Zum Beispiel dieser Bursche hier. Sie wissen nicht zufällig, wer diese Leute sind?«

»Ich habe so eine Ahnung.«

»Dann haben Sie mir etwas voraus. Vielleicht haben Sie mir so viel voraus, daß Sie wissen, ob noch mehr von ihnen in der Nähe sind? Oder können wir es Ihrem Bravo Team überlassen, sich um sie zu kümmern?«

»Das Bravo Team ist eine reine Erfindung, Sir. Aber sie hat ihren Zweck erfüllt. Hat sie davon überzeugt, daß wir nicht allein sind, und uns eine Atempause verschafft.«

»Glauben Sie, daß sie zurückkommen?«

»Sie haben nicht bekommen, was sie wollten«, sagte John, während er die Treppe herunterging. »Sie sagten, sie wollten den Schläfer.«

Bär sah ihn an und nickte ihm zu. »Jack, freut mich, daß du wohlauf bist. Wo ist Mülltonnen-Harry?«

»Hier«, ertönte eine Stimme aus der Küche. Er kam durch die Tür und schleifte dabei den halb bewußtlosen Hector mit herein. »Sie sind weg.«

»Aber Reddy hat recht«, sagte Kun. »Sie sind noch hier, Sir. Sie werden zurückkommen.«

»Glauben Sie, sie wollten mich gefangennehmen?« schnaubte Bär verächtlich. »Dafür waren es zu wenige.«

»Entweder das. Oder Sie umbringen«, sagte Kun. »Möglicherweise wären sie mit beidem zufrieden gewesen.«

»Was habe ich ihnen getan? Ich weiß nicht mal, wer sie sind.« Bär zog der Leiche die Kapuze vom Kopf. »Ich habe noch keinen von ihnen je zuvor gesehen.«

»Ich schon«, sagte John, der das enthüllte Gesicht anstarrte. Es war Surimato, der angebliche Bundesagent. Alle sahen ihn an, doch John wandte sich an Bär. »Ich bin ihm schon einmal begegnet… vor der Nacht im Museum. Er sagte, er gehöre zum FBI. Er hat mir ein Bild von der Zauberin gezeigt, die dich erweckt hat.«

»Er gehört nicht zum FBI«, sagte Kun. Wenn ihm die Erwähnung einer Zauberin seltsam vorkam, ließ er es sich jedenfalls nicht anmerken. »Dieser Mann heißt Vadama. Er hat als Spezialagent für Mitsutomo Keiretsu gearbeitet.«

John glaubte sich verhört zu haben. »Mitsutomo?«

Kun nickte. »Er gehörte wohlgemerkt keiner öffentlichen Abteilung an.«

»Willst du immer noch nach Hause, Jack?« fragte Bär.

»Das muß ein Fehler sein«, protestierte John.
»Kein Fehler«, sagte Mülltonne.
»Woher willst du das wissen?« schnauzte John. »Das muß irgendein Schwindel sein. Jemand versucht, Mitsutomo als die Bösewichter hinzustellen.«
»Das wäre nicht so schwer«, sagte Mülltonne. »Es spielt keine Rolle, ob du es glaubst oder nicht, Jack. Wir müssen von hier verschwinden.«
»Jack?«
John schaute in Bärs fragendes Gesicht. Toller Knappe. Er hatte während des Kampfes nichts anderes getan, als sich zu verstecken. Hielt Bär ihn für einen Feigling? »Ich lasse dich nicht im Stich.«
»Guter Junge.«
»Das ist verrückt, Jack«, sagte Mülltonnen-Harry.
Bär sah Mülltonne verächtlich an. »Wohin willst du denn gehen?«
»Irgendwohin, Hauptsache wir kommen von hier weg. Sie wissen, daß wir hier sind.«
»Eine blinde Flucht wird nichts nützen«, sagte Kun.
»Die Vorstellung zu fliehen, gefällt mir überhaupt nicht«, sagte Bär.
»Das brauchst du auch nicht«, sagte Mülltonne zu ihm. »Sie sind hinter Jack her.«
»Reddy sagte, sie wollten den Schläfer«, wandte Kun ein.
»Sie haben auf uns alle geschossen. Sie werden uns alle umbringen, wenn wir hier bleiben«, erklärte Mülltonne.
»Sie waren nicht sonderlich erfolgreich«, sagte Bär.
»Sie haben Carla getötet.« John war überrascht, daß seine Stimme so ruhig klang.
»Und Gillie«, fügte Mülltonne hinzu. »Und Shanta. Und Tara, sie war bei Gillie. Und Hector hätten sie auch beinahe erwischt.«
Tara war nicht einmal ein Mitglied der Dons.

»Wir wissen jetzt, daß es sie gibt.« Bär klang entschlossen. Seine Miene nahm den Ausdruck an, den John gewöhnlich dann an ihm sah, wenn er einen Plan ausbrütete. »Beim nächstenmal müssen wir nur auf sie vorbereitet sein.«

»Sie können gegen einen Konzern wie Mitsutomo nicht ohne Hilfe kämpfen«, sagte Kun.

»Ich weiß.« Bär nickte bedeutungsschwanger, als sei er zu einer unangenehmen Schlußfolgerung gelangt. Seine Miene nahm einen verdrießlichen Ausdruck an. »Ich hatte gehofft, die Welt hätte sich ausreichend geändert, um ohne es auszukommen.«

John glaubte zu wissen, was Bär meinte, aber er mußte einfach fragen. »Ohne was?«

»Caliburn. Ich könnte es benutzen, wenn ich es in die Finger bekäme.«

Kun sah überrascht und verwirrt aus, aber Mülltonnen-Harry wirkte nur sehr nervös. John spürte, wie sich sein Magen verkrampfte. Bennett hatte gesagt, Bär würde das Schwert suchen. Was, wenn Bennett mit anderen Dingen ebenfalls recht hatte?

»Was ist ein Caliburn?« fragte Kun.

»Etwas, das mir früher einmal gehört hat«, sagte Bär. »Etwas Mächtiges.«

»Es muß schon *sehr* mächtig sein, wenn es Ihnen helfen soll, gegen Mitsutomo zu bestehen«, sagte Kun.

»Es ist in der Tat mächtig. Und wenn es nicht stark genug ist, gehe ich eben kämpfend unter.« Bär zuckte die Achseln. »Es wäre nicht das erste Mal.«

»Ich wette, du weißt nicht mal, wo es ist«, sagte Mülltonnen-Harry.

Eine Sondierung, auf die Bennett Wert legen würde.

Bär nickte. »Natürlich weiß ich das. Es hat tausend Jahre lang neben mir gelegen.«

»War es eines von den Schwertern im Museum?« fragte John. Wenn ja, befand es sich bereits in Mitsutomos Besitz. Wußte man innerhalb des Konzerns, daß man es hatte?

»Nein.«

»Dann ist es noch in England.« Wenn sie nach England gingen, kamen sie weg von hier, und Mitsutomo hatte dort nicht so viel Einfluß wie hier in den Staaten. Dort waren sie möglicherweise sicher. Vielleicht war es gar nicht so schlecht, wenn Bär sich auf die Suche nach dem Schwert machte.

»Nein.«

»Wo ist es dann?«

Bär bedachte jeden von ihnen mit einem abschätzigen Blick, als sei er nicht sicher, ob er ihnen vertrauen könne. John fühlte sich gekränkt, dann ein wenig schuldig. Hatte er Bär nicht einige Dinge verschwiegen? Hatte Bär nicht das Recht auf eigene Geheimnisse?

»Das ist schwer zu erklären«, sagte Bär. »Vielleicht bin ich nicht in der Lage, zu ihm zu gelangen, aber ich glaube, ich muß es wenigstens versuchen.«

Vielleicht? Versuchen? Sehr zaghafte Worte trotz Bärs zuversichtlichen Tonfalls. John war verwirrt. Was hatte sich sonst noch verändert?

»Ich möchte Ihnen meine Hilfe anbieten«, sagte Kun.

»Warum?« fragte Bär.

John stellte sich im stillen dieselbe Frage. War dieser Kun auch einer von Bennetts Agenten? Wenn nicht, wer war er dann? Sollte John Bennett von ihm erzählen, oder konnte er sich darauf verlassen, daß Mülltonnen-Harry das übernahm?

»Wir stehen auf derselben Seite, Sir.« Kun klang aufrichtig. »Ich arbeite mit anderen Leuten zusammen, die einen ähnlichen Lebenslauf haben wie Sie, Leute, die sich sehr freuen würden, Sie bei sich zu haben. Wir verstehen Ihre besondere Lage.«

»Sie scheinen viel mehr über mich zu wissen als ich über Sie.«

»Wenn Sie mit mir kommen und mit meinen Partnern reden, wird sich das ändern. Sie können etwas viel Besseres für sich haben als das hier.«

»Es gefällt mir hier«, sagte Bär. Das schien Kun zu überraschen. »Außerdem gibt es hier Leute, um die ich mich kümmern muß.«

Kun faßte sich rasch. »Angesichts dessen, was hier und heute geschehen ist, sollten Sie sich vielleicht Gedanken darüber machen, was mit den Leuten hier passiert, wenn Sie nicht untertauchen. Sie wären ein Magnet für weitere Gewalttaten.«

»Vielleicht sollten wir auf ihn hören, Bär«, sagte John.

»Ich kann Ihnen einen Platz anbieten, wo Sie sich für eine Weile verstecken können«, sagte Kun.

Bär machte einen unglücklichen Eindruck. »Das klingt, als würde ich davonlaufen.«

Was John für eine gute Idee hielt. Er versuchte es auf eine Weise auszudrücken, die Bär akzeptieren würde. »Betrachte es als strategischen Rückzug, als eine Gelegenheit, sich für die nächste Schlacht zu sammeln.« Zumindest würden sie sich damit etwas Zeit erkaufen. John mußte sich eine Menge durch den Kopf gehen lassen.

Bär nickte zögernd. »Ich brauche tatsächlich etwas Zeit, um nachzudenken.«

Dann fragte er Kun: »Was sagten Sie, wo Ihre Partner sich aufhalten?«

Kapitel 15

Das Haus, zu dem Holger sie brachte, sah wie ein ganz gewöhnliches Reihenhaus in einer ganz gewöhnlichen Siedlung aus, aber so sollte es auch sein. Verstecke sollten nicht ungewöhnlich erscheinen.

Die Gegend war eine der Vorstadt-Oasen in der Wüste des Nordost-Sprawls, eine Insel des bürgerlichen Lebens in den Fluten der Betonpest. Hier wohnten aufgehende Sterne der Konzernwelt Seite an Seite mit soliden Angehörigen des mittleren Managements und Langzeit-Regierungsangestellten. Kinder spielten auf Straßen, deren Sicherheit durch regelmäßige Streifen seitens der von der Gemeinde anerkannten Mietbullen gewährleistet wurde. Hausbesitzer pflegten Garten und Rasen. Haustierbesitzer führten ihre Lieblinge aus. Jogger joggten, Läufer liefen und Spaziergänger gingen spazieren. Eine angenehme Gegend, sicher und ruhig, ein geeignetes Versteck für das Ungewöhnliche.

Das Hauptquartier hatte gut gewählt.

Das Versteck war besser geschützt als die meisten angrenzenden Reihenhäuser, da die Sicherheits- und Alarmsysteme um eine Größenordnung wirkungsvoller waren, aber wahre Sicherheit beruhte auf Anonymität. Also beschloß er, seine Wageninsassen erst im Schutz der Garagenwände aussteigen zu lassen, und öffnete die Türverriegelungen erst, nachdem das Tor sich geschlossen hatte und sie vor der Außenwelt abschirmte.

Holger beobachtete sie, während sie die nach der

Enge des GM Runner verkrampften Muskeln lockerten. Ein Blick auf sie reichte, um sich zu fragen, ob das Hauptquartier nicht recht hatte, wenn es dieses ganze Unternehmen wie das Stiefkind eines Bastards behandelte.

Welch eine Truppe.

Harry Black, der Mann, dessen Spur es Holger ermöglicht hatte, den Schläfer zu finden, war ein stinkender alter Mann, der aussah, als hätte er bei Barschlägereien ein paarmal zu oft den kürzeren gezogen. Reddy nannte ihn Mülltonnen-Harry, ein guter Name, da der Bursche genauso stank und entsprechende Manieren hatte. Holger bezweifelte, daß die Reinigungskolonne je den Gestank aus den Wagenpolstern bekommen würde. Holger hätte ihn lieber zurückgelassen, aber Reddy schien davon auszugehen, daß Black Teil der Abmachung war. Sie hatten nicht viel Zeit zum Diskutieren gehabt, also hatte Holger nicht diskutiert, sondern hatte vor, Black später loszuwerden. In Verbindung mit dem Proll gab es zu viele unbeantwortete Fragen, um ihm vertrauen zu können.

Der angebliche Schläfer war ein ungeschlachter Rohling von einem Kerl, zu dem der Name Bär paßte. Die Augen des Mannes waren immer in Bewegung und beobachteten Holger argwöhnisch, während sie gleichzeitig die Umgebung erforschten. Er hatte wachsame Augen, die Augen eines Kriegers. Sie waren das einzige, was ihm Glaubwürdigkeit verlieh. Trotzdem konnte Holger nicht glauben, daß dieser Gangboß in den Lederklamotten König Arthur sein sollte.

Dann war da noch Reddy, ein schlaksig aussehender Student, der in seinen Gangfarben so fehl am Platz wirkte wie eine englische Lady bei der Versammlung einer angolanischen Revolutionärszelle. Doch Holger wußte, daß mehr in ihm steckte, als offensichtlich war. Er hatte die psychologischen Berichte gelesen, darunter auch diejenigen, die jemand bei Mitsutomo, der nicht genug über Computerdateien wußte, hatte unterdrücken wollen. Dennoch, Reddy sah nicht so aus, als neige er zu unkontrollierten Gewaltausbrüchen, und in dieser Beziehung hatte er große Ähnlichkeit mit Holger. In dem Burschen steckte vielleicht eine ganze Menge Potential, aber im Augenblick spielte er in einer Liga, die ganz einfach eine Nummer zu groß für ihn war.

Holger führte sie ins Haus und nach oben in die Küche, wo er ihnen eine Erfrischung anbot. Spae war nicht im Wohnzimmer. Sie würde entweder oben sein und sich mit ihren Forschungen beschäftigen oder am Telefon hängen und sich wieder mit dem Hauptquartier streiten. Er drückte verstohlen auf den Rufknopf ihrer Sprechanlage, während er Bär ein Bier einschenkte.

»Nettes Haus«, sagte Black, der bereits an einem Bier nuckelte. »Wer bezahlt die Miete?«

»Würden Sie mir glauben, wenn ich sagte, die UN?«

Bär wandte sich an Reddy, der ihm »Vereinte Nationen« zuflüsterte, während Black sagte: »Würde ich nicht, nein.«

»Wie wäre es dann mit der Europäischen Gemeinschaft?« fragte Holger, wobei er mit Rücksicht auf Bär auf die üblichen Abkürzungen verzichtete. »Secret Service, um genau zu sein.«

»Ich wußte gleich, daß Sie 'n Spion sind«, sagte Black.

»Der europäische Secret Service?« sagte Reddy in verwirrtem Ton. »Was machen Sie in den Staaten?«

»Und was wollen wir mit Ihnen? Das war Ihre nächste Frage, nicht wahr? Sie können sich wieder entspannen, Reddy. Soweit ich weiß, sind Sie und Black nur zufällig in die Sache verwickelt. Eigentlich sind wir an Bär interessiert, weil er das ist, was die

Leute von Mitsutomo einen ›Schläfer‹ nennen, wie Sie selbst gehört haben.« Bär sah Holger argwöhnisch an, ein Blick, den Holger aus diplomatischen Erwägungen ignorierte. Die Anweisung lautete, vorgebliche Schläfer immer ehrerbietig zu behandeln. »Bär scheint etwas mit einem ziemlich berühmten Schläfer zu tun zu haben. Er könnte es sogar selbst sein. So oder so sind wir sehr an ihm interessiert.«

»Welcher Art ist Ihr Interesse, Mr. Kun?« Bärs grollende Stimme ließ keinen Zweifel daran, daß er nichts für unbestimmte Interessen an ihm übrig hatte.

Holger setzte eine Miene auf, die ›Wir sitzen alle in einem Boot‹ zum Ausdruck bringen sollte. Eigentlich hätte Spae diesen Teil übernehmen müssen. Sie war diejenige, die gern darüber sprach. Doch ein Agent hatte zu tun, was er tun mußte. Wenn Bär Arthur war, mußte er freundlich behandelt werden.

»Sie haben alle persönliche Erfahrungen mit den Veränderungen gemacht, die in letzter Zeit auf der Welt stattgefunden haben. Sie wissen, daß dies keine gewöhnlichen Veränderungen sind. Ständig werden Phänomene beobachtet, für die es keine vernünftige Erklärung gibt und die übernatürlicher Art zu sein scheinen. Es ist höchst beunruhigend. Wir glauben, daß die Erweckung der Schläfer irgendwie mit diesen... Anomalien in Zusammenhang steht.«

»Sie sind nicht mein Werk«, sagte Bär.

»Nein, Sir, nicht direkt.« Zumindest nicht absichtlich. Wäre es anders... »Haben Sie die Redewendung ›einstiger und zukünftiger König‹ schon einmal gehört?«

»Whites Unsinn?«

»Dann haben Sie einige der Legenden gelesen?«

»Ich glaube, das Sprichwort heißt: ›Man sollte nicht alles glauben, was man liest.‹« Eine vorsichtige und nichtssagende Antwort. Es war am besten, freundlich zu bleiben. »Und doch scheint es, als gäbe es im Herzen der Legenden ein Körnchen Wahrheit. Viele Mythen, die es über König Arthur gibt, besagen, daß er nicht tot ist, sondern nur schläft. Daß er daliegt und träumt, bis sein Volk ihn wieder braucht. Es gibt viele andere Legenden über andere Männer, andere Helden, die besagen, daß sie ebenfalls schlafen, bis sie wieder dringend gebraucht werden. Derartige Legenden finden sich auf der ganzen Welt. Einige von diesen anderen Helden sind jetzt so wach wie Sie, und wie Sie aus ihrer eigenen Zeit hierher befördert worden.«

Bär schaute nachdenklich drein, Reddy benommen. Doch Black sah merkwürdigerweise nicht so aus, als seien ihm Holgers Worte neu. Dem mußte er noch auf den Grund gehen.

»Wer sind diese anderen?« fragte Bär.

»Sie werden sie kennenlernen, wenn die Zeit reif ist.« So oder so. »Aber einstweilen gibt es einige wichtige Fragen, auf die wir Antworten benötigen. Können Sie mir sagen, wer Sie erweckt hat und, was noch wichtiger ist, warum Sie erweckt worden sind?«

»Sie nannte sich Nym«, meldete Reddy sich unaufgefordert zu Wort.

»Sie war die Frau, deren Foto Ihnen die Leute von Mitsutomo gezeigt haben?« Reddy nickte. Die möglichen Schlußfolgerungen gefielen Holger nicht. Wenn die Konzernleute mehr über diese Frau wußten als die Abteilung… »Bär, was hat sie Ihnen erzählt?«

»Ich hatte keine Gelegenheit, mich mit ihr zu unterhalten.«

»Also wissen Sie nichts über sie und ihre Gründe, Sie zu erwecken?«

Bär zögerte einen Augenblick und sagte dann kategorisch: »Nein.«

Das Zögern vor Bärs Antwort gab ihr den Anstrich von Ehrlichkeit. Hätte er sie täuschen wollen, hätte er nicht gezögert, da er nicht gewollt hätte, daß sie argwöhnten, er verheimliche ihnen etwas. Vielleicht war Bär tatsächlich ein Schläfer. Die Unwissenheit in bezug auf die Gründe für ihre Erweckung war unter den Schläfern üblich. Manche glaubten es zu wissen, aber ihre Schlußfolgerungen fußten nur selten auf dem Hier und Jetzt. Alte Feinde und noch ältere Denkweisen hatten in der modernen Welt keinerlei Bedeutung. Bär mochte einer von jenen sein, die sich etwas vormachten, aber es war auch möglich, daß er zu denen gehörte, die mehr wußten, als sie zu wissen glaubten. Im letzteren Fall waren viele sorgfältige Fragen erforderlich, bevor etwas Nützliches dabei herauskam.

»Was wissen *Sie* über diese Frau?« fragte Bär.

»Da ich ihre Identität nicht mit Sicherheit kenne, kann ich nicht viel über sie sagen. Wenn Sie bereit wären, sie auf einigen Bildern zu identifizieren, könnte ich Ihnen vermutlich mehr sagen.« Sowohl Bär als auch Reddy nickten zustimmend. Kooperativ. Gut. Aber es war am besten, wenn er ihre Erwartungen ein wenig herunterschraubte. Reddy mochte sich vielleicht mit bloßen Versprechungen ködern lassen, aber den Krieger würde er auf diese Weise verlieren. Die Vorschriften besagten zwar, den Schläfern nichts zu sagen, bis die Experten da waren, aber Holger wußte, daß er Bärs Vertrauen gewinnen mußte. »Doch selbst dann werde ich Ihnen höchstwahrscheinlich nicht sonderlich viel sagen können. Wir wissen immer noch nicht, wie Schläfer erweckt werden, aber wir wissen, daß es geschieht. Die meisten der mit diesen Schläfern verbundenen Legenden besagen, daß sie erwachen werden, um einer großen Gefahr entgegenzutreten. Meine Vorgesetzten sind sich über das Wesen dieser Gefahr zwar nicht einig, aber den Umständen der Erweckungen, von denen wir wissen, läßt sich entnehmen, daß es eine weltumspannende Gefahr ist. Falls die Legenden stimmen.«

Bär starrte ihn an. »Haben Sie irgendeine Ahnung, worum es sich bei dieser Gefahr handelt?«

»Ja, die habe ich«, war alles, was Holger zu sagen bereit war, besonders auch deshalb, weil er Spae die Treppe herunterkommen hörte. Sie war vielleicht keine Sklavin der Vorschriften, aber sie war der hiesige ›Experte‹, und es gefiel ihr nicht, wenn Leute ihre Privilegien antasteten. Als sie die Küche betrat, sagte Holger: »Meine Herren, das ist Dr. Spae, meine Kollegin. Dr. Spae ist eine Spezialistin, was in meiner Abteilung eine andere Bezeichnung für jemanden ist, der sich mit Anomalien beschäftigt.«

Spae begutachtete Holgers Mitbringsel. Ihre Miene ließ keinen Zweifel daran, daß ihr nicht gefiel, was sie sah.

»Wo ist denn nun Arthur?«

Bär schnaubte verächtlich. »Ich glaube nicht, daß das gelingen wird, Kun.«

»Geben Sie ihr eine Chance. Sie entsprechen nicht gerade Ihrer PR.« Zu Spae sagte er: »Seien Sie nett, Doktor. Ich habe diesem Herrn gesagt, daß Sie ihm dabei helfen können, etwas wiederzufinden, das er verlegt hat.«

»Was ist pe er?« fragte Bär.

Jetzt schnaubte Spae. Bär war davon nicht sehr angetan. »Ich bin nicht hergekommen, um mich von einer Frau zum Gespött machen zu lassen.«

Zu Holgers Überraschung fuhr Spae nicht auf. Statt dessen verfiel sie in das Gehabe des Wissenschaftlers. »Ihrer Reaktion entnehme ich, daß Sie angeblich der Schläfer sind.«

»Das hat man mir gesagt«, antwortete Bär in einem überraschend nachsichtigen Tonfall.

»Sie erinnern sich an nichts mehr?«

»Ich habe ein sehr gutes Gedächtnis.«

»Gut. Können Sie mir etwas über den Übergang sagen?«

»Ja. Aber warum sollte ich?«

»Ihre Feindseligkeit ist verständlich. Der Kulturschock. Aber wir sind hier alle Ihre Freunde, und wir wollen Ihnen helfen.« Spaes Versicherungen klangen automatisch in Holgers Ohren sehr oberflächlich, und Bärs Miene nach zu urteilen war dieser ebenfalls nicht sonderlich beeindruckt. »Aber um Ihnen zu helfen, muß ich einige Dinge wissen. Sind Sie zum Beispiel gegen Pocken geimpft?«

»Erklären Sie mir, wovon Sie reden, dann kann ich Ihre Frage vielleicht beantworten. Obwohl mir nicht ganz klar ist, warum ich mir die Mühe machen sollte.«

»Wo sind Sie zur Schule gegangen?«

»Wohin?«

»Wer hat Sie ausgebildet?«

Mit einem dünnen Lächeln sagte er: »In den Büchern heißt es, Merlin der Zauberer.«

»Sie können lesen?«

»Neuerdings.«

»Gut«, murmelte Spae bei sich. »Sehr gut. Unter Berücksichtigung der Zeit, die seit dem Übergang vergangen ist, ist die Mischung aus sprachlicher Akklimatisierung und Unwissenheit glaubhaft. Aber Mitsutomos Leute könnten genug wissen, um so etwas vorzutäuschen. Ein paar Tests dürften das klären.«

»Ich bin nicht hergekommen, um mich testen zu lassen«, sagte Bär, der Spae offensichtlich ebenso deutlich verstanden hatte wie Holger.

»Ja, ja. Ich glaube Ihnen Ihre schlechte Laune ja.« Sie tat seinen Einwand mit einer Handbewegung ab. »Jeder kann sich denken, daß dies ein wahrscheinliches Attribut wäre. Wie heißen Sie?«

»Man nennt mich Bär.«

»Nein, nicht Ihr Straßenname. Wie wurden Sie genannt, als Sie zuletzt unter den Lebenden weilten?«

»Genauso, nur in einer anderen Sprache.« Wieder hatte sich Verärgerung in Bärs Stimme geschlichen.

»In welcher Sprache?«

»Ich weiß nicht, wie man sie hier nennt.«

»Welchen Namen hatten Sie?«

»Artus.«

»Artus.«

Spae schwieg einen Augenblick.

»Der Name paßt zum Zeitrahmen der Artefakte. Ein gutes Detail.« Ihr Verhalten bekam einen Anflug von Unsicherheit. »Könnten Sie es tatsächlich sein?«

Bär schwieg.

Mit seinem Schweigen konfrontiert, schien Spae ein wenig verblüfft, vielleicht sogar ein wenig eingeschüchtert zu sein. Leise fragte sie: »Haben Sie Meliadus gekannt? Wer waren Ihre *Comites*?«

»Was spielt das für eine Rolle?« Bär runzelte die Stirn. »Ich bin ich, nicht der Mann, von dem Sie alles mögliche zu wissen glauben. Die Legende von König Arthur, auf die Sie alle so versessen sind, ist Unsinn.«

»Nicht völlig, sonst wären Sie nicht hier«, stellte Holger fest.

»Ich habe nichts damit zu tun, was immer auch vorgehen mag«, sagte Bär.

»Diese Wahl ist bereits für Sie getroffen worden«, sagte Holger zu ihm.

Bär bedachte ihn mit einem langen Blick. »Sie erinnern mich an jemanden, den ich einmal gekannt habe.« Sein Tonfall ließ ahnen, daß es sich nicht um eine schmeichelhafte Erinnerung handelte.

Holger lächelte ihn an.

Spae sagte: »Ich muß trotzdem einige Tests vornehmen.«

»Die Tests können warten, Doktor«, sagte Holger zu ihr.

»Und zwar sehr lange, Doktor«, ergänzte Bär. »Mr. Kun hat mir Hilfe versprochen. Ich betrachte einen Zwang, mich Ihren Tests zu unterwerfen, nicht als Hilfe.«

Mit einem mißtrauischen Blick auf Holger fragte Spae: »Welche Art Hilfe?«

»Es geht darum, etwas zu finden, das Caliburn genannt wird«, sagte Holger.

»O mein G...« Sie blinzelte ein paarmal. »Caliburn gibt es wirklich?«

»Genauso wirklich wie mich, Doktor.« Bär schien Spaes schockierte Reaktion zu freuen. »Mr. Kun sagte mir, Sie könnten mir dabei helfen, es wiederzufinden.«

»Ich... warum... ich...«

»Sie kann sich gut artikulieren, nicht wahr?« sagte Black.

»Soll ich das Hauptquartier informieren, daß wir...«

Sie unterbrach Holger, indem sie seinen Arm packte.

»Wenn Sie das tun, schrumpfe ich Ihre Eier.« Zu sich selbst sagte sie: »Mir das Wasser abgraben, ja? Provinz, ja?« Sie lächelte Bär strahlend an. »Ich muß einige Dinge wissen, um Ihnen helfen zu können.«

»Darauf möchte ich wetten.«

Aber sie unterhielten sich bis weit in die Nacht hinein.

Kapitel 16

Da Kun und Spae ihre Aufmerksamkeit fast ausschließlich auf Bär richteten, gab es für John und Mülltonnen-Harry nicht viel zu tun. Das Reihenhaus war mit einer Bibliothek von Videobüchern und Spielen bestückt, aber Mülltonne interessierte sich nicht für Spiele, und als John ihn schließlich doch zum Spielen überreden konnte, erwies er sich als schwacher Gegner. Nach dem zweiten Spiel gab John auf, und Harry okkupierte den Fernseher mit einigen der gewalttätigeren Filme aus der Sammlung und überließ John sich selbst. Er versuchte zu lesen, aber nichts schien ihn zu fesseln. Vielleicht lag es an der Gesellschaft, vielleicht lag es auch daran, daß sie sich seit zwei Tagen in dem Haus aufhielten und Holger ständig betonte, wie wichtig es sei, daß keiner von ihnen nach draußen ging.

John langweilte sich sehr.

Doch Flüchtlinge, die sich verstecken, müssen essen, und anscheinend war das Haus nicht auf Leute mit Bärs und Harrys Appetit vorbereitet. Die Vorräte an frischen Lebensmitteln gingen zur Neige. John schlug vor, das Einkaufen zu übernehmen. Zu seiner Überraschung erklärte Kun sich einverstanden. Der EG-Agent schlug sogar vor, Mülltonnen-Harry mitzunehmen. John war in solcher Eile, aus dem Haus zu kommen, daß er fast ohne die Kontokarte gegangen wäre, die Kun ihm gab, um die Einkäufe bezahlen zu können.

Zehn Minuten, nachdem er gefragt hatte, waren sie

draußen und unterwegs zu dem Laden, der Kuns Wegbeschreibung zufolge etwa eine halbe Meile entfernt lag. Die Frühlingssonne war warm und nahm dem frischen Wind die Kühle. John war froh, ihn zu spüren, obwohl der Mantel, den Kun ihm als Ersatz für seine Lederjacke gegeben hatte, für die Nachmittagstemperaturen etwas zu dick war.

Sie waren noch keinen Block weit gekommen, als Faye meldete, daß Kun ihnen folgte. John war es gleich. Er war einfach nur froh, draußen an der frischen Luft zu sein. Er war noch froher, sich in einer Gegend zu befinden, wo er sich nicht immer umschauen mußte, um sich zu vergewissern, daß sich niemand an ihn anschlich, um ihn zu überfallen. Sollte Kun ihnen ruhig folgen. Falls es doch Straßenräuber gab, konnte er sich um sie kümmern.

Das Einkaufen im Supermarkt erinnerte ihn an das Lebensmittelgeschäft in seiner alten WoGe.

Was ihn an seine Mom erinnerte.

Der Charme der Expedition war plötzlich wie weggeblasen, und Johns Stimmung wurde düster. Mülltonnen-Harry sah ihn gekränkt an, als John ihn anschnauzte. Aber er hatte nicht vor, eine Erklärung abzugeben oder sich zu entschuldigen. Als sie mit dem Einkaufen fertig waren, hatte John seine Gedanken erneut zur Gegenwart zurück gezwungen und schon wieder Spaß an ihrem Ausflug.

Er spürte den Stich im Nacken etwa zur selben Zeit, wie er Fayes Warnung hörte, aber da war es bereits zu spät. Er drehte sich um und sah, wie Mülltonnen-Harry nach seinem Hals schlug. Der Beutel, den Harry trug, fiel zu Boden.

Lauf, John!

John wollte nicht laufen. Eher wollte er schlafen. Was eigentlich komisch war, weil er sich mitten auf der Straße befand. Trotzdem war ihm wirklich nach Schlaf zumute.

Nein, John. Du mußt weglaufen!

»Alles okay, geh weg, Faye.«

Der Reim amüsierte ihn. Auf eine schläfrige Art. Er war viel zu losgelöst, um mehr zu tun, als zu lächeln. Er döste weg, wobei er sich auf dem Beton seltsam wohl fühlte. Er war sogar zu müde, um sich zu wundern, warum Mülltonnen-Harry sich über ihn gebeugt hatte und jemanden anknurrte.

*

Kaum war der Polizist verschwunden, als Holger sah, daß die Sender tot waren. Er zerknitterte den Strafzettel für einen angeblich nicht funktionierenden Blinker und ließ die Monitoraufzeichnung zurückspulen. Die Signale waren zuletzt von einem Ort gekommen, der nur ein paar Blocks entfernt lag, also sah er ihn sich zu Fuß an. Es handelte sich um die Kreuzung einer Straße, die hinter einem Markt verlief, mit einer Anlieferungszufahrt zu einem Industriegebiet, einer Gegend mit wenig Verkehr und noch weniger Leuten auf der Straße.

Es war nichts Ungewöhnliches zu sehen.

Der Wind frischte auf und zupfte an seiner Jacke. Holger trat in den Windschatten des Straßenschilds für das Industriegebiet. Nein, nichts. Ebensogut hätten sie sich in Luft aufgelöst haben können. Ein Schauder überlief ihn.

Der Wind zupfte immer noch an ihm, was ihn ärgerte. Das Schild hätte ihn eigentlich schützen müssen. Er unterdrückte seinen Ärger und sah sich die Gegend genauer an. Sein Blick fiel auf einen abgerissenen Fetzen von einer Einkaufstüte. Während er den Fetzen betrachtete, wurde er vom Wind mit einer unheimlichen

Zielstrebigkeit zu einer Baumgruppe gewirbelt. Das fadenscheinige Stück Plastik traf einen der Bäume und blieb am Baumstamm hängen.

Holger sah sich um. Er war noch immer der einzige Mensch weit und breit. Nervös ging er auf den Baum zu. Der Plastikfetzen hing an etwas, das aus dem Stamm ragte. Er nahm den Fetzen weg und sah, daß es sich um einen Kristallpfeil handelte, der sich in den Stamm gebohrt hatte. Er legte das Stück Plastik um den Pfeil und zog ihn heraus, nur um zu sehen, wie er sich durch die Wärme seiner Hand auflöste.

Dies war eine Technologie, die er kannte, und das bedeutete, daß Reddys und Blacks Verschwinden keine magischen Ursachen hatte. Er fühlte sich besser, und das trotz der Art und Weise, wie seine Aufmerksamkeit auf den Pfeil gelenkt worden war. Darauf bedacht, den winzigen Tropfen Flüssigkeit zu bewahren, der noch von der Kristallnadel übrig geblieben war, faltete er das Plastik zusammen. Mit etwas Glück hatte er nach seiner Analyse eine Spur.

*

John hörte leise Stimmen, als er langsam das Bewußtsein wiedergewann.

Faye?

…

Nein, nicht Faye.

Das meiste von dem, was gesagt wurde, verstand er nicht, aber eine Sache, die er ganz klar und deutlich hörte, war eine Männerstimme, die in ernstem Tonfall vor einer allergischen Reaktion warnte. Er hörte den Namen Pentatell und konnte sich erinnern, daß Pentatell eine Art Wahrheitsserum war. Es gab eine leise Auseinandersetzung, und John hörte auch eine Frauenstimme. Sie hatte ihn an Faye denken lassen.

Er öffnete die Augen. Wie bei einer langsam warm werdenden Fernsehbildröhre wurden die Bilder langsam heller, bis sie sich so etwas wie Klarheit näherten. Sein Magen mochte die Veränderung nicht und rebellierte. Krämpfe schüttelten seinen Körper, und er spürte starke Hände auf sich ruhen, die ihn stützten, während eine Stimme sinnlose Wörter in beruhigendem Tonfall murmelte. Die Hände drückten ihn, als das Würgen aufgehört hatte, sanft zurück aufs Bett. Erschöpft schloß er die Augen und ließ die Hände machen und sich von ihnen säubern.

»Fühlen Sie sich besser?« fragte eine tiefe männliche Stimme.

Als was? Als eine tote Ratte? Er öffnete die Augen und betrachtete den Fragesteller. Die Stimme gehörte einem stämmigen Mann in einer weißen Uniform. Er roch nach Desinfizierungsmittel und Gewürzen.

»Der Doktor sagt, Sie müßten eigentlich sprechen können, sollten es aber nicht übertreiben.«

Der Mann zog sich zurück, und eine Frau trat in Johns Blickfeld. Sie hätte durchaus eine Schauspielerin sein können, die die Rolle einer Konzernchefin spielte, aber dafür sah sie nicht gut genug aus. Was nicht hieß, daß sie nicht hübsch war, wenn man etwas für den lateinamerikanischen Typ mittleren Alters übrig hatte, der sich gut gehalten hatte. Ein Zugehörigkeitsbutton glänzte im Revers ihrer makellosen Anzugjacke, aber Johns Augen wollten sich nicht darauf konzentrieren.

Sie befand sich in Begleitung eines bärtigen Mannes in einem ähnlichen Anzug, der praktisch ein Zwerg war. Er reichte der Frau kaum bis zur Schulter. Die mürrische Miene des Mannes stand in krassem Gegensatz zum freundlichen Lächeln der Frau.

»John, wissen Sie, wer ich bin?« fragte sie.

»Nein«, krächzte er. »Sollte ich?«

»Ich heiße Pamela Martinez. Ich nehme eine leitende Stellung bei Mitsutomo Keiretsu ein. Das ist Mr. Sörli. Wir haben uns Sorgen um Sie gemacht, John.«

»Mitsutomo?« Hatte der Konzern nicht versucht, ihn umzubringen? Er wünschte, sein Hirn wäre nicht gegen Haferbrei ausgetauscht worden.

»Sie waren in schlechter Gesellschaft, John.« Ihr Tonfall enthielt einen Anflug von Zurechtweisung. »Aber jetzt haben wir Sie nach Hause gebracht.«

»Nach Hause?« Dieser antiseptisch riechende weiße Raum mit seinen Chrom- und Emaille-Verzierungen sah nicht wie jemandes Zuhause aus. »Wo bin ich?«

»In einer unserer Bostoner Anlagen.«

»In Boston? Aber ich war in Rhode Island. Ich kann mich nicht erinnern. Wie bin ich hierher gekommen?«

Sörli setzte zu einer Antwort an: »Wir haben Sie aufgespürt…«

»Bedauerlicherweise waren Sie in Gesellschaft von Harold Black. In dem Versuch, Sie von ihm zu trennen, wurden Sie versehentlich von einem Betäubungspfeil getroffen, der ihn lähmen sollte. Ich fürchte, Sie haben sehr stark auf das Betäubungsmittel reagiert.«

»Black? Mülltonnen-Harry? Was ist mit ihm?«

»Um ihn brauchen Sie sich keine Sorgen zu machen«, sagte Sörli. »Wir haben uns um ihn gekümmert.«

»Sie haben ihn umgebracht?«

»Nein, er ist nicht tot, John. Aber Mr. Sörli hat recht. Sie sollten sich seinetwegen keine Sorgen machen. Er ist nicht Ihr Freund. Er ist ein subversives Element und ein Mörder, der Sie in bezug auf seine Absichten wissentlich irregeführt hat. Sie haben Glück, daß es uns gelungen ist, Sie vor ihm und seinen Komplizen zu retten.«

»Ich brauchte nicht gerettet zu werden.«

»Ich sagte Ihnen doch, daß er infiziert ist«, sagte Sörli zu Martinez.

»Er ist verwirrt, das ist alles«, erwiderte sie. Zu John sagte sie: »Wir wissen, daß man Sie getäuscht hat. Wir werden Ihnen helfen zu verstehen, was tatsächlich vorgeht, weil wir die Hilfe starker, ehrlicher Männer wie Sie es sind brauchen.«

John fühlte sich nicht besonders stark. Im Augenblick, da seine Glieder sich sämtlich alle Mühe gaben, nasse Lappen zu imitieren, fühlte er sich eher wie Scheiße. Aber er erkannte eine Schmeichelei, wenn er eine hörte, auch wenn er nicht wußte, warum sie ihn für der Mühe wert hielten.

»Was wollen Sie von mir?«

»Wir kämpfen gegen das Chaos, das unsere Welt zerstören will. Es handelt sich dabei um eine Bedrohung, die kein vernünftig denkender Mensch ignorieren kann. Wir wollen, daß Sie uns helfen.«

»Ich verstehe Sie nicht. Ich weiß nichts über irgendein Chaos.«

»Sie verstehen besser, als Sie glauben. Wir wissen, daß Sie in der Nacht im Woodman Museum waren, als die Agenten des Chaos einen ihrer Durchbrüche erzielten. Sie haben gesehen, wozu diese Leute fähig sind. Ihnen muß doch klar sein, daß sie aufgehalten werden müssen, bevor sie unsere Gesellschaft in Stücke reißen.«

Martinez klang aufrichtig. Fast zu aufrichtig. Sie hätte ein Prediger sein können, der auf Bekehrung aus war. John hatte noch nie viel für aufdringliche Prediger übrig gehabt.

»Mitsutomo hat Sie geschützt, während Sie aufgewachsen sind, John. Ist es da zuviel verlangt, daß Sie dabei helfen, Mitsutomo jetzt zu schützen?«

Das klang so vernünftig.

»Ihre Mutter ist von uns abhängig. Sie haben einige

Zeit auf der Straße verbracht. Sie haben gesehen, wie die Leute leben, die nicht in den Genuß der Vorzüge einer Konzernzugehörigkeit kommen. Können Sie sich vorstellen, daß Ihre Mutter so lebt? Sie wird es müssen, wenn die Agenten des Chaos ihren Willen bekommen. Sie können etwas tun, um eine solche Katastrophe zu verhindern, John. Ihre Mutter würde die Straße niemals überleben. Sie verläßt sich auf Sie, John.«

»Sie hält mich für tot.«

»Das läßt sich ändern. Sie können zurück zu ihr nach Hause gehen. Zuerst wird es schwierig sein. Sie hat Ihren ›Tod‹ nicht sonderlich gut verkraftet, aber unsere Psychologen haben ihr dabei geholfen, sich damit abzufinden. Wir werden auch in dieser Situation da sein und helfen.«

»Ich will sie sehen.«

»Im Augenblick können Sie das nicht, John. Es wäre nicht sehr klug.«

»Warum nicht?«

»Zuerst müssen einige Dinge geregelt werden. Die Agenten des Chaos sind skrupellos. Sollten sie erfahren, daß Sie uns helfen, könnten sie sie bedrohen. Ich glaube, es ist sicherer für sie, wenn Sie noch eine Weile ›tot‹ bleiben. Wenn Sie ein wenig darüber nachdenken, werden Sie mir zustimmen. Sobald dies geregelt ist, werden wir alles tun, was in unserer Macht steht, um dafür zu sorgen, daß Sie und Ihre Mutter ein glückliches Wiedersehen feiern können.«

»Was wollen Sie von mir?«

»Artus«, sagte Sörli.

Martinez bedachte den Mann mit einem strengen Blick. »Wir brauchen Ihre Zusammenarbeit in unserem Kampf gegen das Chaos. Dieser Artus ist einer der Agenten des Feindes. Er und jene, die ihm helfen, destabilisieren unsere Welt. Wie Black ist auch er nicht

Ihr Freund, John. Was hat er denn schon für Sie getan?«

Ja, was?

»Er hat Ihnen Ihr Leben weggenommen«, fuhr sie fort. »Sie schulden ihm nichts.«

Bilder von dreißig Silberlingen verschwammen vor Johns geistigem Auge. »Sie wollen, daß ich ihn verrate.«

»Man kann niemanden verraten, dem man keine Loyalität schuldet«, sagte Sörli. »Sie haben ihn töten sehen. Leute, die ihm in die Quere kommen, sterben. Wie lange wird es noch dauern, bis Sie ihm in die Quere kommen?«

»Er ist gefährlich, John«, wiederholte Martinez. »Das wissen Sie.«

Nur zu gut.

Die Eindringlichkeit dieser beiden war beängstigend. So wie manchmal bei Bär. Alle wollten John auf ihrer Seite haben. Alle sagten ihm, wie gefährlich alle anderen waren. Wem sollte er glauben?

»Wir brauchen Ihre Hilfe, John. Ihre Mutter braucht Sie.«

Johns Blickfeld verschwamm, als ihm die Tränen in die Augen stiegen.

»Wenn das alles vorbei ist, können Sie heimkehren, John. Sie und Ihre Mutter werden das Beste bekommen, was Mitsutomo zu bieten hat.«

Konnte er ihr glauben? Er war so verwirrt, und das Nachdenken fiel ihm so schwer.

»Ich brauche etwas Zeit, um darüber nachzudenken.«

Sie tätschelte mitfühlend seinen Arm. Auf ihr Nikken hin ging Sörli. Der Krankenpfleger auch. Als sie allein waren, sagte Martinez: »Denken Sie nicht zu lange darüber nach, John. Das Chaos wächst beständig. Die Zeit läuft gegen uns.«

Dann ging sie ebenfalls. John hörte ein Klicken, als die Tür sich hinter ihr schloß. Er mußte nicht erst aufstehen, um zu wissen, daß sie abgeschlossen worden war, aber er überzeugte sich trotzdem. Sie war versperrt. Er schwankte zum Bett zurück und versuchte seinen benebelten Kopf zum Denken zu zwingen.

Kapitel 17

Es war vier Uhr morgens, und bei Advanced Concepts Engineering schien alles ruhig zu sein. Nichts, was Holger und Bär bisher getan hatten, störte diese Ruhe, aber der heikle Teil rückte jetzt immer näher. Bär bewegte sich beinahe lautlos auf den ACE-Wachmann zu. Das Gehör des Mannes war ganz eindeutig nicht so scharf wie Holgers, denn er reagierte nicht auf die dunklen Schatten, die sich ihm näherten. Holger beobachtete ihn über den Lauf seiner Hammer-Schoenfeld-Betäubungspistole und wartete, bis Bär nur noch drei Meter entfernt war, bevor er schoß.

Der Pfeil traf den Hals des Wachmanns unterhalb und hinter seinem rechten Ohr. Der Mann schlug sich an den Hals, die übliche Reaktion. Die Droge wirkte sehr schnell, und er sank bereits zusammen, während er noch verständnislos auf seine saubere Hand starrte. Gewöhnlich glaubten sie, ein Insekt habe sie gestochen. Bär sprang vor und hielt den Mann fest, bevor er auf seine Konsole fallen konnte. Es war alles sehr gut eingerichtet.

Holger trat zu ihm ans Kontrollpult. »Sie bewegen sich ausgezeichnet. Sehr leise.«

»Haben Sie je ein Lager der Waliser überfallen?«

»Nein.«

»Ich schon. Dabei muß man leise sein, sonst kommt man nicht mehr dazu, die Geschichte zu erzählen.«

»Gutes Sensornetz?«

Bär schaute ihn merkwürdig an. »Große Ohren.«

»Genau.«

Holger sah sich die Konsole an, merkte sich die Anordnung und nahm ein paar Änderungen in dem Programm vor, das er in seinem PC geladen hatte.

Bär legte den Kopf des Wachmanns auf das Pult und arrangierte alles so, daß es so aussah, als sei er auf natürliche Art eingeschlafen. »Irgendwie passend, daß wir ihre eigene Alchimie gegen sie einsetzen.«

»Sie wird ihren Zweck erfüllen.«

Es war zwar Chemie und nicht Alchimie, aber die Unterscheidung schien bedeutungslos zu sein.

Die Analyse der Kristallnadel, die Holger am Entführungsort gefunden hatte, enthüllte, daß zwei der drei Hauptbestandteile des chemischen Cocktails typische Komponenten für Betäubungsmittel waren, wie sie in der Veterinärmedizin benutzt wurden. Ein Produkt von Chemogenics. Dem Labor war es nicht gelungen, die Funktion der dritten Komponente zu ermitteln, obwohl es einen Signaturabschnitt in der Molekülkette identifiziert hatte, der das Markenzeichen einer Designerdroge von Chemogenics war. Die ersten beiden Komponenten hätten gekauft worden sein können, aber die dritte war kein kommerzielles Produkt. Da Chemogenics eine Tochtergesellschaft von Mitsutomo Keiretsu war, deutete alles darauf hin, daß es sich bei der Entführung um ein Unternehmen von Mitsutomo handelte. Daß sie jetzt bei ihrem eigenen Unternehmen ein von Chemogenics kommerziell hergestelltes Betäubungsmittel benutzten, war in gewisser Hinsicht sehr passend.

Holger warf den vorbereiteten Chip aus seinem PC aus und legte ihn in die Konsole ein. Er ließ die Prüfungsroutine durchlaufen und bekam grünes Licht. Von nun an würde der Chip immer dann, wenn Holger seinen Lasertransmitter auf eine Videokamera richtete, das codierte Licht lesen und das Durchdringungsprogramm aktivieren. Der ACE-Computer würde die letzten zwei Minuten Videoaufzeichnung kopieren und noch einmal als aktuelles Signal aufzeichnen, wobei die Aufzeichnung immer jeweils zehn Sekunden vor dem Empfang des codierten Signals begann. Wenn sie zügig arbeiteten, konnten sie auf diese Weise in die Anlage hinein und wieder heraus kommen, ohne dabei aufgezeichnet zu werden. Ein Experte konnte die Manipulation bei der Durchsicht der Bänder entdecken, doch wenn alles glatt lief, hatte Mitsutomo bis dahin längst einen besseren Grund zu der Annahme, überfallen worden zu sein.

Holger wurde mühelos fertig, bevor die Kamera in der Lobby wieder auf das Konsolenpult schwenkte. Er und Bär zogen sich in den nicht überwachten Flur zurück, aus dem sie auf den Wachmann geschossen hatten. Die Kamera schwenkte über ihn hinweg und zeichnete den schlafenden Wachmann auf. Holger wartete, bis der Schwenk beendet war, und ging dann zum Pult zurück. Die Kamera hatte jetzt das Material gespeichert, um bei jedem Schwenk einen ungestört schlafenden Wachmann zeigen zu können. Nachdem Holger Bär gezeigt hatte, wie er die Kamera anblitzen konnte, machte Holger sich über den ACE-Computer her und suchte darin nach irgendeiner Art von Bestätigung dessen, was Spaes Hokuspokus vermuten ließ.

Assoziation und Ansteckung waren die Autoritäten, die sie zitiert hatte, als sie aus ihrem Ritualkreis gekommen war und ihm einen mit Markierungen versehenen Stadtplan von Nord-Boston gegeben hatte, und zwar mit den Worten, daß Reddy dort sei. Bär schien mit ihrer Aussage zufrieden gewesen zu sein, doch Holger hatte die auf dem Stadtplan angekreuzte Stelle selbst überprüfen müssen. Magie war unzuverlässig. Nachdem er jede Adresse in der Gegend überprüft hatte, verrieten ihm seine Quellen, daß es sich bei einer um Advanced Concept Engineering handelte, einem Mitglied der Mitsutomo-Keiretsu-Gruppe. Vielleicht war es nur ein Zufall, daß Spae einen Block eingekreist hatte, in dem sich auch die Büros einer Tochtergesellschaft von Mitsutomo befanden. Aber es war ihre beste Spur.

Die Spur wurde heißer, als Holgers nicht genehmigtes Herumstöbern in ihrem System die Einlaßprotokolle zutage förderte. Es gab Grenzen für das, was noch Zufall sein konnte und was nicht. Das Protokoll wies die außerplanmäßige Ankunft mehrerer Angestellter der Medinet Corporation eine Stunde nach Reddys Verschwinden aus. Ein Unfall innerhalb der Anlage war nicht verzeichnet, also waren diese Leute nicht wegen eines Notfalls gekommen. Konnte es wiederum Zufall sein, daß Medinet, eine weitere Keiretsu-Tochter, der Hauptabnehmer von ACEs Betäubungsmitteln war? Holger glaubte es nicht. Er war zuversichtlich genug, seine Suche fortzusetzen.

Die Durchsicht der Inventarlisten ergab, daß wenige Minuten nach der Ankunft des Medinet-Teams Medikamente angefordert worden waren. Holger war sicher, daß ihm die Namen der Medikamente etwas Bedeutsames verraten haben würden, hätte er mehr von Medizin verstanden. Der Eintrag verriet ihm jedoch, daß das Medinet-Team einen oder mehrere Patienten mitgebracht hatte.

Doch wo waren er oder sie untergebracht? Reddy war vielleicht gar nicht mehr hier. Eine weitere Überprüfung der Einlaßprotokolle zeigte, daß sich die Mitglieder des Medinet-Teams nicht gemeinsam abgemeldet hatten. Einige hielten sich noch in der Anlage auf, was vermuten ließ, daß dies auf ihren oder ihre Patienten ebenfalls zutraf. Die Biolabors waren der offensichtliche Ort, um jemanden gefangenzuhalten, der medizinische Betreuung benötigte, und dort war auch die Sicherheit am strengsten. Wenn Reddy dort war, würde es nicht leicht sein, ihn zu befreien. Das Problem schien Holger zu groß.

Aber was, wenn Reddy nicht dort war?

Der direkte Zugriff auf medizinische Dateien überstieg Holgers Fähigkeiten. Er hatte weder die Zeit noch das Vermögen, sich durch die Sicherheit zu hakken. Er brauchte eine indirektere Methode, sich die Anwesenheit seiner Zielperson bestätigen zu lassen. Er überprüfte die Versorgungsunterlagen der Anlage. Ja, die Labors wiesen in der fraglichen Zeit einen erhöhten Stromverbrauch auf. Dasselbe galt für eine Reihe anderer Abschnitte, darunter auch die Chefbüros, was nicht weiter überraschend war. Wenn Mitsutomos Engagement so groß war, daß sie ein Überfallkommando geschickt hatten, würde gewiß ein hohes Tier das Unternehmen überwachen. Überraschend war hingegen der beständige Stromverbrauch in einer der Gästesuiten. Holger startete eine Suche nach Quereinträgen für die Gästesuite. Er fand eine Empfangsbestätigung für Medikamente, die von einem Mitglied des Medinet-Teams unterschrieben worden war.

Er hatte den Patienten gefunden.

Blieb nur noch zu hoffen, daß es sich bei ihm tatsächlich um John Reddy handelte.

Da dies ihre erfolgversprechendste Spur war, beschloß er, ihr zu folgen. Zu dem Raum zu gelangen, war relativ leicht. ACE hatte keine Hochsicherheitsvorrichtungen in den Wohntrakten der Anlage angebracht. Vielleicht glaubten sie, daß ihre Außensicherheit gut genug war, vielleicht erwarteten sie, daß die Bosse ihre eigene Sicherheit mitbrachten. Holger wußte es nicht, und im Augenblick war es ihm auch ziemlich egal. Er war zufrieden damit, daß es so war.

In dem Flur, der die Gästesuiten miteinander verband, war eine Überwachungskamera aktiv, also blitzte er sie mit seinem Lasertransmitter an und ging zu der fraglichen Tür. Bär blieb hinter ihm und hielt nach allem Ausschau, was sich ihnen in den Weg stellen konnte.

Die Tür war verschlossen und ließ sich nur von außen öffnen. Das war in der Tat ein gutes Zeichen. Nur ganz bestimmte Arten von ›Gästen‹ würden eingesperrt sein.

Holger zückte seinen magnetischen Dietrich und schob die Sonde in den Schlitz des Schlosses. Es blieb nicht viel Zeit. Er haßte es, ein Schloß unter Zeitdruck zu knacken. Er machte sich am Tuner zu schaffen und hatte das allgemeine Muster nach dreißig Sekunden entschlüsselt. Bei einer noch verbleibenden Zeit von einer Minute und zwanzig Sekunden überließ er dem System die Arbeit.

Noch eine Minute: die Anzeige wies eine Wahrscheinlichkeit von 50 Prozent für eine Übereinstimmung aus.

Fünfundvierzig Sekunden. Die Wahrscheinlichkeit war nur um 11 Prozent gestiegen.

Dreißig Sekunden. Die Anzeige sprang auf 79 Prozent.

Zu langsam. Er gab eine Mutmaßung hinsichtlich der Frequenz ein. 78 Prozent. Noch einmal. 77 Prozent. Verdammt! Noch einmal. 85 Prozent.

Fünfzehn Sekunden. 92 Prozent.

Zehn Sekunden. Keine Zeit mehr.

Er bestätigte bei einer Wahrscheinlichkeit von nur 95 Prozent.

Das Schloß öffnete sich.

Er öffnete die Tür und war einen Augenblick später hindurch. Bär klebte wie ein Schatten an ihm. Als er die Tür hinter sich schloß, waren noch zwei Sekunden übrig.

Der Raum war spärlich möbliert, mehr wie ein Krankenzimmer denn eine Gästesuite. Die Monitorkonsole neben dem Bett, die das Zimmer beherrschte, unterstrich diesen Eindruck noch. Im Bett lag eine einzelne Gestalt, lang und dünn. Holger bemerkte die silbrigen Haare. Im gedämpften Licht sah das Profil wie Reddys aus. Der Junge lag sehr still, aber alle Lampen auf der Monitorstation zeigten grünes Licht. Die über den Schirm laufenden Linien ließen auf einen normalen Schlaf schließen.

»Reddy?«

Er rührte sich nicht.

In einem Akt wortloser Verständigung trat Holger auf die eine Seite des Bettes, Bär auf die andere. Sie nahmen beide einen Arm, während Holger seine Hand auf Reddys Mund legte, um etwaige Ausrufe zu unterdrücken. Der Junge zuckte bei der Berührung. Als er feststellte, daß er festgehalten wurde, wehrte er sich dagegen. Sie hielten ihn weiterhin fest. Reddy versuchte, Holger in die Hand zu beißen.

»Alles in Ordnung, Jack«, sagte Bär eindringlich. »Wir sind es, Bär und Kun. Freunde, Jack. Freunde.«

Scheiße! Wußte dieser Bursche denn nichts über verwanzte Zimmer? Nein, wahrscheinlich nicht. Zumindest hörte der Junge auf, sich gegen sie zu wehren. Um den angerichteten Schaden so gering wie möglich zu halten, flüsterte Holger: »Seien Sie still, Reddy. Wir wissen nicht, wer uns zuhört. Keine Namen mehr, okay?«

Reddy nickte zustimmend, und Holger nahm die Hand weg. Zu Holgers Belustigung sah Bär sich um, als suche er nach Lauschern oder ihren Verstecken. Nein, alter Mann, keine Wandbehänge, hinter denen man sich verstecken könnte, aber die Lauscher von heute brauchen auch keine.

»Sie haben *meinen* Namen benutzt«, beschwerte sich Reddy.

»Die wissen bereits, wer Sie sind. Können Sie laufen?«

»Ja«, erwiderte er.

»Rennen?«

»Ich kann es versuchen.«

»Guter Junge.« Holger gab ihm einen Beutel. »Ziehen Sie sich an. Wir werden Sie hier rausholen.«

Reddy zog sich sein Krankenhausnachthemd aus und streifte die Kleider über, die sie für ihn gekauft hatten. Bär marschierte in dem Zimmer auf und ab. Immer noch auf der Suche nach Lauschern? Reddys Stimme wurde durch den Rollkragenpullover gedämpft, den er sich gerade über den Kopf zog.

»Was ist mit Mülltonnen-Harry? Den haben sie auch erwischt.«

»Er wird allein zurechtkommen müssen«, erwiderte Bär, ohne innezuhalten.

»Wir können nicht ohne ihn gehen«, sagte Reddy.

»Das werden wir wohl müssen«, sagte Holger. »Uns bleiben nicht mehr als zwanzig Minuten, bevor sie herausfinden, daß sie ein Sicherheitsleck haben, und wir haben keine Ahnung, wo sie ihn festhalten. Wir haben keine Zeit, ihn zu suchen. Vielleicht ist er nicht einmal hier.«

»Woher wußten Sie, daß ich hier bin?«

»Spae hat sie aufgespürt. Ihn konnte sie nicht finden. Sie sagte, rings um ihn wäre alles ein einziges Durcheinander.«

»Vergiß ihn, Jack«, sagte Bär.

Reddy schüttelte den Kopf. »Ich finde, wir sollten ihn nicht hier lassen.«

»Wollen Sie hier bleiben?« fragte Holger.

»Nein.«

»Dann gehen wir jetzt.«

*

Kun ging zuerst durch die Tür und richtete eine Kanone auf etwas, das sich weiter vorne im Flur befand. Er schien auf die Videokamera zu zielen, aber nichts geschah, jedenfalls sah John nichts. Kun bedeutete Bär und John herauszukommen.

Eine hektische, vertraute Präsenz verschlang ihn, als er den Flur betrat. Faye!

John, ich bin so froh, daß du in Sicherheit bist! Ich konnte dort nicht hinein. Sie verfügen über etwas, das mich aussperrt. Als sie dich erwischten, habe ich mir solche Sorgen gemacht! Da hatten sie auch schon etwas. Deshalb wußte ich auch erst, daß sie da waren, als es schon zu spät war. Es tut mir so leid! Aber ich habe Holger geholfen. Ich habe ihm gezeigt, was sie bei dir benutzt haben. Und ich habe Dr. Spae dabei geholfen, dich zu finden. Sie sagte, es sei alles in Ordnung mit dir. Es ist doch alles in Ordnung, oder? Ich konnte nicht in deine Nähe kommen!

Puh, immer langsam. Du kannst mir später davon erzählen, wenn wir tatsächlich in Sicherheit sind. Wir müssen immer noch hier raus.

Bär versetzte John einen Stoß und schickte ihn damit hinter Kun her. John setzte sich stolpernd in Bewegung.

Wollt ihr Mülltonnen-Harry hier lassen?

John blieb stehen. Er ist hier?

Unten. Er ist verletzt.

»Reddy, hören Sie mit den Selbstgesprächen auf.« Kun klang so, als sei er wütend auf John. Egal.

»Das sind keine Selbstge… Schon gut. Harry ist hier. Er ist unten.«

Bär sah John argwöhnisch an. »Woher weißt du das?«

»Spielt das eine Rolle? Ich weiß es. Wir müssen zu ihm, bevor sie ihm noch Schlimmeres antun.«

»Wir gehen«, entschied Kun.

»Ich nicht. Nicht ohne Harry.«

»Ich kann Sie betäuben und von Bär tragen lassen.«

»Schöne Rettung.« John schaute Bär flehentlich an. »Wie kannst du ihn im Stich lassen? Ich meine, ich weiß, du magst ihn nicht, aber er hat uns geholfen, als wir in Schwierigkeiten waren.«

»Wir verschwenden unsere Zeit«, sagte Kun ungeduldig.

Bär starrte John in die Augen. Seine Miene war hart, verschlossen. Schließlich fragte er: »Wird er bewacht?«

Nein.

»Nein.«

Bär wandte sich an Kun. »So ungern ich es auch sage, wir sollten es versuchen.«

Kun sah aus, als wolle er einen Mord begehen.

*

Es war nicht im Plan vorgesehen. Es paßte nicht in den Zeitrahmen. Aber sie taten es trotzdem. Spaes Stimme hallte ihm noch in den Ohren, sie müßten dem Schläfer ihren guten Willen zeigen. Das war auch der Grund für den Einbruch bei ACE. Um ihren guten Willen zu zeigen, sagte Holger sich immer wieder. Um ihren guten Willen zu zeigen.

Mehr als guter Wille war nötig, um die Anlage heil und gesund zu verlassen, wenn sie den alten Bastard nicht schnell fanden und rausbrachten.

Sie folgten Reddys Anweisungen und umgingen dabei zwei Wachposten und eine Streife. Der Raum, von dem Reddy behauptete, daß Black darin eingesperrt sei, war ebenso verschlossen wie sein eigener. Doch da er bereits Reddys Schloß geöffnet hatte, war dieses leichter zu knacken. Es klickte, und sie traten ein.

Das Zimmer stank nach Schweiß, Exkrementen und Angst. Und Chemikalien. Vertrauten Chemikalien. Hinter einer Barriere aus Perspex brannte eine einzelne Glühbirne gnadenlos auf die zusammengekrümmt in einer Ecke liegende Gestalt nieder. Hier gab es weder ein Bett noch eine Monitorkonsole. Nur ein Häufchen Elend, das in einer Lache seiner eigenen Ausscheidungen lag.

»Harry?« Reddy klang entsetzt.

Beim Klang der Stimme des Jungen regte sich der Haufen. Ein blutunterlaufenes Auge erschien zwischen den verdrehten Falten der fadenscheinigen Decke. Ächzend entfaltete Harry sich und richtete sich auf. Der Mann sah aus, als habe er vier Runden mit einer Müllpresse hinter sich.

»Jack?«

»Und B… Und Freunde. Bist du okay?«

»Ich hab ihnen nichts gesagt«, murmelte Black. »Ich hab ihnen gar nichts gesagt, Jack.«

Unwahrscheinlich. Aber Holger war nicht der Ansicht, daß dies die rechte Zeit war, näher auf dieses Thema einzugehen.

»Komm schon, Harry.« Reddy half dem Mann auf dessen wacklige Beine. »Wir schaffen dich hier raus.«

Zu Holgers Überraschung hielten sie tatsächlich Wort.

*

Sie waren bereits eine halbe Stunde unterwegs, aber erst, als sie die langgezogene Ausfahrt von der Route 128 auf die I-95 South nahmen, hatte John eine Ahnung, wohin sie fuhren. Bis jetzt hatte ihn das nicht gestört. Er war froh gewesen, nicht mehr an diesem Ort zu sein, wo er anscheinend mehrere Tage verbracht hatte, an die er sich nicht erinnern konnte. Schlimm genug, was sie *ihm* angetan hatten. Dafür hätte es tatsächlich eine vernünftige, rationale Erklärung geben können. Jedenfalls hatte Martinez rational und vernünftig geklungen. Doch nachdem er gesehen hatte, was sie Mülltonnen-Harry angetan hatten, mußte er an allem zweifeln, was sie ihm erzählt hatten. Wie konnten Menschen tun, was Harry angetan worden war?

»Fahren wir ins Versteck zurück?«

Ohne den Blick von der Straße abzuwenden, schüttelte Kun den Kopf. »Es kann sein, daß es kompromittiert wurde, also konnten wir das Risiko nicht eingehen. Wir sind umgezogen.«

»In ein anderes Versteck?«

Kun nickte. »Das ist einer der Vorteile, wenn man für eine große Organisation arbeitet.«

Wo sich diese neue Zuflucht auch befand, sie lag jedenfalls, da sie nach Süden fuhren, in der Richtung der letzten. Die Richtung spielte im Grunde keine Rolle, solange sie sich von Boston und den Folterknechten Mitsutomos entfernten.

Natürlich entfernten sie sich auch von Worcester und damit von seiner Mutter. Bennett zufolge war sie jedoch nur eine Frau, die ihn großgezogen hatte. Aber war das nicht genau das, was eine Mutter ausmachte? Jedenfalls kannte er keine andere Mutter.

Sie stand noch immer in Mitsutomos kaltherzigem Schatten.

Aber er sah nicht, wie er das ändern konnte. Sie würden sie überwachen und darauf warten, daß er sie zu erreichen versuchte. Er bildete sich nicht ein, durch das Netz zu schlüpfen, das sie auswerfen konnten. Kun mochte es schaffen. Er hatte es bewiesen, indem er John und Harry aus Mitsutomos Klauen befreit hatte. Doch Kun verfolgte wie alle anderen, die an John herumzerrten, eigene Pläne. Und hilflose Leute zu retten, schien darin keinen Platz zu haben.

Vielleicht können wir ihn mit einer List dazu bringen zu helfen?

Das wäre einen Versuch wert. Hast du eine Idee, wie?

Noch nicht.

Ich auch nicht. Laß uns darüber nachdenken.

John dachte den ganzen Weg nach Providence erfolglos darüber nach. Er wußte einfach nicht genug über Kun und seine Organisation, um ihre wahren Motive zu erraten. Sie fuhren auf der I-195 nach Osten und dann praktisch sofort auf die Route 44. John hatte noch immer keine Idee, was für einen Aufhänger er benutzen konnte. Sie waren jetzt in einer Gegend, in der Beton und Ziegel immer mehr Schindeln und Bäumen wichen. Es hatte den Anschein, als verließe sich ihr neues Versteck mehr auf Abgeschiedenheit als auf Tarnung.

Kun bog in eine Seitenstraße ein, deren Namen John nicht sehen konnte. Nachdem er noch ein paarmal abgebogen war, fuhr er an den Straßenrand und hielt vor einem Kiesweg, der zwischen den Bäumen verschwand.

»Warum halten wir hier an?« fragte John.

»Das Sicherheitssystem begrüßt mich nicht.« Kun klang beunruhigt.

»Was bedeutet das?«

»Jemand hat es ausgeschaltet.«

»Mitsutomo?«

»Wie könnten sie uns hierher zuvorgekommen sein?« fragte Bär.

»Es gibt unzählige Möglichkeiten«, erwiderte Kun. »Hoffen wir, daß es einen anderen Grund hat. Vielleicht ist es nur ein Fehler im System. Bleiben Sie alle sitzen, ich will etwas ausprobieren.«

Er tippte eine Nummer in das Autotelefon ein. Es klingelte fünfmal, bevor jemand abhob.

»Hallo?«

»Bin ich mit der Familie Jones verbunden?« fragte

Kun mit einer Stimme, die nicht im geringsten nach ihm klang.

»Nein, hier ist...« Die Person am anderen Ende hielt inne. »Kun, sind Sie das?«

Kun seufzte. »Ja, Doktor.«

Spaes Stimme war mehr an Tonfall und Ausdrucksweise zu erkennen als am Klang, als sie ihn anschnauzte: »Was wollen Sie? Ist alles nach Plan gelaufen?«

»Es geht mir gut, Doktor. Was ist mit Ihnen?«

»Ist mit Ihnen wirklich alles in Ordnung, Kun? Normalerweise machen Sie sich keine Sorgen um meinen Gesundheitszustand.«

»Haben Sie kürzlich mal das Sicherheitssystem überprüft, Doktor?«

»Habe ich es nicht wieder eingeschaltet?«

»Sie haben es ausgeschaltet?« Kun klang mehr verärgert als überrascht.

»Natürlich. Wie kann ich sonst jemanden einlassen?«

Kuns Kopf schnellte in die Höhe. »Sie haben jemanden bei sich?«

»Ja. Einen sehr interessanten Herrn, aber ich glaube nicht, daß er Ihnen gefallen wird.«

»Warum nicht, Doktor?« fragte er wachsam.

»Das werden Sie sehen.«

»Haben Sie die Katze rausgelassen, Doktor?«

»Ob ich die Katze... Kun, Sie wissen, was ich von Ihren albernen Wortspielen halte. Ich bin Magier, kein Spion. Ich sage Ihnen, ich bin okay. Das Haus ist okay. Alles ist okay. Tatsächlich sogar besser als okay. Wir werden dafür sorgen, daß Magnus unsere Unterhosen verspeist.«

»Was ist los, Doktor?«

»Das werden Sie sehen, wenn Sie hier sind.«

»Ich bin in etwa einer Stunde da«, sagte er und unterbrach die Verbindung.

Eine Stunde? »Aber wir sind doch nur einen halben Block entfernt.«

»Eine Hecke. Sie werden bemerkt haben, daß ich weder Sie noch Bär erwähnt habe.«

»Sehr klug«, bemerkte Bär.

»Und Mülltonnen-Harry auch nicht«, sagte John.

»Er ist nicht in der Verfassung, uns helfen zu können«, sagte Kun.

»Ganz Ihrer Meinung«, sagte Bär.

Beide klangen so grimmig, als wollten sie einen Krieg anfangen. Sie zogen Pistolen aus Halftern unter ihrer Jacke und überprüften sie.

»Aber Dr. Spae hat gesagt, daß sie okay ist«, protestierte John.

»Man hat sie vielleicht gezwungen, das zu sagen.«

»Sie hat sich aber nicht so angehört.«

»Wir gehen am besten kein Risiko ein.« Zu Bär sagte Kun: »Geben Sie mir Deckung, wie ich es Ihnen gezeigt habe?«

Bär nickte.

Sie öffneten gleichzeitig ihre Tür und stiegen aus.

»Bleiben Sie hier bei Black«, befahl Holger.

Er und Bär gingen die Straße entlang.

Ja, klar.

»Kommst du zurecht, Harry?«

John hörte aus der gemurmelten Antwort ein Ja heraus. Er stieg aus und folgte den beiden anderen.

John, ist das klug?

Nein.

Bär und Kun pirschten sich vorsichtig an das Haus heran, das jenseits der Bäume lag, wobei sie sich gegenseitig Deckung gaben. John wartete, bis sie durch die Vordertür waren, bevor er über den ungemähten Rasen lief. Sie fuhren zu ihm herum und richteten die Waffen auf ihn, und einen Augenblick glaubte er, sie würden ihn tatsächlich erschießen. Das taten sie jedoch nicht. Sie senkten die Waffen, obwohl Kuns Blicke signalisierten, daß er John tatsächlich am liebsten umgebracht hätte. Seine Augen waren so kalt, daß John ein Schauder über den Rücken lief.

Jedenfalls war es nicht so, als habe er irgendein lebenswichtiges taktisches Manöver gestört. In dem Zimmer hielten sich keine gemeinen Schurken auf, und alles sah ganz normal aus. Er hörte Dr. Spae im Nebenzimmer im Konversationston reden. Er reckte den Hals, um zu erkennen, mit wem sie sich unterhielt. Bevor ihm das gelang, betraten die beiden Männer das Nebenzimmer. Da sie das Anschleichen aufgegeben hatten, platzte er gleich hinter ihnen hinein.

Doktor Spae saß mit einer hochgewachsenen, spindeldürren Gestalt am Tisch. Spaes Besucher saß ihr gegenüber. Seine silbernen Haare lagen eng am Kopf an, so daß seine spitzen Ohren sofort auffielen. Als John den Raum betrat, drehte der Mann sich um und zeigte sein Gesicht.

John schluckte.

Es war Bennett.

»Sie!« knurrte Bär.

»Und auch Ihnen einen guten Morgen, Artus.«

Bär hob seine Waffe. John und Spae schrien etwas, doch Kun handelte. Er bekam eine Hand an den Lauf und stieß sie zur Seite, wobei er sie festhielt, um Bär am Schießen zu hindern. Bär und Kun starrten einander an, bis Bär die Waffe mit einem Achselzucken losließ.

»Ich nehme an, Sie kennen sich«, sagte Spae.

»Wir hatten bereits das Vergnügen«, erwiderte Bennett leichthin. »Wir sind nicht im Guten auseinandergegangen. Ein Mißverständnis.«

»Er ist ein Lügner«, sagte Bär.

Bennett wandte sich an Spae. »Sehen Sie, ich sagte

Ihnen doch, daß er mich dessen beschuldigen würde. In dieser Beziehung ist er fast pathologisch.«

»Sie riskieren Ihre Seele, wenn Sie sich mit ihm einlassen«, sagte Bär. Er stürmte aus dem Zimmer. John hörte, wie er die Haustür hinter sich zuschlug.

John betrachtete die anderen, um festzustellen, wie Bärs Äußerungen aufgenommen wurden. Spae schüttelte den Kopf und schaute nachdenklich drein. Kun starrte Bennett an, die Augen weit aufgerissen und aschfahl, als habe er Angst vor dem Elf. Seine Reaktion verursachte John ein gewisses Unbehagen. Wurden Elfen denn von allen gehaßt? Bennett sah John an und lächelte.

»Ah, John, ich bin froh, daß du wohlauf bist. Setz dich. Wir haben eine Menge zu besprechen. Die Dinge haben sich seit unserem letzten Gespräch geändert.«

John setzte sich und spürte Kuns brennenden Blick auf sich ruhen. Der Blick verriet ihm, daß Kun sich verschlossen hatte und alle Gefühle, die er empfinden mochte, für sich behielt.

»Sie auch, Kun«, sagte Spae.

Kun schüttelte unmerklich den Kopf und rührte sich nicht.

»Wie Sie wollen«, sagte Spae. Sie wandte sich lächelnd an den Elf. »Also, Mr. Bennett, wo waren wir stehengeblieben?«

Kapitel 18

John stand auf der hinteren Veranda des neuen Verstecks und betrachtete den Wald. Die Bäume waren dunkle, miteinander verflochtene Gestalten, die Blätter Flecken der Nacht, vorzeitig vom dunkelblauen Himmel gestohlen. Es war ruhig hier draußen, was ihm nur recht war. Er konnte Faye ganz deutlich verstehen, und niemand beklagte sich darüber, daß er Selbstgespräche führte. In gewisser Weise war es wie in alten Zeiten, nur Faye und er, die sich leise unterhielten, wie sie es von früher gewöhnt waren. Sie spekulierten, was sich wohl zwischen den Stämmen der mächtigen Bäume verbergen mochte, und stellten Vermutungen darüber an, welche sonderbaren Kreaturen wohl über die uralten Äste liefen. Mitten in einer ausführlichen Beschreibung der Balzrituale des Birnenbrüstigen Wallagarbers hielt Faye plötzlich inne und verschwand.

Die Hintertür des Hauses öffnete sich quietschend, und die Dielenbretter der Veranda knarrten kaum hörbar, als jemand sich zu John gesellte. Er wußte, ohne hinzusehen, daß es Bennett sein mußte. Niemand anders bewegte sich so leise auf den alten Dielen.

Bennett blieb neben John stehen und schaute dorthin, wohin auch John schaute. Er starrte die Bäume ein paar Augenblicke lang an, bevor er John ansprach.

»Der Wald übt eine starke Anziehungskraft aus.«

Bei vollem Tageslicht konnte man das Nachbarhaus sehen. Sogar jetzt hörte man den Verkehrslärm von der Straße im Westen jenseits der Bäume.

»Diese Wälder sind tiefer, als man glaubt, wenn man den Weg kennt.«

»Was bei dir natürlich der Fall ist.«

»Du brauchst nicht verbittert zu sein. Du kannst lernen, den Weg zu beschreiten. Ich glaube, daß du bald Gelegenheit dazu haben wirst.«

John drehte sich zu ihm um. »Wirst du es mich lehren?«

»Ich bin kein guter Lehrer. Es gibt andere, von denen du es schneller lernen könntest.«

»Andere Elfen?«

»Natürlich.«

John drehte sich wieder um und starrte die Bäume an. »Ich habe noch nicht so viele gesehen.«

»Und das wirst du auch nicht. Jedenfalls noch nicht.«

Sie standen noch eine Weile schweigend da. Bennett war ganz offensichtlich nach draußen gekommen, um sich mit John zu unterhalten, aber er schien keine Eile zu haben. John beschloß, es dem Elf zu überlassen, den Anfang zu machen, aber die Minuten schleppten sich dahin, und Bennetts Geduld erwies sich als größer als Johns.

»Willst du, daß ich damit anfange, dich Dad zu nennen?«

»Wenn es nicht von Herzen kommt, hat es keinen Sinn. Bis du eine Anrede findest, die dir zusagt, reicht Bennett.«

John nickte mit dem Kopf in Richtung Haus. »Hast du ihnen gesagt, daß du mein Vater bist?«

»Nein. Abgesehen davon, daß es sie nichts angeht, würde ich mir nie erlauben, deine Beziehung mit Artus auf diese Weise zu beenden.«

»Er nennt sich Bär.«

»Das tut er. Und er nennt dich Jack. Ziehst du diesen Namen vor?«

»Er ist okay.«

»Dann werde ich ihn von jetzt an auch benutzen, Jack.«

»Wie du willst.«

Bennett war gewiß nicht gekommen, um sich mit ihm darüber zu unterhalten, wer wie genannt wurde, und sie verfielen wieder in Schweigen. Die Luft schien voller unsichtbarer Eiszapfen zu sein, die stachen und kratzten. John wäre am liebsten ganz woanders gewesen. Ihm paßte Bennetts Störung nicht, aber gleichzeitig fühlte er sich deswegen schuldig. Der Bursche war sein Vater. Sollte sich ein Kind nicht in Gegenwart seines Vaters wohl fühlen?

Wegen seines Unbehagens gereizt, schnappte er: »Also, was führt dich her? Bist du es leid, darauf zu warten, daß ich Bär verrate?«

»Überhaupt nicht«, erwiderte Bennett gelassen. John glaubte schon, die nächste Runde Maulsperre sei angebrochen, doch Bennett überraschte ihn, indem er nach einer kurzen Pause fortfuhr: »Die Umstände haben sich geändert. Wie dein jüngstes Abenteuer gezeigt hat, sind jetzt auch noch andere Parteien im Spiel. Wir können uns den Luxus nicht mehr leisten, Zeit zu vergeuden.«

Dankbar, daß es ein unpersönliches Gesprächsthema gab, fragte John: »Willst du damit sagen, daß Mitsutomo Caliburn ebenfalls sucht?«

»Ich halte es für wahrscheinlich, und offen gesagt würde ich es lieber in Artus' Händen sehen.«

»Ich dachte, du willst nicht, daß er es bekommt. Ich dachte, du haßt ihn.«

»Haß ist ein starkes Wort, Jack, das ich nicht benutzen würde. Er hat dir nicht viel von seinem früheren Leben erzählt, oder?«

»Nein.«

»Das wird er auch nicht. Er ist ein sehr mißtrauischer Mann. Trotz allem, was du für ihn getan hast, vertraut er dir immer noch nicht. Ich glaube, er vertraut mittlerweile keinem mehr. Aber wahrscheinlich kann er nichts dafür. Sein Leben war schwierig, und er ist von mehr als einer Person verraten worden, der er sein Vertrauen geschenkt hatte. Vorerst reicht es, wenn ich sage, daß er und ich keine Freunde sind. Wegen unserer gemeinsamen Vergangenheit hielt Dr. Spae es für das Beste, daß ich nicht zugegen bin, wenn sie ihm mein Angebot erklärt.«

»Was für ein Angebot?«

»Ich habe Dr. Spae gesagt, daß ich ihr dabei helfen werde, einen Weg in die Anderswelt zu öffnen, so daß Artus sich Caliburn holen kann. Wenn er einverstanden ist, werden wir in Kürze aufbrechen.«

»Aufbrechen? Wer?«

»Wir alle hier. Doktor Spae will unbedingt die Anderswelt sehen, ob wir dabei Caliburn finden oder nicht, und Mr. Kun findet, daß seine Pflichten ihn zwingen, ebenfalls mitzukommen. Harry wird notgedrungen Teil unserer Reisegesellschaft sein.«

»Unserer?«

»Du klingst überrascht. Hattest du gedacht, ich würde zur Anderswelt zurückkehren und dich zurücklassen, jetzt, da es für dich möglich ist, dorthin zu gelangen?«

Eigentlich schon, dachte John, aber er schwieg.

»Oder bist du nur überrascht, daß Harry zu *unserer* Reisegesellschaft gehört? Er gehört zwar einer niederen Rasse an, aber er ist doch ein treuer Diener. Indem er dir gut gedient hat, hat er mir gut gedient, und er sollte geehrt werden.«

»Was ist mit…«

»Deiner Begleiterin Faye? Sie wird sich uns ebenfalls anschließen, wenn sie will.«

Wer würde es nicht tun? Die Anderswelt! Bennett hatte gesagt, daß John dort sein wahres Aussehen annehmen würde. Wenn das stimmte, bedeutete dies das Ende aller Zweifel. Er würde sehen, ob er wirklich ein Elf war. Er würde wissen, ob Bennett ihm nur etwas vormachte oder ihm in bezug auf Johns Abstammung die Wahrheit sagte. Er mußte es wissen. Aber…

»Ich kann nicht gehen. Es wäre nicht richtig.«

Bennett bedachte ihn mit einem neugierigem Blick. »Aus welchem Grund?«

»Ich muß zurück nach Worcester.«

»Nein, mußt du nicht.«

»Ich weiß, du hast mir gesagt, sie ist nicht meine Mutter, und vielleicht ist sie es wirklich nicht. Aber sie hat mich aufgezogen. Ich bin ihr was schuldig, und ich bin nicht so kaltherzig wie andere Leute. Ich kann sie nicht einfach der Gnade dieser Schläger von Mitsutomo überlassen.«

»Ich bin nicht blind für deine Gefühle, Jack. Tatsächlich finde ich sie sehr nobel und des Prinzen würdig, der du bist. Was ich meinte, war, daß sie nicht mehr unter der Fuchtel der Schurken von Mitsutomo steht. Ich habe dafür gesorgt, daß sie an einen sicheren Ort geschafft wird.«

»In die Anderswelt?« Konnte er die Anderswelt besuchen *und* seine Mutter in Sicherheit wissen?

»Nein. Das wäre unangemessen.«

Vielleicht hatte Bär recht, was Elfen betraf. »Wo ist sie dann?«

Bennett wartete einen Augenblick, bevor er zögernd sagte: »Ich halte es für das Beste, wenn du das jetzt noch nicht erfährst.«

War seine Mutter gerettet worden, oder hatten nur ihre Bewacher gewechselt? »Du bist genauso schlimm wie sie. Du willst sie auch benutzen.«

»Überhaupt nicht. Und ich muß sagen, ich bin ziemlich enttäuscht, daß du das glaubst. Bär hat dich ein wenig vergiftet, glaube ich. Daß ich dir ihren Aufenthaltsort nicht verrate, dient ebenso ihrer wie deiner Sicherheit. Du hast bereits einige Zeit in den Klauen dieser Konzern-Ungeheuer verbracht und weißt, wozu sie fähig sind. Du hast gesehen, was sie Harry angetan haben. Solltest du von ihren Agenten noch einmal gefaßt werden, könnten sie mühelos ihren Aufenthaltsort von dir erfahren, weil deine Sorge um sie Gedanken an sie an die Oberfläche schwemmt. Diese Gedanken können sie dir mit Leichtigkeit entlocken. Sobald sie ihr Versteck kennen, werden sie sie gefangennehmen und dich danach zur Zusammenarbeit zwingen, indem sie sie als Druckmittel benutzen.«

Das klang vernünftig. Kun hatte ihm gesagt, die Mitsutomo-Leute hätten gelogen, als sie ihm von der allergischen Reaktion auf das Betäubungsmittel erzählt hatten. Kun hatte gesagt, sie hätten ihn unter Drogen gesetzt. Er hatte selbst gesehen, was sie Mülltonnen-Harry angetan hatten. Es *waren* Ungeheuer. Er wollte nicht einmal daran denken, wie es seiner Mutter in ihren Händen ergehen würde. Aber erging es ihr in Bennetts Händen besser?

Doch wie konnte er glauben, daß sein Vater so ein Ungeheuer wäre wie die Leute, in deren Gefangenschaft er gewesen war?

Zu viele Fragen ohne Antworten. Er versuchte eine zu stellen.

»Warum tust du das?«

»Das habe ich dir bereits gesagt.«

»Laß es uns noch einmal versuchen. Warum du?«

»Ich bin dein Vater, Jack.«

»Aber du hast mich nicht gerettet. Das haben Kun und Bär getan.«

»Eine Tat, die einer Belohnung würdig ist.«

»Du willst Bär nicht belohnen. Ich habe gehört, was du über ihn gesagt hast, daß du zu spät gekommen seist, um seine Erweckung zu verhindern. Die Zauberin Nym hat ihn erweckt, und du hast versucht, sie dafür zu töten.«

»Du warst damals sehr erschöpft, Jack. Ich glaube, du hast die Vorgänge mißverstanden. Die Wahrheit ist, daß ich sie nicht getötet habe.«

»Aber du hast es versucht.«

»Ich gebe zu, daß es so ausgesehen haben muß. Aber du solltest wissen, daß sie eine Meisterin der Illusion ist, die es sich praktisch zur Lebensaufgabe gemacht hat, Männer dazu zu bringen, alles zu sehen, nur nicht die Wahrheit. Und die Wahrheit ist, daß Artus ein gefährlicher Mann ist.«

»Er sagt dasselbe über dich, nur benutzt er nicht das Wort ›Mann‹.«

Bennett schüttelte wehmütig den Kopf. »Das ist mir klar. Sein Gedächtnis funktioniert so, daß es sich lieber das Schlechte merkt als das Gute. Wahrscheinlich hat er über Nym noch weniger freundliche Dinge zu sagen, wenn er erfährt, wer sie ist.«

»Und wer ist sie?«

»Jemand, der dir und mir einen großen Dienst erwiesen hat. Die Magie, die durch Artus' Erweckung freigesetzt wurde, hat das Gleichgewicht der Energien zwischen den Gefilden verändert. Dafür bin ich ihr dankbar. Dieses neue Gleichgewicht ermöglicht es mir, dich nach Hause zu bringen.«

»Du hast keinen sonderlich dankbaren Eindruck gemacht, als du sie mit Zaubern bombardiert hast.«

»Wie ich schon sagte, der Schein kann trügen. Sie hat keinen Schaden davongetragen.«

Konnte er das glauben? Kun hatte ihm erzählt, die Polizei habe nur eine Leiche gefunden, männlich, den armen Kerl, den die Polizei für John hielt. Doch wenn Bennett Nym nicht getötet hatte, was war dann mit ihr geschehen? »Wo ist sie dann geblieben? Sie muß Bär doch aus einem ganz bestimmten Grund erweckt haben. Wo ist sie jetzt? Warum hat sie sich nicht wieder mit ihm in Verbindung gesetzt? Warum hilft sie ihm nicht dabei, Caliburn zu finden?«

»Ich kann deine Fragen nicht beantworten. Ich weiß nicht, was in Nyms Kopf vorgeht. Sie ist jetzt schon seit einigen Jahren ein wenig… sonderbar. Ich muß annehmen, daß sie sich um ihre Angelegenheiten kümmert, wie diese ihrer Ansicht nach auch aussehen mögen.«

»Da wir gerade davon sprechen, sich um seine Angelegenheiten zu kümmern«, rief Dr. Spae aus der Tür. Der offene, sonnige Ausdruck auf ihrem Gesicht sah dort nicht im geringsten heimisch aus, aber er war unzweifelhaft echt. »Packen Sie Ihre Sachen, Jack. Ich habe diese beiden Sturköpfe endlich dazu bewegen können, Mr. Bennetts Plan zuzustimmen.

Wir brechen auf, sobald Sie bereit sind, Mr. Bennett.«

*

»Vielleicht verstehen Sie jetzt mein Beharren darauf, mit den Gefangenen weniger sorglos umzugehen.«

Pamela versuchte das Gebaren der Überlegenheit zu ignorieren, das Sörli an den Tag legte, aber es war verdammt schwer. Er hatte recht gehabt und sie unrecht. Trotzdem gefiel ihr die Art und Weise nicht, wie der kleine Mann ›Gefangene‹ sagte. Das klang so, als seien sie in einen heimlichen Krieg verwickelt. Was sie, wie sie zugeben mußte, auch waren. Was störte sie also an der Art und Weise, wie er das Wort benutzte? Die beiden Personen, die er entführt und zu Advanced Concepts Engineering gebracht hatte, *waren* Gefangene, Gefangene dieses nicht erklärten Krieges. Sie waren außerdem Gefangene, die festzuhalten Mitsutomo keinerlei rechtlich legale Befugnis hatte. Das Fehlen jeglicher rechtlich legalen Befugnis war der Grund, warum sie seinen Antrag abgelehnt hatte, eine von Keiretsus legalen Verwahrungsanstalten zu benutzen.

Nun, da sie das leere Bett in dem leeren Zimmer betrachtete, sah sie ein, daß sie im Unrecht gewesen war. Sie hatte sich zu sehr auf Sörlis Versicherung verlassen, die Entführung sei völlig glatt über die Bühne gegangen. Irgendwo waren Fehler gemacht worden. Andernfalls hätte niemand wissen können, daß Reddy und sein Begleiter zu ACE gebracht worden war. Doch der verpaßten Gelegenheit nachzutrauern, half niemandem. Sie mußten die Scherben aufsammeln und weitermachen.

»Was hat die Untersuchung der Namen ergeben, die auf dem Audioband erwähnt werden?« fragte sie.

»Bär ist der Name, den der Schläfer benutzt, also brauchen wir nicht weiter zu suchen.«

»Und Kun?«

»Bisher unbekannt. Da der Schläfer nicht versiert darin sein kann, moderne Sicherheitssysteme zu überwinden, muß Kun die Leitung des Unternehmens gehabt haben. Den Spuren, die er bei seinem Streifzug durch das Computersystem hinterlassen hat, konnten wir entnehmen, daß er eine hervorragende Ausbildung hinter sich oder Zugang zu äußerst raffinierter Software hat. Beides bedeutet: Er hat Rückendekkung. Wir müssen davon ausgehen, daß er Agent einer noch unidentifizierten Partei ist. Einer mächtigen Partei.«

»Einer Partei der Anderswelt?«

»Das glaube ich nicht.«

»Haben wir es mit einem Verbündeten oder einem Gegner zu tun?«

»Er hat unseren Gefangenen entführt«, sagte Sörli in einem Tonfall, bei dem sie sich verspottet fühlte. »Er ist kein Verbündeter.«

Sörlis Auffassung war klar, doch Pamela zog eine

weiter gefaßte, zuversichtlichere Sichtweise vor. Wenn diese unbekannte Partei den Schläfer und seine Freunde ganz einfach nur schützte, mochte sie tatsächlich gegen die Herrscher der Anderswelt opponieren. Wenn es sich so verhielt, war sie in gewisser Hinsicht ein Verbündeter, wie sehr sie in anderen, unbedeutenderen Dingen auch gegen Mitsutomo eingestellt sein mochte.

Dennoch konnte sie Sörlis Befürchtungen einer Oppositionspartei nicht ignorieren. Wenn Kun Teil einer Organisation war und diese Organisation versuchte, das Gleichgewicht hin zum Chaos zu verschieben, dann mußte sie identifiziert werden. Umgehend. Ein unbekannter Feind war ein Feind der mächtigsten Art. Ein bekannter Feind konnte überwacht werden, und man konnte Schritte in die Wege leiten, um ihn zu neutralisieren. Wenn Kuns Organisation das Chaos begünstigte, mußte sie neutralisiert werden.

Sörlis Überzeugung, diese mysteriöse Organisation habe keinerlei Verbindung zur Anderswelt, war ermutigend. Mitsutomo verfügte über die Ressourcen, einer Bedrohung seitens der wirklichen Welt Herr zu werden, auch wenn es sich dabei um einen rivalisierenden Megakonzern handelte. Pamela wußte, wie diese Ressourcen eingesetzt werden konnten. Sie hatte reichlich Erfahrung darin, wie man der wirklichen Welt Herr wurde. Sie wußte, wie man Druck auf Organisationen ausübte und sie, falls nötig, zerbrach. Mit einem Rivalen aus der wirklichen Welt würde sie fertigwerden.

Die Vorstellung, eigenhändig und gezielt gegen das Chaos vorzugehen, war sehr reizvoll, viel reizvoller, als sich auf Sörli und sein Urteil in Fragen des Arkanen zu verlassen. Sie war sicher, daß sie bei einer direkteren Einflußnahme ihrerseits bessere Resultate von Sörli und seinem Team erwarten konnte. Sie würde von nun an selbst Hand anlegen. Sie würde andere

Teams auf das Unternehmen ansetzen, die unabhängig und getrennt von Sörli operierten. *Sie* würde Resultate erzielen.

Sie entließ Sörli mit der Ermahnung, ihr noch heute neue Informationen vorzulegen, und ging dann in das Büro, das der Präsident von ACE für sie vorbereitet hatte. Sie hatte einiges zu planen.

Kapitel 19

Die Reisenden versammelten sich etwa eine Stunde nach Sonnenuntergang auf der hinteren Veranda des Verstecks. Die Luft war schneidend kalt, wie dies im Spätfrühling oft der Fall war, wenn die Winterkälte noch so tief saß, daß die Sonne sie im Laufe des Tages noch nicht vertreiben konnte. Die Kleidung, die John im Haus übermäßig warm vorgekommen war, schien in der leichten Abendbrise keineswegs fehl am Platz zu sein.

Bär und Kun waren bereits dort. Wie John trugen sie dunkle Pullover und robuste Baumwollhosen, deren Beine in den Schäften hoher Wanderstiefel steckten, Monturen, die aus dem Lagerraum des Verstecks stammten. Kuns paßte perfekt, und Bärs Pullover spannte in den Schultern, saß aber ansonsten recht gut. Johns Hosenbeine reichten gerade bis zum Stiefelansatz, und die Ärmel des Pullovers endeten gute fünf Zentimeter über dem Handgelenk. Kun erklärte einem aufmerksamen Bär die Feinheiten des Umgangs mit einer H&K 5mm Viper Maschinenpistole. John spürte das Gewicht der Kanone, die Kun ihm ausgehändigt hatte, an seiner Schulter zerren. Obwohl er den Schaft zusammengeklappt und den Schalldämpfer entfernt hatte, so daß die Waffe kaum 30 Zentimeter groß war, kam ihm die Viper unhandlich und lang vor.

»Du solltest dir das hier auch anhören, Jack«, sagte Bär.

John nickte, hörte aber nicht richtig zu. Die Waffen

ließen es so aussehen, als bereiteten sie sich auf einen Krieg vor, aber das sollten sie eigentlich nicht tun. Oder doch?

Nein, John.

Ah, Faye. Und was sollen wir nun tun?

Du versuchst Artus zu helfen. Ich versuche nur, dir zu helfen.

Ist es wirklich so einfach? Warum kommt es mir dann so kompliziert vor?

Ich weiß nicht, John. Mir kommt es nicht kompliziert vor.

Mülltonnen-Harry kam und manövrierte sich und seine Krücke mit einiger Mühe durch die Tür. Er sah besser aus und bedachte John mit einem breiten Grinsen. Er war offensichtlich noch sehr schwach und hatte sich von seinen Leiden in den Folterkammern der Mitsutomo-Ungeheuer noch nicht wieder erholt. John erwog erneut, den Vorschlag zu machen, Harry zurückzulassen, aber die entschlossene Art und Weise, wie der Mann über die Veranda humpelte, um sich Kuns Vortrag anzuhören, besagte, daß er so unnachgiebig wie eh und je darauf bestehen würde mitzukommen. John konnte nicht verstehen, warum Kun, der dieses Abenteuer offenbar als einen vom Testosteron angeregten raschen Vorstoß betrachtete, Mülltonnes Absicht mitzukommen unterstützte. Der arg mitgenommene Harry konnte unmöglich Kuns Idealvorstellung von einem Soldaten oder auch nur einem Spion entsprechen. Man brauchte den alten Burschen nur anzusehen, um zu dem Schluß zu kommen, daß er zu Hause bleiben sollte. Sogar der Tarneffekt von Harrys dunkler Kleidung wurde durch die leuchtend weißen Bandagen am Kopf und an den Händen gestört. Kun hielt Harry offensichtlich für nicht besonders nützlich, weil er sich nicht die Mühe gemacht hatte, ihm eine Waffe zu geben – obwohl der Pistolengriff, der unter seinem Pullover hervorschaute, bewies, daß er selbst eine gefunden hatte.

Als letzte trafen Bennett und Spae ein. Er trug dieselbe Straßenkleidung samt Trenchcoat, die er bei seiner ersten Begegnung mit John getragen hatte, während sie in Flanellhemd und Jeans wie ein Wanderer aussah. Um das Bild zu vervollständigen, hatte sie sich einen Rucksack mit einer Unzahl von Taschen auf den Rücken geschnallt und hielt einen metallbeschlagenen Spazierstock in der Hand. Sie sahen aus, als unterschieden sich ihre Reisepläne erheblich, von denen der anderen ganz zu schweigen. Keiner von beiden schien das Unternehmen mit der Ernsthaftigkeit anzugehen, die Kun, Bär und Harry an den Tag legten.

Kun nahm Spaes Eintreffen mit einem Kopfnicken zur Kenntnis. Er legte seine Waffe nieder und schnallte sich eine kugelsichere Weste um, die mit Ringen, Bändern und Gurten übersät war. Ausgebeulte Taschen und daran angebrachte Päckchen ließen sie klobig wirken. Als die Weste zu seiner Zufriedenheit saß, verteilte er ähnliche, aber nicht entsprechend ausgerüstete Westen an die anderen.

»Ballistische Rüstung«, sagte er.

Bär nahm seine und spielte mit den Klettverschlüssen herum, indem er sie unbeholfen öffnete und schloß. John ging zu ihm, um ihm zu helfen. Wie ein guter Knappe half er Bär in die Rüstung und kontrollierte jeden einzelnen Verschluß.

»Fühlt sich nicht wie eine Rüstung an«, sagte Bär. »Und Schultern und Arme sind ungeschützt.«

»Die meisten Schüsse zielen auf den Körper«, sagte Kun. »Der Arm ist bei einem Feuergefecht ein zu schwieriges Ziel.«

Bär schwang seinen Arm herum. »Der Arm ist verwundbar, wenn man zu einem Hieb ansetzt.«

»Er spricht von Kanonen, Bär«, sagte John. »Nicht von Schwertern.«

Bär betrachtete die Weste und befingerte das Material, um die Dicke zu ertasten. »Das schützt vor Kanonen?«

»Vor den meisten«, sagte Kun. »Sie hätten bei einem Treffer trotzdem das Gefühl, als hätte ein Pferd Sie getreten.«

Bär sah Kun ungläubig an, sagte aber nichts mehr. Er ging ins Haus zurück. John half Mülltonnen-Harry in dessen Weste, bevor er seine eigene anlegte. Spae lehnte die Weste ab, die Kun ihr reichte.

»Fürs Protokoll, Doktor?«

»Ja, Mr. Kun. Fürs Protokoll.«

Mit mürrischer Miene öffnete er die Tür und machte Anstalten, die Weste ins Haus zu werfen. Bennett, der die Vorgänge mit scheinbarer Belustigung beobachtete, ließ Kun innehalten, indem er ihn fragte: »Keine Weste für mich, Mr. Kun?«

Ohne ihn anzusehen, erwiderte Kun: »Sie können Doktor Spaes Weste haben, da sie sie nicht will.«

»Wie nett von Ihnen.« Doch als Kun sie ihm reichte, sagte er: »Nein, danke. Ich glaube, Doktor Spae hat eine realistischere Vorstellung von unserer Exkursion.«

»Wie Sie meinen.« Kun ließ die Weste Bennett vor die Füße fallen und ging zu seiner Waffe zurück.

Als Bär zurückkam, trug er seine Lederjacke. Er hielt John seine hin. »Die solltest du vielleicht anziehen. Es ist nicht viel, aber das Leder ist besser als Stoff. Nach allem, was ich zuletzt gehört habe, gibt es nicht viele Kanonen in Faery.«

»Danke«, sagte John, als er die Jacke nahm. Doch er zog sie nicht an, sondern warf sie sich lediglich über die Schulter. Sie fiel nach unten und verbarg die Viper.

»Also gut«, sagte Bennett. »Jetzt, da wir alle versammelt und passend eingekleidet sind, wollen wir aufbrechen?«

Spae war die einzige, die eindeutig zustimmte, und Kun sagte überhaupt nichts. Ohne auf den unterschiedlichen Grad der Begeisterung in irgendeiner Form zu reagieren, führte Bennett sie zum Wald hinter dem Haus.

»Bleiben Sie alle nah bei mir, sonst könnten Sie vom Weg abkommen«, sagte er, als sie durch das Gebüsch am Waldrand gingen. Bär und Kun folgten Bennett dichtauf, und die drei bewegten sich viel leiser als Dr. Spae, die bei jedem zweiten Schritt über eine Wurzel oder Gestrüpp in einen Busch zu stolpern schien. Mülltonnen-Harry hatte mit seiner Krücke Mühe, in dem Gelände voranzukommen. John blieb bei ihm und half ihm über die schwierigeren Stellen hinweg. Sie waren kaum mehr als zehn, fünfzehn Meter gegangen, als Bennett stehenblieb und sich an Dr. Spae wandte.

»Sind Sie bereit, Doktor?«

»Gott, ich hoffe doch«, erwiderte sie nervös.

»Dann wollen wir fortfahren.«

Bennett streckte die Hand aus, so daß die Innenseite nach oben zeigte, und schloß die Augen. Einen Augenblick später roch John Ozon. Dann flackerte ein mattes grünes Licht mit der unruhigen Energie von Alkoholflammen um Bennetts Finger auf. Kun atmete geräuschvoll ein. Bennett öffnete die Augen und ergriff mit seiner leuchtenden Hand die Metallspitze von Spaes Spazierstock.

»Ich fühle nichts«, sagte sie.

»Konzentrieren Sie sich, Doktor.«

Fast eine Minute lang geschah nichts. Der Ozongeruch verstärkte sich, und das grüne Licht dehnte sein schwaches Leuchten auf den Metallbeschlag aus. Die flüchtigen Blitze umhüllten sowohl Hand als auch

Stock. Bennett nahm seine Hand weg und hinterließ dabei silbrige Streifen in der Luft, die sich wie halb getrocknete Farbe dehnten und in der Mitte durchsackten, bevor sie völlig verschwanden. Mit zufriedenem Lächeln betrachtete er das Leuchten, das die Spitze des Spazierstocks umgab.

»Wir können weitergehen«, sagte er, indem er sich umdrehte und wieder die Führung übernahm.

Sie folgten ihm, und das Licht an Spaes Spazierstock warf seltsame Schatten auf die Unterseiten der Blätter über ihnen. Kun warf ebensooft Blicke aus zu Schlitzen verengten Augen auf das Licht, wie er den Wald ringsumher musterte. Er hielt seine Waffe bereit, was John nervös machte. Bär folgte dem Elf trotz all seiner früheren Mißtrauensbekundungen ihm gegenüber gelassener. Seine Viper hing über der Schulter, und er machte einen fast entspannten Eindruck, als fühle er sich im Wald wohler als in einer urbanen Umgebung. Was vermutlich tatsächlich der Fall war. John neigte dazu zu vergessen, daß Bär aus einer primitiveren Zeit kam. Zu Bärs Zeit hatte es weder Autos noch Straßen, weder Wolkenkratzer noch elektrisches Licht gegeben...

Elektrisches Licht.

Mittlerweile hätten sie die Lichter im Haus des Nachbargrundstücks bemerken müssen, aber John sah lediglich Bäume. Er sah sich um. Bäume. Zur Linken, Bäume. Zur Rechten, Bäume. Nach allem, was er sah, hätten sie sich in einem Wald befinden können, der die ganze Welt umspannte. Er schaute auf und suchte nach einer Lücke im Blätterdach, um den Himmel zu sehen. Er fand eine, und darin funkelten mehr Sterne, als er sich erinnerte, am wolkigen Himmel gesehen zu haben, unter dem sie den Wald betreten hatten.

Etwas stieß einen leisen, wehklagenden Ruf aus. John sah sich um, konnte aber nicht erkennen, worum es sich handelte. Der Ruf ertönte erneut. Es war ein Laut, wie John ihn bisher noch auf keinem Naturvideo gehört hatte.

Die Ränder der Blätter ringsumher glänzten. Von ihnen reflektiertes Licht leuchtete in allen Farben, als werde es durch ein Prisma gebeugt. Solch ein Regenbogeneffekt hätte nachts nicht zu sehen sein dürfen, aber John sah ihn trotzdem. Die Luft schien elektrisch geladen zu sein, und seine Haut kribbelte. Ein Stück weiter vorn schien Kun sich mit vermehrter hektischer Intensität umzuschauen. Spae wandte den Kopf regelmäßig von links nach rechts und verschlang alles rings um sie mit einer Miene des Staunens. Sie bemerkte es nicht einmal, als das flackernde Licht an ihrem Stab verblaßte und erlosch. Bär marschierte weiter und zappelte weder nervös herum wie Mülltonnen-Harry, noch befand er sich in einem Zustand verzückter Ehrfurcht wie Doktor Spae. Er nahm alles recht gelassen auf, und John versuchte seine beiläufige Ergebenheit in die Merkwürdigkeiten ringsumher zu kopieren.

Nachdem sie etwa eine halbe Stunde marschiert waren, wurde der Wald lichter und öffnete sich zu einer Schneise und schließlich zu einer Wiese. Über ihnen spendete ein silberner Mond Licht, das das Funkeln der Unzahl von Sternen am klaren Himmel irgendwie nicht zu beeinträchtigen schien. Gelegentlich sah John etwas Bleiches, das sich in der Ferne im Gestrüpp bewegte. Einmal machte er dunkle Gestalten am Himmel aus, die während ihres raschen Vorbeiflugs die Sterne auslöschten.

Bennett führte sie in mehr oder weniger gerader Linie weiter, bis sie auf einen Fluß stießen. John erkannte die Windungen wieder, insbesondere einen schlammigen Bogen, den er auf der Fahrt zum Versteck vom Highway aus gesehen hatte. Aber es war nicht derselbe Fluß. Konnte es nicht sein. Es gab hier keine Häuser, weder die baufälligen Hütten, die seit hundert Jahren am Flußufer standen, noch die moderneren Ferienhäuser, die von gutbetuchten Konzernleuten bevorzugt wurden. Es gab keine Bootsstege, keine verwitterten Ruderboote, keine funkelnden Motorboote, keine Geschäftszeile an der Straße, nicht einmal eine Straße. Bennett ging flußaufwärts zu einer Holzbrücke, in die absonderliche Formen geschnitzt waren. Sie überquerten die Brücke.

Auf der anderen Seite des Flusses dehnte sich offenes Hügelland. Es hätte ein idyllisches Weideland sein können, aber auf den mondbeschienenen Hängen grasten keine Herden. John hatte den Eindruck, nicht so weit sehen zu können, wie dies in einer so klaren Nacht eigentlich hätte der Fall sein müssen. Es war, als beginne der Dunst der Entfernung hier früher. Zur Linken, gerade noch erkennbar, machte er die dunkle Form eines Turms aus. Ein blaues Licht fiel aus Schlitzen auf halber Höhe zwischen Boden und Dach. Die Szene hatte etwas Fremdartiges und zugleich Vertrautes an sich. Mit einem Schock wurde John klar, daß er diese Landschaft schon einmal gesehen hatte. In Träumen.

Bennett bog scharf ab und führte sie einen Hang hinauf, anstatt an ihm entlangzugehen, wie er es bisher getan hatte. Vor ihnen, wohin sie ihr Weg ohne die Richtungsänderung geführt hätte, konnte John einen dunklen Fleck erkennen, der kochte und brodelte wie eine Pechgrube. Eine Brise aus dieser Richtung brachte den Gestank verfaulender Materie und einen durchdringenden Geruch nach Chemikalien mit sich.

»Was ist das?« fragte er.

»Ein Geschenk aus dem Reich der Menschen«, antwortete Bennett. »Erinnerst du dich an die Carenelli-Fabrik? Sie liegt etwa eine Meile von der Kreuzung der Route 44 und der Sefton Road entfernt.«

»Vage.«

»So sieht die Fabrik hier aus.«

»Wie kann das sein?« fragte Spae.

»Das liegt in der Natur der Gefilde, Doktor. Wenn Sie sich die Umgebung sorgfältig angesehen haben, wird Ihnen nicht entgangen sein, daß die Form des Landes jener in ihrem Gefilde beinahe entspricht. Lebewesen und Landschaftsgestaltung unterscheiden sich naturgemäß, aber es gibt Entsprechungen, die aus der Nutzung eines Ortes entstehen. Beispielsweise werfen Ihre toten Bauwerke einen depressiven Schatten in dieses Gefilde, so daß manche Orte für meine Art nicht besonders angenehm sind. Es gibt aber auch Dinge, die noch unangenehmer sind. Noch anstößiger.

Der Unrat, den die Menschheit ablädt, schädigt das Land in beiden Gefilden. Die Auswirkungen auf Ihr eigenes Gebiet kennen Sie gewiß. Manchmal unternimmt Ihre Rasse deswegen sogar etwas, obwohl Sie solche Dinge mit tödlicher Langsamkeit registrieren und noch langsamer darauf reagieren. Hier müssen wir den von Ihnen verursachten Schaden einfach so hinnehmen. Manchmal können wir die Auswirkungen ein wenig abmildern, wenn auch nur selten, da wir die Ursache nicht an der Wurzel bekämpfen können. Was Sie unter uns sehen, ist eine Brache, die der Giftmülldeponie entspricht, die in Ihrem Gefilde Carenelli-Fabrik genannt wird. Die Schönheit unseres Gefildes leidet unter der Gedankenlosigkeit in Ihrem.«

Bennetts Anklage schien Spae ein gewisses Unbehagen zu bereiten. »Haben Sie einen Beweis für eine Verbindung?«

»Sie sehen ihn vor sich.«

»Ich sehe ein Stück Brachland. Ich sehe keine Ursache.«

»In Ihrem Gefilde gelten Sie als Magier. Hier sind Sie nur ein Kind. Wären Sie versierter in der Kunst, würden Sie es erkennen.« Bennett setzte sich mit überkreuzten Beinen. »Wir werden hier eine Zeitlang rasten. Sie können über das nachdenken, was Sie bisher gesehen haben.«

Er schloß die Augen und ignorierte sie alle.

Bär funkelte Bennett giftig an, sagte aber nichts zu dem Elf. Statt dessen sah er John an und zuckte die Achseln. »Elfen«, sagte er mit einem verschwörerischen Unterton, als erkläre das alles.

Was nicht alles erklärte, John aber ins Grübeln brachte.

Sie befanden sich nun schon seit einiger Zeit in der Anderswelt, und Bär reagierte auf John immer noch so wie immer. In der Anderswelt hätte aber etwas geschehen müssen, das Bärs Einstellung verändert haben würde. Verstohlen griff er sich an den Kopf und betastete seine Ohren. Sie fühlten sich so rund wie immer an. Bennett hatte gesagt, die Zauber, die ihn wie ein Mensch aussehen ließen, würden in der Anderswelt aufgehoben.

Soviel dazu, ein Elf zu sein.

Doch wenn er kein Elf war, warum fühlte er sich dann hier so heimisch? Wenn Bennett gelogen hatte und John kein Elf war, wie konnte er sich dann hier heimisch fühlen? Oder stimmte etwas mit den Zaubern nicht? Vielleicht hatte die lange Zeit, die er in der wirklichen Welt verbracht hatte, dafür gesorgt, daß die Wirkung der Zauber gar nicht mehr aufgehoben werden konnte. Oder vielleicht war etwas infolge der Verschmutzungen wie derjenigen am Fuß des Hügels schiefgegangen. Vielleicht war er mutiert oder irgendwas.

Kun und Spae gingen gemeinsam ein Stück spazieren und begannen kurz darauf einen hitzigen, aber leisen Streit. Mülltonnen-Harry hinkte den Hügel herab und stocherte im Morast der Brache herum. Bär blieb auf dem Hügel und beobachtete Harry mit wachsamem Blick. Allein gelassen, setzte John sich mit dem Rücken zu dem dunklen Fleck am Fuß des Hügels und starrte auf die Stelle, wo er den Turm gesehen hatte. Er konnte ihn jetzt nicht mehr sehen – vielleicht lag es am Dunst der Entfernung –, aber irgendwie wußte er, daß er immer noch dort war. Es war fast so, als höre er jemanden rufen. War dies seine Heimat? Wie konnte sie das sein, wenn er kein Elf war?

»Begrab deine Zweifel, Jack. Die Wirkung der Zauber wird sich nicht von allein aufheben.«

Er hatte gar nicht gehört, daß Bennett sich neben ihn gesetzt hatte.

»Du sagtest...«

»Ich sagte, die Zauber könnten nur hier aufgehoben werden. Das ist ein Unterfangen, das einige Mühe bereiten wird.«

»Aber du *könntest* es tun?«

»Am richtigen Ort.«

»Der natürlich nicht hier ist.«

»Die Nähe der Brache macht diese Gegend zu einem äußerst ungünstigen Ort für Magie.« Bennett warf einen Blick auf Bär. »Außerdem wirst du mir sicher zustimmen, wenn ich sage, daß dies kein glücklicher Augenblick wäre.«

»Wird es den je geben?« murmelte John.

»Wenn du deine Zweifel nicht aufgrund meines Wortes begraben willst, wirst du dann deinen Augen trauen?«

»Wie meinst du das?«

»Zwischen den Bäumen dort unten im Tal liegt ein Teich. Die Oberfläche mag dir als Spiegel dienen. Betrachte dich in dem Teich.«

»Und was werde ich sehen?«

»Ein wahres Spiegelbild.«

»Na schön.« John würde Bennett noch eine Chance

geben. Die Anderswelt war sehr wirklich. Vielleicht stimmten Bennetts andere Behauptungen ebenfalls. Außerdem war die Gelegenheit, ein Elfenprinz zu sein, zu schön, um sie einfach ungenutzt verstreichen zu lassen, nur weil nicht alles sofort geschah. Doch als er aufstand, blieb Bennett sitzen.

»Kommst du nicht mit?«

»Ich sollte hier bleiben. Die anderen werden vielleicht unruhig, wenn ich einfach weggehe. Dir droht keine Gefahr.«

»Noch mehr geheime Beschützer?«

»Nicht mehr als üblich.«

John glaubte nicht, daß Bennetts Beschützer ihre Aufgabe bisher sonderlich gut erfüllt hatten, aber die Landschaft machte einen durchaus friedlichen Eindruck. Und er hatte die Viper, wenn es Ärger gab. Er ließ Bennett auf dem Hügel sitzen und ging.

Er fand den Teich mühelos. Er schien in der Lage zu sein, ihn... zu riechen. Die Wasseroberfläche war ruhig und glänzte im Mondlicht wie ein Spiegel. Dünne Nebelschwaden trieben dahin. Irgendwo durchbrach etwas die Oberfläche und tauchte mit einem leisen Klatschen wieder ins Wasser ein. Was es auch war, es war zu weit entfernt, um die spiegelglatte Oberfläche vor ihm zu kräuseln.

Das Teichufer schien mehr zu sein als nur die Grenze zwischen Erde und Wasser. Er stellte fest, daß er sich ihm nur widerstrebend näherte. Wovor fürchtete er sich? Sobald er es tat, würde eine der Fragen, die ihn so sehr beschäftigten, beantwortet werden. Er brauchte nur ins Wasser zu schauen.

Eigentlich hätte er darauf bedacht sein müssen, aber statt dessen war er verängstigt. Er konnte zu Bennett zurückgehen und sagen, er habe hineingeschaut. Niemand würde wissen, daß er es nicht getan hatte. Niemand außer ihm selbst. Doch Arthur hatte es sofort gewußt, als Bedivere Excalibur ins Meer geworfen hatte, weil Arthur gewußt hatte, was Bedivere sehen würde. Wußte Bennett, was John sehen würde? Was, wenn er ihm Fragen stellte, wie Arthur sie Bedivere gestellt hatte?

Letzten Endes konnte er nur eines tun. Wie Bedivere mußte er tun, was man ihm gesagt hatte.

Er wählte einen Punkt, wo das Ufer eine winzige Halbinsel bildete, und trat näher, wobei er den Blick auf eine Stelle in der Mitte des Teichs gerichtet hielt. Er blieb stehen und wappnete sich, dann schaute er zögernd nach unten.

Auf der dunklen spiegelnden Wasseroberfläche war ein Bild zu sehen: Das Bild einer hochgewachsenen, schlanken Gestalt in dunkler Kleidung, deren Füße im Boden des Teichufers verschwanden. Die Kleidung machte die Person abgesehen von Kopf und Händen – beinahe unsichtbar im Wasser. Diese Hände hätten durchaus menschlich sein können, obwohl sie sehr schlank waren, mit langen, sich verjüngenden Fingern. Schlanke, hochgewachsene Leute hatten oft solche Hände. Aber der Kopf – der Kopf ließ sich unmöglich mit dem eines Menschen verwechseln. Ein langes, hageres Gesicht, das von großen, leicht geschlitzten, blassen Augen beherrscht wurde. Ohren mit zierlichen Spitzen, die dort, wo sie durch Haare so fein wie Mondstrahlen schauten, ganz deutlich zu erkennen waren. Die Züge waren ihm vertraut und fremdartig zugleich. Johns Herz schlug schneller. Die Vertrautheit war nicht nur die Folge der Ähnlichkeit zu den Zügen Bennetts, die er darin erkannte. Er kannte dieses Gesicht sehr gut, obwohl er es noch nie auf diese Weise gesehen hatte.

Es war sein Gesicht.

Oder nicht?

Staunend starrte er in das Gesicht des Elfs, der ihn

aus dem Wasser betrachtete. Was war aus dem John Reddy geworden, der in WoGe-Block 3 gewohnt hatte? Er war tot, hieß es.

Was war mit Marianne Reddys Kind? Wo war *das*? Hier vor ihm befand sich der Beweis, daß John nicht dieses Kind war und auch nie gewesen war. Marianne Reddy war ein Mensch, keine Elfe. Die Mutter, die er vermißte, war nicht seine Mutter.

Er wünschte, er hätte sicher und behütet zu Hause in seinem Bett gelegen und würde gerade aus einem üblen Traum erwachen.

Doch nichts veränderte sich. Er stand unter dem Mond von Faery und betrachtete einen Elf mit seinem Gesicht. Wie konnte sein Leben je wieder sein, was es einmal gewesen war?

Der Junge, der ohne Vater aufgewachsen war, hatte jetzt einen – einen Elf. Er hatte einen Vater, der behauptete, John sei ein Prinz und der Sohn eines Prinzen. Er fühlte sich nicht wie ein Prinz. Andererseits wußte er aber auch nicht, wie ein Prinz sich zu fühlen hatte. Außer in Büchern, Liedern und Filmen war er niemals irgendwelchen Hoheiten begegnet, und was er dort gelesen, gehört und gesehen hatte, schien auf seine Lage nicht anwendbar zu sein.

Aber war es auch *wirklich*? Hätte er doch nur gewußt, ob dies ein wahres Spiegelbild war, wie Bennett behauptet hatte. War dieser Elf vor ihm wirklich er selbst?

»Ja, John.«

John erschrak, als er die vertraute Stimme, wie ihm schlagartig klar wurde, zum erstenmal mit den Ohren hörte.

Ein neues Bild tauchte neben dem vertraut-fremden Elf im Teich auf. Sie war groß, wenngleich nicht so groß wie er, und schlank – und sie bewegte sich mit fließender Gewandtheit, als sie neben ihn trat. Er konnte ihre Ohren nicht unter ihrer wallenden Mähne von Haaren aus gesponnenem Silber erkennen, aber sie hatte die feinknochig hageren Züge, die John mittlerweile als charakteristisch für Elfen einzustufen wußte.

»Faye?«

»Ja, John?«

Voller Angst, daß sie verschwinden könnte, wandte er sich vom Teich ab. Doch sie war immer noch da. Präsenter denn je, da sie nun keine körperlose Stimme in seinem Kopf mehr war. Er sog ihren Anblick förmlich auf. Ihre Augen waren funkelndes Silber, die Pupillen von einer Farbe, die sie fast unsichtbar machten. Ihre Haut wirkte so hell und blaß wie das Sternenlicht.

Und sie war… wunderschön.

John war überrascht von der Hitze, die in seinen Lenden aufstieg. Er hatte sich Faye immer als Freund vorgestellt, manchmal sogar als Schwester. Erotische Gesichtspunkte hatten keine Rolle gespielt. Mit einem jähen Schock wurde ihm klar, daß er noch nie ernsthaft über ihr Geschlecht nachgedacht hatte. Jetzt stand sie vor ihm, schöner und begehrenswerter als jedes Mädchen, mit dem er sich je hatte verabreden wollen.

Fand sie ihn auch attraktiv?

Sie lächelte, als habe sie seine Gedanken gelesen, und plötzlich fühlte er sich schwach in den Knien. Sie trat näher, und er wich einen Schritt zurück. Er glitt auf der Uferböschung aus und verlor den Halt. Sie griff zu und zog ihn vom Ufer weg in die Sicherheit ihrer Arme. Sie lachte ihn aus. Nein, sie lachte mit ihm. Dann hörten beide auf zu lachen – und ihre Lippen trafen sich.

Ganz und gar nicht wie ein Kuß unter Geschwistern.

Ein Schatten wuchs in ihm. Da er ein Elf war, konnte sie tatsächlich seine Schwester sein. Oder zumindest eine Verwandte.

Verlegen löste er sich aus der Umarmung.

»Was ist los, John?«

»Nichts«, log er. »Wir, nun, wir sollten jetzt wirklich zu den anderen zurückgehen. Wir waren eine ganze Weile weg. Sie werden sich schon Sorgen machen.«

Ihr leichtes Stirnrunzeln verdarb die Vollkommenheit ihres Gesichts und setzte ihm zu. Da er es nicht ertragen konnte, sah er sie nicht an, als er ihre Hand nahm und sie vom Teich wegzog. Sie wehrte sich einen kurzen Augenblick lang, bevor sie nachgab und mitging.

John hatte auf dem gesamten Rückweg zu den anderen so viel mit seinen eigenen aufgewühlten Gedanken zu tun, daß es ihm nicht gelang, etwas zu finden, das er ihr hätte sagen können.

Kapitel 20

Als sie zwischen den Bäumen hervortraten, fielen John zuerst die beiden Pferde auf, deren Silhouetten sich vor dem Himmel abhoben. Zumindest sahen sie auf den ersten Blick wie Pferde aus. Und als Faye und er näher kamen, konnte John erkennen, daß die schwarzen Tiere langbeiniger und schlanker waren als alle Pferde, die er je auf Bildern gesehen hatte. Ihre langen, schmalen Köpfe wurden von langen, spitz zulaufenden Ohren gekrönt, die man durchaus als pferdische Entsprechung der spitzen Ohren eines Elfs betrachten konnte. Sie standen so still, daß sie auch Statuen hätten sein können. Aber sie waren noch nicht da gewesen, als John zum Teich gegangen war, und niemand hätte in der kurzen Zeit seiner Abwesenheit Statuen herschaffen können.

Waren das die legendären Elfenrösser? Wenn ja, wem gehörten sie dann?

Die Frage beantwortete sich, als er den Fremden sah. Die schlanke, hochgewachsene Gestalt des Fremden konnte nur einem Elf gehören. Und seine Kleidung! So, wie sie schimmerte und fließend wallte, hätte sie aus einem Fantasy-Film stammen können. Stulpenärmel, Spitze und Zierstickereien hätten bei jemandem ohne die bedrohliche Ausstrahlung des Elfs komisch ausgesehen. Er war der erste, der Johns Rückkehr bemerkte, und starrte ihn mit kalten silbernen Augen an.

John konnte diesem Funkeln nicht standhalten und schaute weg. Erst da fiel ihm die angespannte Haltung der Menschen auf dem Hügel auf. Bennett stand lokker da und wandte den Kopf, um festzustellen, wem oder was die Aufmerksamkeit des anderen Elfs galt. Er lächelte, als er John erblickte.

»Ah, Jack. Ich bin froh, daß du zurück bist«, sagte er. »Es ist etwas vorgefallen, und ich muß euch für eine Zeitlang allein lassen. Gewisse Vorgänge auf meinem Anwesen hier verlangen meine Aufmerksamkeit, aber ich wollte nicht vor deiner Rückkehr aufbrechen. Neuankömmlinge können sich hier sehr leicht verirren.« Sein Lächeln wanderte weiter zu Faye. »Wie ich sehe, waren meine Befürchtungen unbegründet.«

»Da stehen zwei Pferde«, sagte John, der sich fragte, wo das seine sich befände. Wenn sein Vater zu seinem Anwesen ritt, sollte er seinen Sohn da nicht mitnehmen?

»Ja. Shahotain war so vorausschauend, eines für mich mitzubringen.«

»Was ist mit mir?«

»Was soll mit dir sein?«

»Begleite ich dich nicht?«

Bennett hielt kurz inne, bevor er sagte: »Ich fürchte, nein, Jack. Das wäre nicht… passend.«

Soviel dazu, gemeinsam zwei elfische Hoheiten zu sein. »Tja, du brauchst nicht mehr zu warten. Ich bin wieder da.«

»Es werden andere Zeiten kommen, Jack. Bessere Zeiten.«

»Ja, sicher.«

Bennett drückte zum Abschied Johns Schulter und flüsterte ihm dabei zu: »Achte auf Bär. Du hast schon zu viel über unsere Beziehung verraten.« Lauter sagte er: »Ich kehre so schnell wie möglich zurück.«

Der andere Elf war bereits aufgesessen. Mit geübter Leichtigkeit folgte Bennett seinem Beispiel. Ohne eine weitere Bemerkung ritten die beiden weg und waren rasch im sonderbaren Dunst der Entfernung hier auf der Anderswelt verschwunden. John wußte nicht genau, ob er glücklich oder traurig über Bennetts Verschwinden war. Er war jedoch in jedem Fall verwirrt. Gewöhnlich wäre eine Unterhaltung mit Faye an der Tagesordnung gewesen, aber ein Blick auf sie verriet ihm, daß er von ihr keine Antworten bekommen würde. Sie war für einen Großteil seiner Verwirrung und Unsicherheit verantwortlich. Bär würde ihm auch keine Hilfe sein – ihm seine Probleme zu erklären, würde bedeuten, mit ihm über seine elfische Abstammung zu sprechen, und das war noch etwas, womit John sich im Augenblick nicht auseinandersetzen wollte. Vielleicht, wenn er sich auf weniger persönliche Angelegenheiten konzentrierte…

»Was ist los?« John hatte Dr. Spae als sichersten Ansprechpartner auserkoren und richtete seine Frage an sie – doch Kun antwortete ihm.

»Dieser andere Elf – Shahotain, nicht wahr? – kam auf einem Pferd angaloppiert – auf einem *Pferd*, um Himmels willen – und hat sich mit Bennett beraten. Unser eingeborener Führer hat sich nicht dazu herabgelassen, uns zu sagen, worum es in dieser privaten Unterhaltung ging, wenn man von ein paar undeutlichen Bemerkungen über häusliche Pflichten absieht.«

»Ich bin sicher, daß es wichtig war«, sagte Spae.

»Wer ist deine Freundin?« fragte Bär.

Es dauerte einen Augenblick, bis John klar wurde, daß keiner von den anderen Fayes Existenz zur Kenntnis genommen, geschweige denn sie gesehen hatte. »Sie ist eine alte Bekannte von mir.«

»Sie ist eine Fee«, sagte Bär.

Seine Stimme enthielt einen argwöhnischen Unterton, aber John war viel zu sehr damit beschäftigt, sich zu fragen, woher er Fayes Namen kannte, um mehr zu tun, als zu nicken und zu sagen: »Das stimmt.«

»Der unsichtbare Freund?« fragte Kun.

Wußten bereits alle über sie Bescheid? In diesem Fall hatten sie schlechte Manieren. »Sie verhalten sich alle, als sei sie immer noch unsichtbar.«

»Sie waren nicht viel besser«, sagte Spae. »Würden Sie uns vorstellen?«

Spae lächelte, als kenne sie ein Geheimnis und John nicht. Seine Wangen brannten bei der Vorstellung, die er mit den Worten abschloß: »Faye ist eine alte Freundin von mir.«

»Tut mir leid, Jack«, sagte Bär. Er nickte Faye zu. »Johns Freunde sind auch meine Freunde. Bis sie sich als etwas anderes erweisen. Schön, daß wir uns kennenlernen, Mädchen.«

»Also haben wir einen Elf gegen eine Elfe eingetauscht«, bemerkte Kun etwas unglücklich.

»Ich bin keine Elfe«, sagte Faye. Als sie die ungläubigen Gesichter sah, die sich ihr zuwandten, fügte sie hinzu: »Jedenfalls keine von der Art des Prinzen.«

»Des Prinzen?« fragten Kun und Spae gleichzeitig.

»Also ist er tatsächlich ein Prinz«, sagte John. Er glaubte, er habe es nur bei sich gesagt, doch zumindest Kun hatte ihn verstanden.

»Sie wußten, daß Bennett irgendeine Hoheit ist?«

»Er hat es mal erwähnt, aber woher hätte ich wissen sollen, ob er die Wahrheit sagt?« Johns Antwort klang selbst in seinen Ohren lahm.

»Es war klug von dir, ihm nicht zu vertrauen«, sagte Bär.

»Und verdammt dämlich, es uns gegenüber nicht zu erwähnen«, ergänzte Spae.

»Was haben Sie uns sonst noch verschwiegen?« fragte Kun. Er sah nicht gerade zufrieden mit John aus.

»Nicht viel.«

»Ich glaube, es war klug von Jack, uns zu verschweigen, daß der Elf gesagt hat, er sei ein Prinz«, sagte Bär. »Sehen Sie sich doch an, wie Sie reagieren.

Sie räumen diesem Bennett bereits zu viel Macht über Ihre Gedanken ein. Wie groß wäre sein Einfluß erst auf Sie, wenn Sie ihn von Anfang an für eine Hoheit gehalten hätten? Haben Sie nicht zugehört, als ich Ihnen erzählte, wie leichtfertig Elfen mit der Wahrheit umgehen?«

»Aber Faye hat bestätigt, daß er ein Prinz ist«, sagte Spae.

»Sie haben keinen Beweis gesehen«, entgegnete Bär.

»Du hast Fayes Wort«, protestierte John.

Bär sah John nachdenklich an. »Das haben wir.«

»Willst du damit sagen, sie lügt?« fragte John wütend.

»Glaubst du ihr?«

»Ja!«

»Du kennst sie besser als ich«, sagte Bär. »Aber Bennetts Rang steht hier nicht zur Debatte. Wir sind nicht hergekommen, um seinen Hof zu besuchen. Wir gewinnen nichts, wenn wir hier bleiben. Wir könnten weiterziehen.«

»Bennett hat gesagt, daß wir auf ihn warten sollen«, sagte Spae.

»Ein Grund mehr, es nicht zu tun.«

»Sie haben ihn doch gehört. Wir könnten uns in dieser Dimension leicht verirren. Sie entspricht nicht der unseren. Bennett ist unser einziger Führer.«

»Das stimmt nicht. Johns Freund ist ein Eingeborener.« Bär zeigte auf Mülltonnen-Harry. »Der Goblin gehört ebenfalls hierher. Er kennt dieses Gefilde.«

Mülltonnen-Harrys Blicke irrten nervös von einem zum anderen. Bär hatte ihn wiederum einen Goblin genannt, und zum erstenmal glaubte John zu verstehen, warum. Bennett hatte gesagt, Harry sei einer seiner Agenten, der aus der Anderswelt gekommen sei, um über John zu wachen. Hier unter dem Sternenhimmel der Anderswelt sah er tatsächlich aus wie ein Bewohner dieser Welt. Es war ein Unterschied nicht unähnlich der Verwandlung, der Bennett sich unterzogen hatte, als er sich als Elf zu erkennen gab, doch weniger angenehm. Harry sah jetzt noch häßlicher aus als sonst, noch weniger menschlich. Seine Haut besaß eine Blässe, von der John irgendwie wußte, daß sie nichts mit seinen Verletzungen zu tun hatte. Harrys Zähne wirkten ebenso spitz wie die Ohren, und die Haut schien schuppig. Die Veränderung mußte beim Übergang von einer Dimension zur anderen stattgefunden haben, aber da hatten alle so ausschließlich auf die Umgebung geachtet, daß niemand es bemerkt hatte. Andererseits sahen alle Harry nur dann an, wenn es sich überhaupt nicht vermeiden ließ.

»Scheiße, noch einer!« rief Kun.

»Benehmen Sie sich, Mr. Kun«, sagte Spae. Und zu Harry: »Warum haben Sie uns das nicht eher gesagt, Mr. Black? Ich habe viele Fragen…«

»Die können warten, Doktor«, sagte Bär. »Wir verschwenden hier Zeit.«

»Bennett sagte, wir sollen warten«, entgegnete sie.

Mülltonne nickte heftig. »Ja. Mir müssen warten. Wir brauchen seinen Schutz.«

»Schutz?« Kun ging einen Schritt auf Harry zu. »Wovor?«

»Vor allem möglichen«, antwortete Harry kleinlaut.

Spae trat zwischen die beiden. »Lassen Sie sich von ihm nicht einschüchtern, Mr. Black. Was meinen Sie mit ›allem möglichen‹? Kommen Sie, Sie werden doch nicht so verschlossen wie Mr. Bennett sein, oder?«

»Du *sollst* uns doch helfen, oder?« fragte John.

»Ja.« Harry schaute jämmerlich drein.

»Dann reden Sie mit uns«, schnauzte Kun. »Was heißt ›alles mögliche‹?«

»Na eben alles mögliche«, sagte Harry.

»Er macht keine Ausflüchte, Mr. Kun«, sagte Faye in

beschwichtigendem Tonfall. »Es ist schwierig, diese Dinge konkret zu benennen. Sie können mit den Namen nichts anfangen, die wir für bekannte Gefahren benutzen, und es gibt sogar Gefahren, für die selbst wir keine Namen haben.«

»Wir sollten umkehren. Verstärkung holen«, sagte Kun zu Spae.

»Es ist besser, wenn wir weitermachen. Wir haben keine Garantie, daß wir eine zweite Chance bekommen«, sagte Bär. »Bennett ist nur so lange vertrauenswürdig, wie seine Ziele mit unseren übereinstimmen. Mir gefällt die Art und Weise nicht, wie er uns hier hat sitzen lassen. Ich fürchte, er plant irgendeine Hinterlist.«

»Sie sind paranoid«, sagte Spae. »Bennett hat gesagt, daß wir auf ihn warten sollen.«

Der Streit ging weiter, ohne daß sie zu einer Übereinkunft gelangten. Schließlich machte Spae den Vorschlag abzustimmen.

»Aber die Nichtmenschen haben keine Stimme«, fügte Kun hinzu.

»Sie gehören ebenso zu dieser Expedition wie Sie«, sagte Spae.

»Sie sind Bewohner von Faery«, erklärte Bär.

»Und als solchen können wir ihnen nicht trauen«, schloß Kun. Beide nickten ernst, als Spae sie ungläubig ansah.

»Also gut. Also gut. Dann stimmen also nur die Menschen ab«, stimmte Spae zu. Sie murmelte etwas vor sich hin, aber John hörte es nicht. »Ich sage, wir warten auf Mr. Bennett.«

»Wir gehen weiter«, sagte Bär.

»Wir gehen zurück«, sagte Kun.

John verließ der Mut, als sie sich ihm erwartungsvoll zuwandten. Er wollte diese Entscheidung nicht einmal für sich selbst treffen, geschweige denn für alle anderen. Er verspürte den starken Drang, das Gegenteil von dem zu tun, was Bennett wollte. Schließlich, was schuldete er ihm schon? Bennett war allein zu seinem Anwesen in Faery geritten, und zwar trotz all seiner schönen Reden über elterliche Anteilnahme und die Bedeutung von Johns elfischer Abstammung. In diesem Augenblick wäre John glücklich gewesen, ihn enttäuscht zu sehen. Die beste Methode, dies zu erreichen, war die, für Kuns Plan zu stimmen und umzukehren. Das würde alle Pläne Bennetts vereiteln. Aber eine Umkehr bedeutete wahrscheinlich auch, daß er Faye zurücklassen mußte. Oder zumindest die körperliche Faye. Der Gedanke war ziemlich quälend.

»Jack?« drängte Bär.

Bär war der einzige von den dreien, der sich wirklich etwas aus John machte. Wenn John für ihn stimmte, würde es für Bär leichter zu verkraften sein, wenn er erfuhr, daß John ein Elf war. Er konnte Bär beweisen, daß nicht alle Elfen schlecht waren. John fühlte sich nicht der Sorte zugehörig, der Bär alle Elfen zuzuordnen schien. Bär mußte das erfahren, und John konnte es ihm beweisen. Er würde damit anfangen, ihm hier bei dieser Abstimmung zu helfen. Trotzdem störte es John ein wenig, daß Bär nur wegen dieser *Comes*-Geschichte zu erwarten schien, daß John für ihn stimmte. Wenn Bär derartige Erwartungen hegte, mußten sie das später klären. Bär würde viel umgänglicher sein, wenn er erst einmal hatte, was er suchte.

»Ich finde nicht, daß wir hier herumsitzen sollten«, begann John. »Der Sinn dieser ganzen Expedition bestand darin, Bär dabei zu helfen, Caliburn zu finden. Also sollten wir das auch tun.«

Bär schlug ihm auf den Rücken, was John taumeln ließ. »Gut gesprochen.«

Nun, da die Entscheidung gefallen war, machte sich

die Gruppe mit Bär an der Spitze wieder auf den Weg, der zuversichtlich den Hügel hinabging. Dr. Spae war keine gute Verliererin, sondern maulte unterwegs vor sich hin: »Woher soll Mr. Bennett wissen, wohin wir gegangen sind?« fragte sie Bärs Rücken. Er überging ihre Frage, doch Faye versicherte ihr: »Er kann uns auf jeden Fall folgen.« Dr. Spae murmelte noch eine Weile vor sich hin, und Kun sah ziemlich aufgebracht aus. Der Agent kontrollierte jetzt mit zwanghafter Regelmäßigkeit seine Waffe.

John hatte Bär zwar unterstützt, verstand aber nicht, wie Bär finden wollte, was er suchte. Er beeilte sich, um zu ihrem Anführer aufzuschließen, der zuversichtlich ausschritt. Bär begrüßte ihn mit einem Nicken, und sie gingen schweigend eine Viertelmeile nebeneinander her, bis John den Mut aufbrachte, Bär danach zu fragen.

»Du hast den Anschein erweckt, als wüßtest du, wie du Caliburn finden kannst, aber wie willst du das anstellen? Weder Faye noch Mülltonnen-Harry wissen, wo es ist, also haben wir keinen Führer. Vielleicht, wenn wir eine Landkarte besäßen.«

»Wir brauchen weder eine Karte noch einen Führer. Wir haben alles Nötige. Du mußt Vertrauen haben, Jack.«

Vertrauen war ein schlechter Kompaß und eine noch schlechtere Karte. Nach allem, was John bisher über die Anderswelt erfahren hatte, lagen ein paar ernsthafte Hindernisse vor ihnen. »Bist du nicht in England eingeschlafen?«

»Ja.«

Bärs klare Antwort ließ vermuten, daß er das Problem nicht sah. »Bennett sagte, Faery ähnele der wirklichen Welt. Wird dann nicht zwischen uns und England ein Ozean liegen?«

»Das nehme ich an.«

»Du weißt es nicht?«

»Nein.«

»Du weißt es nicht! Wie, zum Teufel, willst du dann *irgend etwas* finden, wenn du nicht einmal weißt, ob zwischen uns und England ein Ozean liegt?«

Johns scharfer Tonfall schien Bär nicht zu stören, aber er blieb stehen und starrte verträumt in die Ferne. »Hast du Caliburn jemals berührt, Jack?«

»Was ist das denn für eine Frage? Natürlich nicht.«

»Ich schon.«

»Aber…«

»Stell keine Fragen mehr«, befahl Bär. Und etwas freundlicher fügte er hinzu: »Hab Vertrauen.«

Bär ging weiter und ließ John stehen, der ihm fassungslos nachstarrte.

Kapitel 21

Holger wußte, daß die Entscheidung weiterzugehen falsch war. Er wußte es einfach. Er wiederum erwog, zu der Stelle zurückzukehren, wo sie hierher gewechselt waren. Aber selbst wenn er die Stelle wiederfand, war er nicht sicher, ob er den Übergang ohne Dr. Spae oder Bennett schaffen würde. Was noch wichtiger war, falls er es tatsächlich zurück schaffte, würde er erklären müssen, warum er Spae im Stich gelassen hatte. Dem Hauptquartier würden seine Antworten nicht gefallen, ganz gleich wie sie ausfielen.

Artus führte sie durch eine Landschaft, die der Arglose vielleicht für friedlich und harmlos hielt. Friedlich mochte sie gegenwärtig sein, aber Holger hatte die fremdartigen Geräusche gehört und die verstohlenen Bewegungen von… *Wesen* gesehen, die ihnen ab und zu folgten, und er wußte, daß ihre Umgebung alles andere als harmlos war.

Er mußte wachsam sein.

Nebel stieg auf und schloß sich rings um sie, was die ohnehin schlechte Sicht noch weiter verschlechterte. Er machte sich nicht die Mühe, die Nachtsichtbrille aufzusetzen. Er hatte sie zu einem früheren Zeitpunkt ausprobiert, und in der seltsamen Nacht dieser Anderswelt hatte sie nicht den geringsten Unterschied gemacht. Es war, als versuche man durch einen Nebel zu schauen. In der wirklichen Welt half die Brille im Nebel auch nicht viel, außer im Infrarotmodus. Diese Möglichkeit schied hier jedoch aus. Keine der Gestalten, die er bei jenem ersten Test durch die Bäume hatte flitzen sehen, hatte die Elektronik ansprechen lassen.

Die geringe Sichtweite machte ihn ganz kribblig.

Wenigstens war die Viper in Ordnung. Er überprüfte sie noch einmal, um sich zu vergewissern.

Die 5-mm-Geschosse der Viper bedeuteten für sich genommen nicht viel, aber die Waffe hatte eine Feuergeschwindigkeit, mit der man einen Menschen durchschneiden konnte wie mit einer Kettensäge. Sehr nützlich im Nahkampf. Er schlug auf die Taschen mit den Reservemagazinen. Sie waren noch da.

Dasselbe galt für seine anderen Vorbeugungsmaßnahmen gegen Ärger. Es war nur eine kleine Auswahl, ausgewählt wegen des breiten Spektrums möglicher Anwendungen. Er hoffte, er würde keine davon brauchen – und haben, was er brauchte, falls doch. Seine Tragfähigkeit war begrenzt. Hätte er mit einem zuverlässigen Team zusammengearbeitet, hätten sie mehr mitnehmen und sich besser auf alles vorbereiten können, was sie anspringen mochte.

Aber diese Truppe... Diese Truppe entsprach nicht dem, was er für jedes beliebige Unternehmen ausgewählt hätte.

Spae war... was Spae eben war, also konnte man ihr nur begrenzt vertrauen. Sie hatte ihr eigenes Gepäck dabei, und er konnte sich denken, was sie zu ihm gesagt hätte, wenn er sie gebeten hätte, noch etwas anderes zu tragen. Selbst wenn sie einer gewissen Besonnenheit zugestimmt hätte, wäre das kein großer Gewinn gewesen. Sie war nur zu bereit, alles zu glauben, was ihnen die Wesen erzählten, die hierher gehörten.

Daß sie sich mit diesen Kreaturen der Anderswelt abgaben, würde sie nur in Schwierigkeiten bringen.

Zumindest war Bennett nicht mehr bei ihnen. So wenig es Holger gefiel, an diesem Ort auf sich allein gestellt zu sein, mit Bennett unterwegs zu sein, gefiel ihm noch weniger. Ganz besonders mißfiel ihm die Art und Weise, wie Spae an den Lippen des Elfs hing. Als wiege jede seiner Bemerkungen so schwer wie das Wort Gottes. Des Teufels, das traf es wahrscheinlich besser.

Diese ganze Welt wurde von Teufeln bevölkert.

Es hatte ihm nicht gefallen, feststellen zu müssen, daß Black auch eines von diesen gottverlassenen Faery-Wesen war. Wenigstens hatte er Black nicht bewaffnet. Nicht, daß er Black vertraut hatte, bevor dessen wahres Wesen zum Vorschein gekommen war. Holgers Instinkte hatten ihn wieder einmal nicht getrogen.

Das Mißtrauen Black gegenüber teilte er mit Bär. Der Schläfer würde den Goblin ebenfalls beobachten. Aber diese Wachsamkeit war nur eine schwache Erinnerung an die Hoffnungen, die er vor noch nicht allzu langer Zeit in den Schläfer gesetzt hatte. Bär hatte sich bei der Befreiung Reddys gut gehalten. Zumindest hatte er sich als durchaus kompetent in den Grundlagen der Taktik erwiesen, auch wenn er mit moderner Technik nichts anzufangen wußte. Das würde mit der Zeit von ganz allein kommen. Wenn er diese Zeit jemals bekam. Und jetzt führte er sie auf dieser mystischen Suche ins Nimmerland. Als Schläfer war ihm Magie natürlich nicht fremd, aber ein entsprechender Kontakt mußte nicht automatisch gleichbedeutend mit einem Hirnschaden sein. Sein stures Beharren auf diesem Unternehmen machte jedoch mehr als deutlich, daß der Kontakt ihn hoffnungslos in Mitleidenschaft gezogen hatte.

Reddy war von allen derjenige, der am vertrauenswürdigsten hätte sein sollen. Kein Eigeninteresse, keine Magie. Nur ein unschuldiger Junge, der in dieses Chaos verwickelt worden war. Aber Reddy hatte darauf bestanden, Black zu retten. Loyalität einem Kameraden gegenüber war sehr löblich, aber in diesem Fall waren Ort und Zeitpunkt ganz schlecht gewählt. Jetzt mußte er den Jungen in einem ganz neuen Licht betrachten, besonders da Reddy nun mit einer Elfe aufgetaucht war. Holger hatte Mitsutomos psychologische Berichte über Reddy gelesen. Alles über den Kindheitsfreund, der auch nach dem für derartige Dinge üblichen Alter nicht verschwunden war. Und alles darüber, wie Reddy sich mit den Fakten ›versöhnt‹ hatte. Jetzt hatte Holger Reddys ›unsichtbaren Freund‹ selbst gesehen, ein Fakt, mit dem *Holger* sich noch nicht im geringsten versöhnt hatte. Diese Anhäufung unmenschlicher Kreaturen um Reddy machte den Jungen verdächtig, aber jetzt wäre es zu aufwendig gewesen, ihn zu entwaffnen. Holger würde ihn einfach sehr genau im Auge behalten müssen.

Sie alle.

Und er hatte niemanden, dem er den Rücken zuwenden konnte.

Er kontrollierte erneut die Viper.

Und Spae hatte ihn paranoid genannt!

Die Frau besaß keinen Realitätssinn. Paranoia war in seiner Branche eine überlebensnotwendige Eigenschaft, die man automatisch entwickelte und die einem half, den nächsten Tag zu erleben.

Der Nebel stieg jetzt immer höher und hüllte sie fast so vollständig ein wie ein Rauchvorhang. Bei militärischen Unternehmungen wurden Rauchvorhänge eingesetzt, um in ihrem Schutz Angriffe zu starten und näher an den Feind heranzukommen, ohne sich zu zeigen. Drohte ihnen ein Angriff?

Nach einem Angriff Ausschau zu halten, das war das, was ein Paranoider tun würde, nicht wahr?

Das hier war das Märchenland, der wundersame Ort, alles grün und natürlich. Wer konnte hier Feinde haben? Der bloße Gedanke war paranoid. Die berühmte

Dr. Spae hielt dies nicht für einen für Paranoia geeigneten Ort.

Die berühmte Dr. Spae dachte nicht scharf genug.

Holger erhaschte einen Blick auf eine dunkle Gestalt im Nebel, die sich parallel zu ihnen bewegte. In dem Versuch, sie besser zu sehen zu bekommen, machte er einen Schritt in ihre Richtung. Als er die Stelle erreichte, wo er sie gesehen hatte, war nichts mehr da.

Er mußte sie verscheucht haben, was gut war. Solange die Wesen hier draußen sich von ihnen verscheuchen ließen, hatten sie eine Chance.

*

Der dichter werdende Nebel erschwerte es John immer mehr zu sehen, wohin sie gingen. Bär, der noch immer voranging, wurde zu einer formlosen dunklen Gestalt und verschwand dann ganz außer Sicht. Kurz darauf wurde Kun vom Nebel verschluckt.

Als Dr. Spae immer undeutlicher wurde, erwog er, Fayes Hand zu nehmen. Er sagte sich, daß er es tun wollte, um sie zu beruhigen, aber als er sie ansah, schien sie überhaupt nicht beunruhigt zu sein. Er behielt die Hände bei sich, da er nicht wie ein Waschlappen aussehen wollte.

Der Nebel wurde mit jedem Schritt dichter. Mülltonnen-Harry, der hinter ihnen her hinkte, verschwand in seiner weichen Umarmung, wenngleich John noch die unregelmäßigen Geräusche hören konnte, die Harry mit seinem Hinken verursachte. Für einen Augenblick waren Faye und er allein in dem dunstigen Nichts, dann blieb er an einer Wurzel hängen, was ihn ein paar Sekunden aufhielt, und sie war ebenfalls verschwunden.

Nun, da sie alle nicht mehr zu sehen waren, hörte John lediglich das Geräusch ihrer Schritte. Er ging schneller, um Faye einzuholen, aber als er sie nach einigen Metern noch nicht vor sich sah, wurde er wieder langsamer. Er mußte schräg zu ihr gelaufen sein. Voller Angst, sich im Nebel zu verirren, folgte er den Geräuschen. Die geisterhaften Ranken des Nebels wuchsen über seinem Kopf zusammen und verbargen sogar die Sterne vor seinem Blick. Die Geräusche der anderen wurden leiser, bis der Nebel sie völlig verschluckt hatte.

Zuerst nahm John das gar nicht zur Kenntnis. Die Stille erleichterte es ihm, darüber nachzudenken, wo er war und was er tat. Oder vielmehr, sich deswegen Sorgen zu machen. Fayes Gesicht bahnte sich immer wieder einen Weg in seine Gedanken, und das bereitete ihm ebenfalls Sorgen. Wie sollte er mit der Veränderung in ihrer Beziehung – in ihrer Art der Anwesenheit – umgehen?

Als er schließlich bemerkte, daß er die anderen nicht mehr hören konnte, blieb er stehen. Stille. Er verursachte keine Geräusche mehr, also konnten sie auch nichts mehr übertönen. Er hörte nicht das geringste, keinen Hinweis auf den Verbleib der anderen. Er hätte gut und gern der einzige sein können, der in dieser kühlen grauen Welt langsam dahintreibender Nebelschwaden lebte.

Er rief Bärs Namen und forderte ihn zu einem Halt auf.

Keine Antwort durchbrach die Stille.

Er rief nach Dr. Spae und Kun.

Keine Antwort.

Faye.

Keine Antwort.

Und schließlich Mülltonnen-Harry.

Nichts.

Er war allein. Hatte sich verirrt. Im Stich gelassen oder nur in die Irre gegangen? Höchstwahrscheinlich war es nur seine eigene Schuld, und er war von der Marschrichtung abgewichen. Er mußte schon seit einiger Zeit abgewichen sein, wenn die anderen jetzt außer Rufweite waren. Hatten sie bereits bemerkt, daß er verschwunden war? Und wenn ja, was würden sie unternehmen? Eine wirksame Suche war in dem Nebel unmöglich.

Der Boden, auf dem er stand, war uneben, ein Hang, also ging John in der unbestimmten Hoffnung hangaufwärts, eine Stelle zu erreichen, die es ihm vielleicht gestattete, den Nebel zu überschauen und sich zu orientieren. Seine Begleiter versuchten vielleicht etwas Ähnliches. Vielleicht fanden sie alle Bodenerhebungen und sahen einander über den Nebel hinweg. Er glaubte schon, er habe sich richtig entschieden, als er bemerkte, daß der Nebel dünner wurde, je höher er kam. Er änderte seine Meinung, als er aus der Nebelbank trat, als habe er eine Wand durchschritten, und sah, was vor ihm stand.

Es war ein Turm, eine schlanke Zinne aus dunklem Stein. Seine Form ähnelte derjenigen des anderen Turms, den er zuvor gesehen hatte, und nach allem, was er wußte, hätte es sogar derselbe sein können. Es war nicht unvorstellbar, daß er in dem Nebel eine volle Kehrtwendung beschrieben hatte. John suchte einen Eingang, fand jedoch keinen auf Bodenhöhe. Die Schwelle der einzigen Tür, die er sehen konnte, lag gute drei Meter über seinem Kopf. Er wich ein wenig zurück, begutachtete die Glätte der Steinmauer und fragte sich, ob er zu der Tür emporklettern konnte. Als er zu dem Schluß kam, daß es nicht genügend Halt für Hände und Füße in der Mauer gab, öffnete sich die Tür. Gleichzeitig tauchte eine Steintreppe Stufe für Stufe aus dem Nichts auf, die von der Tür zum Boden führte. John brauchte nicht das Kribbeln zu verspüren, um zu wissen, daß er angewandte Magie erlebte.

Eine Gestalt erschien in der Tür. Die Gestalt hätte ein Dämon sein können, der aus der Hölle kletterte, da sie den Absatz betrat, der einen Augenblick zuvor noch nicht da gewesen war. Die Schultern des Wesens waren breit und bucklig und mit Stacheln besetzt, der Kopf wies einen Kamm auf, das Gesicht lief in einer Schnauze aus. Fahles Mondlicht glitzerte auf Stahl, und John wurde klar, daß es sich um einen Mann in einer verzierten Rüstung handelte, einer sonderbar geformten Rüstung, die die menschliche Silhouette verzerrte. Das fantastische, bestialische Gesicht war ganz einfach das Helmvisier, das zu einer unmenschlichen Visage geschmiedet worden war.

Eine behandschuhte Hand hob sich, schob das Visier hoch und enthüllte ein elfisches Gesicht – so braun, daß es fast schwarz schien. Die blassen Augen traten deutlich hervor und schienen in einem weißen Licht zu brennen, als ihr Blick auf John fiel. Der Elf sprach nicht sehr laut, aber John konnte seine Stimme trotz der Entfernung zwischen ihnen ganz klar und deutlich verstehen.

»Wer steht vor meiner Tür?«

John hatte die Lieder gehört und die Geschichten gelesen und beschloß, seinen Namen nicht zu nennen. »Ein Reisender«, antwortete er.

»Was führt Euch zu meiner Feste?«

»Ich habe mich verirrt. Ich habe den Hügel erklommen, weil ich dachte, auf dem Gipfel könnte ich über den Nebel hinwegsehen oder zumindest einen Platz finden, um abzuwarten, bis er sich lichtet.«

»Ihr seid nicht absichtlich hergekommen?«

»Nein, nur zufällig.«

»Zufällig?« Der elfische Ritter klang nicht so, als glaubte er John. »Ihr habt mich nicht gesucht?«

»Ich hatte gehofft, meine Freunde zu finden.«

Der Elf merkte auf. »Ihr reist mit anderen?«

»Angeblich ja.«

»Menschen?«

Etwas im Tonfall des elfischen Ritters ließ John plötzlich vorsichtig werden. Da er sicher war, daß völlige Ehrlichkeit unter diesen Umständen nicht die beste Politik war, versuchte John unbestimmt zu antworten und sagte: »Einige von ihnen sind welche, ja.«

»Ich verstehe.«

»Bitte, Herr Ritter. Ich wollte Euch nicht stören.« John hatte keine Lust, wieder in den kühlen, klammen Nebel einzutauchen, aber er wußte auch nicht, ob ihm die Gesellschaft des Elfs lieber war. »Wenn ich einfach nur hier draußen warten könnte. Ich gehe, sobald sich der Nebel lichtet.«

»Tretet ein.«

Es war ebensosehr ein Befehl wie eine Einladung. Da er den Befehl oder die Einladung ausgesprochen hatte, drehte der Elf sich um und trat wieder in den Turm, ohne abzuwarten, ob John gehorchte. Ein Stück hangabwärts, im Nebel verborgen, heulte etwas tief und langgezogen. Es klang hungrig.

John fand sich plötzlich auf der Treppe wieder, und nachdem er einmal den Aufstieg begonnen hatte, schien es nur vernünftig zu sein, ihn auch fortzusetzen. Kurz darauf erreichte er den Absatz, wo der Ritter gestanden hatte, außer Atem und ein wenig schwitzend, wenngleich weniger infolge des Aufstiegs, als vielmehr aus Nervosität.

Der Ritter erwartete ihn in seinem Turm. Der Elf trug zwar nicht mehr seine Rüstung, war aber nicht weniger fantastisch gekleidet. Das Hauptkleidungsstück bestand aus einer Robe mit üppigen Falten und funkelnden Silberpailletten, und dazu trug er einen Kopfschmuck aus gefiederten Wedeln. Die silbernen Locken, die ihm tief in den Nacken fielen, bildeten einen krassen Gegensatz zu seiner dunklen Haut. Es wirkte überlebt, aber er kam John ohne Rüstung nicht weniger gefährlich vor als mit ihr.

Doch der Saal sah warm und einladend aus, insbesondere das Feuer, das in dem großen Steinkamin loderte. John war bis auf die Knochen durchgefroren und seine Kleidung fühlte sich ebenso klamm an wie seine Haut.

»Tretet ein«, sagte der elfische Ritter. »Wenn Ihr wollt.«

John zögerte und schaute zurück. Der Turm hätte eine Insel im Nichts sein mögen, denn der Nebel erstreckte sich vom Boden in den Himmel, so daß das Gebäude völlig vom Nebel eingehüllt war. Er schien dem Turm jetzt näher zu sein als zuvor. Das Ding im Nebel heulte wieder.

Was hatte er zu verlieren?

Er trat über die Schwelle. In dem Versuch, höflich zu sein, drehte er sich um, da er die Tür schließen wollte, mußte jedoch feststellen, daß sie bereits geschlossen war. Einen Augenblick lang war er verwirrt. Die massive Holztür hätte durch ihn hindurchschwingen müssen. Natürlich war Magie die Antwort. Es war immer noch ein wenig beunruhigend, wenn sie in seiner Gegenwart geschah.

»Sagt, junger Herr: Was hat Euch zu meinem Heim geführt?«

John erzählte ihm etwas über wandernde Reisende, doch so stark verkürzt, daß kaum eine Geschichte daraus wurde. Begründung und Motivation fehlten, und John war der einzige erkennbare Charakter in der Darstellerriege, aber der Elf schien es nicht zu bemerken.

»Eure Geschichte ist sehr reizvoll«, sagte er. »Ihr sagtet, Ihr hättet Eure Begleiter im Nebel verloren und ganz allein hergefunden?«

»Ja. Ich habe über einiges nachgedacht, und dabei

habe ich sie irgendwie aus den Augen verloren. Als mir klar wurde, daß ich sie verloren hatte, rief ich sie, bekam aber keine Antwort. Ich nehme an, ich bin ziemlich weit gewandert.«

»Ganz gewiß. Wenige kommen uneingeladen hierher. Noch weniger in friedlicher Absicht.«

»Ich will Euch nichts Böses.« Es kam ihm richtig vor, das zu sagen, obwohl John keine Ahnung hatte, wie er einem solch offensichtlichen Meister der Magie hätte Schaden zufügen sollen. Als der Ritter auf das zeigte, was an seiner Schulter hing – die Viper –, fiel John eine Möglichkeit ein.

»Und doch tragt Ihr eine Waffe aus dem Gefilde der Menschen.«

»Würdet Ihr dieses Gefilde unbewaffnet durchwandern?«

Der Elf lächelte. »Nein, das würde ich nicht.« John bewegte den Waffengurt, so daß die Viper mehr auf dem Rücken hing. Sie fühlte sich schwer und klobig an, aber er wollte sich nicht von ihr trennen. Glücklicherweise machte der Elf keinen entsprechenden Vorschlag.

»Aber ich bin ein schlechter Gastgeber«, sagte der Ritter. »Diese Tortur hat Euch gewiß ermüdet, und Ihr müßt hungrig sein.«

John begriff ganz plötzlich, daß der Ritter recht hatte. Er war so hungrig, daß er nicht begreifen konnte, warum ihm erst jetzt die leckeren Gerüche auffielen, die den Raum durchdrangen. Er spürte, wie ihm bereits das Wasser im Munde zusammenlief. Als er sich umdrehte und die Tafel sah, die vor Tellern und Platten und Schalen voller Essen überquoll, steigerte sich seine Speichelproduktion ins Unermeßliche. Die Tafel bot viel mehr, als zwei Personen verzehren konnten. Waren noch mehr Elfen in der Nähe?

»Bitte«, sprach der Ritter, indem er John einen goldenen Teller reichte. »Bedient Euch.«

Zuerst zierte sich John. Es gab Lieder über Leute, die die Einladung eines Elfs zum Essen annahmen. Aber dies war kein Elfenhügel, und er war schon in Faery. Wie schlimm konnte es werden?

Wie um Johns Befürchtungen zu beschwichtigen, ging sein Gastgeber zum Tisch, seinen eigenen goldenen Teller in der Hand, und legte sich Fleisch und Gemüse auf. Er wartete, bis John genug von der Tafel ausgewählt hatte, um die gesamte Fechtmannschaft zu sättigen, dann führte er ihn zu zwei mit kunstvollen Schnitzereien verzierten Armsesseln, deren Lehnen breit genug waren, um die Teller darauf abzustellen. Auf der rechten Armlehne jeden Sessels stand bereits ein juwelenbesetzter goldener Kelch. Der Ritter setzte sich und bedeutete John, seinem Beispiel zu folgen. Der Elf machte sich ohne Eßbesteck über sein Essen her. John fühlte sich immer noch ein wenig unbehaglich, als er seinen ersten Leckerbissen auswählte, den Schenkel eines kleinen Vogels. Aber der Geschmack überzeugte ihn sofort, denn er war rauchig-würzig, und das Fleisch schmeckte zart und saftig. Er schlang den Rest auf seinem Teller herunter wie ein Footballprofi nach dem großen Spiel. Als der Teller leer war, stellte er ihn auf der Armlehne ab und ließ sich zurücksinken.

»Da ist noch mehr, wenn Ihr mögt«, sagte der Elf.

Nach einem peinlichen Aufstoßen sagte John: »Ich glaube, ich habe mehr als genug gegessen.«

»Verzeiht meine schlechten Manieren, junger Herr, aber ich finde es äußerst merkwürdig, daß Ihr in Verkleidung reist.«

»Verkleidung?« Sicher, er trug nicht das, was er gewöhnlich anzog, aber... Dann dämmerte John, was der Elf meinte. »Ihr erkennt, daß ich ein Elf bin?«

Der elfische Ritter trank einen Schluck Wein und nickte. »Natürlich. Eure Verkleidung besteht aus ganz einfachen Zaubern und noch dazu solchen, die ganz offensichtlich zu dem Zweck ersonnen wurden, auch im irdischen Gefilde zu wirken. Aber selbst dort könnte ich sie noch durchschauen. Hier in Faery sind sie wie das schwache Flackern eines Lichts, ein triviales Hindernis selbst für den unbedarftesten Novizen in der Kunst des Weges.«

»Wenn sie so schlecht sind, was haben sie dann für einen Sinn? Warum wirken sie dann noch?«

»Soll das heißen, daß es nicht Eure Zauber sind?« Der Ritter klang tatsächlich überrascht.

»Ein Geschenk von meinem Vater.« Über den er nicht reden wollte. »Dachtet Ihr, ich sei ein Magier oder so etwas?«

»Das ist offen...« Der Ritter stellte seinen Kelch ab. »Seid Ihr es, der mich prüfen will, oder tut Ihr es auf Geheiß eines anderen?«

Der Elf klang beleidigt. Was keinen Sinn ergab. War hier nicht John als Besucher derjenige, der geprüft werden sollte? Und was sollte diese Sache, ›auf Geheiß eines anderen‹? »Ich weiß nicht, wovon Ihr redet.«

Johns Antwort schien dem Elf Rätsel aufzugeben. »Ihr klingt aufrichtig. Könnte es sein, daß Ihr wahrhaftig unwissend seid?«

Plötzlich flackerte Johns Zorn auf. Er hatte es noch nie leiden können, unwissend genannt zu werden. Er wußte, daß er in bezug auf die Anderswelt nicht viel begriff. Es war nicht seine Schuld, daß er so wenig darüber wußte. Schließlich war er nicht in Faery aufgewachsen. Dieser elfische Überlegenheitsdünkel ging ihm langsam wirklich auf die Nerven. »Ja, ich bin ein richtiger Schwachkopf. Ich weiß von nichts. In Ordnung?«

Er hieb mit der Faust auf die Armlehne, und sein Teller fiel zu Boden. Der Ritter hielt ihn mit einer leichten Berührung am Arm davon ab, sich danach zu bükken. Mit verkrampften Kiefermuskeln schaute John weg und fand plötzlich das Bogenfries, das den Abschluß eines der tragenden Pfeiler des Raums bildete, äußerst fesselnd. Es war eine kalte Stelle, in die er seine Wut ableiten konnte.

»Vergeßt es und beruhigt Euch. Ich wollte Euch nicht beleidigen.« Der Elf wartete, bis John sich ein wenig entspannt hatte und aufhörte, das Bogenfries zu Tode zu starren, bevor er weitersprach. »Ich muß gestehen, daß die Schuld bei mir liegt. Ich habe mich von der Tatsache täuschen lassen, daß Ihr meine Feste gefunden habt. Jetzt glaube ich zu verstehen. Ich glaube, es wäre angemessen, Euch einen Wechselbalg zu nennen.«

»Ja, und?« Die Wut war noch nicht völlig verflogen. »Habt Ihr damit irgendein Problem?«

»Es erklärt gewisse Dinge.«

»Vielleicht würdet Ihr mir diese gewissen Dinge gern erklären.«

»Unter den richtigen Umständen würde ich das tun. Aber laßt uns zuerst so etwas wie ein Experiment versuchen.«

Das gefiel John überhaupt nicht. »Was schwebt Euch da vor?«

»Nichts Gefährliches, das versichere ich Euch. Falls Ihr es noch nicht erfahren haben solltet, unsere Gesellschaft fußt in erster Linie auf Bildung und Verdiensten. Und hier erreicht man ohne Magie nicht viel.«

»Ich sagte schon, daß ich kein Magier bin.«

»Sagen wir lieber, es fehlt Euch an der Ausbildung.«

Was? Die letzten Ausläufer seiner Wut lösten sich in Wohlgefallen auf. »Wollt Ihr damit sagen, daß ich doch ein Magier bin?«

»Magier ist ein Wort, das ich für jemanden mit beträchtlicher Erfahrung in bezug auf den Weg reservieren würde.«

»Was hat es mit diesem ›Weg‹ auf sich?«

»Der Weg ist Magie, und Magie ist der Weg. Es ist eine Mischung aus Kunst, Handwerk und Wissenschaft, mit der man das Gewebe des Universums berührt und seinem Willen unterwirft.«

»Ich nehme an, es gibt eine helle und eine dunkle Seite?«

»Das klingt wie ein Zitat«, sagte der Elf.

»Vielleicht solltet Ihr mir einfach sagen, was Euch vorschwebt.«

»Nun gut. Jetzt ist nicht die Zeit für Philosophie. Jetzt ist die Zeit für eine Demonstration. Ihr müßt glauben, bevor Ihr den ersten Schritt auf dem Weg machen könnt.« Er beschrieb eine Geste, und das Dutzend Kerzen in dem Leuchter zwischen den beiden Sesseln erlosch. »Ihr werdet eine davon wieder anzünden.«

Sicher. »Ich habe kein Streichholz.«

»Ohne ein Streichholz.«

»Da könnt Ihr lange warten, Herr Ritter.«

»Ich glaube nicht. Euer Temperament scheint auf eine Affinität zu Feuer hinzudeuten.« Der Ritter streckte die Hand aus und berührte die mittlere Kerze mit dem Finger. »Seht Euch das hier genau an, dann schließt die Augen.«

John schloß die Augen und versuchte es.

»Befreit Eure Gedanken von allem außer dem Bild der Kerze. Stellt sie Euch weiß vor schwarz vor. Seht Ihr sie?«

Jedenfalls sah er eine Kerze. Er war nicht sicher, ob es diejenige war, die der Ritter berührt hatte.

»Sie ist unvollständig, nicht wahr? Welchen Sinn hat eine Kerze, die kein Licht spendet? Konzentriert

Euch auf das Bild. Stellt Euch die Kerze vor, wie sie sein sollte. Stellt Euch die Flamme vor. Die Hitze. Stellt Euch den Geruch des brennenden Dochts vor, des heißen Wachses. Erfaßt die brennende Kerze mit Euren Sinnen.« Die Stimme des Ritters klang hypnotisch zwingend, aber John hatte Mühe, das Bild heraufzubeschwören. Er spürte Hände an seinen Schläfen, die sie rieben, und die Anspannung in ihm ließ ein wenig nach. Nun, da er entspannter war, fand er es leichter, sich die Flamme vorzustellen.

»Stellt sie Euch als wirklich vor«, beschwor ihn der Ritter.

John sah die Flamme vor seinem geistigen Auge. Die Hitze, das Licht, den Geruch, sogar das kaum hörbare Brenngeräusch. Sie kam ihm langsam wirklich vor.

»Nun laßt sie wirklich werden.«

Das war genau das, was er tun wollte. Er wünschte, die Flamme möge wirklich sein. Er wünschte es sich sehr. Irgend etwas gab nach, und er spürte, wie Hitze ihn durchfuhr.

»Bei der Dunkelheit!« rief der Ritter und riß John damit aus seiner Konzentration.

John öffnete die Augen und sah, daß alle zwölf Kerzen brannten.

Er hatte es geschafft. Nicht nur eine, sondern zwölf kleine Flammen, alle von ihm erschaffen. Es war wunderbar. Er hatte Feuer entstehen lassen. Wenn er das konnte, wozu war er noch fähig?

»Zeigt mir noch mehr.«

Der Ritter hob einen Finger. »Bevor wir weiter vordringen, muß ich wissen, wie Ihr in dieses Gefilde gekommen seid. Ihr habt den Übergang nicht selbst bewerkstelligt, oder?«

»Nein.« Was hatte das damit zu tun, Magie zu lernen?

»Ein Elf kam zu Euch und hat Euch beim Übergang geholfen.«

»Ratet Ihr, oder wißt Ihr es?«

»Es ist das Wahrscheinlichste. Ist es so gewesen?«

»Ja.«

»Hat er Euch erzählt, er sei Euer Vater?«

»Ja.«

»Und glaubt Ihr ihm?«

John wollte schon antworten und die Frage bejahen, doch plötzlich mahnte ihn eine innere Stimme zur Vorsicht. »Ich sehe nicht, was Euch das angeht.«

»Ihr wißt sehr wenig über dieses Gefilde.« Der Ritter drehte den Kopf ein wenig, um John aus dem Augenwinkel zu mustern. Mit einer Geste seiner Hand beschwor er ein Bild von Bennett. »Ist das der Elf, der Euch in dieses Gefilde geführt hat?«

Soviel dazu, Kenntnisse zurückzuhalten. Der Ritter wußte es bereits. »Ja. Er nennt sich Bennett.«

»Bennett«, sagte der Elf nachdenklich. »Gut, dann werden wir ihn auch weiterhin so nennen.«

Was bedeutete, daß Bennett nicht sein richtiger Name war. »Ihr kennt ihn?«

»Er und ich sind nicht vom selben Stand.«

»Ihr habt meine Frage nicht beantwortet.«

»Und Ihr seid sehr ungehobelt und unhöflich, aber ich nehme Euch das nicht übel. Zweifellos habt Ihr eine unzulängliche Erziehung genossen.«

»Ich habe eine sehr gute Erziehung genossen«, protestierte John.

»Vielleicht für das irdische Gefilde. Ihr müßt noch viel über Euer Geburtsrecht und über das lernen, was Euch wegen Eures Blutes offensteht. Diese Dinge waren Euch im anderen Gefilde verborgen. Sie müssen es nicht bleiben. Zum Beispiel kann ich Euch lehren, die Magie in Eurer Seele anzuzapfen.«

John, der davon gekostet hatte, war auf den Geschmack gekommen und wollte mehr davon. »In Ordnung. Ich bin bereit.«

»Schwört, mir als Lehrling zu dienen, dann werde ich es tun. Ich kann Euch Euer Erbe erschließen. Unter meiner Führung könnt Ihr Eure wahren Möglichkeiten ausschöpfen.«

John hatte bisher immer gehört, daß eine Ausbildung nicht umsonst war, aber er selbst hatte noch nie dafür bezahlen müssen. »Und was muß ich dafür für Euch tun?«

»Für mich? Dasselbe wie jeder andere Lehrling. Ein guter Schüler ist Belohnung genug für den Lehrer.«

»Es gibt doch einen Haken, oder nicht? Es gibt immer einen Haken.«

Der Ritter lachte leise. »Ihr habt Euch zu viele Geschichten der Menschen angehört. Sie hegen ein äußerst unfreundliches Vorurteil. Würdet Ihr es gern mit noch einem anderen Zauber versuchen?«

John nickte.

»Es gibt nicht sehr viel, was der ungeübte Geist schaffen kann, aber angesichts der Stärke, die Ihr gezeigt habt, gehe ich davon aus, daß Ihr in der Lage seid, einen Zauber aufrechtzuerhalten, den ein anderer wirkt. Möchtet Ihr das versuchen?«

»Was für einen Zauber?«

»Eine Abbildung.«

»In Ordnung.«

»Gut. Schließt wieder die Augen und stellt Euch jemanden vor, den Ihr gern sehen würdet. Stellt Euch jemanden vor, den Ihr sehr gut kennt. Jemanden, für den Ihr starke Gefühle hegt. Euren besten Freund vielleicht. Ich werde das Bild Eurem Geist entnehmen.«

John dachte an mehrere Leute, doch seine Gedanken kehrten immer wieder zu Faye zurück. Wen sonst kannte er so gut?

»Ah, ja. Ich habe es.«

Der Ritter nahm Johns Rechte in seine beiden Hände und drehte sie mit der Innenseite nach oben. Die Hände des Elfs fühlten sich an, als seien sie mit einer Million winziger Nadeln gespickt.

»Spürt Ihr die Energie?«

Wie hätte er sie nicht spüren sollen? »Ja«, flüsterte er.

»Laßt Euch von Euren Gefühlen leiten, da ich den Zauber an Euch weitergebe. Die Kraft Eurer Gefühle wird unser Vorhaben unterstützen.«

Der Ritter nahm die Hände weg, aber das Kribbeln blieb.

»Öffnet die Augen und seht, was wir beschworen haben«, sagte er.

John öffnete die Augen. Es war zweifellos ein Abbild von Faye, aber anders als bei dem Abbild Bennetts handelte es sich hier um eine Ganzkörperdarstellung. Eine winzige Faye stand splitternackt auf Johns Handfläche. John gaffte das Ergebnis seiner Phantasie an. Das Bildnis kräuselte sich und erlosch, als seine gestörte Konzentration die Magie entweichen ließ.

Doch trotz der Verlegenheit, die das Bildnis ihm bereitete, hatte es auch Staunen und Freude gebracht. *Er* hatte Magie gewirkt. Es war, als sei ein Traum Wirklichkeit geworden, und er hätte vor Freude schreien mögen. Er war ein Elf, und er konnte tatsächlich Magie wirken! Dem Ritter schien Johns albernes Grinsen zu gefallen.

»Das ist nur ein schwacher Abglanz von dem, was durch Eure Geburt rechtmäßig Euer ist. Ihr braucht es Euch nur zu nehmen.«

»Wie stelle ich das an?«

»Zuerst müßt Ihr alles beiseite stellen, was Ihr wißt. Jetzt ist die Zeit gekommen, an Eure Zukunft zu denken. Ihr müßt Euer Leben in diesem Gefilde mit offenen Armen willkommen heißen und Euer Leben im irdischen Gefilde vergessen.«

Plötzlich schien der Traum an Glanz zu verlieren. »Was ist mit meinen Freunden?«

»Sie müssen ohne Euch auskommen. Ihr seid ohne sie hergekommen. Ihr habt gezeigt, daß Ihr sie nicht mehr braucht. Bald werdet Ihr verstehen, daß Ihr sie noch nie gebraucht habt. Kurzlebige Menschen können keinen Anspruch auf einen Elf erheben.«

»Kurzlebig?«

»Ihr werdet sehen, wie sie altern und sterben, während Ihr den ewigen Augenblick Eurer eigenen Natur genießen werdet. Vergeßt sie. Letzten Endes können sie einem Elf nichts bedeuten. Legt Eure Hände zwischen meine und schwört.«

John betrachtete die schmalen Hände und die langen, sich verjüngenden Finger. Es waren Hände wie seine, Finger wie seine. Er war ein Elf wie dieser Ritter. Wer konnte ihm ein besserer Lehrmeister sein als ein anderer Elf? Aber…

»Was ist mit meiner Mutter?«

»Sie ist tot.«

»Das hat er auch gesagt. Aber ich meinte meine irdische Mutter.«

»Sie bedeutet nichts.«

Irgend etwas in John konnte das nicht bejahen. Gewiß, John war ein Elf. Aber er war auch John Reddy. Er war nicht bereit, seine Vergangenheit wegzuwerfen. »Ich glaube, ich sollte mich Euch jetzt noch nicht verpflichten.«

»Ihr weist mich zurück?« fragte der Ritter mit der Kälte des Winters in der Stimme.

»Ich halte lediglich den Zeitpunkt für falsch. Vielleicht können wir später zu einer Einigung gelangen.«

»Ihr seid ein Narr! Meiner Lehren unwürdig.« Der Ritter lachte höhnisch. »Wenn Ihr diesen Ort verlaßt, werdet Ihr niemals wahre Magie kennenlernen.«

John spürte, daß er zornig wurde. »Woher wollt *Ihr* wissen…«

Etwas blitzte hinter Johns Augen auf, und für einen Moment war er geblendet. Er geriet in Panik und hob die Arme, als wolle er einen Schlag abwehren. Zu seiner Überraschung wurde er nicht angegriffen. Dann wurde ihm klar, daß er bei seiner Abwehrreaktion den Kelch von der Lehne hätte fegen müssen. Sein Sehvermögen kehrte langsam wieder zurück, und er sah, daß er sich nicht mehr im Saal des Ritters befand. Er saß allein auf einem Felsen auf einem leeren Feld.

Von dem Ritter und seinem Turm war nichts zu sehen.

Kapitel 22

Keine Panik! Panik ist tödlich.

Holger lauschte wieder.

Nichts. So angestrengt er auch lauschte, er konnte keine Schritte im Nebel hören. Das einzige Geräusch, das leise Rascheln von Kleidung, verursachte Spae, die neben ihm auf nervtötende Weise herumzappelte. Sie war nicht bereit, sein Schweigegebot lange zu befolgen.

»Und?« wollte sie wissen.

»Ich höre keinen von ihnen.«

»Das wußten wir bereits.«

»Doktor, ich halte es für klug, ein Seil zu benutzen.«

»Ich weiß, Sie mögen es nicht, ein Wachhund zu sein. Eigentlich hatte ich gedacht, an einer Leine wäre Ihnen noch weniger gelegen.«

»Ich bin um Ihre Sicherheit besorgt, Doktor.«

»Wir hätten auf Bennett warten sollen.«

»Der Punkt ist jetzt rein akademisch. Wir sollten versuchen, irgendeinen Unterschlupf zu finden, bevor die Kälte uns alle Kräfte raubt. Können Sie weitergehen?«

»Ja«, stimmte sie mürrisch zu. »Aber kein Seil.«

Sie machten sich wieder auf den Weg. Die in Nebel gehüllte Welt blieb unheimlich still, und die Stille wurde nur von Geräuschen durchbrochen, die sie selbst verursachten. Es war unnatürlich und beunruhigend, aber auf eine absonderliche Art angemessen. Der undurchdringliche Nebel gab eine hervorragende Metapher für diesen magischen Alptraum von einem Ort ab. Nebel war etwas, das man nicht bekämpfen konnte.

Holger wünschte sich verzweifelt, woanders zu sein.

Nach einer Zeitperiode von unbestimmter Dauer – er verließ sich nicht mehr auf seine Uhr, seit sie ihm Mittag angezeigt hatte, obwohl er noch den Mond am Nachthimmel sehen konnte – entdeckten sie eine Steinmauer. In der Mauer befand sich eine dunkle Türöffnung, die Zugang zu einem Unterschlupf vor dem klammen Nebel bot. Holger leuchtete hinein und sah nichts Ungewöhnliches oder Gefährliches, nur eine nackte Kammer, wo der Nebel nicht so dicht war. Eine weitere Türöffnung auf der gegenüberliegenden Seite führte tiefer in das Gebäude hinein. Die wallenden Nebelschwaden, die durch die Öffnung trieben, in der sie standen, schienen nicht so weit hineinzureichen. Der Raum dahinter war vielleicht tatsächlich frei von Nebel.

Er durchquerte die Kammer, um nachzusehen. Der Raum jenseits der zweiten Türöffnung war mehr ein Korridor als ein Raum und so lang, daß er Holgers Lichtstrahl verschluckte, ohne etwas Bemerkenswertes erkennen zu lassen, das andere Ende eingeschlossen. Es war nicht klug, es sich hier gemütlich zu machen, ohne zu wissen, was sich am anderen Ende befand.

»Wir sehen besser nach, bevor wir rasten, Doktor.«

»Rechnen Sie mit einem Hinterhalt?«

»Ich *rechne* mit gar nichts. Ich bin nur vorsichtig.«

Der Korridor setzte sich ein ganzes Stück weit fort, so weit, daß der Eingang, durch den sie gekommen waren, hinter ihnen in der Dunkelheit verschwand. Es war hier ebenfalls still, aber zumindest gab es hier richtige Echos.

Dennoch, dieser Ort hatte irgend etwas an sich.

Er verrenkte den Hals und hielt nach einem Hinweis Ausschau, warum ihm dieser Ort vertraut vorkam. Er bekam seine Antwort, als er sich umdrehte und sah, wie Spae nach einem grünlichen Kristallzylinder griff, der einen Meter lang war und auf einem halbmeterhohen Blutsteinsockel stand. Jetzt erkannte er den Ort wieder. Er hatte diesen Zylinder schon einmal gesehen, auch die darin eingebettete dunkle Gestalt und Hände, die danach griffen. Panik stieg in ihm auf und lähmte seine Glieder. Es war fast zu spät. Er kämpfte gegen sie an und versuchte sie zu warnen.

»Keine Bewegung, Doktor. Nicht…«

Es war zu spät.

Spaes Finger berührten den Kristall, und virulentes grünes Licht flammte rings um sie auf und hüllte sie ein, wie der Kristall sein dunkles Herz umgab. Wie dieses Herz war sie reglos wie ein Stein.

Holger spürte die Panik an seinem Rückgrat nagen. Spae war genauso erstarrt wie O'Connor. Es schien genau wie damals zu sein, nur war es das eben nicht. Er wußte, daß es nicht so sein konnte, weil Mannheim tot war, und zwar mittlerweile seit drei Jahren. Und der verdammte Kristall war zerschlagen worden. Gründlich und vollständig zerstört. Dafür hatte er gesorgt. ›Zerstörung eines einmaligen Schatzes‹, hatten die *Spezialisten* gesagt. Und sie meinten *einmalig*, nicht einfach nur selten, das hatten sie ihm überdeutlich klargemacht. ›Bedauernswert‹, hatten sie gesagt.

Aber sie waren nicht hier – nein! *dort* – gewesen, und der verdammte Kristall hätte nicht *hier* sein dürfen. Aber er *war* hier. Und Spae war ebenso gefangen wie damals O'Connor.

Seine Nerven lagen blank und fühlten sich an, als seien sie von Glasscherben wundgerieben worden. Umrisse und Formen von allem ringsumher traten überdeutlich hervor wie bei Videoeffekten ohne adäquaten räumlichen Ausgleich. Das Licht des facettierten Kristalls warf Spaes schlanken Schatten in scharf umrissenen multiplen Abbildern seiner Unfähigkeit auf Wände und Boden.

Doch einer dieser Schatten war weder scharf umrissen noch schlank. Noch starr. Holgers Augen folgten der Bewegung, da er Winkel berechnete. Als er den scheinbaren Standort dessen bestimmt hatte, was den Schatten warf, wandte Holger sich ihm mit bereitgehaltener Maschinenpistole zu.

Dort war etwas. Irgendeine *Präsenz*.

Er hätte beinahe abgedrückt, hielt sich jedoch gerade noch zurück. Was es auch war, es war damals nicht dagewesen. Vielleicht konnte es Spae helfen.

»Du bist ungewöhnlich scharfsinnig für eine Kreatur der Erde«, sprach eine körperlose Stimme.

Nein, nicht körperlos, denn als seine Augen sich an die Düsternis abseits von Spaes leuchtendem Gefängnis gewöhnt hatten, sah Holger eine Gestalt. Sie wirkte so transparent wie Glas, und ihre Umrisse waren leichter zu erkennen als irgendwelche Einzelheiten. Sie war etwa so groß wie ein Mensch und auch so geformt, aber es war kein Mensch, weder ein transparenter noch sonst einer. Die Schultern schienen bucklig, und der Wolfskopf ragte aus der Verbindung zwischen den massigen Schultern und der Masse des Halses hervor. Das Wesen war bepelzt, wobei er nicht sagen konnte, ob es Kleidung trug oder nicht. Obwohl es der Sprache mächtig war, konnte er es sich nur als Bestie vorstellen.

Bestie oder nicht, der Hauch von Grün, den er in der durchsichtigen Kreatur wahrnahm, entsprach der Farbe des Kristalls, was den Schluß nahelegte, daß dieses Ding irgendwie mit Spaes Gefangenschaft zu tun hatte.

»Laß sie frei«, verlangte Holger.

»Du unterstellst mir, zu Dingen befähigt zu sein, die nicht in meiner Macht liegen«, sagte die Bestie. »Einstweilen muß sie so bleiben, wie sie ist.«

Holger hob die Viper an die Schulter und schaltete

den Ziellaser ein. Der rote Zielpunkt tauchte auf der Wand hinter der Bestie auf, doch er verdrängte diese Tatsache und zielte, so gut er konnte. »Ich sagte, laß sie frei.«

»Daß du mich bedrohst, ändert nichts. Außerdem, wenn ich der Schlüssel zu ihrer Befreiung wäre, würde es ihr nicht helfen, mich zu töten.« Spitze Zähne glitzerten in der Düsternis. »Hier geht es um die Zeit, und die Zeit hält uns alle gefangen. Eine Person kann nur eine Flucht für sich selbst bewerkstelligen. Es wäre gut für dich, deine eigene Lage zu überdenken, denn dieser Lokus ist viel mehr deiner als ihrer.« Die Bestie bewegte sich, aber die Bewegung war nicht bedrohlich, also schoß Holger nicht. »Die Zeit fließt hier in der Anderswelt sehr merkwürdig. Und wenn die Zeit im Fluß ist, muß der Raum ihr zwangsläufig folgen. Bewegung in der Zeit ist Bewegung im Raum. Alles ist miteinander verbunden, obwohl die Wege manchmal nicht offensichtlich sind. Erinnerst du dich noch an diesen Ort?«

»Gibraltar.« Als er die Wahrheit aus seinem eigenen Munde hörte, senkte er seine Waffe. Schweiß bildete sich auf seiner Stirn, und er schaltete den Ziellaser aus. »Der Tunnel, den die Arbeiter unter der alten Waffenkammer fanden.«

»Du erinnerst dich sehr deutlich daran«, sagte die Bestie.

Holger hörte, wie sich vom dunklen Ende des Korridors leise Schritte näherten. Seine Hände juckten, wo Haut den warmen Plastikkolben der Viper berührte. Er wußte, was er sehen würde, wenn er sich umdrehte. Er wollte nicht hinsehen, aber er wußte, daß er es mußte. Er drehte sich ein wenig, hielt die Waffe jedoch auf die Bestie gerichtet, während er den Kopf wandte, um einen Blick in den Korridor hinter sich zu werfen. Er sah, was zu sehen er befürchtet hatte: sich selbst, wie er vorsichtig durch den Korridor ging. O'Connor war gleich hinter ihm und gaffte wie ein Tourist. Holgers Abbild schien zwar so durchsichtig wie das der Bestie, doch O'Connor sah real und stofflich aus.

War Holger in diese Zeit zurückgereist?

O'Connor und der geisterhafte Kun blieben neben Holger stehen. Zum erstenmal erblickten sie den Sockel und seine tödliche, trügerische Last. Anscheinend konnten sie die vom gleißenden Licht gefesselte Spae nicht sehen. Der durchsichtige Kun hielt Wache, während O'Connor die wartende Falle umkreiste und dabei eingehend betrachtete.

O'Connor war ein Spezialist wie Spae. Es war seine Aufgabe, sich mit den Absonderlichkeiten auseinanderzusetzen. Über Dinge wie diesen Kristall Bescheid zu wissen, war sein Beruf. Holgers Aufgabe bestand darin, für die physikalische Sicherheit zu sorgen. Und seiner Ausbildung entsprechend, stand der geisterhafte Kun standhaft Wache. Schließlich, unausweichlich, trat O'Connor dorthin, wo Spae stand, und streckte die Hand aus.

»Nein!« wollte Holger rufen, doch die Warnung blieb ihm im Halse stecken. Wie konnte man ändern, was geschehen war?

O'Connors Finger verdeckten Spaes Hand, als sie den Kristall berührten. Wie damals flammte Licht auf. Wie damals. Der Boden erbebte, und ein tiefes Grollen erschütterte das umliegende Gestein. Der Boden rings um den Sockel brach einfach weg, so daß ein Graben aus staubiger Dunkelheit rings um die zwei gefangenen Magier entstand.

»Du weißt, was jetzt passiert, nicht wahr?« fragte die Bestie.

Die Worte explodierten förmlich in Holgers Verstand. Er wußte es. Er wußte es nur zu gut.

Mannheim.

Mannheim sagte immer, man könne nichts verändern, was man nicht zu verändern versuche.

Damals hatte er nicht hier gestanden und sich dabei beobachtet, wie er vom Schock gelähmt dastand. Das war zumindest ein Unterschied. Vielleicht konnte noch anderes verändert sein. Da Holger hier war, vermochte er vielleicht tatsächlich etwas zu ändern. Wenigstens den Versuch mußte er unternehmen. Holger fuhr herum und lief den Korridor entlang. Er wußte, daß hinter ihm sein Abbild immer noch schockiert auf die Veränderungen starren würde, die in der Kammer stattgefunden hatten.

Zu langsam, Kun. Zu dumm.

Vor ihm schlossen sich die Steinbarrieren und versperrten den Weg. Eine fiel von oben herunter, die andere hob sich von unten. Die Steinplatten kamen knirschend zur Ruhe, als er sie erreichte. Beim letztenmal hatten sie sich bereits ineinander verkeilt, als er bei ihnen ankam. Die Granitzähne in der oberen und unteren Platte, Fänge in einem sich schließenden Maul, klafften noch etwas weniger als einen halben Meter auseinander. Er blieb unmittelbar davor stehen.

Er steckte den Kopf durch die Öffnung, um in den Korridor zu schauen, der beim erstenmal dagewesen war – und nicht der Raum, durch den er mit Spae gekommen war. Mannheim lag dort, wo er und O'Connor ihn zurückgelassen hatten, in eine Heizdecke eingewickelt und im Schockzustand, aber noch am Leben. Mannheims Blut bildete rötliche Spritzer auf dem Gestein, wo die Falle ihn erwischt hatte. Das *Ding* war noch nicht eingetroffen. Es war immer noch Zeit. Holger warf seine Viper durch die Öffnung und wand sich zwischen den Zähnen hindurch. Die Beutel an seiner Weste blieben hängen, aber er zog und zerrte, bis etwas nachgab und riß, so daß er sich hindurchzwängen konnte.

Er zog gerade die Füße nach, als das *Ding* eintraf, dessen verzerrte Visage so klar zu erkennen war, wie er sie in Erinnerung hatte. Es sah wie das Zerrbild eines Menschen aus, erschaffen von einem Bildhauer mit zu wenig Talent und zu viel Alkohol im Blut. Das *Ding* ließ den Kopf kreisen, überging Holger und richtete die dunklen Höhlen seiner Augen auf Mannheims hilflose Gestalt. Sein lippenloser Mund teilte sich zu einem Grinsen, das dunkle Zähne wie Feuersteine erkennen ließ.

Holger faßte in einen Beutel, und seine Finger umschlossen die Granate. Wenn er schnell genug war, blieb immer noch ein gewisser Sicherheitsspielraum. Sein Daumen glitt durch den Ring, und er zog ihn ab und warf die Granate. Die Explosion erfolgte gleich hinter dem *Ding*, wo dessen Masse Mannheim vor der Sprengwirkung abschirmen würde. Holger hätte ebensogut gar nichts tun können, denn das *Ding* schien die Explosion nicht zu bemerken. Es näherte sich zielstrebig Mannheims auf dem Rücken liegender Gestalt.

Holger packte die Viper. Er wußte es eigentlich besser, aber etwas anderes konnte er nicht tun. Er schoß und leerte das Magazin in das *Ding*.

Keine Wirkung.

Das *Ding* beugte sich über Mannheim und streckte eine stumpffingrige Hand aus, mit der es seine Stirn berührte. Mannheim schrie. Und schrie.

Über die Schreie hinweg hörte Holger die eiligen Schritte. Er kam. Zu spät. Zu spät.

Sein unstoffliches Selbst schob den Kopf durch die Öffnung und sah die Gefahr. Zu spät. Es blieb keine Zeit mehr, hindurchzuklettern, nur Zeit genug für…

Sein Ebenbild eröffnete das Feuer. Die 5-mm-Geschosse schlugen in das *Ding* und rissen Stücke aus ihm heraus, aber keine Wunden wurden sichtbar. Jedenfalls nicht für lange. Die Oberfläche des *Dings* bewegte sich, floß in die Krater und füllte sie aus. Die Kugeln seines Ebenbilds erzielten heute nicht mehr Wirkung als an jenem Tag.

Mannheims Schreie endeten in einem kehligen Gurgeln. Das *Ding* hatte seine Mahlzeit beendet. Es richtete kalte, dunkle Augenhöhlen auf den unstofflichen Kun und lächelte sein finsteres Lächeln.

Holger fand sich plötzlich auf dem Boden wieder. Es war hoffnungslos. Tränen, von denen er glaubte, sie längst gebannt zu haben, näßten seine Wangen.

Er hörte sich selbst fluchen und schreien, als ein paar Meter entfernt sein Ebenbild versuchte, sich durch die Zähne zu zwängen. Der geisterhafte Kun mühte sich, bis Stoff riß. Wie beim letztenmal. Er lief zu Mannheim, aber Holger wußte, was er vorfinden würde. Er war bereits dort gewesen. Der transparente Kun stand neben Holger und starrte auf die leere Hülle, die einmal Mannheim gewesen war. Der Körper atmete zwar noch und würde dies auch noch fast ein weiteres Jahr lang tun, aber Mannheim war nicht mehr da.

Toter als tot.

Wieder.

Sein Ebenbild sank zu Boden, und Tränen liefen ihm über die Wangen. Holger erlebte einen kurzen Schock, als das Ebenbild ihn überlagerte. Dann war er wieder allein und starrte auf einen leeren Korridor.

»So tragisch. Es muß nicht so sein«, sagte die Bestie.

Mannheim, Holger und O'Connor kamen durch die Tür am Ende des Korridors. Der Kreislauf begann von neuem.

Noch eine Chance?

Holger zwang sich aufzustehen. Sein Ebenbild war das einzige, das nicht real aussah. Als er seine eigene Hand hob, sah sie so fest und stofflich aus wie seine ehemaligen Kameraden. Er erinnerte sich an den Schock, den er empfunden hatte, als sein Ebenbild vor Kummer zusammengebrochen war und ihn berührt hatte.

Er trat hinter sein Ebenbild. Eine zaghafte Berührung rief ein Kribbeln hervor. Er trat vor und auf die Stelle, wo sein Ebenbild stand, und sein ganzer Körper kribbelte, als Holger mit Kun verschmolz. Er kopierte dessen Bewegungen. So leicht, so vertraut.

Wenn er anders handelte, konnte er die Falle auslösen, so daß Mannheim nicht verletzt werden würde. Dann mußten sich die Dinge anders entwickeln.

Holger ging neben Mannheim, wie er es an jenem Tag getan hatte. Als sie sich dem Auslöser näherten, trat er gezielt auf die falsche Bodenplatte, während sein Ebenbild sich wie an jenem Tag abwandte. Das Kribbeln der Trennung durchzuckte ihn.

Mannheim schritt durch Holger hindurch und machte den verhängnisvollen Schritt.

»So geht es nicht«, sagte die Bestie zu ihm. »Du bist nicht in derselben Phase mit ihnen, denn die Zeit fließt immer noch an dir vorbei. Du brauchst den Stab des Doktors.«

Das Rumpeln begann. Die Steinkugeln flogen aus ihren Rohren. Dieselbe Kugel traf Mannheim an derselben Schulter. Sie zerschmetterte wiederum Muskeln und Knochen, wie sie es zuvor getan hatte. Die anderen Kugeln prallten gegen die Wand und zersprangen in tödliche Splitter, die zerrissen und zerfetzten. Mannheim bewegte sich in einem Meer von Blut zu Boden.

Die Hilflosigkeit raubte ihm jeglichen Willen, während Holger zusah, wie O'Connor und der geisterhafte Kun den verletzten Mannheim versorgten. Er lauschte ihren Versicherungen und wußte, daß sie falsch waren.

Die Bestie meldete sich hinter ihm zu Wort. »Du weißt, was geschehen wird.«

Holger fuhr zu ihr herum und schrie: »Warum tust du mir das an?«

»Du kannst etwas dagegen tun. Ändere es.«

»Was kann ich denn tun? Ich habe es versucht! Ich kann nichts ändern!«

Sie befanden sich wieder in der Kammer mit dem Kristall. Spae war immer noch eine Statue aus Eis, doch O'Connors Gestalt überlagerte sie nicht mehr. Die Bestie sprach mit ihm.

»Nimm den Stab. Erkenne die Magie an.«

Er haßte Magie. Magie hatte Mannheim getötet. »Nein. Keine Magie. Sie ist unnatürlich. Sie gehört nicht hierher.«

»Aber sie gehört sehr wohl hierher. Sie ist die einzige Lösung. *Seine* einzige Hoffnung.«

Ein geisterhafter Holger Kun betrat soeben die Kammer. Hinter ihm folgte O'Connor.

»Nimm Spaes Magie«, sagte die Bestie. »Du kannst Mannheim damit retten.«

»Du kannst wieder in die Hölle fahren, aus der du gekommen bist.«

Holger richtete die Viper auf die Bestie und gab einen Feuerstoß ab. Die Kugeln fuhren durch sie hindurch und rissen Splitter aus dem Gestein der Wand. Die Bestie lachte, während der geisterhafte Kun und O'Connor den Sockel und den Zylinder entdeckten.

Noch einmal.

O'Connor berührte den Kristallzylinder.

Noch einmal.

Holger leerte das Magazin in die Bestie und schrie: »Hör auf! Hör auf! Hör auf! Hör auf!« bis er heiser war.

Sein Gebrüll konnte die Schreie aus der Außenkammer nicht übertönen. Holgers Ebenbild lief in die Schwärze des Korridors, während die Viper nur noch leer klickte. Jetzt drangen Mannheims Schreie mit unverminderter Lautstärke durch.

Er hatte versagt. Schon wieder. Holger ließ den Kopf hängen, und die frischen Tränen ließen sein Blickfeld verschwimmen. Als er aufsah, betraten er und O'Connor gerade wieder die Kammer.

»Der Stab«, sagte die Bestie.

Holger blickte ihn sehnsüchtig an. Mannheim sagte immer, man könne seine Entscheidungen nicht rückgängig machen. Was, wenn er sich irrte?

Aber woran sollte ein Mensch sich halten? An ein Ding aus Magie oder an den Mentor, der einen gelehrt hatte, wie man das Leben lebenswert macht? Mannheim hatte die Antwort darauf gekannt und sie Holger gelehrt.

Er brauchte keine Wahl zu treffen, weil es überhaupt keine Wahl gab.

Holger warf sich auf die Bestie. Tatsächlich durch sie hindurch. Er prallte gegen das harte, rauhe Gestein. Die Bestie knurrte ihn an und bleckte die Zähne. Doch anstatt ihn anzuspringen, wich sie zurück. Für einen Augenblick schien sie stofflicher zu sein. Holger nutzte diesen Augenblick, machte ihn zu seinem, wie Mannheim ihn immer angewiesen hatte. Er zog das Messer aus seiner Stiefelscheide und warf es. Er hatte schlecht gezielt – eine durchsichtige Bestie ist ein schwieriges Ziel. Doch das Ding heulte auf, als der Stahl sich in seine Schulter bohrte.

Es wich einen Schritt zurück und taumelte dann, als es von einem Energiestrahl getroffen wurde.

Spae senkte ihren Stab und schaute, was ihre Magie vollbracht hatte. Sie war nicht mehr in der Säule aus Licht gefangen. Holger wußte nicht, wie sie es angestellt hatte, aber er war froh, daß es so war. Mit vor Wut und Entschlossenheit verzerrtem Gesicht hob Spae ihren Stab und richtete ihn auf die Bestie. Ein weiterer Strahl schoß aus der Spitze, traf die Bestie und ließ einen Gestank nach verbranntem Fell zurück.

Die Bestie heulte. Sie taumelte seitwärts und war – verschwunden.

Als habe es sie nie gegeben.

Spae holte tief Luft und ließ sie in einem Seufzer entweichen, der klang, als käme er aus ihren Füßen.

»Ich bin froh, daß es weg ist. Ich glaube nicht, daß ich noch genug Energie für einen dritten Treffer gehabt hätte«, sagte Spae. Ihre Knie gaben nach, aber Holger war rechtzeitig bei ihr und fing sie auf, um sie sanft auf den Boden zu legen.

»Danke«, sagte sie.

»Ist alles in Ordnung, Doktor?«

»Mit mir? Sie sind derjenige, über den das Ding gegeifert hat.«

»Ich scheine nicht ganz das gewesen zu sein, was es wollte.« Er rieb sich eine Stelle an der Wange, die brannte. Als er die Hand wegnahm, war sie blutig. Er konnte sich an eine Verletzung nicht erinnern. »Wie sind Sie der Kristallfalle entkommen?«

Spae schüttelte den Kopf. »Das ist mir selbst noch nicht ganz klar. Aber Sie haben recht, der Kristall war tatsächlich eine Falle. Er hat mich irgendwohin geschickt, an einen Ort außerhalb der Anderswelt, aber nicht zurück in unsere Welt. Ich glaube nicht, daß ich es erklären kann. Nein, ich *weiß*, daß ich es nicht kann. Zumindest nicht Ihnen, weil Sie nicht offen für Magie sind. Sie könnten nicht dorthin kommen, also könnten Sie es auch nicht verstehen.«

Holger war nicht sicher, ob er es überhaupt verstehen wollte, aber er war froh, daß sie zurück war. Spae fuhr in dem Versuch fort, das Unerklärliche zu erklären.

»Ich – ich habe dort etwas erfahren. Tatsächlich eine ganze Menge. Es war ein wenig demütigend. Ich glaube, die Bestie hatte damit gerechnet, daß ich dort hilflos sein würde, aber ich habe einige Dinge gelernt und dann einiges von dem Gelernten benutzt, um hierher zum Lokus zurückzufinden.«

»Die Magie hat Ihnen verraten, wie Sie der Falle entkommen können?«

»Na ja, das und der Zug an meinem Stab.«

Hatte ihre Stimme einen vorwurfsvollen Unterton? »Ich habe Ihren Stab nicht angerührt.«

Sie nickte. »Aber die Bestie wollte, daß Sie ihn nehmen, nicht wahr?«

Und er hatte der Versuchung beinahe nachgegeben. Er verspürte den Drang zu beichten. »Sie sagte mir, ich könnte Ihren Stab benutzen, um – um jemandem zu helfen.«

»Sie hat gelogen. Hätten Sie den Stab berührt, wäre ich für immer verloren gewesen, und Sie hätten nichts davon gehabt. Sie sind ein Normalsterblicher und hätten den Stab gar nicht benutzen können. Sie hätten niemandem damit helfen können.«

Also war es eine falsche Versuchung gewesen, nicht wahr? Oder doch nicht? »Woher wissen Sie das?«

»Ich habe es an jenem Ort erfahren. Ich erzähle Ihnen mehr, wenn Sie wollen, aber ich muß Sie warnen, daß es sich um Magie handelt und noch dazu um eine ziemlich geheimnisvolle. Ich glaube nicht, daß Sie das hören wollen.«

»Sie haben recht. Ich will es nicht hören.« Ihr Wort reichte ihm.

»Sie sehen nicht aus, als wären Sie in besonders guter Verfassung«, sagte sie mitfühlend. Die Fürsorge paßte nicht zu seinem Bild von ihr, aber er stellte fest, daß sie ihm gefiel.

»Ich werde es überleben.« Bis hierher hatte er es schließlich auch geschafft.

»Das nehme ich an«, sagte sie nachdenklich. »Aber

ich muß Ihnen sagen, Mr. Kun, daß wir meiner Ansicht nach *beide* sehr viel Glück hatten, daß meine Rückkehr die Zauber der Bestie aufgehoben hat.«

»Man hat mich gelehrt, niemals an Glück zu glauben, Doktor.«

»Die Zeiten ändern sich, Mr. Kun.«

»Nein, das tun sie nicht, Doktor.« Sie wollte etwas sagen, doch er ließ sie nicht zu Wort kommen. »Doktor, die Wände! Sie lösen sich auf!«

Es hatte den Anschein, als täten sie das, doch Spae rührte sich nicht. Sie blinzelte lediglich und sagte: »Ich würde meinen, daß es sie niemals wirklich gegeben hat.«

Holger hätte nicht sein Leben darauf verwettet.

Sie befanden sich auf einem Feld. Es war noch immer Nacht, aber der Nebel war verschwunden, und über ihren Köpfen funkelte der mit Sternen übersäte Himmel der Anderswelt. Holger schaltete sofort auf äußerste Wachsamkeit um und rammte ein neues Magazin in die Viper.

»Ich höre etwas.«

»Es klingt, als hackte jemand Holz«, sagte Spae.

Das Geräusch schien von jenseits einer Anhöhe zu ihrer Linken zu kommen. Gemeinsam erklommen sie den Hang. Holger bedeutete Spae, unterhalb der Kuppe zu bleiben, und zu seiner Überraschung tat sie es, ohne sich zu beklagen. Er ging in die Hocke und ließ sich dann, als er sich der Kuppe näherte, auf alle viere nieder. Auf dem Bauch liegend, hob er langsam den Kopf, bis er ins nächste Tal schauen konnte.

Dort sah er Bär, der – wenn auch abgespannt und ziemlich mitgenommen aussehend – entschlossen mit einem Messer auf einen jungen Baum einhackte. Holger rief Spae zu sich und erhob sich. Bär schaute auf und winkte Holger zu. Das erste, was Bär sagte, war: »Haben Sie noch Munition? Ich habe meine verbraucht.«

Holger fragte nicht, wie oder warum, sondern warf Bär nur ein neues Magazin zu. Es schien besser, das nicht zu wissen. Bär warf den Schößling weg. »Den brauche ich jetzt nicht mehr.« Er hob seine Maschinenpistole auf und rammte das Magazin hinein. »Sie haben mir nicht gesagt, wie schnell sich dieses Zeug verbraucht.«

»Kürzere Feuerstöße oder Einzelfeuer.«

»Ja. Ich hätte daran denken sollen.«

Vielleicht würde Holger ihn später fragen. Später, unter einem wirklichen Himmel in einer wirklichen Welt.

Kapitel 23

»Er ist hier drüben!«

Das war Fayes Stimme.

John schaute sich um und sah Faye den Hang hinter sich hinunterlaufen. Ihr Anblick, das lange silberne Haar, das ihr hinterherwehte, und das weiße Kleid, das im Wind flatterte, vertrieb seine Sorgen.

Hinter ihr kam Mülltonnen-Harry über die Kuppe. Der Goblin hatte irgendwo seine Krücke verloren und sie durch einen krummen Ast ersetzt. Harry kam schneller voran als zuvor und schien bei besserer Gesundheit zu sein. Die Anderswelt hatte offenbar eine heilende Wirkung auf ihn. Vielleicht war hier die Luft für Goblins besser, vielleicht brauchten sie auch Magie, um zu gesunden.

Doch Fragen schienen jetzt nicht wichtig zu sein, da Faye ihm mit einem glücklichen Lächeln auf den Lippen entgegenlief. Zwei Schritte vor ihm warf sie sich mit ausgestreckten Armen in die Luft. John fing sie auf, aber der Aufprall ließ ihn zurücktaumeln und schleuderte ihn halb herum. Es war ein Glück, daß sie so leicht war. Andernfalls wären sie beide im Gras gelandet. Ihre Arme legten sich um seinen Hals, und sie drückte ihn an sich. Er erwiderte die Umarmung, da er sich unsagbar freute, sie heil und gesund wiederzusehen.

Sie lösten sich erst voneinander, als Mülltonnen-Harry eintraf. John wurde sich vieler Dinge zugleich sehr deutlich bewußt: der Wärme von Fayes Körper, seiner ziemlich, nun, starken Reaktion darauf und der aufmerksamen Blicke des Goblins. Er setzte Faye ab. Sie klammerte sich immer noch an seinen Arm und bezog sowohl John als auch Harry in das Strahlen ihres Lächelns mit ein.

»John, du kannst dir nicht vorstellen, wie besorgt wir waren.«

Wir waren, nicht *ich war*. Vielleicht war ihr persönliches Interesse an ihm nicht so groß, wie er gedacht – gehofft – hatte. Er sah Harrys lüsternes Grinsen und errötete. Er rieb sich die Wangen, um die Röte zu verbergen, und hoffte, die Geste würde als Nachdenklichkeit verstanden werden. Um den Eindruck zu vervollständigen, stellte er eine Frage.

»Wo sind die anderen?«

Faye sah ihn verwirrt an. »Sind sie nicht bei dir?«

»Nein.«

»Vielleicht haben sie aufgegeben und sind nach Hause gegangen«, warf Harry ein.

»Bär würde nicht aufgeben«, sagte John.

»Er ist zu dumm«, meckerte Harry.

John führte Mülltonnes Bemerkung auf die alten Animositäten zwischen ihm und Bär zurück und überging sie. »Wir müssen sie finden. Faye, du kannst fliegen. Könntet du sie aus der Luft suchen?«

Sie sah weg. »Das ist hier etwas anderes, John. Ich vermag hier nicht alles zu tun, was in der sonnenbeschienenen Welt möglich ist.«

Ein Blick auf sie ließ keinen Zweifel daran, daß sie hier Dinge tun konnte, die bei ihm zu Hause nicht möglich waren. Sich sichtbar machen, zum Beispiel. Oder – John unterbrach seinen Gedankengang. Sie befanden sich in der Anderswelt und nicht in einem Park in der Benjamin-Harrison-Siedlung. Die anderen waren vielleicht in Gefahr oder verwundet oder...

»Wir sollten sie suchen.« Er zeigte auf den nächsten und zugleich höchsten Hügel. »Wir gehen dort hinauf. Von der Kuppe müßten wir sehr weit sehen können.«

Mülltonnen-Harry wandte den Kopf, um den Hügel zu betrachten, stützte sich aber weiterhin nur auf seine Krücke. Er drehte sich wieder um und sagte: »Hältst du das für eine gute Idee, Jack? Ich meine, wenn sie uns auch suchen, könnten wir umherwandern und einander verpassen. Vielleicht sollten wir einfach hier warten, bis sie uns finden.«

»Das könnte klappen, wenn wir es nur mit Kun und Dr. Spae zu tun hätten, aber Bär wird darauf drängen weiterzugehen. Du weißt, daß er das tun wird, Harry.«

»Ja«, räumte Harry widerwillig ein.

»Na, dann komm.«

Auf der Hügelkuppe angelangt, hatten sie den Ausblick, den John sich vorgestellt hatte. Sie sahen die anderen, die sich auf ihrer Marschroute von ihrem Standort entfernten. Bär ging voran und schritt entschlossen aus, und Spae ging ebenfalls sehr schnell. Kun bildete den Abschluß. Er war der einzige, der sich umsah, aber irgendwie glaubte John nicht, daß er Ausschau nach ihm, Faye oder Mülltonnen-Harry hielt.

John lief voraus und überließ es Faye, Harry behilflich zu sein. Er rief, als er in Hörweite zu sein glaubte, doch Kun schaute nicht in seine Richtung. Es hatte den Anschein, als dämpfe die Luft der Anderswelt Geräusche und verringere die Entfernung, wie weit Laute trugen, ähnlich wie sie Licht zerstreute und damit die Sichtweite beeinträchtigte. John lief weiter und verkürzte die Entfernung um ein Drittel, bevor er es noch einmal versuchte. Diesmal hörte Kun ihn offensichtlich, denn er fuhr herum und richtete die Waffe auf ihn. Er nahm sie weg, als er John erkannte, und forderte Bär auf anzuhalten.

Bei ihrer Wiedervereinigung wurden viele Fragen in bezug auf das Wohlbefinden der anderen gestellt, aber allen Beteiligten schien es seltsamerweise zu widerstreben, Einzelheiten darüber mitzuteilen, was ihnen während ihrer Trennung widerfahren war. John wußte, daß er über seinen Besuch bei dem elfischen Ritter nicht reden wollte. Irgendwie hatte er den Eindruck, es sei am besten, die ganze Episode für sich zu behalten.

Während sie auf Faye und Mülltonnen-Harry warteten, sah John, daß sie die anderen gerade noch rechtzeitig eingeholt hatten. Jenseits des Hügels, auf dem sie standen, lag ein Wald aus dunklen, hochaufragenden Bäumen, der sich in einem ununterbrochenen Meer aus Blättern erstreckte, so weit das Auge im Dämmerlicht reichte. Er war in seiner urtümlichen Schönheit ehrfurchtgebietend. So, dachte er, mochte das Land ausgesehen haben, bevor die europäischen Kolonisten gekommen waren.

Faye und Harry hatten kaum die Kuppe des Hügels erreicht, als Bär sich wieder in Bewegung setzte. »Vorwärts«, sagte er nur und ging dann geradewegs auf den Wald zu.

Und in ihn hinein.

Das offene Land und die gelegentlichen Wäldchen waren einem Stadtjungen wie John fremd gewesen, aber dieser schattige Forst aus gewaltigen Bäumen unterschied sich ebenso von den Wäldern, die er bisher gesehen hatte, wie eine WoGe von einer Baracke in einem heruntergekommenen Stadtviertel. Der bemerkenswerteste Unterschied war der, daß es im Schatten der Waldriesen viel dunkler war als irgendwo sonst in der Anderswelt. Zwischen den gewaltigen Stämmen gab es nicht viel Unterholz, was ihm merkwürdig vorkam, bis ihm klar wurde, wie wenig Licht durch das Blätterdach hoch über ihren Köpfen drang. Ihre Füße schlurften durch einen tiefen Teppich aus braunen Blättern, und obwohl sie beim Gehen für Johns Ohren sehr viel Lärm machten, schien es den stummen Bäumen nichts auszumachen. Hier, inmitten des Waldes herrschte eine durchdringende Friedlichkeit, die ihn beruhigte – und drängte zu vergessen, daß er jemals in der Betonwüste des irdischen Gefildes gelebt hatte. Hätte Bär nicht ein so flottes Tempo angeschlagen, hätte John vielleicht innegehalten, um den stummen Liedern der Bäume zu lauschen. Sie waren so alt und mußten viel gesehen haben.

Doch selbst der Wald hat einmal ein Ende, und bald fiel John eine sonderbare Helligkeit in der Richtung auf, in die Bär sie führte. Nicht lange danach stießen sie auf Gebüsch und kleinere Bäume, und schließlich verließen sie die Umarmung der großen Bäume und sahen eine Küste vor sich.

Nebel hing über dem Wasser und verhüllte alles, was weiter als zehn Meter entfernt war. Das andere Ufer war unsichtbar. Es mochte sich um einen Fluß, einen See oder sogar ein Meer handeln. Es roch nicht salzig, und es schien keine Strömung zu geben, also kam John zu dem Schluß, daß es sich um einen See handeln mußte. Vom Hügel aus war kein See zu sehen gewesen. Ein kleines Gewässer hätte sich unter dem Schutz der Blätter verbergen können, aber danach zu urteilen, wie die Küstenlinie sich nach rechts und links ausdehnte, so weit das Auge reichte, war dies kein kleines Gewässer.

Mit plötzlicher Gewißheit wußte John, daß auch dies kein kleines Gewässer sein konnte.

Kun schaute über das Wasser, und sein Zeigefinger, der auf dem Abzugsbügel seiner Maschinenpistole lag, zuckte leicht.

»Mir gefällt der Nebel nicht«, beklagte er sich.

»Hier ist Magie«, sagte John.

»Er hat recht«, stimmte Spae ihm zu.

»Das ist nichts Neues«, stellte Kun mürrisch fest.

Bär achtete nicht auf das Zwischenspiel und starrte

ungerührt auf das Wasser. Schließlich drehte er sich mit einem seltsamen Glanz in den Augen zu ihnen um und sagte ruhig: »Sie ist hier.«

»Sie? Wer ist sie?« Bär überging Kuns Frage und lief raschen Schrittes das Ufer entlang. Kun rief ihm nach: »Wer ist sie?«

Bär ging weiter und verschwand hinter einem Ausläufer des Waldes, der bis ans Ufer reichte.

»Er geht ohne uns weiter, wenn wir ihm nicht folgen«, sagte Spae.

Kun warf ihr einen finsteren Blick zu und setzte sich in Bewegung.

John verstand Kuns Enttäuschung. Er wollte es ebenfalls wissen. Doch Bär war eben Bär und sprach nur, wenn er wollte. John folgte ihm ebenfalls.

Sie holten Bär an einer schmalen, sandigen Landzunge ein, wo er ein kleines Ruderboot prüfte.

»Diesen Weg müssen wir nehmen«, sagte er, als sie sich alle um seinen Fund versammelt hatten.

»Mir gefällt der Nebel nicht«, wiederholte Kun.

Spae legte ihm eine Hand auf den Arm und sagte: »Ich glaube, diesmal wird alles gutgehen.«

Ihre Versicherung schien Kun nicht zu beruhigen.

»Das Boot sieht nicht so aus, als könnte es uns alle aufnehmen«, bemerkte Mülltonnen-Harry.

»Unsinn«, sagte Bär. »Die Kleine hier könnte zehn Männer in vollem Kriegsharnisch tragen.«

»Sieht leck aus«, sagte Harry.

»Der Mut eines Goblins.« Bär schüttelte den Kopf. »Dann bleib hier. Sie können ebenfalls hier bleiben, Kun. Jack und ich werden auch allein mit dem Boot fertig. Jack, hilf den anderen hinein, dann schieben wir sie ins Wasser.«

Während John noch zustimmend nickte, ging Kun an Bord und sagte: »Es ist schwierig, sich in einem Boot aus den Augen zu verlieren.«

John half zuerst Dr. Spae hinein, indem er sie stützte, während sie an Bord kletterte. Als er sich umwandte, um Faye zu helfen, stellte er fest, daß sie mit Mülltonnen-Harry flüsterte. Ihr Zwiegespräch stockte, als John sie ansah. Worüber sie sich auch unterhielten, sie wollten ihn nicht daran teilhaben lassen. Vielleicht hatte sie nur versucht, Harry zum Mitkommen zu überreden. Ihre Miene verriet jedenfalls nichts, aber der eindeutig ablehnende Blick, mit dem der Goblin das Boot musterte, besagte jedenfalls, daß er seine Meinung nicht geändert hatte.

Faye nahm Johns ausgestreckte Hand und ging mit umwerfender Grazie an Bord des Schiffes. Mülltonnen-Harry stand zapplig am Ufer. Bär warf ihm nur einen kurzen Blick zu, bevor er sich bückte und die Schulter gegen den Bug des Boots stemmte. Nach seinem eigenen kurzen Blick bückte John sich, um Bär zu helfen.

Das Boot schien nicht gewillt zu sein, seinen Liegeplatz im Sand zu verlassen. Sie stemmten sich dagegen und setzten es langsam in Bewegung. Das Schieben fiel leichter, da das Wasser einen immer größeren Teil der Last trug.

»Spring hinein, Jack«, befahl Bär.

John kletterte an Bord und spürte, wie der Kiel knirschte, als sein Gewicht zur Last des Bootes hinzukam. Bär schob noch einmal, und das Boot kam wieder frei. Einen Augenblick später war er ebenfalls an Bord.

»Wartet!« rief Mülltonnen-Harry, indem er ins Wasser watete. »Wartet auf mich!«

Bär musterte den Goblin mit finsterer Miene, während dieser durch das Wasser pflügte, doch er unterbrach seine Rudervorbereitungen und wartete, bis Harry sich unbeholfen an Bord gehievt hatte. Bär hakte die Ruder ein und erklärte John, wie man ein Ruder hielt und wie man Beine und Rücken einsetzte, um Kraft zu gewinnen, wobei er den Ruderschlag in der Luft demonstrierte, so daß John ihn sehen konnte. Der Widerstand des Wassers überraschte John, als er das Ruderblatt zum erstenmal eintauchte, aber er kniete sich hinein. Dennoch dauerte es eine Weile, bis er den Bogen heraus hatte – aber Bär war gut genug, um Johns mangelhafte Bemühungen auszugleichen. Wahrscheinlich hätte er es auch allein geschafft.

Dadurch, daß sie ruderten, saßen John und Bär mit dem Rücken zum Bug und damit zur Fahrtrichtung. John drehte sich immer wieder um, weil er sehen wollte, wohin sie ruderten, bis Bär ihm sagte, er solle sich keine Sorgen wegen der Richtung machen, darum kümmere er sich. John wußte nicht, wie Bär es anstellte, aber er vertraute Bärs Können. Zu seiner Überraschung fiel ihm das Rudern leichter, als er aufhörte, sich ständig umzuschauen. Im Heck des Bootes entdeckte er lediglich Mülltonnen-Harry. Der Goblin sah jämmerlich aus, wie er dasaß und immer wieder seinen Ast ins Wasser tauchte. Als Bär dies sah, fuhr er Harry an:

»Laß das Ding fallen oder zieh es ein und behalt es bei dir! Andernfalls kannst du es als Floß benutzen.«

Harry zuckte zusammen und zog seine Krücke in das Boot. Es wurde nicht viel geredet. Das Quietschen der Dollen, das Klatschen der Ruderblätter im Wasser und das angestrengte Grunzen der Ruderer waren die einzigen Geräusche. Der Nebel ringsumher wurde noch dichter, bis sie nichts mehr sehen konnten, was weiter als eine Ruderlänge vom Boot entfernt war.

Das Gefühl von *irgend etwas*, das John zuvor empfunden hatte, kehrte mit doppelter Tiefe zurück. Er konnte überall ringsumher Magie spüren. Er hatte nichts dergleichen in dem Nebel gespürt, der die

Gruppe aufgespalten hatte. Warum spürte er es also jetzt? War die Magie hier stärker? Oder hatte ihn sein Zusammentreffen mit dem Ritter empfindlich dafür gemacht?

Die Luft wurde um so klammer, je dichter der Nebel sie einhüllte.

John schaute auf und suchte den Mond. Er fand ihn, eine blasse, kaum sichtbare Scheibe am nebelverhangenen Himmel. Etwas bewegte sich über die silbrige Scheibe, ein Schatten. John hielt angestrengt Ausschau, um zu erkennen, welche Art Vogel nachts in der Anderswelt flog. Er hörte auf zu rudern, als er sah, daß es kein Vogel, sondern ein Fisch war.

»Gleichmäßig, Jack«, sagte Bär. »Konzentrier dich nur auf das Rudern.«

Er versuchte es, konnte sich aber nicht davon abhalten, immer wieder einen Blick zum Himmel zu werfen – wenn es denn der Himmel war. Es waren nicht viele Fische am Himmel, aber Schwärme von ihnen schwammen – flogen? – über das Boot hinweg. Er fragte sich, was wohl geschehen würde, wenn sie das Boot aufgeben mußten. Würden sie ins Wasser fallen oder zum Mond schwimmen können?

Nach einer Weile warf Bär einen Blick über die Schulter und grunzte zufrieden. John konnte nicht widerstehen. Er schaute selbst. Der Nebel hatte sich so weit gelichtet, daß er sehen konnte, daß sie eine Insel mit einer felsigen Küste ansteuerten. Eine niedrige Mauer schien sich aus den Felsen zu erheben, und dahinter war alles grün. Dann folgten zwei konzentrische Mauern, die einen hohen, schlanken Turm umringten, der, wie John annahm, in der Mitte der Insel stand. John konnte die Dächer kleinerer Gebäude innerhalb der Ringe verstreut erkennen. Ein Tor aus geschmiedetem Metall war über einer breiten Treppe in die Außenmauer eingelassen, die zu einer Mole aus behauenem Stein führte. Bär arbeitete mit seinem Ruder und änderte den Kurs, bis sie geradewegs auf den Anlegeplatz zuhielten.

»Leg dich in die Riemen, Jack. Wir sind fast da.«

John ruderte. Er wandte erst wieder den Kopf, als der Bug des Boots gegen den Stein stieß. Als er hinschaute, sah er, daß jemand sie erwartete, eine elfische Lady in einem langen Gewand aus schimmerndem Silberstoff. Anders als bei den Elfen, die John bisher gesehen hatte, waren ihre Haare golden, aber es konnte kein Zweifel bestehen, daß sie eine Elfe war. Ihre feinknochigen Züge waren von einer unerreichten Zartheit und ordneten sich zu einer Schönheit an, die alles übertraf, was er bisher gesehen hatte. Ein Gürtel aus kunstvoll gehämmertem Gold umgab ihre Hüften und wetteiferte mit dem hohen, spitz zulaufenden goldenen Diadem auf ihrem Kopf um Aufmerksamkeit. Die Krone besagte, daß sie eine Hoheit war, aber John hatte den Verdacht, daß sie auch ohne sie die Ausstrahlung einer Königin besessen hätte.

»Ich habe dich erwartet, Artus«, sagte sie mit einer Stimme, so melodiös wie Glocken.

Bär sprang auf die Mole und ließ das Boot schaukelnd zurück. »Diesmal habe ich nicht die Absicht zu bleiben, Lady.«

»Ich verstehe.«

Während er John dabei half, das Boot längsseits des steinernen Landungsstegs zu manövrieren, flüsterte Kun John zu: »Ich dachte, er haßt alle Elfen.«

»Das dachte ich auch.«

Bär wartete, bis alle an Land waren, bevor er sie einander vorstellte.

»Diese Lady ist Viviane, *Domina Lacorum*. Bis vor kurzem war sie meine Gastgeberin.«

»Die Herrin vom See«, flüsterte Spae.

Die Elfenkönigin richtete ihre blau-grünen Augen auf Dr. Spae, lächelte und neigte ganz leicht den Kopf.

»Kommt herein«, sagte sie. »Wenn Ihr wollt.«

*

Holger hatte in der Akte über Arthur von der Herrin vom See gelesen. Oder, korrekter, von den Herrinnen vom See. Die Legenden deuteten eher darauf hin, daß es sich um einen Orden von Priesterinnen und nicht um eine einzige Edelfrau handelte. ›Viviane‹ lautete einer der Namen in der Akte, aber Holger konnte sich nicht mehr erinnern, ob das der Name der guten oder der bösen Hexe gewesen war. In jedem Fall war diese Viviane vielleicht nicht dieselbe Person. Dennoch konnte es nicht schaden, ein waches Auge auf sie zu haben.

Er wollte nicht hier an diesem merkwürdigen Ort sein, aber Spae war hier, und folglich befand auch er sich hier, ob es ihm gefiel oder nicht. Spae zu beschützen, war jetzt mehr als eine berufliche Pflicht. Der Gedanke daran, den Tag, als Mannheim gestorben war, bis in alle Ewigkeit immer wieder neu zu erleben, ließ ihm mehr als nur einen Schauder über den Rücken laufen, und er hatte es ihr zu verdanken, daß er der Bestie entkommen war. Er war ihr etwas schuldig.

Die Tore, die sich bei ihrer Annäherung öffneten, vermittelten ihm kein besseres Gefühl, was diesen Ort betraf. Er sah keine Annäherungssensoren. Was war also benutzt worden, um sie zu öffnen? Er nahm an, daß vielleicht irgendwo ein Bediensteter verborgen war, der das Tor beobachtete, es geöffnet hatte und dann davongeeilt war. Doch glaubte er nicht, daß diese Erklärung, wie vernünftig sie auch sein mochte, die richtige war. Er wollte nicht zugeben, daß

Magie im Spiel war, aber er war sicher, daß er immer tiefer in Gegenden eindrang, wo die Logik der Magie wich.

Der Kolben der Viper fühlte sich hart und beruhigend in seiner Hand an.

*

Die Lady führte sie zu einem Gebäude innerhalb der zweiten Mauer, das für John von außen wie ein griechischer Erweckungstempel aussah. Von innen wirkte es ganz anders. Die beste Beschreibung, die ihm einfiel, war eine Kreuzung zwischen einem Flughafen-Wartesaal und einer Museumsgalerie. Der Innenraum war durch nicht mehr als ein halbes Dutzend flacher Stufen in Bereiche auf verschiedenen Ebenen unterteilt. Einige dieser Bereiche waren durch Geländer und Raumteiler aus Stein abgesondert, andere durch Pflanzen und Glasvitrinen. An den Wänden hingen erlesene Gemälde, und überall standen Skulpturen verschiedener Größe und Materialien herum. Antiquitäten verschiedenster Art füllten die Vitrinen oder standen im Freien, auf Podesten oder, wie im Falle derjenigen, die wie ein römischer Streitwagen aussah, ganz auf dem Boden. Das Honorar für den Innenarchitekten dieses Gebäudes hätte einen kleinen Konzern an den Bettelstab gebracht. Der Erwerb der Einrichtung hätte einen Megakonzern ruiniert.

»Seht Euch ruhig um. Erfrischungen warten am spiegelnden Teich. Bitte greift zu.«

Spae war die erste, die die Einladung annahm und die zwei Stufen hinunter in einen mit Teppich ausgelegten Bereich ging. Vor der ersten Vitrine blieb sie mit einem Ausruf der Überraschung stehen. Sie beugte sich vor, um sich anzusehen, was ihre Aufmerksamkeit erregt hatte, und versperrte John die Sicht, so daß er nicht erkennen konnte, was es war. Mülltonnen-Harry ging an ihr vorbei und zum spiegelnden Teich. John war hin- und hergerissen zwischen dem Wunsch, sich anzusehen, was es hier für Schätze gab, und dem Bedürfnis, zu den Erfrischungen zu treten. Es hatte den Anschein, als habe ihn das Rudern hungrig gemacht. Er hatte sich gerade dazu entschlossen, Harry zu folgen, als ihm auffiel, daß Bär immer noch mit verschränkten Armen dastand und Lady Viviane musterte. Bär räusperte sich, um sie auf sich aufmerksam zu machen.

»Lady?«

Sie schenkte ihm ein Lächeln. »Immer noch keine Geduld, Artus?«

»Wenn nötig, Lady.«

»Und du findest es nicht nötig, mich zufriedenzustellen?«

»Ich bin aus einem ganz bestimmten Grund hier. Ich weiß, Ihr habt es ganz in der Nähe.«

»Und du hast recht.«

Ein Lichtstrahl erschien in einem der dunkleren Bereiche mitten in der Kammer. In dem Lichtstrahl stand ein Block, der wie aus Eis gegossen aussah. Ein Schwertknauf ragte aus dem Block.

Caliburn.

John ging fast unbewußt auf das Schwert zu, und nahm dabei die Einzelheiten seiner äußeren Erscheinung wahr. Die lange, sich zur Spitze verjüngende Klinge war durch den Kristallblock hindurch zu sehen. Sie wirkte schartig und verrostet. Sie sah wie eine der älteren Klingen in der Sammlung des Woodman Museums aus, die seit einem Dutzend Jahrhunderten in der Erde begraben gewesen war. Das Heft war in besserem Zustand, der Griff mit dunklem Leder unterhalb des simplen Handschutzes umwickelt. Der am besten erhaltene Teil schien der scheibenförmige Knauf zu sein, der mit der Gravur eines zusammengerollten Drachen geschmückt war.

Das Schwert wirkte nicht legendär, aber…

»Das ist Caliburn?«

»Das ist es«, erklärte Bär feierlich.

Das Schwert war ein Rätsel, das sowohl Ehrfurcht als auch Bestürzung in John hervorrief. Er spürte die Macht, die darin ruhte, die untätig wie der schlafende Drache auf dem Knauf dalag, aber das Schwert sah so… ramponiert aus. Wie konnte dieses makelbehaftete Relikt das fabelhafte Schwert sein?

Auf der Suche nach einer Antwort wandte er sich Bär zu, konnte jedoch nicht fragen, als er den Ausdruck der Qual auf dessen Miene sah.

»Caliburn ist ein Spiegel des Landes«, sagte die Lady.

Artus nickte traurig. »Dann ist das also die Gefahr, um deretwillen ich erweckt wurde?«

»Das Land muß geheilt werden«, erwiderte die Lady.

Bär neigte den Kopf, und John hatte den Eindruck, als beugten sich seine Schultern unter einer unsichtbaren Last. Doch nur für einen Augenblick. Bär hob den Kopf, trat vor und griff nach dem Heft.

Seine Finger berührten es nicht.

Ein lauter Donnerhall zerstörte den Frieden in dem Gemach. Bärs Hand zuckte von Caliburn weg, als irgendeine Kraft ihn herumwirbelte. Mit rudernden Armen prallte er gegen den Kristallblock. Mann und Block fielen mit lautem Krach zu Boden.

Kapitel 24

John stand wie betäubt da, während Kun durch die Luft hechtete und mit seiner Maschinenpistole schoß. Er prallte gegen Dr. Spae, und die beiden fielen hinter einem der Sofas zu Boden. Kugeln aus automatischen Waffen schlugen in ihre Deckung und ließen Polsterungsfetzen und Holzsplitter durch die Luft fliegen.

John konnte nicht sehen, wer schoß, und erkannte, daß dies umgekehrt genauso sein mußte. Genau das hatte ihn gerettet, während er wie ein Idiot dastand und den reglos daliegenden Bär und den roten Fleck anstarrte, der sich über seine Schulter und Brust ausbreitete. Mit einiger Verspätung setzte er sich in Bewegung, packte Faye und zog sie hinter einer der Vitrinen zu Boden. Sie kreischte, als sie landeten, und er befürchtete schon, er habe sie verletzt, aber er hatte sich kaum abgerollt, als sie auch schon wieder auf den Beinen war und durch das Glas schaute. Er folgte ihrem Beispiel, da er zu erkennen versuchte, was los war.

Aus seiner neuen Perspektive konnte er ein Loch sehen, das zwischen zweien der Säulen der nördlichen Kolonnade im Raum hing. *Ein Loch?* Wie sonst sollte man einen Kreis nennen, der von einem die Augen blendenden Farbregenbogen begrenzt wurde und dessen Mittelpunkt woanders zu sein schien? Obwohl das wirbelnde, perlmuttartige Weiß des Lochs keinen Aufschluß darüber gab, wo dieses Woanders sich befinden mochte.

Männer übersprangen die niedrigere Begrenzung des Regenbogens. Die meisten trugen automatische Waffen. Es waren kleine und breite Gestalten. Alle trugen schwarze Kleidung, Gefechtswesten und Helme mit dunklem Visier ohne besondere Kennzeichen. Eine der kleinen Gestalten stand neben dem Loch, rief Befehle und richtete seine Schrotflinte auf den gefallenen Bär. Zum Knistern seiner Stimme landeten die Eindringlinge auf dem Boden des Hauses der Lady und rollten sich dabei ab, um dem Aufprall die Wucht zu nehmen. Einer nach dem anderen sprangen sie auf und liefen wahllos in alle Richtungen, um Deckung hinter den Möbeln der Lady zu suchen.

John hatte derartige Ausrüstungen schon einmal gesehen, und zwar in der Nacht, als Mitsutomo MaxMix Manor überfallen hatte. Dort hatte er die Stimme ebenfalls gehört. Sie hatte den anderen Mördern befohlen, sich auf ›den Schläfer‹ zu konzentrieren.

Irgendwo hinter dem nicht weit entfernten Streitwagen fing Mülltonnen-Harry an zu schreien.

»Es tut mir leid! Ich konnte nichts dafür. Sie haben mich dazu gezwungen!«

Eine der dunklen Gestalten erhob sich hinter einem großen, von einem Rhododendron überwachsenen Übertopf. Ihre Waffe knatterte. Mülltonnen-Harry fing an zu zucken, als Kugeln in ihn schlugen und ihn zurückschleuderten, so daß er über ein niedriges Geländer in den Bereich fiel, wo John und Faye kauerten.

Der Goblin hatte dort, wo er lag, keinerlei Deckung, also packte John Harrys Hand und zog. Harry stöhnte vor Schmerzen, rutschte aber ein Stück näher zur Dekkung der Vitrine. John gelang es, Harrys Arm auch mit seiner zweiten Hand zu packen, und zog ihn hinter die Vitrine in Sicherheit. Einige der Angreifer eröffneten das Feuer. Glas regnete auf John nieder, während er an dem schlaffen Goblin zerrte. Harry geriet plötzlich ins Rutschen, und um die jähe Bewegung auszugleichen, richtete John sich etwas weiter auf. Etwas schwirrte an seinem Ohr vorbei. Er warf sich flach auf den Boden. Unglücklicherweise lag Harrys stinkender Leib zwischen ihm und dem kühlen Stein. Der Goblin japste, als John auf ihm landete.

»Erwidern Sie das Feuer, Reddy!« rief Kun.

»Harry ist verwundet«, antwortete John.

»Zum Teufel mit dem Goblin. Wir sind alle erledigt, wenn Sie nichts unternehmen.«

Kun kannte sich mit diesen Dingen aus. Wahrscheinlich hatte er recht. Mit unbeholfener Eile nahm John die Viper und stellte den Wahlhebel auf vollautomatisches Feuer. Ohne hinzusehen hielt er die Waffe neben die Vitrine und drückte ab. Der Rückschlag riß sie ihm beinahe aus der Hand. Die schwarzgekleideten Männer erwiderten das Feuer und zwangen John wieder in die Deckung der Vitrine zurück.

»Es tut mir leid, Jack«, stöhnte Mülltonnen-Harry. »Ich wollte es nicht tun, aber sie haben mich gequält. Sie haben mich gezwungen.«

»Wozu?« Faye klang erzürnt. John wußte sofort, daß er von ihr niemals in diesem Ton angesprochen werden wollte.

»Die Tür zu öffnen«, jammerte Harry. »Sie haben mir einen Spürer unter die Haut gesetzt.«

Faye schlug den Goblin ins Gesicht, und er wimmerte.

Mit einem lauten Schrei stob ein Teil der Angreifer aus ihren Verstecken und stürmte unter dem Feuerschutz ihrer Kameraden vorwärts. Ein kleiner schwarzer Gegenstand flog ihnen aus Kuns Richtung entgegen.

Eine Granate.

Die Explosion brach den Ansturm und ließ die Männer wie Kegel auseinanderspritzen. Einer der Angreifer, ein Mann, viel größer als die anderen, wurde von der Explosion von den Beinen geholt und durch das Loch geschleudert. Dabei traf er den kleineren Mann mit der Schrotflinte und stieß ihn zurück. Der Mann ruderte mit einem Arm, um das Gleichgewicht zu halten, und seine Hand traf die Regenbogenumrandung des Lochs. Schreiend wurde er in den Regenbogen gesogen.

Die Überlebenden krochen in Deckung, doch Kun zeigte keine Gnade und schoß auf alles, was sich bewegte. John folgte seinem Beispiel und schob dabei den Kopf so weit vor, daß er sehen konnte, worauf er schoß. Er traf einen der Angreifer, der gerade von der Deckung eines Sofas in die einer Vitrine wechselte. Der Mann ging ohne einen Laut zu Boden. Doch anstatt blutend liegen zu bleiben, wurde er schwarz, und es war nicht die Schwärze seiner Kleidung, die er annahm, sondern eine völlige, das Licht verschluckende Schwärze.

Und dann war er verschwunden.

Nur ein paar Tropfen Blut blieben übrig, die zeigten, daß er überhaupt dort gewesen war.

Die Waffen verstummten. Auf der anderen Seite des Gemachs waren verstohlene Bewegungen zu erkennen, doch keiner der Angreifer zeigte sich. John glaubte, Stimmen zu hören, und nahm an, daß die Angreifer sich berieten. Kun ergriff die Gelegenheit und begann seinerseits eine Konferenz.

»Ist Bär tot?«

»Kann ich nicht sagen«, erwiderte John. »Ich sehe nicht viel Blut, aber er rührt sich nicht.«

»Ist sonst jemand verwundet?«

Faye schüttelte den Kopf, und ihre zerzausten Haare und die harte Miene verliehen ihr ein raubtierhaftes Aussehen. Sie hielt ein Messer in der Hand, das sie sich irgendwo besorgt hatte.

»Nur Harry«, sagte John.

»Zum Teufel mit ihm. Sehen Sie die Elfenlady irgendwo?«

Die Herrin vom See schien verschwunden zu sein.

»Ich habe sie seit dem Beginn der Schießerei nicht mehr gesehen. Da hat sie neben Bär gestanden.«

»Elfen scheinen nicht viel dafür übrig zu haben, dabei zu bleiben, wenn es hart auf hart geht.«

John konnte dem nicht widersprechen.

»Wie geht es Doktor Spae?«

»Hat sich den Kopf gestoßen. Sie ist zu benommen, um eine Hilfe zu sein.«

Faye legte ihre Hand auf seinen Arm. »John, sie umzingeln uns.«

»Kommen Sie besser hierher zu uns, Reddy. Ich gebe Ihnen Feuerschutz.«

»Was ist mit Harry?«

»Lassen Sie ihn liegen.«

»Aber ich kann doch nicht…«

»John, sie kommen. Mach schon.« Faye spurtete zu Kun.

John folgte ihr. Wunderbarerweise schafften sie es dorthin, wo Kun und Spae warteten, ohne getroffen zu werden.

»Zwei geben Feuerschutz«, sagte Kun. »Damit bleiben sechs, von denen wir nicht wissen, wo sie sind.«

»Drüben, nicht weit von Caliburn«, sagte Faye.

»Flankierer«, nannte Kun sie.

John sah genauer hin und erhaschte einen Blick auf eine schwarze Gestalt, die hinter einer Vitrine verschwand. Eine andere huschte zwischen einer der Trennwände und einem der Sofas hin und her. Kun befahl ihnen, eine Stellung einzunehmen, in der sie sowohl Deckung vor den Angreifern, die ihren Kameraden Feuerschutz gaben, als auch vor den Flankierern haben würden. Als er zufrieden war, lagen sie wieder unter Beschuß, und die sogenannten Flankierer rückten durch den Bereich vor, wo Bär zu Boden gegangen war.

Wie ein blutiger Geist der Rache erhob Bär sich hinter den Flankierern. Er hielt Caliburn in der Hand. Er hob das Schwert hoch und packte es mit beiden Händen, während er vorrückte. Die Angreifer, die den Flankierern Feuerschutz gaben, sahen ihn, aber da ihre Kollegen zwischen ihnen und Bär standen, schossen sie nicht, sondern riefen lediglich eine Warnung. Der Angreifer, der Bär am nächsten war, wollte sich umdrehen, um sich der neuen Gefahr zu stellen, aber er schaffte nicht einmal die Hälfte der Drehung. Bärs Schwert sauste herab und grub sich in die Schulter des Mannes. Der Angreifer ging mit einem erstickten Schrei zu Boden und wurde schwarz, als Bär das Schwert herausriß. Einen Wimpernschlag später fuhr Bär mit wirbelnder Klinge zwischen die übrigen Flankierer.

Kuns Ellbogen riß John aus seiner gaffenden Lähmung. Der Agent kam hoch und schoß auf die Angreifer, die Feuerschutz gaben. John wälzte sich zum Rand ihrer Deckung und unterstützte Kuns Bemühungen mit seiner eigenen Waffe. In diesem Augenblick ergriffen die Angreifer rings um Bär die Flucht. Zwei weitere waren Bärs Schwert zum Opfer gefallen. Die beiden Überlebenden schossen auf ihn, während sie flohen, aber Bär war zu schnell für sie und ging hinter einer der niedrigen Wände in Deckung.

Das Scheitern des Überflügelungsmanövers schien den Willen der Angreifer gebrochen zu haben. Sie zogen sich zum Loch in der Luft zurück und schossen dabei wild um sich.

»Laßt sie fliehen«, rief Kun.

Die schwarzgekleideten Gestalten sprangen über die Regenbogenlinie in das Perlmuttweiß und verschwanden einer nach dem anderen. Der Kreis zog sich zu einer Kugel zusammen und erlosch. Wer sie auch waren, sie schienen verschwunden, wieder dorthin zurückgekehrt, woher sie kamen.

»Die wären wir los.«

John und Kun fuhren beim Klang der Stimme herum, die Waffen im Anschlag, doch Bennett sah nicht im mindesten beeindruckt aus.

Kapitel 25

Die Luft kräuselte sich, und die Herrin vom See erschien neben Bennett. Und das, nahm John an, rettete ihn. Zumindest war John sicher, daß er deswegen nicht abgedrückt hatte. Niemand schien ein Interesse daran zu haben, der Herrin Schaden zuzufügen. Nicht, daß er Bennett erschießen wollte, aber der Kampf mit den Angreifern hatte dazu geführt, daß er bereit war, auf jede unerwartete Erscheinung zu schießen, und Bennetts Auftauchen kam mit Sicherheit unerwartet. Mit einem Seufzer nachlassender Anspannung senkte John seine Waffe.

»Ihr könnt jetzt herauskommen, Artus«, rief Bennett. »Ich weiß, daß Ihr Caliburn habt, also werdet Ihr mich damit nicht überraschen.«

Bär trat hinter einer Vitrine hervor. Blut lief aus seiner Schulterwunde, und er stand ziemlich wacklig auf den Beinen. »Ihr kommt schon wieder zu spät, Bennett.«

Bennett kicherte. »Wie üblich verkennt Ihr die Lage. Ich wollte, daß Caliburn befreit wird.«

»Ihr werdet es mir nie abnehmen.«

»Ich habe auch gar nicht die Absicht. Ihr habt bereits vollbracht, was ich vollbracht haben wollte, und das ist die Freisetzung Caliburns. Und die meines Sohnes.«

»Was?«

Bennett lachte über Bärs Verwirrung. »Ich hielt es für ziemlich amüsant, daß Ihr ihn als Euren ›Mann‹ angenommen habt.«

»Jack, wovon redet er?«

»Seht selbst«, sagte Bennett.

John verspürte einen Schwall heißer Luft. Bärs Augen weiteten sich, als sehe er John zum erstenmal. In gewisser Weise stimmte das sogar. John brauchte keinen Spiegel, um zu wissen, daß sein wahres Gesicht und seine wahre Gestalt endlich enthüllt worden waren. Bärs Blick wanderte zwischen John und Bennett hin und her, und seine Miene verfinsterte sich zusehends.

»Ich war blind. Du warst die ganze Zeit eine Schlange in meinem Lager.«

»Bär, ich…«

»Sprich nicht mehr mit mir, Verräter.«

Bär trat zu Kun und Spae und hielt sein Gesicht dabei von John abgewandt. In gewisser Weise machte es das leichter. Die Mienen der anderen beiden waren schon schwer genug zu ertragen. Zu schwer. John wandte sich ab, um ihre Blicke des Verratenwordenseins nicht zu sehen.

»Hinter dir, Jack«, rief Bennett, während er auf eine Stelle hinter John zeigte.

Zum Läuten einer großen Eisenglocke fuhr John herum und sah Kun und Spae seltsam still stehen. Kuns Waffe war halb erhoben, und um die Spitze von Spaes Stab flackerte ein schwaches Licht. Es erlosch, kaum daß John es gesehen hatte. Bär trat vor, da Caliburn in seiner Hand schellte. Bär machte einen weiteren Schritt auf Bennett und John zu. Der Elf neben John gestikulierte erneut. Das Schwert läutete wieder, als der Zauber traf, aber der Ton brach ab, als Caliburn Bärs Händen entglitt. Die Klinge klirrte, als sie auf den Boden fiel, ganz und gar nicht wie eine Glocke. Bär ging weiter, und Bennett gestikulierte noch einmal. Bär, des Schutzes seines Schwerts beraubt, war plötzlich ebenso bewegungsunfähig wie Kun und Spae.

»Siehst du, Jack? Letzten Endes ist er doch nicht so

groß und mächtig. Er ist auch nur ein ungeschlachter Mensch, der bereit ist, einen Elf zu töten, ohne zuerst Fragen zu stellen.«

»Fragen wie: Was tust du da?«

»Genau solche Fragen. Ich habe nur eingegriffen, um deine Sicherheit zu gewährleisten.«

»Sie würden mir nichts tun.«

»Du vertraust ihnen viel zu sehr.« Bennett hielt ihm einen schlanken Dolch aus einem dunklen Metall hin. »Nimm diesen Dolch, Jack.«

John nahm ihn. Er war leichter, als er erwartet hatte.

»Die Klinge ist verzaubert und wird die Stasis durchdringen.«

»Ich soll ihn töten?« sagte John, ohne es wirklich zu glauben.

»Nun, da er weiß, wer und was du bist, wird er versuchen, dich umzubringen. Du hast gehört, wie er dich genannt hat. In seiner Zeit wurde ein Verräter am König sofort hingerichtet. Handle jetzt, dann ersparst du dir viel Ärger in der Zukunft.«

John schaute Bär ins Gesicht. Konnte er hören, was gesagt wurde? Stimmte das, was Bennett sagte? Bärs Lippen blieben stumm, und seine reglos starren Augen gaben ebenfalls keine Antwort.

John war ganz allein.

Mit schroffer Geste hielt er Bennett den Dolch hin. »Wenn du ihn so unbedingt tot sehen willst, warum tust du es dann nicht selbst? Er ist hilflos. Er kann dir nichts tun.«

»Ich könnte ihn töten. Vielleicht werde ich das noch tun. Ich bin aber der Ansicht, daß du die Chance verdient hast.«

»Die Chance, einen Mord zu begehen?«

»Man kann niedere Lebensformen nicht *ermorden*.«

»Er ist ein menschliches Wesen!«

Bennett hob eine Augenbraue. »Ich kann eines zu

seinen Gunsten sagen: Obwohl er nur ein Mensch ist, hat Artus doch den Wert und die Bedeutung von Symbolen verstanden. Er selbst ist für seine Mitmenschen zu einem sehr mächtigen Symbol geworden. Findest du es da nicht passend, daß er noch ein letztes Mal ein Symbol sein kann?«

»Wie meinst du das?«

»Zeig mir, daß du dein Blut kennst, Jack. Gleich vor dir steht das Symbol der Menschheit und des Lebens, das du kanntest: ein König des irdischen Gefildes. Befreie dich vom Joch der Sterblichen. Streife deine Fesseln ab, indem du die Verbindung zum Abschaum des anderen Gefildes durchtrennst. Töte ihn und erwirb dir die Freiheit, dein Erbe anzunehmen.«

War das der Preis dafür, ein elfischer Prinz zu sein?

»Ich kann nicht.«

»Natürlich kannst du. Wenn du den Dolch nicht benutzen willst, benutz deine Pistole. Oder – ja, ich glaube, das würde er für das Beste halten – benutz das Schwert. Ich kann es von dem Zauber befreien. Da er durch das Schwert gelebt hat, würde Artus es gewiß zu schätzen wissen, auch durch es zu sterben. Nach seinen Maßstäben wäre das ein ehrenhafter Tod.«

»Nein!«

»Ich sagte doch, daß er es nicht tut«, sagte die Lady zu Bennett.

Bennett runzelte die Stirn. »Jack, wir haben keine Zeit für Narreteien.«

»Wenn ein Elf zu sein bedeutet, ein Mörder zu sein, will ich nichts damit zu tun haben. Dann wäre ich lieber ein Mensch.«

»Für Menschen ist hier kein Platz.«

»Dann gehe ich nach Hause.«

»Um gegen mich benutzt zu werden?«

»Ich will nichts mit dir zu tun haben.«

»Du kannst nicht ändern, wer du bist.«

»Laß mich einfach nach Hause gehen. Laß uns alle nach Hause gehen. Wir kommen dir nicht in die Quere.«

»Ich glaube nicht.«

Bennett beschwor Feuer in seine Hand, wie er es in jener Nacht im Museum getan hatte. John betrachtete ängstlich die wachsenden Flammen. Er war kein Magier wie Nym. Er konnte sich gegen diese tödlichen Energien nicht wehren.

Faye warf sich zwischen Bennett und John und fing die Hauptwucht des Zaubers ab. Sie schrie und krümmte sich in der Taille, als habe sie einen Faustschlag in den Magen bekommen, als das Feuer sie traf, aber die Flammen erloschen. Sie richtete sich zitternd auf und sah Bennett trotzig an.

»Deine Aufgabe ist erfüllt«, sagte Bennett zu ihr.

»Komm weg von ihm, Kleine«, sagte die Lady.

Immer noch zitternd, schüttelte Faye den Kopf. Das Messer in ihrer Hand zeigte auf Bennett.

Mit einem verächtlichen Grinsen beschwor er das Feuer erneut und schleuderte es auf sie. Es hüllte sie ein und blieb an ihr kleben, als sie auf dem Boden zusammenbrach. Ihre Schreie zerrissen ihm das Herz, aber der Anblick ihrer Qualen lähmte ihn. Was konnte er gegen solche Magie ausrichten? Fayes Schreie gingen in Wimmern über und verstummten dann. Die Flammen flackerten und erloschen.

Mülltonnen-Harry warf sich auf Bennett, aber der Angriff des verwundeten Goblins wurde mit der beiläufigen, abwärts gerichteten Geste einer Hand abgewehrt. Harry brach zu Bennetts Füßen zusammen. Der Elf bückte sich und hob den Goblin an der Kehle hoch. Mit einem Ruck des Handgelenks brach er Harry das Genick.

»Deine Rolle ist auch zu Ende, du erbärmliche Kreatur«, sagte er, indem er den leblosen Goblin wegwarf.

Mülltonnen-Harry hatte keine Chance gehabt, aber er hatte einen Mut gezeigt, der seine Kräfte bei weitem überstieg. Konnte John da weniger tun? Er trat vor, hob Caliburn auf und ging in die Ausgangsstellung.

Bennett runzelte die Stirn. »Was, glaubst du, wird dir das nützen? Es gehört nicht dir. Es wird dich nicht beschützen.«

»Nicht? Aber vielleicht habe ich genug von der Verteidigung.«

Johns Stoß überrumpelte Bennett, dem Elf gelang es aber dennoch, sich geschmeidig aus der Stoßrichtung zu winden. Die Klinge durchschnitt lediglich seinen Mantel. Bennett wich rasch zurück und legte einen Abstand zwischen sich und John.

Anstatt ihn zu verfolgen, fuhr John herum und lief zu Bär. Bär kannte das Schwert, er wußte, wie man es am besten benutzte. Er drückte Bär den Schwertgriff in die Hand, faltete seine steifen Finger darum und hoffte, das Richtige zu tun.

»Elender Tropf«, schrie Bennett.

Feuer brannte in Johns Rücken. Er schrie, als die Schmerzen sich mit eisernen Krallen in ihn bohrten. Er roch den Gestank seiner brennenden Lederjacke, dann durchdrang ein anderer, noch schrecklicherer Geruch seine Qualen. Er sank in die Knie, und ihm wurde schwarz vor Augen. Irgendwo, weit entfernt, fing eine Glocke an zu läuten.

Alles wurde schwarz.

Nach einer empfindungslosen Zeitspanne unbekannter Dauer stellte John fest, daß er zu Bär aufschaute, der mit gespreizten Beinen über ihm stand. Bär schwang Caliburn – nicht gegen ihn, sondern gegen Bennett – und schrie ihn an.

»Stellt Euch mir allein, Elf! Wir regeln die Angelegenheit endgültig.«

Bennett lachte.

»Ein andermal, Artus. Für heute bin ich zufrieden damit, wie die Dinge sich entwickelt haben.« Damit verschwand Bennett wie eine plötzlich abgeschaltete Holoprojektion. Doch wie das Grinsen der Cheshirekatze verweilte seine Stimme für eine letzte nachhallende Bemerkung. »Die Herrschaft der Magie hat bereits begonnen.«

»Er hat recht«, erklärte die Herrin vom See ernst.

Bär wandte sich an sie. »Welchen Anteil habt Ihr daran, Lady?«

»Ich war nur eine Beobachterin.«

»Ihr hättet uns verteidigen können.«

»Der Preis wäre zu hoch gewesen.«

»Ich hatte es gewagt, Euch für eine Freundin zu halten, Lady. Wie ich sehe, war das falsch.«

»Falsch ist, was du jetzt bist, Artus. Du hast mehr Freunde, als dir bewußt ist. Als du ankamst, sagtest du, du hättest nicht die Absicht, lange zu bleiben. Ich glaube, jetzt ist die Zeit des Abschieds gekommen.«

»Ich habe Fragen«, sagte Bär.

»Es gibt immer Fragen«, sagte die Lady. »Jetzt müßt ihr alle gehen. Ich gebe euch Gesundheit – als Abschiedsgeschenk. Kehrt in euer irdisches Gefilde zurück.«

Und damit stand John auf einem grasbewachsenen Hügel in einem kleinen Park inmitten von Bürogebäuden. Sein Rücken schmerzte nicht mehr, und er zitterte ein wenig in der kühlen Brise, die über die entblößten Stellen seiner Haut strich. Von der Jacke war außer versengten Ärmeln wenig übrig, und die H&K Viper war verschwunden, bei der Herrin vom See zurückgeblieben, die ihr zweifellos einen Platz in einer ihrer Vitrinen einräumen würde.

Er drehte sich einmal um die eigene Achse, um eine rasche Bestandsaufnahme von der Gegend zu machen. Er kannte seine Umgebung nicht, und von den anderen war niemand zu sehen. Wohin hatte die Herrin vom See sie geschickt? Wohin auch immer, er hoffte, daß alle anderen ihr Abschiedsgeschenk ebenfalls empfangen hatten. Insbesondere Faye.

Er hatte die Absicht herauszufinden, was aus ihnen allen geworden war. Besonders aus Faye. Es war vielleicht nicht leicht, aber er hatte Grund zur Zuversicht, denn etwas hatte sich verändert.

Grundlegend.

Er konnte die Magie in der Luft riechen.